경북대본 소백산대관록·화전가

주해·편 이정옥

이정옥은 경북대학교 문리과대학 국어국문학과와 동 대학원에서 「내방가사의 미학적 연구」로 석사학위를, 계명대학교 대학원에서 「내방가사의 전승과정과 향유자층의 의식 연구」로 박사학위를 받았다.

경상북도여성정책개발원장과 미래여성회 회장을 역임하였고, 한국교육과정 평가원(KICE) 연구위원(교육과학부 중등교과서 검증위원), 위덕대학교 교수, 포항시축제위원장과 한국학중앙연구원의 한국학 토대 구축사업(사업명: 내방가사 DB구축) 책임연구원도 역임했다. 현재 위덕대학교 평생교육취업처장.

저서로는 『내방가사의 향유자 연구』, 『영남 내방가사』(1~5), 『현대내방가사연구』, 『고비에 말을 걸다』, 『경주에 가면 행복하다』, 『경북의 민속문화』(공저), 『구술생애사 경북여성의 삶』(공저), 『이야기로 만나는 경북여성』(공저) 등이 있으며, 논문으로는 「내방가사 향유자들의 문명 인식과 그 표출 양상」 외 50여 편이 있다.

경북대본 소백산대관록·화전가

© 이정옥, 2016

1판 1쇄 인쇄_2016년 08월 10일
1판 1쇄 발행_2016년 08월 20일

주해·편_이정옥
펴낸이_양정섭

펴낸곳_도서출판 경진
　　　등록_제2010-000004호
　　　블로그_http://kyungjinmunhwa.tistory.com
　　　이메일_mykorea01@naver.com

공급처_(주)글로벌콘텐츠출판그룹
　　　대표_홍정표
　　　편집_송은주　디자인_김미미　기획·마케팅_노경민　경영지원_이아리
　　　주소_서울특별시 강동구 천중로 196 정일빌딩 401호
　　　전화_02) 488-3280　팩스_02) 488-3281
　　　홈페이지_http://www.gcbook.co.kr

값 20,000원
ISBN 978-89-5996-180-1 93810

경북대본

小白山大觀錄 화젼가

이정옥 주해·편

경진출판

　내방가사는 창작자가 직접 필사하고, 낭송하기도 하는 조선시대의 대표적 여성문학장르이다. 한글흘림체의 필사본이 보편적인데, 여성들 간의 사적 유통 경로를 거치면서 다량의 필사본이 제작, 유통되고 있다. 이것은 내방가사만의 독특한 향유 방식이기도 하다. 그런 의미에서 내방가사는 개인적 창작물인 동시에 집단 창작물이기도 하다. 또한 향유자가 옮겨 적는 과정에서 자신의 체험이나 생각을 덧붙이거나 다른 가사의 내용이나 한글소설을 비롯한 다른 문학 작품의 내용을 삽입하거나 텍스트를 융합하기도 한다.

　지금까지 우리 학계에서 내방가사에 대한 연구는 타 문학장르에 비해서 상대적으로 활발하지는 못한 감이 있다. 한글 표기의 우리의 고전문학 작품 연구, 특히 여성문학의 경우는 자료 발굴과 연구에 특별히 영세한 상황에 놓여 있었기 때문이다. 이제 더 이상 늦출 수는 없다. 내방가사의 본격적인 자료 수집과 그 내용 연구의 진전이 시급하고도 절실하다. 영남지방 일대에서는 문학적으로 수준급으로 평가될 만한 내방가사 작품이 상당수 존재하나 학계에 알려지지 않은, 가가전승되면서 보존되고 있는 작품들이 어떤 다른 문학장르보다도 많다. 숱한 내방가사 작품들이 문학적 가치는 물론이고 역사학, 민속학 등 국학

전반의 관계와도 매우 긴밀하고 조선조 후기 시대적 변화를 판독할 수 있는 근거 자료로서의 가치도 뛰어난 사료적 가치를 지니고 있다는 생각이다.

2000년 하와이대학교에서 '밀레니엄, 새로운 문제'라는 주제로 개최된 한국학학술대회에서 「현재 진행형의 문학, 내방가사」를 발표한 바가 있다. 전 세계에서 참석한 한국학 관련 외국연구자들은 18, 9세기에 조선의 여성들이 독자적인 문학을 창작하고 향유했다는 사실에 놀라움을 감추지 못하였다. 또한 한국의 국문학자들조차도 조선시대, 혹은 개화기 이후 이미 맥이 끊어졌다고 믿었던 내방가사가 경북 지역에서 아직도 창작, 향유되고 있다는 보고에 매우 크게 놀라워했다. 그 후 필자는 내방가사의 현재성과 현존하는 향유자들의 문학활동을 학계에 알리는 작업에 사명감을 가지게 되었다.

2012년부터 한국연구재단에서는 한국학 자료 데이터베이스 구축 사업의 일환으로 〈한국학중앙연구원 내방가사 데이터베이스 구축 사업단〉을 선정하여 3년간 내방가사 자료의 전사 및 현대어 번역과 함께 원 자료와 전사 및 현대어 자료를 온라인상으로 검색 열람이 가능하도록 연구지원을 한 바 있다.

필자는 본 내방가사 데이터베이스 구축 사업단의 책임연구원으로 참여하여 2012년 약 1,000편에 달하는 자료를 수집, 발굴 및 집대성하면서, 동시에 전사 및 해설과 해석 작업을 추진하였다. 이 작업이 가능하도록 내방가사 데이터베이스 구축 사업 추진을 지원해준 한국연구재단과 한국학중앙연구원을 비롯하여 본 사업의 평가단 여러분과 본 연구과제의 총괄 책임자인 전재강 안동대학교 안동문화연구소장께도 감사드린다. 특히 많은 내방가사 자료를 개방하여 연구 지원을 아끼지 않은 한국국학진흥원 이용두 원장님을 비롯하여 이 책에 원본 영인본을 싣도록 허락해 주신 경북대학교 중앙도서관장님께 감사드린다. 또 본 내방가사 자료집 출판을 흔쾌히 지원해준 도서출판 경진 양정섭 사장께도 진심으로 감사드린다. 여러 차례 꼼꼼히 교열해 주신

도서출판 경진에도 감사의 말씀드린다.

　이 내방가사 자료집이 고전문학연구자나 전문가들이 읽고 우리나라 전통 문화와 예술의 발전뿐만 아니라 지역 문화 발전에 유용하게 활용할 수 있기를 바라며 머리글을 거둔다.

　오랜 침묵을 깬 여성들의 상상의 체험 기행가사인 경북대본 〈소백산대관록〉와 〈화전가〉에서 쏟아내는 조선 여성들의 레토릭과 수절(守節)을 지키지 못하고 네 번이나 개가를 한 팜므파탈의 여주인공 덴동어미의 목소리에 귀를 기울여 보자.

위덕대 연구실

이정옥

침묵을 깬 여성의 목소리, 내방가사

1) '자기서사'를 위한 글쓰기

이야기가 있고 화자가 있는 모든 문학 텍스트를 서사라고 한다면 화자가 자기 자신에 관한 이야기를 진술하는 텍스트를 일단 '자기서사'라고 할 수 있을 것이다. 그러나 자기 자신과 관련이 있기는 하더라도 그것이 '사실'이라는 전제에 입각해 있지 않다면 '자기서사'라고 할 수 없다. 물론 사실 자체와 글로 씌어진 사실은 별개의 것이다. 글로 씌어진 것은 작자에 의해 주장되고 구성된 사실일 뿐, 사실 그 자체와는 다른 것이다.

또한 자신과 관련이 있기는 하더라도 자기 자신에 관한 사실보다 외적세계에 관한 사실에 초점이 맞춰진 진술은 본격적인 자기서사가 아니다. 그런 점에서 단순한 기행 유람(화전가, 유람가)이나 혹은 작자가 견문한 사건에 관한 기록은 '자기서사'라고 하기 어렵다. 그것은 외부세계에 대한 진술일 따름이다. 또한 자기 자신에 관한 사실을 진술하기보다 자기의 감정이나 정서상태의 표현에 초점이 맞춰진 것도 자기서사는 아니다. 그런 점에서 단순한 서정시도 자기서사라고 하기 어렵다.

자기 자신에 관한 사실이란 "나는 어떤 사람인가?", "나의 인생은 어떤 것인가?"라는 물음에 대한 해답의 성격을 갖는 사실이라고 할 수 있다. 그런 점에서 자기서사는 자신의 일생이나 혹은 특정시점까지의 삶을 전체로서 고찰하고 성찰하며 그 의미를 추구하는 서술이라고 할 수 있다.

요컨대, '자기서사'란 화자가 자기 자신에 관한 이야기를 그것이 사실이라는 전제에 입각하여 진술하며, 자신의 삶을 전체로서 성찰하고 그 의미를 추구하는 특징을 갖는 글쓰기 양식이라고 할 수 있다. 따라서 '자기서사'는 단일한 장르개념이 아니며 다양한 장르를 포괄한다. 오늘날의 자서전은 '자기서사'의 대표적 유형이다.[1] 전통시대 한국남성의 자기서사가 개인의 독특한 정체성을 문제 삼거나 혹은 공적이고도 사회적인 정체성을 중시한다는 점은 아래의 전통시대 한국여성의 자기서사와의 뚜렷이 구별되는 특징적인 면모라고 할 수 있다.[2]

조선의 여성은 남녀유별의 유교적 성별이데올로기에 의해 철저히 가족내적 존재로 규정되었으며, 가족이나 친족공동체 밖에서 이루어지는 사회적 활동은 궁녀, 기녀, 의녀, 무녀 등 특수계층 여성들에게만 제한적으로 허용되었다. 여성에 글읽기와 글쓰기는 권장되지 않았다. 조선 전·후기를 통틀어 여성의 글읽기와 글쓰기는 그다지 장려되지 않은 것이 보편적 상황이었다. 조선시대의 '말/글' 관계에서 글은 기본적으로 남성 성별화된 매체였다.

이덕무는 여성이 한글소설을 읽거나 한글로 번역된 가곡을 익히는 것을 반대하였다. 하지만 "비록 부인이라도 또한 훈민정음의 상생상변하는 이치를 밝게 알아야 한다. 이것을 알지 못하면, 말하고 편지하는 것이 촌스럽고 비루하여 격식을 갖출 수 없다."고 하거나 "언문편지를 쓸 때는, 말은 반드시 분명하고 간략하게 하고, 글자는 반드시 또박또박 써야 한다."고 하여 여성들의 한글 편지만큼은 그 실제적 필

---

1) 박혜숙 외, 「한국여성의 자기서사 (1)」, 『여성문학연구』 제7호, 2002, 327~328쪽. 이 책의 '자기서사'에 관한 대부분의 내용은 본 논문을 인용하였다.
2) 위의 글, 330~333쪽.

요성을 인정하였다. 편지와 같은 실용문을 통해 한글 글쓰기를 일상화한 여성들은 점차 가사나 소설을 창작하기에 이르렀으며, 편지나 가사를 자기서사의 글쓰기로 전용하기에 이르렀다. 조선의 여성들은 특정 장르에 구애되지 않고 일상의 구어, 즉 말하기에 바탕하여 자기서사의 글쓰기를 하였다.

내방가사는 자기서사의 글쓰기에 있어서도 중요한 역할을 담당하였던 바 수많은 평범한 여성들이 내방가사를 통해 자신의 인생을 서술하고 성찰하였다. 그러나 대다수의 평민여성들은 한글을 읽고 쓰지 못한 상태로 남아 있었다.

특히 조선후기에 이르러 여성의 한글 글쓰기는 확산되는 추세였다. 하지만 글은 그것이 자족적인 글쓰기인가 소통을 전제로 한 글쓰기인가, 사적인 독자를 상대로 쓰는가, 공적인 독자를 상대로 쓰는가에 따라 성격과 의미가 판이해지게 된다. '글의 유통상황'이 텍스트의 의미 형성에 직접 관여하게 마련이다.

조선시대 여성의 글씨나 글이 가족 범위 밖에 공적인 세계, 이른바 '외간(外間)'에 전해지는 것은 매우 부정적으로 인식되었다. 허난설헌이 자신이 쓴 글을 모두 태워버리라고 유언을 했다는 기록이라든가, 혹은 혜경궁 홍씨가 궁중에 들어온 후 친정과의 편지 왕래가 빈번했으나, 친정아버지의 명에 따라 편지를 모두 물로 씻어 버려 남아 있지 않게 되었다고 한 기록, 그리고 앞서 이덕무의 언급이나 『내훈』의 후부인에 대한 언급에서도 이러한 인식을 엿볼 수 있다. 여성이 쓴 글은 대개 가족이나 친족 내에서나, 공동체나 지역 범위의 여성들 사이에서 유통되었다. 더구나 여성 자신이나 가족의 실제 사실과 직접 관련된 기록은 가족공간 밖으로의 유통이 금기시되었다.

가장 널리 유통되었으리라 추측되는 것은 내방가사 형식의 자기서사이다. 내방가사는 주로 여성들의 혼인을 통해 한 가문에서 다른 가문으로 전이되었지만 대개는 지역 공동체의 범위를 넘지 않는 한도에서 유통되었다. 이처럼 여성의 자기서사는 창작되기도 쉽지 않은 상황이었으며, 창작되었다 해도 제한적으로만 유통되었다. 요컨대 조선 시대 여성 자기서사의 텍스트는 자족적인 글쓰기이거나 혹은 사적인 소통을 위한 글쓰기였다고 할 수 있다.

조선시대 여성의 자기서사의 작자–독자 관계도 남성적 상황이나 근대적 상황과는 사뭇 달랐다. 남성의 자기서사는 작자의 문집에 수록되어 유통되거나 정식으로 출간되기도 했다. 반면 여성들의 자기서사는 모두 필사본으로 되어 있으며, 유통범위도 상대적으로 협소하였다. 전통시대 남성의 자기서사는 공식적인 문집을 매개로 유통되었기에 그 독자의 성별 및 계층에 제한 없이 무한히 개방된 작가–독자 관계가 전제된 것이었다. 반면 전통시대의 여성이 익명의 다중(多衆)을 상대로 글을 쓰는 것은 불가능하였고, 독자는 실제 작자가 구체적으로 어떤 인물인지를 알려면 알 수도 있는 범위 내에 있는 것이 일반적이었다. 요컨대 전통시대 여성 자기서사의 일반적인 작자–독자 관계는 성별, 계층, 지역에 있어 제한적이고 비개방적인 것이었으며, 그런 만큼 공적 성격이 미약하였다.

조선 후기 여성작가가 상정한 자기서사의 독자는 대체로 자기 자신, 가족, 여성 일반으로 나뉘어진다. 독자가 자신인 경우는 글쓰기 자체에만 의미를 두었을 뿐, 아예 그 어떤 독자도 상정하지 않은 자족적인 글쓰기라고 할 수 있다. 독자가 가족인 경우는 자식·형제·시집식구·후손 등에게 자신의 과거사 등을 알리기 위해 쓴 것으로 사적인 소통을 목적으로 한 글쓰기라고 할 수 있다.3)

요컨대 여성의 자기서사는 전통적인 글쓰기 형식인 내방가사를 통해 이루어지곤 했다. 조선 후기에 다량 창작 유통된 내방가사는 그 문학적 완성도에 있어 내부적 편차가 크긴 하지만, 글쓰기를 전문으로 하지 않은 평범한 여성들이 대대적으로 글쓰기를 행하였다는 사실 그 자체만으로도 큰 의의를 지닌다.

---

3) 위의 글, 333~340쪽.

2) 오랜 침묵을 깬 여성의 목소리

조선시대 대표적 시가의 하나인 가사는 오랫동안 남성의 문학이었다. 가사의 가장 이른 시기의 모습은 고려말 승려들이 포교용으로 창작하였던 불교가사였다. 조선시대에 들어와서는 주된 창작층이 남성 사대부로 바뀌면서 15세기부터 16세기 말까지 정극인, 송순, 송강 정철 등과 같은 걸출한 남성 사대부에 의해 가사의 창작 전통은 왕성히 이루어졌다. 조선은 남성 사대부 중심의 사회였기에 문학 또한 그들이 독점하였다. 대부분의 여성은 문학의 창작은 물론 향유의 기회마저 원천적으로 박탈되었다. 그러나 국문을 익힌 사대부가의 여성들 중에는 가사 창작의 기회도 스스로 만들어 낸 이도 있었다. 허균의 누나인 난설헌 허초희(1563~1589)가 지었다고 알려진 〈규원가〉나 〈봉선화가〉는 여성이 창작한 가장 이른 시기의 내방가사라 할 수 있다. 그러나 요절한 천재 작가 허난설헌 이후 오랫동안 여성들은 침묵하고 있었다. 17세기 무렵에는 어떤 작품이 있었는지 알 수 없을[4] 정도로 허난설헌 이후 18세기까지 가사 창작의 연결고리는 보이지 않는다. 실제로 현재 작가를 알 수 있는 18세기 내방가사 작품은 11수에 지나지 않는다.[5]

그러나 18세기 이후 영남 사대부가의 여성들이 가사를 짓고, 베끼고, 읽는 독특한 문학 향유의 전통을 만들어 낸다. 원본의 정체를 알 수 없는, 원본이 무의미한 수많은 가사들은 베끼고 또 베끼는 필사의 전통으로 양적으로 재생산되고 유통된다. 필사 전통 못지않게 낭송은 기억의 재생산으로 전파되는 내방가사만의 독특한 향유방식으로 전승과 전파를 거듭하면서 수천, 수만의 가사 이본을 만들어낸다. 화산 폭발에 비견할 만한 내방가사 향유의 폭발로 경북의 여성들은 비로소

---

4) 조동일, 『한국문학통사』 3, 지식산업사, 2005, 385쪽.
5) 나정순 외, 『규방가사의 작품세계와 미학』(2002)은 11편의 기명작가 내방가사에 대한 논의를 다룬 책이다.

오랜 침묵에서 입을 열고 말하기 시작하였다.

3) 경북여성에 의한 문화혁명

향촌사회에서 보장한 여성지위, 종부

앞서도 말했듯이 문학은 남성의 전유물이었다. 문학이라는 창으로 사회를 논한다면 여성은 소외자요, 주변인이었다. 더구나 기록문학에서의 심각한 소외는 신분적 계층적 불평등을 웃도는 완전한 성불평등이었다. 여성에게 있어 비정치적 비사회적 역할론이 당연시되던 시대적 상황을 고려한다면 18세기 경북에서 일어난 내방가사 담당층의 표층문학, 즉 남성문학에의 참여는 가히 혁명적이라 할 만하다. 세계사에도 유례없는 여성에 의한 도발이라 하지 않을 수 없다.

그러면 여성의 문화혁명이 왜 경북에서 일어났을까. 경북은 조선시대 이래 그 어느 지역보다도 유교 전통의 보수성이 뿌리 깊음을 부정할 수 없다. 그럼에도 불구하고 내방가사로 촉발된 여성의 문학적 행위와 그에 대한 대중적 호응이 온존함을 어떻게 설명하여야 할까.

조선 중기에 들어서면 양반의 지배가 지방의 구석구석까지 미치게 되고 일반 백성에까지 유교윤리가 확산되어 명실공히 유교적 명분사회를 이루게 된다. 그 사회적 배경에는 통치권을 둘러싼 내부 갈등과 낙향 관료들의 이익 유지가 중요하게 작용하였다. 이 과정은 구체적으로 조선 건국 초기 개국공신을 중심으로 한 훈구파 세력이 내부분쟁으로 쇠퇴하고 그 와중에 재야에 은거하여 유교적 학덕을 쌓는데 몰두하였던 사림파가 득세하는 것과 관련된다. 훈구파에 비해 지적, 도덕적 우월성을 가지고 있었던 사림파는 유교원리를 주무기로 세력권에 영입하였고, 따라서 이들은 유교의 이념을 절대적으로 신봉하였으며 유교적 질서를 뿌리내리는 데 전념하였다. 즉, 유교이념의 실천은 사회질서유지의 기제이자 사림파의 권력 기반이었던 셈인데 지방에 기반을 가진 사림파 및 그 후예들은 집권 시에는 중앙으로 나아가고 진출이 좌절될 때에는 향촌의 지배층으로 남아 유교적 교화를 명분 삼아 향권을 장악해 왔다. 지방 양반들의 중앙관료로의 진출이 어려워지고 양반층이 비대해지는 조선 후기로 가면서 향촌 내의 특권 유지가 어려워지고 양반들은 더욱 유교원리를 절대화하고 문중 중심의 조직화와 기존의 득세 가문들끼리의 결성을 통하여 신분 확보를 꾀하게 된다. 17세기 이후에 일반화되기 시작한 족보 간행, 서원과 향안 중심으로 한 배타적 결사체의 활성화, 그리고 동족 부락의 형성은 이러한 향촌의 지배 질서의 재편성과 깊은 관련성을 갖는다. 이러한 사회는 원칙적으로 사적, 혈연적 영역과 혈연을 초월하는 차원에서의 공적 영역의 구분을 엄격히 하여 왔다는 점에 주목하여야 할 것인데, 여기서 여성은 공적인 영역에서 철저히 배제되어 있었다. 이 경우 여성의 주요 역할은 남성의 출세를 돕는 내조자에 국한될 수밖에 없었다.

잘 알다시피 조선시대 영남 사대부가의 여성들은 일찍부터 삼종지도와 열녀효부의 도덕적 굴레 속에서 순종적인 행동거지를 강요받았다. 문밖 출입조차 어려운 폐쇄된 공간에서의 자유만 허용되었다. 그럼에도 불구하고 동족집단의 향촌사회 내에서는 사대부가 여성으로서의 신분적 대우는 충분히 누렸다. 현재도 경북의 명문대가의 종부는 신분적으로 가문을 대표하고 대소가의 대소사를 진두지휘하는 실질적인 가정관리자로서 상징적으로도 상당한 정도의 대우를 받는 위치에 있다. 명문대가에서는 종손 못지않게 종부에게도 존칭어를 사용할 정도로 종부를 우대한다.

주부권과 '안방물림'의 전통

전통사회에서 우리나라의 가족은 생산의 단위이자 소비의 단위였다. 부유한 가정에서나 가난한 가정에서나 생산의 일차적 목적은 가내소비를 위한 것이었다. 주식인 쌀뿐만 아니라 부식까지도 가내에서 조달하고, 생산에서 조리, 저장 등 전과정을 가내에서 관장하였다. 식생활뿐만 아니라 주생활, 의생활도 원료의 생산에서 제작까지 전적으로 가내노동에 의존하였다. 가족이 생활의 단위이기 때문에 가족에 속하지 않는 사람은 의식주를 해결할 수 없었다. 또한 전통사회에서 가족은 경제의 단위만이 아니라 생활의 단위였다. 의식주의 모든 생활을 원만하게 운영하기 위하여 가족원은 가사를 분담하였다. 전통가족에서는 성별원리에 따라 가사를 분담하는 방법을 택하였다. 이를테면 가장인 남성은 집밖의 일, 어렵고 힘든 일을 담당하고, 주부인 여성은 집안 일, 쉽고 편한 일을 담당한다. 가장은 가족원의 의사를 외부에 대표하는 대표권을 갖고, 가족원을 통솔하는 가족권과 가족의 재산을 관리하는 재산권을 갖는다.

이러한 가장권에 비하여 주부가 갖는 권한, 즉 주부권은 재산을 운영하고 소비하는 것으로 가사의 운영권과 집행권이라 할 수 있다. 가장권이 주부권을 통솔하지만 실제 가사의 운영에서는 가장권이 도구적 권한 또는 형식적 권한인데 비하여 주부권은 실제적 권한이라 하겠다. 가사의 운영과 역할의 분담에서는 가장권이 주부권을 지도하고 주부권이 가장권을 보필하여 가장권과 주부권은 상호보완적 관계에 있고 이들이 자동적으로 운영되고 이들 사이의 조화로 가사가 운영된다.[6] 열쇠로 상징되는 이 주부권은 찬광, 쌀뒤주 등의 열쇠꾸러미를 주부가 관장하는 것으로 한 집안의 경제의 소비권한이었다. 이 주부권이 영남지방에서는 '안방물림'이라는 방법으로 계승된다. '안방물림'이란 시어머니가 며느리에게 곳간 열쇠를 건네주는 것과 동시에 시어머니와 며느리 간의 안채에서의 공간이동을 말하는 것이다. 안방은 안주인이 거처하는 공간이며, 여러 부속 건물로 둘러싸여 보호받는 공간으로, 그 중심에 위치하고 있으면서 가족 내에서 안과 중심의 역할을 수행하는 어머니, 혹은 주부의 지위의 상징적 공간이기도 하다. '안방물림'은 주부권 계승의 중요한 단서로서 다른 지역과 구별되는 영남지역의 가족제도의 한 특성이다. 이는 곧 가정경영과 가정경

---

6) 이광규, 『한국전통문화의 구조적 이해』, 서울대출판부, 1993, 13~14쪽.

제에 있어서 주부인 여성의 권한이 타 지역보다 상대적으로 강하다고
할 수 있는 증거가 된다. 특히 18세기 이후 사회경제적 가치의 중요성
이 인식적으로 확산되면서 그에 상당하는 가정 내 역할이 여성에게
주어졌다. 유교적 선비상을 이상으로 하는 세정 모르는 남성들에 비
하여 생산경제적 활동을 포함한 일상적 가계운영에서 가정 내 여성
역할의 비중이 상당히 크게 되었던 것이다. 실지로 살림살이로 재산
을 불린(治産) 여성들은 가문 내에서 그 공적을 인정받아 후손에게 대
대로 칭송받는 훌륭한 조상으로 기려지기도 한다.[7] 내방가사에서는
유교윤리의 적극적 실천인 열녀행이나 효녀행보다 가정 경제의 부흥
이 더욱 존경받는 공적 인정의 변수로 작용하는 경우가 많다. 현재 우
리나라의 억척스러운 어머니상은 이러한 과정에서 자연스럽게 형성
되었으며, 산업화과정을 거치면서 한층 더 강화되는 모습을 보이게
되었다.

여성의 가정 경제권의 확보는 가정 내에서 연장자로서의 지위 획득
과 함께 남녀초월적 가정운영권을 공고히 확보하게 된다. 공적인 표
층문화권에 대하여는 음양원리, 유교적 원리에 부분적으로 순응하는
적응의 방식을 취하면서 여성들만의 독특한 하위문화, 곧 자궁가족,
안채문화, 가정경제권, 모권을 형성 계승하면서 성취적이고 강인한 인
성을 지니게 된 것이다.[8]

영남은 조선조 후기 양반층이 동족근린집단의 강화와 촌락 단위의
문화권을 형성, 그 유대감이 긴밀하였다. 또한 향촌사회의 지배기반
강화의 수단으로 혈통과 문벌 위주의 통혼권을 형성하였는데 내방가
사에서도 그 사실을 확인할 수 있다. 통혼권 내의 혼인은 한국의 혼인
풍속에서는 현재도 대단히 유효한 혼인관으로 작용한다. 또한 현재의
내방가사의 향유층도 대부분 영남 양반가 통혼권 내에서 형성된다.

---

7) 빈한한 가문을 일으켜 세워 칭송받는 여성조상에 대한 가사로는 '능주구씨경자록', '복선화
  음가' 등이 있다.
8) 조혜정, 『한국의 여성과 남성』, 문학과지성사, 1990.

연비연사간의 혼인관계가 자연스럽게 형성됨을 발견하는 경우가 상당히 많다.

4) 여성문학, 그리고 경북지방문학

내방가사는 조선 후기부터 주로 영남지방에서 익명의 양반가 여성들에 의해 창작·필사·낭송의 방법으로 향수되고 유통되면서 현재까지 전승되고 있는 문학이다. 그런 점에서 내방가사는 여성문학이면서 경북지방문학이라고 규정될 수 있기에 어쩌면 우리 한국문학사에서 주변문학이었다. 공적 출간의 기회에서 소외되었으며, 그 소외의 전통은 현재까지도 여전하여 활자로 옷을 바꿔 입은 경우를 제외하고는 내방가사의 원본자료집성의 기회를 얻은 적이 없다는 것이 그 증거다. 남성들이 주된 문화담당자였던 시기에 여성은 문학의 언저리에서조차도 소외되었듯이 남성에 의한 한자가 문학의 지배적 문자였던 시대에 여성의 글쓰기는 더러 금기시되는 것이기도 하였으니 출간의 기회를 얻은 적이 거의 없었다는 사실이 그것을 반증한다.

또한 조선시대와 그 이후 현재까지도 중앙과 지방의 구분은 엄연하여 지방의 것은 무엇이든 상대적으로 홀대받았다. 만약 내방가사의 창작과 유통이 중앙에서 이루어졌다면 장책될 기회 하나 없을 지경은 아니었을지도 모르지 않는가.

그러나 불행인지 다행인지 위의 두 가지 이유 덕분으로 가사 장르에서 유일하게 내방가사만이 향수와 유통의 전통을 온존하게 유지할 수 있었다. 지금은 완전히 고전문학이 된 가사 중 유일하게 내방가사만이 현재진행형의 장르인 것이다. 그것은 오로지 작자면서 적극적 독자였던 여성들에 의해 사적으로 유통, 전승된 지방문학인 덕분이다.

그러므로 내방가사에 관한 한 그 문학적 중심은 영남이다.9) 내방가

---

9) "경상도의 경우와 마찬가지로 충청도나 전라도에서도 18세기 이후에 규방가사가 정착되었던 것으로 보인다. 그러나 절대연대를 밝힐 수 있는 이른 시기의 작품을 찾지 못했으며,

사가 예전의 문화 중심지인 서울, 곧 중앙에서 향유되지 않고, 영남지역으로 그 향유가 한정된 만큼 외풍을 덜 받고 전통을 지켜낼 수 있었음이다. 현재까지 학계에 보고된 내방가사 자료의 양적 성과는 엄청나다. 두루마리 형태의 내방가사 자료가 6,000여 필을 넘는다는 보고가 사실이라면 아마 동일 문학 장르 중 그 작품 수는 최다임이 분명할 것이다. 그런데도 우리는 학계에서조차도 자료 원전의 모습을 공유하지 못하고 있다. 개인적으로 수장하거나 가문 차원에서 가전되는 사적 유통방식에도 그 원인이 있지만 선학들의 영인 자료에 대한 공유의식이 부족하였던 탓이 더 큰 원인일지도 모를 일이다. 어쩌면 내방가사에 대한 홀대의 전통은 현재까지도 여전하였던 것인가.10)

자료 조사가 미진해 자세한 사정을 알기 어렵다. 그런 사정을 감안하더라도 규방가사가 가장 발달된 곳은 경상도 북부지방이고 전형적인 형태가 거기서 마련되었다는 견해가 설득력이 있다."(조동일, 『한국문학통사』 3, 지식산업사, 2005, 387쪽)

10) 이정옥, 『내방가사의 향유자 연구』, 박이정, 1999.

| 목차 |

■일러두기

1. 원전의 행간은 5행 단위로 표시해 두었으며 〈전사〉 방법은 행간을 유지하면서 『맞춤법통일안』에 근거하여 표기하였다.
2. 원전에 삽입한 글자는 윗첨자로 표시하였으며 판독이 되지 않는 글자는 □로 추정 판독은 ( )로 표시하였다.
3. 〈현대어〉는 원전의 음수율에 맞추어야 하나 독자들의 문맥을 쉽게 이해할 수 있는 방식으로 풀어쓰기를 하였다.
4. 〈주해〉는 최대한 상세하게 달았지만 원전의 내용을 확인할 수 없는 것은 '미상'으로 남겨두었다.
5. 〈전사〉와 〈현대어〉는 각각 좌우에 대응시켰으며 원전은 마지막에 첨부하였다. 전사와 현대어의 판독이 미흡한 경우 원전을 참조할 수 있도록 배치하였다.
6. 경북대학교 도서관 측과 한국학중앙연구원 내방가사 데이터베이스 구축 사업단의 합의에 따라 원전 출판 허락을 받은 것임을 명시해 둔다. 〈원전〉은 경북대학교 도서관 측의 허락 없이는 스캔 또는 재촬영 등 어떤 용도로도 사용할 수 없음을 밝혀둔다.

1부

경북대본
〈소백산대관록〉과 〈화전가〉의 특징

문헌 해제

경북대학교 중앙도서관(고도서 811.13 소 42) 소장품 『小白山大觀錄』에는 〈小白山大觀錄〉이라는 제하의 한문 시부와 한글 필사본 가사인 〈소븩산듸관녹언희라〉와 〈화전가〉가 2편이 함께 수록되어 있다(〈소븩산듸관녹언희라〉는 경북대본 〈소백산대관록〉으로 〈화전가〉는 경북대본 〈화전가〉로 명명한다).

『小白山大觀錄』은 세로 26.5cm, 가로 15cm 크기로 한지로 장철되어 있는 필사본으로 표지 좌측에 세로로 『小白山大觀錄』라는 서제와 함께 우측 상단에 "昭和十三年十月日"이라는 기록이 있다. 이를 토대로 이 가사집이 1938년에 필사한 것으로 추정한다. 또한 뒤표지 내면 우측에 상단에 "소븩산듸관녹"이라는 기록과 좌측 하단에는 "무인연(갑술) 구월 초삼일"이라는 기록이 있다. 무인년은 1938년으로 앞 표지의 "昭和十三年十月日"의 기록과 연대가 일치하지만 날짜는 차이를 보인다. 또 '갑술'은 1934년으로 추정되므로 이 가사집은 1934년에서 1938년 사이에 완성된 것으로 보인다. 그러나 이 작품의 창작 연대를 추정하는 결정적인 단서는 『소백산대관록』에 실린 〈화전가〉의 내용 가운데에서 "병술년 괴질 닥쳐고나"이다. 병술(丙戌)년은 고종 23년 (1886)으로 추정된다. 실제로 그 해에 삼남 지방에 괴질이 크게 창궐하여 많은 사람들의 생명을 앗아 갔다고 한다. 따라서 이 작품이 창작된 시기는 훨씬 더 거슬러 올라갈 수 있는데 아마도 1886년 전후에 창작되어 "昭和十三年十月日"에 이 가사집에 채록됨으로 정착된 것으로 판단되므로 창작 연대와 기록 연대가 차이가 난다는 사실을 확인할 수 있다.

『소백산대관록』은 3부분으로 구성되어 있다. 첫째, 내면 1ㄱ쪽에서 8ㄴ쪽까지는 〈소백산대관록〉이라는 제명 아래에 무괘로 10행의 7언구 등 다양한 고시부(古詩賦)체 형식의 한시부로 소백산 일대의 명승지를 소재로 하고 있다.

둘째, 8ㄴ에 〈소빅산듸관녹언히라〉라는 제목과 함께 9ㄱ에서 27ㄱ까지 총 36면에 걸쳐 장편 한글 가사가 실려 있다. 무괘로 12행 내외 귀로 3단에 걸쳐 소백산 일대의 풍광을 노래한 가사이다. 제목을 〈소빅산듸관녹언히라〉하여 앞에 실린 한시 〈소백산대관록〉을 번역한 언해 가사인 것처럼 제명이 붙어 있으나 내용을 대조해 보면 언해한 작품이 아님을 알 수 있다. 곧 이 한글가사는 언해가 아닌 한문본을 소재로 한 상상적 풍류기행가사라고 할 수 있다. 이러한 여성들의 상상적 글쓰기의 사례로는 〈북행가〉와 〈연행가〉, 〈한양가〉 등이 있는데 그 이본이 내방가사로 필사되 향유된 전통과 긴밀한 관계가 있다.[1]

셋째, 27ㄴ에서 49ㄴ까지 총 44면에 걸쳐 무괘로 12행 내외 귀로 3단에 걸쳐 소위 〈화전가〉라는 가사가 실려 있다. 이 작품은 〈덴동어미화전가〉라는 이름으로 여러 편의 논문이 발표된 바 있으며 이를 소재로 한 팩션소설이 발표되기도 하였다. 문제는 〈데동어미전〉이라는 작품과 경북대 소장본 『小白山大觀錄』에 실린 〈화전가〉가 완전 동일본임에도 불구하고 원작품의 출전을 밝히지 않은 채 〈덴동어미전〉이라고 명명하고 있는 것은 서직학적 관점에서 잘못된 것임을 밝히지 않을 수 없다. 따라서 이 책에서는 『小白山大觀錄』에 실린 〈화전가〉를 경북대본 〈화전가〉로 그 명칭으로 고정해두고자 한다.

---

1) 홍재휴, 『북행가연구』, 효성여대전통문화연구원, 1990, 59쪽.

한문본 〈소백산대관록小白山大觀錄〉

〈소백산대관록(小白山大觀錄)〉은 『小白山大觀錄』의 1면에서 8면까지 한문으로 소백산 일대의 경관을 산문형 운문인 부(賦)의 형식으로 기록한 것이다. 1면이 양행 쌍형으로 총 12행 내외로 행간의 글자는 일정하지 않게 기록된 것으로 완결된 작품이 아니다. 뒤에 나오는 〈소빅산딕관녹언히라〉는 한글 가사 창작을 위한 일종의 초록으로 추정할 수 있다. 『소백산대관록』의 한문본 〈소백산대관록〉은 여성이 작성했다고 보기는 어렵다. 남성이 쓴 한시를 보고 상상적 공간으로서의 소백산 일대를 가사형식으로 창작한 것으로 추정된다.

한문본 〈小白山大觀錄〉과 한글본 〈소빅산딕관녹언히라〉와의 관계가 단순히 한시를 한글 가사로 언해한 것이 아니라는 점에서 〈소빅산딕관녹언히라〉라는 작품이 한문본을 참고한 상상적 기행가사임을 규명할 수 있는 근거가 된다. 『小白山大觀錄』의 필사자가 비록 남성이었더라도 여기에 실린 한글 가사 2편은 분명하게 여성작임을 확인할 수 있다.

한문본 〈小白山大觀錄〉은 1면에서 9면까지는 소백산 일대의 자연경관을 5언, 6언, 7언 등 댓귀 형식으로 기록한 것이며 후반부에는 월령가를 요약한 내용이 삽입되어 있다. 9면에서 16면까지는 시부의 형식 '賦不窓'이라는 제명으로 6언 댓귀로 소백산의 산중 경물을 노래한

시이다.

16면 마지막에 '소빅산되관녹언히라'라는 한글 내방가사의 제명과 함께 17면에서 53면까지 '소백산대관록'이라는 한글가사가 실려 있다. 이 '소백산대관록'이라는 작품이 앞에 실린 한문본 〈小白山大觀錄〉를 언해한 것처럼 제명이 달려 있지만 실재로 한문본을 그대로 언해한 것이 아니다. 한문본 〈小白山大觀錄〉이 그 자체가 일관성을 지닌 한시 작품이 아니며 '소백산대관록'의 창작자가 임의로 일부 한시를 발췌하여 참고한 것에 지나지 않는다는 사실을 입증할 수 있는 근거는 아래와 같다.

첫째로 한문본 〈小白山大觀錄〉와 〈소백산대관록〉과 대응되는 부분을 검토해 보면 그 시행의 순서가 뒤섞여 있다.

〈소백산대관록〉의 277행에서 282행과 289행 사이를 대비해 보면 한문본의 시행의 행차와 서로 일치하지 않는다.

> 277 츈심 大협의 물향ᄒ고 ᄒ열감천의 슈식이라 [花心大峽物香 夏日甘泉水息]
> 278 졔월교 변의 구곡계ᄂ 무이산쳔이 분명ᄒ다 [霽月橋邊九谷溪無夷山分明]
> 279 광풍딕하 七里탄은 동강슈가 아니넌가 [光風臺下七里灘桐江水彷佛]
> 280 빈빈 예악송 두들은 나현졍이 여긔로다 [彬彬礼樂誦奈賢井]
> 281 양양 현송 노실 동ᄂ 승혈이 이곳지라 [없음]
> 282 도봉은 고져산법이요 오게가 회포 무직로다 [道峯高直千萬丈之山法]
> 289 大산 풍월 小쳔 연ᄒ 셰거리 구졈의 황홀ᄒ다 [大山風月小川煙霞悦惚三衙舊店]

한시부를 순서대로 번역한 것이 아니라 이 행 저 행에서 임의로 발췌하였음을 확인할 수 있다.

둘째로 언해가 직역된 것도 있지만 한시의 내용을 그대로 한글가사로 언해하지 않은 예들도 있다.

173 우화등선 이닉 몸니 빙허어풍 호여고나 [羽化登仙縱大觀無邊景物入吾歡]

282 도봉은 고져산법이요 오게가 회포 무직로다 [道峯高直千萬丈之山法]

296 금슈산의 영춘호니 임사 장임이 창창하다 [錦繡山而永春二十四長林花景不改]

297 안남 국치 노인봉은 슈민단乙 구벼 잇다 [岸南極彩壽民壇之南岸]

400 등두들의 봄이 집펴 셩일망귀 유긱이요 [春深登樂里舒嘯而來]

409 大군단의 봄이 오니 왕손호ᄂᆞ 연연녹이요 [大君坰前春草年年錄]

412 송니골의 풍금소릭 월즁의 실실 뉘가 타나 [松里琴曲月中秦仙座]

173, 282행이나 400, 42행의 예처럼 한시와 언해가 전혀 다르거나 296행처럼 '二十四'를 '임사'로 언해하여 원문과의 관계가 불명료한 경우도 있다. 409행에서는 한시 중간에 '왕손호ᄂᆞ'이라는 사람의 이름을 삽입하여 원시를 직역으로 언해한 것이 아님을 확인할 수 있다.

셋째, 한시의 순서와 언해한 가사의 순차가 다른 경우도 있다.

415 어두니의 힉가 지니 발근 밧테 달이 온다 [仰素月於明田 送夕陽於昏里]

415행은 한시의 선후행 구절을 순서를 바꾸어 언해한 예이다.

넷째, 한자의 오류가 곳곳에 보인다.

422 八公山 동딕산은 남히乙 마가 잇고 [八孔山東臺山眼前羅列]

422행에서 팔공산을 한시에는 '八孔山'으로 가사에는 '八公山'으로 표기한 오류가 보인다.

이외에도 300행의 예처럼 '錦선정'이라는 정각 이름만 따와 한시의 내용과 다른 경우도 있다.

304 셕쳔 폭포 흘너나려 도화유슈 귈어비라

304행의 한글 가사에 대응하는 한시부의 원문은 "석천폭포의족은 하낙구천石泉瀑布疑足銀河落九千"인데 이를 변형하여 "석천 폭포 흘러내려 도화 유수에 쏘가리가 날아 오르네"로 언해함으로써 한시를 잘 활용한 예가 된다. 한시의 전경에 나오는 석천 폭포에 떨어지는 물줄기에 피어오른 은하가 9천 척이나 된다는 것을 '쏘가리가 폭포를 거슬러 날아 오른다'고 이미지를 변환하고 있다. 창작자가 얼마나 뛰어난 문학적 감수성을 가지고 있는지 짐작할 수 있다.

결국 '소빅산듸관록언히'라는 한글 가사는 단순히 한문본 〈小白山大觀錄〉를 언해한 것이 아니라 남성이 쓴 한문본 〈小白山大觀錄〉을 소재로 한 창작가사임을 알 수 있다.

경북대본 〈소백산대관록〉의 구조와 특징

〈소빅산ᄃᆡ관녹언희라〉와 함께 〈화전가〉라는 한글 가사는 동일 필체인 반듯한 한글 흘림체로 기록되어 있다.

먼저 『小白山大觀錄』의 작자에 대해 살펴볼 필요가 있다.

"담뱃대를 손에 들고 백두건을 둘러쓰고
이삼 제인이 동행하여 명산대천 찾아 간다"〈소빅산ᄃᆡ관녹언희라〉

"금실지낙이 좋건마는 양귀라도 생각없고
보고 듣는 것 쓸데없고 호주미색도 소용없네"〈소빅산ᄃᆡ관녹언희라〉

〈소빅산ᄃᆡ관녹언희라〉 작품 가운데 작자를 추정할 만한 근거로 "담뱃대를 손에 들고 백두건을 둘러쓰고"와 "금실지낙이 좋건마는 양귀라도 생각없고"라는 대목을 고려하면 작자가 여성이 아닌 남성 작품으로 간주할 수밖에 없다. 채록자의 글씨체가 한시와 동일한 〈화전가〉와 동일하다는 사실을 근거로 하여 여성 작품이 아닌 남성 작품으로 추정하는 근거로 삼을 수도 있다. 그뿐만 아니라 가사의 내용에 다양한 중국의 고사를 인용하거나 어려운 한자어가 다량으로 나온다는 점을 고려해도 여성의 작품으로 보기 어렵다.

그러나 아래의 대목을 보면 이 작품의 작가가 결코 남성이 아닌 여성임을 짐작할 수 있다.

늑다고 덜다 그럴가 나 혼자 쏀이로다
그도 쏘흔 날과갓타 두 과부가 흔듸 자녀
이팔청춘 소연더라 눌그니 보고 웃지 말게(경북대본 〈소백산대관록〉)

〈소빅산듸관녹언히라〉의 작가가 남성이냐 여성이냐의 문제는 이 작품의 구조와 매우 밀접한 관계가 있다. 다시 말하면 이 작품은 소백산 일대의 자연경관을 유람한 기행류의 가사이지만 뒷부분에는 달거리노래와 '노인자탄가'의 두 가지 텍스트가 혼합된 구성이다.

이 작품은 백두산을 중심으로 5방의 주요 명산대천을 조망한 다음 태백준령의 2백 8경의 산천의 경물과 소백산을 중심으로 하는 유산을 노래하고 있다. 산과 바위(30개처), 나무(46종), 꽃(26종), 약초와 나물(32종), 새와 소리(26종), 자연경물을 노래한 다음 상상봉에 올라가 세상을 내려다보면서 33곳의 이름난 경처와 33인의 중국과 조선의 명현과 장군을 연결하는 말 잇기 형식으로 유장하게 이끌어내고 있다. 고봉에서 산신제를 지내는 과정에서는 고기(12종), 과일(13종), 물고기(8종), 채소와 과일 등의 제물을 차려 산신제를 올린다. 이어 자연 경관 가운데 골짜기와 산봉우리를 각종 중국 고사와 연결하는 참으로 기막힌 수사로 전경을 이끌어 인간과 자연합일의 선유관을 도출해낸다.

날이 저물면서 오늘 다 보지 못한 경관 구경은 내일로 미루며 석양에 지는 일대의 장관을 다시 숲과 나무 그리고 새와 풀벌레를 동원하여 귀소(歸巢)하는 장면을 그리고 있다. 이어 회귀와 하산 장면에서는 송화주에 흠뻑 취해 산, 물, 나무와 풀, 짐승, 꽃 등 온갖 자연의 소재를 단순 반복형으로 노래한다. 다시 아침이 오면 달거리 세시가(歲時歌)를 삽입함으로써 구조적인 일대 전환을 꾀한다. 경북대본 〈화전가〉가 〈덴동어미전〉과 〈봄춘자 노래〉와 〈꽃노래〉를 삽입하듯이 경북대본 〈소백산대관록〉도 달거리 세시월령가를 삽입함으로써 구조적 단순성을 벗어나는 동시에 가사의 서사화를 꾀한다. 이어서 〈노탄가〉를 삽입하는 매우 획기적인 장르의 혼합과 구조의 복합으로 서사성을 획득한다. 이러한 방식은 당시 여항에 널리 회자되었던 한글소설 〈춘향전〉의 구성 방식과도 닮아 있다.

이 작품은 남성의 창작으로 추정되는 한시 〈小白山大觀錄〉을 활용하여 여성의 상상적 글쓰기 방식으로 〈소빅산듸관녹언히라〉라는 작품으로 전환하여 완성되었고 이은 '달거리 월령가'와 '노탄가'를 삽입함으로써 등장인물에 남성과 여성이 공존하게 된 것이다.

유산가는 산행이라는 과정이 들어가 있는데, 유산은 여성으로서는 행동반경의 제약으로 인해 당시에는 불가능한 놀이임에 틀림이 없다. 따라서 문필이 뛰어난 남성의 작가가 쓴 〈小白山大觀錄〉을 보고 상상적 공간 속으로 뛰어 든 것이다. 이러한 관점은 역으로도 생각할 수 있겠지만 조선 후기 여성들의 가사의 전승과 향유의 방식을 고려한다면 이 가정이 결코 불합리하다고 판단하기는 어려울 것이다.

여성작이 분명한 경북대본 〈화전가〉의 서사적 구조와 〈소백산대관록〉의 서사적 구성 방식은 매우 유사하다. 다만 〈소백산대관록〉이 "소백산 유산놀이-달거리 월령가 삽입-노탄가"로 이어지는 계기적 구조(Continuous Plot)라면 〈경대본 화전가〉는 '화전놀이 출발-덴동어미 술회(황도령의 술회)-봄춘자노래-꽃화자노래-화전놀이 귀가'라는 액자형 구조(Gilded Frame Plot)로 서사적 구조(Narative Plot)로 전환한 점에서 차이를 보인다. 운문 장르인 가사를 이용한 서사화의 기획은 당시 널리 유포되고 있었던 〈춘향가〉, 〈구운몽〉 등의 한글소설이나 언해된 중국소설을 독해한 조선조 여성들의 글읽기와 글쓰기의 소산물이라고 할 수 있다.

〈소백산대관록〉의 작품은 분명한 여성의 창작물이다. 그 구성의 측면에서도 매우 뛰어난 여성의 상상적 글쓰기의 소산물일 뿐만 아니라 창작자가 읽은 많은 한글소설이나 『여사서』, 『내훈』 등의 여성 교육서를 통한 박학한 지식을 토대로 이루어졌다. 그리고 이 작품에 등장하는 다양한 정보 곧 산, 봉우리, 골, 들판, 돌, 나무, 꽃, 풀, 벌레, 음식명 등 엄청난 정보를 제공해 주는 명작 가운데 하나로 손꼽을 수 있다.

특히 이 작품에 나타나는 자연합일의 동양적 풍류관과 유산의 전경을 통해 여성들의 공간적 체험 영역의 확대와 세계관의 변화를 읽어 낼 수 있는 작품이기도 하다.

『小白山大觀錄』에 실린 〈화전가〉의 내용은 전적으로 여성들이 주인공으로 등장하고 있어서 〈소빅산듸관녹언히라〉와 함께 창작자는 여성이고 필사자는 남성으로 추정된다. 그러나 〈소빅산듸관녹언히라〉라는 한글 가사가 한시 〈소백산대관록〉를 언해한 것이 아니라 〈소백산대관록〉의 내용을 근거로 하여 상상적인 기행을 가사로 옮긴 것으로 추정할 만한 근거는 바로 뒤에 이어지는 〈화전가〉라는 작품이 뒷받침해주고 있다. 여성 내방가사의 창작과 전승 및 향유 과정에 대한 특징으로 다른 이가 쓴 작품을 옮겨 필사하거나 남성이 대필하는 사례도 있기 때문에 본 가사집 〈소백산대관록〉이 남성 작품이 아닌 여성의 작품으로 판단할 수 있다.

"동군니 포덕틱하니 츈화일난 씨가 맞고
화신풍이 화공되여 만화방창 단청되닉
이른 씨乙 일치 말고 화젼노름 하여 보셰
불출문외 ᄒ다가셔 소풍도 ᄒ려니와
우리 비록 여자라도 홍쳬 잇게 노라보셰" (경북대본 〈화전가〉)

경북대본 〈화전가〉에 "우리 비록 여자라도 홍쳬 잇게 노라보셰"라는 대목을 들 수 있다.

『小白山大觀錄』에 실린 〈화전가〉의 내용 가운데에서 "병술년 괴질 닥쳐고나"라는 내용을 보면 이 작품은 병술(丙戌)년 곧 고종 23년 (1886) 경에 창작되어 경북 영주지역에 널리 유포되다가 1886년 경 가사집으로 채록된 것이다. 따라서 원작자는 현재로서는 추정이 불가능하지만 단지 전사자는 남성이냐 여성이냐는 문제는 그렇게 중요한 문제가 아니다. 아마도 한시 〈小白山大觀錄〉을 소재로 하여 상상적인 글쓰기를 통해 창작된 것이 바로 〈소빅산듸관녹언희라〉이라고 할 수 있다. 이 〈소빅산듸관녹언희라〉이라는 한글 가사 역시 전형적인 내방가사의 형식인 3.4조의 내외 대구 형식으로 무한정 이어가는 산문적 운문 형식으로 쓴 작품이다.

경북대본 〈소빅산듸관녹언희라〉는 〈화전가〉와 더불어 여성 기행가사를 비약적으로 발전시킨 내방가사이다.

〈소빅산듸관녹언희라〉는 전체 22단락 667행으로 구성된 장편 가사인데 단락별 주요 내용은 다음과 같다.

1단락(1~3행): 도입 명산대천에 부치는 글은 사마천의 사기와 같다.

2단락(4~18행): 백두대간을 중심으로 북은 마천령, 남은 태백산, 서는 묘향산, 동은 금강산과 12명산을 나열.

3단락(19~34행): 태백산 줄기 소백산으로 유산놀이의 출발.

4단락(35~50행): 행선지로 가는 과정의 새, 꽃, 고목, 구름, 물, 바람 등 자연 경관 조망.

5단락(51~68행): 경로에 있는 31개 바위 이름과 바위에 대한 형태적인 묘사.

6단락(69~97행): 경로에 있는 47종의 나무 이름과 나무 외형에 대한 묘사.

7단락(98~110행): 경로에 있는 꽃 25종의 이름과 그에 대한 묘사.

8단락(111~132행): 경로에 있는 산나물 27종의 이름과 그에 대한 묘사.

9단락(133~156행): 경로에서 만난 25종의 새의 이름과 외형이나 목소리에 대한 묘사.

10단락(157~166행): 경로에 계곡에 대한 묘사.

11단락(167~222행): 비로봉 정상에 올라 소백산록의 경관을 조망. 36명의 중국과 조선의 성현군자 고사와 산의 경관을 연계.

12단락(223~229행): 산의 경관을 〈베틀가〉와 연계하여 기술.

13단락(230~244행): 산과 봉우리에 대한 경관 조망.

14단락(245~255행): 산과 봉우리를 과거 시험과 연계.

15단락(256~317행): 산과 봉우리 그리고 계곡의 경관을 노래함.

16단락(318~387행): 산신 고사 준비과정(제물준비 육류(10종), 과일(17
　　　　종), 채소(11종), 물고기(8종), 제기 등을 자연 경관과 연계하여
　　　　노래함.)

17단락(388~429행): 산신 고사 이후 자연경관 조망.

18단락(430~460행): 일몰 후 석양과 야경의 조망.

19단락(461~518행): 저녁을 먹고 낮 동안의 행적을 회상. 산, 봉, 물,
　　　　바위, 돌 들에 대한 노래.

20단락(519~594행): '달거리'. 정월에서 12월까지 월령. 계기적 구조 삽입.

21단락(595~666행): '노인탄'. 계기적 구조 삽입.

22단락(667행): 결사

〈쇼빅산ᄃᆡ관녹언ᄒᆡ라〉는 작품의 시선이나 장면의 전환은 "ᄯᅩᄒᆫ 져
편乙 바라보니 앗다 져 바위 이상ᄒᆞ니", "긔경은 그만 두고 ᄯᅩᄒᆫ 져편
乙 바ᄅᆡ보니", "그 긔경은 그게 두고 ᄯᅩᄒᆫ 져편乙 바ᄅᆡ보니"와 같이
장면 전환을 위한 구절을 통하여 이루어지지만 '달거리'나 '노인탄'을
계기적으로 삽입하는 부분에서는 이러한 구절이 나타나지 않는다.
　〈쇼빅산ᄃᆡ관녹언ᄒᆡ라〉에서 사물의 명명 방식에 대한 작가의 태도
가 잘 반영된 대목이 있다.

　　높고 낮은 허다 산이 이름 없는 산이 없고
　　크고 적고 많은 물이 이름 없는 물이 없고
　　곧고 굽고 숱한 나무 이름 없는 나무 없고
　　좋고 싫고 많은 풀은 이름 없는 풀이 없고
　　날고 기고 허다 짐승 이름 없는 짐승 없고
　　희고 붉고 숱한 꽃이 이름 없는 꽃이 없네

그 이름을 뉘 지었는지 알다가도 모름이라

        (…중략…)

봉도 봉도 이름 좋아 기상 보아 이름이요

산도 산도 이름 좋아 산세조차 이름 짓고

물도 물도 이름 좋아 수세水勢 보아 이름이요

바위 바위 이름 달라 형용 보고 이름되고

돌도 돌도 이름 각각 생긴대로 이름이네

  산, 물, 나무, 풀, 꽃, 봉, 수세, 바위, 돌에 대한 묘사의 근거는 대상의 형태나 즉물적 이미지를 연결하여 묘사하고 있다. 경물의 이름을 연상하여 이어나가는 구송 방식은 마치 주술이나 무가의 공수 방식과 다를 바가 없다. 그 가운데 바위에 대한 경관을 어떻게 조명하고 있는지 살펴보자.

또한 저편을 바라보니 아따 저 바위 이상하니

송락을 쓰고 염불하니 부처 바위 분명하다

덜렁 들어 공중 바위 번쩍 들어 뚜드리며

펄펄 날아 봉바위요 둥둥 떴다고 부석이라

웅숭구려 범바위요 성적 쮜여 톡기 바우

셔리셔리 용바우요 구불구불 비얌 바우

모가지 옴칠 자리바우 등어리 넙죽 거북 바우

장단 치난 북바우요 둥긔덕궁 둥둥 바우

틔평 안자 좌석이며 웃둑 섯난 션돌리요

허리가 압파 눈 돌리요 삼경사경 잘 바우라

금싱여슈 금게 바우 옥줄곤강 옥돌바우

둘둘 구부려 슈레 바우 두 픽 조군 가마 바우

반석일너 너분 바우 사방이 반듯 마당 바우

만경창파 빈 바우오 들 가운듸 궐농 바우

둘리 쭉 가탄 오누바우 둘리 마죠 선 형졔 바우
션익乙 다라 사모 바우 학셩이 반듯 탕건 바우
머리가 둥그려 갓바우 허리가 질숙 안장 바우
팔쳑 장셩 장군 바우 쥴기 팔팔 머역 바우

　산천에 있는 바위 이름을 그 생긴 모습이나 형용의 특징을 포착하여
이미지 연쇄(Serial image) 방식으로 바위 이름을 호명하고 있다.
　'박나무, 옻나무, 상사나무, 칭칭나무, 감나무, 모기나무, 소나무, 젼
나무, 북나무, 남목, 부상목, 오동나무, 노가지, 피나무, 동빅나무, 딕무
나라, 딋쪽나무, 용목, 잣나무요, 엄나무라, 썩가나무, 속소리나무, 노
른직, 물가나무, 직량나무, 보춈나무, 사시나무, 신나무, 셔나무, 직장
나무, 산유자, 박다나무, 들미나무, 싸리나무, 광딕싸리, 희다목, 나도
박달, 단풍나무, 무푸릐, 멍덜머로, 멍덜쥐다릭, 뎜불, 놉팡귀'처럼 수
십 가지의 토착어로 된 나무이름도 보인다.
　〈소빅산딕관녹언희라〉는 다양한 자연경관과 경물을 어휘 연상법으
로 엮어내어 호명하는 탁월한 수사법과 의성·의태어를 다양하게 활용
한 기행가사로서 조선의 여성문학을 비약적으로 발전시킨 작품이다.
이 작품에 나타나는 온갖 경물에 대한 묘사나 토착어로 된 사물의 이
름 하나하나가 다 소중하다.

경북대본 〈화전가〉의 구조와 특징

이 작품은 유탁일(1979), 김문기(1983), 신태수(1989), 류해춘(1990), 이정옥(1999)이 자료 소개와 함께 작품 분석을 한 바 있다. 1979년 유탁일 교수가 처음으로 『소백산대관록』에 실린 〈화전가〉를 "덴동어미 화전가"라는 제목으로 학계에 발표했다. 이후 김문기는 서민가사로 처리하였다. 그 외의 연구에서는 작품의 필자 추정을 정밀하게 한 바가 없다.

『소백산대관록』에 실린 한시 경북대본 〈화전가〉에 대해 몇 가지 짚고 가야할 것 같다. 『小白山大觀錄』에 실린 〈화전가〉 곧 경북대본 〈화전가〉의 작자는 경북 북부지역 순흥(順興)지역의 청상으로 추정할 수 있다. 외로운 마음을 달래기 위해 소백산 자락에서 화전놀이를 하는 동안 자신의 심사를 덴동어미로 대변하여 술회하는 형식을 취하고 있다. 당시 서민들의 살아가는 모습과 시대상을 노래하는 총 815행으로 된 내방가사이다. 이 작품은 전체 17단락으로 구분되며 서사, 본사, 결사 형식으로 본사에 '덴동어미 일생담'과 '봄춘자노래'와 '꽃화자노래'가 액자 형식으로 삽입된 대서사적 내방가사이다.

내방가사는 운문이면서 이어쓰기라는 형식적 특성 때문에 산문적 성격도 띄고 있다. 그런데 특히 이 작품의 구성 방식은 일반적인 화전가의 작품에 나타나는 시간 순차적 공간 이동이라는 단순 구성에서 벗어나 있다. 곧 '화전놀이 출발-덴동어미 술회(황도령의 술회)-봄춘자 노래-꽃화자노래-화전놀이 귀가'라는 액자형 구조(gilded frame plot) 안에 또 액자를 설치한 역피라미드 우물(Reverse pyramid wells)처럼 구성되어 있다. 이것은 창작자의 운문 장르의 산문화로 전환하려는 기획된 의도에서 비롯된 것이다.

경북대본 〈화전가〉의 명칭에 대해 먼저 살펴볼 필요가 있다. 유탁일(1971)이 처음으로 이 경북대본 〈화전가〉를 〈덴동어미 화전가〉로 그 명칭을 규정한 이래 고미숙(1998), 김용철(1995), 박혜숙(1992), 김종철(1992), 정흥모(1991) 등 대부분의 연구자들이 이 원전에 대한 정보를 재고하지 않은 채 〈덴동어미 화전가〉로 명명하고 있다. 심지어 박혜숙(1992)은 원래 제목은 〈화전〉이지만 〈덴동어미화전가〉로 명명하는 것이 학계의 관행이라고도 기술하고 있다. 최근 이 작품을 소재로 한 팩션 소설이 출판되었는데 여기서도 〈덴동어미전〉이라 명명하고 있으며 최근 단권집으로 출간된 책에서도 원전 출처에 대해서는 한마디의 언급도 하지 않고 그 서명을 바꾼 사례가 있다.2)

유해춘(1990), 이정옥(1999)은 〈화전가(경북대본)〉이라 하여 원전의 출처를 고려한 명칭을 사용하고 있는 예외라고 할 수 있다. 가사집 『小白山大觀錄』에 작품명이 〈화전가〉라고 분명하게 명시되어 있음에도 불구하고 그 내용 가운데 삽입된 내용을 근거로 하여 작품 명칭을 바꾼 것은 분명히 바로잡아야 할 것이다. 이 작품 가운데 들어 있는 '봄춘자 노래'만 떼어내어 〈봄춘자노래〉라고 작품 명칭을 바꾸는 것은 서지학적으로도 기본적인 상식에서 벗어났을 뿐만 아니라 저작권법에 저촉되는 일이라고 할 수 있다.

운문 장르인 가사를 이용한 서사회의 기획은 당시 널리 유포되고 있었던 〈춘향가〉, 〈구운몽〉 등의 한글소설이나 언해된 중국소설을 독해한 여성의 글읽기의 소산물이라고 할 수 있다.

---

2) 박혜숙, 『덴동어미 화전가』, 돌베개, 2012; 박정혜, 『덴동어미전』, 한겨레출판부, 2012.

경북대본 〈화전가〉의 작품 구성에 대해서는 기능소와 구조 단락을 정밀하게 분석한 유해춘(1998)과 박혜숙(2012)의 성과가 있다. 박혜숙(2012)은 이 작품의 구성을 18단락으로 구분하고 있다. 그러나 이들 연구는 지나치게 덴동어미전의 삽입 부분만 강조되어 있기 때문에 작품 구조를 재분석할 필요가 있다.

1단락: 화전놀이 준비—준비물, 화장과 단장

2단락: 소백산 비봉산 도행과 도착

3단락: 청춘과부의 자탄

4단락: 청춘과부의 개가 제안

5단락: 덴동어미 등장—개가 반대

6단락: 덴동어미의 첫째 결혼과 남편 그네에서 추락사

7단락: 덴동어미의 두번째 결혼과 남편 당시 지방 관아 횡포 파산과 괴질

8단락: 도부장수 황도령의 등장 자신 삶의 이야기—구혼

9단락: 덴동어미의 세 번째 결혼과 도부장수 황도령의 수해로 인한 죽음

10단락: 덴동어미의 네 번째 결혼과 엿장수 조서방—덴동이 탄생과 화재로 인한 죽음

11단락: 덴동어미의 귀향 청춘과부의 개가 반대

12단락: 청춘과부의 개가의 실패담과 수절의 가치 평가

13단락: 봄춘자노래 삽입(춘향전)

14단락: 꽃화자노래 삽입(구운몽)

15단락: 화전놀이의 종결 귀가와 내년의 기약

이상에 의하면 경북대본 〈화전가〉의 작품 구조는 15단락으로 구분된다. 실제 화전놀이와 직접적인 시공간의 이동을 담은 1~5단락과 15단락을 제외하면 두 개의 서사적 스토리가 액자 삽입 구성으로 들어간다. 6단락에서 12단락까지는 덴동어미와 작자가 일체가 된 덴동어미의 네 차례의 걸쳐 상부한 불행과 연이은 개가의 체험적 사설이 삽

입된다. 소위 '덴동어미전'이라고 할 만한 서사적 장치인 셈인데 그 속에 다시 8단락에서 황도령의 신세타령의 이야기가 액자 속의 액자형으로 끼어들어가 있다. 13단락과 14단락은 '봄춘자노래'와 '꽃화자노래' 노랫가락이 두 편 접속된다.

기행가사는 시간 순차적으로 구성된 것이 일반적이지만 과거-현재의 대조적 방식으로 덴동어미의 사설이 삽입됨으로써 일반적인 내방가사가 갖는 구조적 단순성을 뛰어넘어 서사적 구성 양식을 획득하게 된다. 이러한 구성적 특성은 이 가사를 쓴 창작자가 〈구운몽〉이나 〈춘향전〉과 같은 한글소설을 읽은 경험 있는 창작임을 유추할 수 있다. 구체적으로 '봄춘자노래'와 '꽃화자노래' 가락은 〈춘향전〉의 삽입요와 유사한 방식으로 구성되어 있을 뿐만 아니라 가사에 등장하는 다양한 인물이 〈구운몽〉의 팔선녀와 양소유나 팔선녀의 시나 응축된 스토리가 삽입된 것으로 충분히 입증할 수 있다.

서사성이 취약한 운문 가사에 탄탄한 서사적 구조로의 전환이 상당히 기획적인 것임을 앞에서 살펴본 〈소백산대관록〉에서도 확인할 수 있다. 이러한 서사적 구조는 가사와 민담 그리고 노랫가락이라는 민요와의 장르 혼효를 보여줌으로써 특히 작자층의 개인 경험이 존중되는 현실 인식이 확대 변화되는 과정을 반영하고 있는 매우 획기적인 작품이라고 평가할 수 있다.

경북대본 〈화전가〉에서 확인할 수 있는 창작자의 시각은 당대의 여항의 여성들의 시대적 가치를 반영하고 있다. 조선 후기 사회는 이미 사대부와 하층 간의 동중(洞中) 결속이 이루어지는 과정에 있었다. 상계와 하계가 결속하여 대동계를 구성하여 이 결속체를 단위로 한 화전놀이가 이루어지고 있음을 알 수 있다. 사대부가 여성들에게 그들끼리의 화수계나 문중계 혹은 딸래계가 형성된 것은 영남 사대부가 여성의 결사조직의 특성이다. 그런데 조선 후기로 내려오면서 자연스럽게 하층인들끼리 결속된 하계(下契)와 사대부가 중심인 상계(上契) 조직이 합쳐진 대동계(大同契)의 방식으로 바뀐다. 대소민이 함께 동행하면서 이루어진 화전놀이로 바뀌고 있음을 알 수 있다.

이 작품에서 중인 계열에 속했던 덴동어미는 사회적 신분구조에서 완전히 벗어난 인물이다. 향촌사회에서 중인 계열인 이방(吏房)과 이루어진 첫 결혼이 실패하면서 거리낌없이 도붓장수, 엿장수와 연이어 별 고뇌 없이 4차례나 개가를 한 것으로 보아 팜므파탈적 인격 소유자로 보여지며 이를 주변 사람들조차 아무 제지를 하지 않고 도리어 개가를 부추기는 당대 사회 현실을 반영해주고 있다.

조선 후기 사회에 명문 사대부를 제외한 대부분의 양반가는 재지기반의 몰락과 함께 신분적으로는 사대부가 여성이지만 현실적인 삶 속에서는 하층인들과 다름없는 계층 통합이 이루어지고 있었다. 그에 비해 하층인들이라도 재지기반이 갖추어진 경우 하인을 거느리는 등 신분 상승이 이루어지고 있었다.

이 작품은 이미 중하인층에서는 개가를 당연하게 받아들이는 사회현실을 지탄하기 위해 사대부가 여성들이 지향하는 유가의 가치인 개가 금지를 중인이나 하층인들도 수용해야 하는 당위성을 '덴동어미'의 입을 통해 확장하고 있다. 4차례에 걸친 결혼과 상부(喪夫)라는 인생 파탄을 경험한 팜므파탈의 주인공 덴동어미가 오히려 앞장서서 젊은 청상과부들의 개가를 반대한 것은 결국 사대부가 여성들이 지향하는 수절(守節)의 가치를 중인이나 하층인 계층에서도 인정함으로써 상대적으로 하층인의 신분 상승의 효과를 얻어내고 있다.

시간 순차적 구성이 갖는 '화전가'류 작품의 단조로움을 덴동어미의 사설과 두 편의 타령조를 삽입함으로써 '현재-과거회상-현재'로 이어지는 구성의 변화를 가져 왔다. 그만큼 일반적인 '화전가'가 갖는 구성의 단조로움을 깨뜨림으로써 더 많은 향유자를 확보할 수 있을 뿐만 아니라 개가는 곧 불행으로 이어진다는 작자의 의도를 효과적으로 전달할 수 있는 방편이 된 것이다. 화전놀이가 갖는 공간 이동은 '출발-도착-귀향'이라는 매우 단조로운 구성 형식을 전제하고 있다. 대부분의 화전가가 이러한 틀에서 벗어나지 못하고 있지만 이 작품은 덴동어미를 통해 '영주-상주-경주-울산-영주'라는 공간 배경으로 이동되고 또 그 사이에 황도령의 역피라미드식 사설에서 배를 타고 '울산-제주'라는 이동 공간이 연출됨으로써 구성의 단조로움을 벗어나게 해주고 있다.

조선 후기 농업경제 구조의 변화라는 측면에서 화폐 경제의 현실이나 향촌 사회의 향리들의 착취의 모순적 현실과 고리대금이나 도붓장수, 엿장수로 이어지는 상행위가 정당화된 경제 현실도 확인할 수 있다.

"우리도 이리 힌셔 버러가지고 고향가면/이방乙 못하며 호장乙 못하오 부러웁게 무어시요"라는 대목에서는 중상주의 의식이 확대되고 매관매직하던 당시의 시대 상황을 엿볼 수 있다. "영감 싱이 무어시오 닉싱이는 엿장사라/마로라는 웃지하여 이 지경의 이르런나/닉 팔자가 무상하여 만고풍싱 다 격거소"에서처럼 대화체도 나타나고 있다.

농업경제 구조에서 하층인들이 '마름'에서 객주집의 '중느미'로 변신하고 그러한 변신이 전혀 꺼리낌없이 이루어지는 여항민들의 시대적 현실 가치를 반영해 주고 있다.

결론적으로 정리하면 다음과 같다.

첫째, 가사와 민담과 타령조의 노래와 장르 혼효를 보여주는 작품으로 특히 작자층의 개인 경험이 존중되는 현실 인식이 확대 변화되는 과정을 반영하고 있는 매우 훌륭한 수작이다.

둘째, "영감 싱이 무어시오 닉싱이는 엿장사라 마로라는 웃지하여 이 지경의 이르런나 닉 팔자가 무상하여 만고풍싱 다 격거소"에서처럼 대화체가 다량 나타나고 있다.

셋째, 20세기의 경상북도 순흥 지방의 방언과 토착어가 대거 반영되어 있어 문학 텍스트로서 매우 귀중한 자료로 활용될 수 있다. 또한 언어유희로서 의성어와 의태어의 조합이 자유자재로 이루어지고 있다. 자연 경물과 관련된 다양한 민속 어휘가 나타나 언어의 풍부성을 이해하는 데에도 매우 귀중한 실증적 자료가 된다.

넷째, 이 작품은 문학사적으로 조선 후기 사대급 계급의 몰락과 함께 사대부가의 규방은 명분만 남고 사대부가의 내방으로 서서히 변모하는 과정을 담고 있다. 집안 딸래 간의 계모임 또한 서서히 동네계로 확대됨으로써 사대부가와 평민가의 여성들이 지향하는 가치가 혼류되는 모습을 보여준다. 당대 여성들의 지향 가치가 어떻게 굴절되고 변화하는지 조망이 가능하다. 조동일 교수가 말한 내방가사의 '교술장르'로서의 한계를 벗어나지 못한 것이 아니라 사대부 여성들의 신분적 제약이 파괴되면서 다양한 체험적 문학으로서 가사의 구성 방식이 서사화되고 또 뛰어난 수사의 장점을 드러냄으로써 문예미학적 가치를 발휘한 작품 가운데 하나이다.

다섯째, 이 작품은 내방가사로서의 구연으로, 새로운 민요가락으로, 혹은 극적 무대 장르로 혹은 영화로 다양한 장르 전이를 통해 고전 문학의 현대화를 통한 스토리텔링이 가능한 뛰어난 소재라고 할 수 있다. 전라도의 판소리 장르처럼 내방가사 장르도 소리로 연결하거나 공간 무대 예술 장르로 발전시킬 수 있는 가능성이 있음을 시사한다.

여섯째, 이 작품에는 경상도 방언이 다량 나타나기 때문에 방언연구 및 국어사 연구에도 기여할 수 있다.

유산가와 화전가

　조선 성리학자들은 유산유수(遊山遊水)를 단순한 놀이가 아닌 자연의 도(道)에 이르는 길로 여겼다. 이러한 전통은 주자(朱子)가 산수지락을 즐기며 자연과의 물아일체의 경지가 도에 이르는 길이라는 유학적 자연관에 영향을 받은 것이다. 주자의 〈무이구곡(武夷九曲)〉을 본따서 속세와 환로를 벗어나 아름다운 산수선경을 토대로 구곡원림을 경영하는 것이 한때 유행처럼 번져 전국 수십 처에 구곡원림을 만들고 구곡의 시를 짓거나 구곡도를 그리는 자연관과 풍류관을 형성하였다.

　일찍 퇴계 이황은 주자의 〈무이도가〉를 차운하여 〈무이구곡가〉를 지었고 율곡 이이는 〈고산구곡가〉를 지으며 구곡산수와의 도행합일을 실천하였다. 김문기(2008)에 의하면 이러한 전통이 남상이 되어 경상북도에만 27개 처에 구곡문화권이 형성되었는데,[3] 안동의 도산구곡(陶山九曲), 영주 죽계구곡(竹溪九曲), 봉화 춘양구곡(春陽九曲), 문경 청대구곡(淸臺九曲), 영천 횡계구곡(橫溪九曲)과 성고구곡(城皐九曲), 경주 옥산구곡(玉山九曲), 청도 운문구곡(雲門九曲), 성주 무흘구곡(武屹九曲) 등에서 산림처사들이 도행일치를 수행하였다.

　조선의 유가처사들은 상상 속에 자연의 감흥을 노래하며 자연과의

---

3) 김문기·강정서, 『경북의 구곡문화』, 경상북도·경북대학교퇴계연구소, 2008.

도행 합일을 이끌어 수신을 하는 것을 숭모하였다. 그러나 이러한 구곡문화를 도에 몰입하는 과정으로 곧 입도차제(入道次第)로 생각하고 명산지수를 찾아 자연경물에서 치지(致知)하고 도를 세우는 과정으로 받아들임으로 유자들의 명산대천을 주류하는 것이 풍류요 풍류를 통해 입도한다는 관념을 만들어 낸 것이다. 따라서 우리나라의 명산 대처의 준령과 고봉은 대체로 입도처(入道處)로서 노맥(路脈)과 행로(行路)를 만들고 그 명칭 또한 중국의 명산 이름과 유사하게 지은 것이다.

퇴계나 율곡 등으로 이어지는 유학자들이 꿈꾼 선유관은 조선 후기에 접어들면서 점차로 인물기흥(因物起興) 곧 산수놀이로 변질되었다. 경북대본 〈소백산대관록〉은 바로 산림처사의 유산놀이가 우경기흥(遇景起興)의 놀이로 변질된 작품이다.

이러한 전통은 태백준령과 소백산맥이 가지를 뻗은 경북 북부지역 곧 영주와 순흥지역에 죽계구곡(竹溪九曲)이라는 명처를 형성하게 된다. 소백산맥의 주봉인 비로봉과 국망봉, 연화봉, 원적봉, 이자산 그리고 죽령계곡에서 발원한 남원천과 국망봉에서 발원한 죽계천, 초암사 등이 산림처사들의 유산의 명승지가 되는 것은 너무나 자연스러웠다. 특히 소백산 자락에는 고려시대에 근재 안축이 일찍 〈죽계별곡〉을 지어 소백산록의 절경을 노래하였을 뿐만 아니라 백운동서원을 건립하여 많은 유학처사들이 자연경물을 완상하며 경관을 노래한 시들이 많이 남아 있다. 조선시대에는 신재 주세붕 선생과 퇴계 이황 선생이 직접 소백산록을 주류함으로써 그를 흠모하는 많은 산림처사들이 유산놀이와 함께 소백산 주유를 하게 된다. 정산 김동진의 탄계구곡(灘溪九曲), 정범조의 죽계별곡과 함께 광뢰 이야순의 〈유소백산록〉, 송서 강운의 〈유소백기〉, 하계 이가순의 〈소백구곡〉 등의 유산 기록과 이를 노래한 한시들이 남아 있다.

남성 사대부가들이 이러한 도학적 명분을 앞세워 전국산천을 주유하는 동안 여성들은 철저하게 규방이라는 제약된 공간 속에 갇혀 있을 수밖에 없었다. 그러나 조선 후기 향반세력이 강화되면서 사대부

가는 문중, 종중의 문화가 하나의 결사체를 형성하게 된다. 문중계, 종중계, 딸래계는 화수계라는 이름으로 사대부가의 여성들의 출입이 규방에서 자연공간으로 이동하게 된다. 그 대표적인 사례로 바로 봄꽃이 피는 이른 봄 화전놀이라고 하는 집단 유산놀이가 이루어지게 된다. 그러나 이 화전놀이는 집안 일가 대소가의 여성이나 혹은 시집간 딸래들의 유산 모임으로 그 구성원은 제약을 받을 수밖에 없었다. 남성들이 향유하던 우경기흥(遇景起興)의 놀이로 변질된 유산놀이를 여성들이 받아들인 형태가 바로 화전놀이다. 남성은 한시로 유산가를 지었지만 한문에 취약한 여성들은 남성들이 써놓은 한시 유산가를 차용하거나 언해하여 그들의 체험적인 언어로 노래하게 된다.

경북대본 『小白山大觀錄』은 한시부로 된 남성들의 유산 기록인 〈小白山大觀錄〉을 모델로 한글 〈소백산대관록〉을 창작하고 또 〈화전가〉라는 여성들의 유산 화전놀이를 지은 작품이다.

경북대본 〈화전가〉에서는 고답적이고 관념적인 사대부가의 가치가 아닌 리얼한 하층민들의 삶과 애환을 담고 있으나 여성의 가치인 수절(守節)과 개가(改嫁) 금지라는 유학적 덕목은 도리어 덴동어미라는 팜므파탈적 여주인공을 통해 더욱 강화되는 모순을 안고 있다. 이러한 모순은 하층인들의 신분적 상승을 위한 자가 모순적인 양태를 노출한 것으로 평가된다.

앞으로 이 책에서 소개한 작품에 대해 보다 정밀한 연구가 필요하며 이를 토대로 하여 문학 작품으로서의 비평과 평가에만 머물 것이 아니라 다양한 문화콘텐츠로 발전시킬 필요가 있다. 이 작품에 나오는 '달거리'나 '꽃노래', '봄춘자' 노래를 현대 가락으로 전환하거나 팩션소설이나 드라마 소재로 활용해 보는 것도 우리 고전문학을 소재로 한 문화콘텐츠를 보다 풍성하게 할 수 있을 것이다.

2부

경북대본
〈소백산대관록〉

■전사 8-ㄴ

소빅산디관록

■전사 9-ㄱ

1 여봅시요 친구 번임니 이니 말슴 드러보소
    도산 동유 구연 후의 고궐 셩읍 ㅎ우시라1)
    명山大川 一부셔는 사마쳔의 사긔로다2)
    곤윤산이 조종 마른 온 天下 이로미라3)

5 우리 조션 건너 달나4) 빅두산니 조종이라
    白두山이 홋터 나려 됴션 八도 되여고나
    북오로 흐른 용은 마철영5)이 되어 잇고
    西오로 나린 용은 묘향山 되여 잇고
    남오로6) 나려와셔 틱빅산이 되여 잇고

10 동오로 구버쳐셔 금강산이 되여셔라
    그 가온디 둘너보니 혀다 산쳔 다 볼손가
    평양부의 묘향산과 긔셩부의 송악산과
    신계 곡산 ㅎ남산과 ㅎ양 셔울 삼각산과
    청산 보은 송니산과 환간 영동의 삼도봉

15 靑 공쥬의 계룡산과 젼나 졔쥬 한니산과
    무쥬 구천 덕유山과 안동 영양 日月산과
    디구 짜의 팔공산이며 경쥬 짜의 [동디]산이라
    이 산 져 산 다 바리고 틱백산 일 디믹이

---

1) 도산 동유 무연 후의 고궐 셩읍ㅎ우시라: 도산到山 동류同類 구연舊宴 후에. 산에 함께 간 동류들 지난 놀음 이후에. 옛 대궐이 있던 셩읍으로 함께 가고져라

2) 명山大川 一부셔는: 명산대쳔明山大川 일부서一附書는. 이름난 산과 강에서 붙인 한 장의 글은. 명산 대천에 부치는 글은 사마쳔의 사기와 같다.

3) 곤윤산이 조종 마른 온 天下 이로미라: 조종祖宗이라는 말은. 조종은 가장 높다는 뜻임. '니르-+-옴(동명사형어미)-+이라(서술형어미)'의 구성. 이르는 것이라.

4) 달나: 치달아. '닫(到, ㄷ불규칙)-+아(부동사형어미)'의 구성.

5) 마철영: 마천령摩天嶺. 함경남도 단천군 광천면과 함영남도 학성군 학남면 사이의 도계에 있는 고개.

6) 남오로: 남으로. '남南-+-으로'. '-으로〉-오로'는 인접 모음동화.

■전사 8-ㄴ

소백산대관록

■현대문 9-ㄱ

1   여보시요 친구 벗님내 이내 말씀 들어 보소
    산에 함께 간 동류들 지난 놀음 후에 옛 대궐이 있는 성읍애 함께 가 고져라
    명산대천에 부치는 한편의 글은 사마천의 사기로다
    곤륜산7)이 제일 높다는 말은 온 천하가 이르는 말이라
5   우리 조선 건너 치달아 백두산이 조종이라
    백두산이 흩어져 내려 조선 팔도 되었구나
    북으로 흐른 용은 마천령이 되어 있고
    서로 내린 용은 묘향산 되어 있고
    남으로 내려와서 태백산이 되어 있고
10 동으로 굽이쳐서 금강산이 되었어라
    그 가운데8) 둘러보니 허다 산천 다 볼손가
    평양부의 묘향산과 개성부의 송악산과
    신계 곡산 하남산9)과 한양 서울 삼각산
    청산 보은 속리산과 황간 영동의 삼도봉10)
15 [충]청 공주에 계룡산과 전라 제주 한라산과
    무주 구천 덕유산 안동 영양 일월산과
    대구 땅의 팔공산이며 경주 땅에 [동듸]산이라
    이 산 저 산 다 버리고 태백산 일 지맥이

---

7) 곤윤산: 곤륜산崑崙山. 중국 전설상의 높은 산. 중국의 서쪽에 있으며, 옥이 난다고 한다.
   전국 시대 말기부터는 서왕모西王母가 살며 불사不死의 물이 흐른다고 믿는다.
8) 가운데: 15세기에는 '가ᄫᆞ듸'와 함께 '가온ᄃᆡ', '가온대', '가운듸' 등의 예가 나타난다.
9) 신계 곡산 하남산: 신계군新溪는 북조선의 황해북도 중부에 위치한 군이다. 곡산군谷山郡은
   황해북도 북동부에 있는 군. 황해북도 신계군·곡산군·수안군 가운데 있는 하남산은 표고
   1485m이며 용암대지.
10) 삼도봉: 충청북도 영동군의 상촌면과 경북 김천시 부항면, 전북 무주군 설천면 경계에 있는
   산이다(고도: 1,178m). 삼도봉은 『해동지도』에는 전라도 무주와의 경계에 '삼도봉'으로 표
   기되어 관련 지명이 처음 등장한다.

　　어졍쥬츰 나리와셔11) 小白山이 되여고나

20　천지만엽 봉만되여12) 연두ᄃᆡ13)이 상응ᄒᆞ니

　　이빅팔경이 종횡ᄒᆞ여 건14) 사쳘니 버러 잇다

　　만장峯은 궁자라요 말이강은 을자류라15)

　　옥야ᄂᆞᆫ 間間 쳐쳐유요 계슈ᄂᆞᆫ 장장 곡곡ᄂᆡ라

　　물싁도 조커니와 인심도 슌후ᄒᆞ다

25　우리 역시 이곳잇셔16) 유산유수 조타ᄒᆞ되

　　쥬경야독 잠심ᄒᆞ여 ᄒᆞᆫ 번 귀경17) 못 힛더니

　　이졔야 싱각ᄒᆞ니 팔도강산 다 못 봐도

　　소빅산도 명승지라 ᄒᆞᆫ 번 올나 티회ᄒᆞ세

　　가자가자 가자셔라 게 어드로18) 가잔말가

30　다른 산이 갈 것 읍시19) 소빅산으로 가쟈셔라

　　유산 가셰 유산 가셰 아니 가든 못 ᄒᆞ리라

　　망혀을 신너라 쥭장20)을 ᄇᆞ려라

　　담ᄇᆡ찍乙 손의 들고 빅두견乙 둘너쓰고

　　二三 졔人이 동힝ᄒᆞ여 명山大川 차자 간다

35　잇찍가 어네 찍야21) 찍마춤 삼월이라

　　산조ᄂᆞᆫ 펄펄 나라 가ᄂᆞᆫ 길乙 인도ᄒᆞ고

---

11) 나리와셔: 내려와서. 'ᄂᆞ리다降〉나리다〉내리다'

12) 천지만엽 봉만되여: 천지만엽天地萬葉 봉만峰滿되어. 천지에 숱한 나뭇잎들이 산봉우리에 가득차서.

13) 연두ᄃᆡ: 연두대宴頭臺. 중국 금나라 제왕이 향연을 베푸는 누대樓臺를 말함.

14) 건: 거의. 근. 영남지역 방언에서는 'ᅳ：ᅥ'가 비변별적임.

15) 만장峯은 궁자라요 말이강은 을자류라: 만장봉萬丈峯은 활 모양으로 뻗어 있고 만리강萬里江은 을자乙字처럼 굽이쳐 흐르는 모양.

16) 이곳잇셔: 이곳에서.

17) 귀경: '구경'의 움라우트. 구경〉귀경.

18) 어드로: '어듸 어듸 어듸' 등의 형태가 나타나는데 '어듸 근대국어에서 '어ᄃᆞ'와 '어디'로 변한다. 어디는 'ᅱ'를 'ㅣ'로 단모음화가 적용된 표기.

19) 읍시: 없다. 충청도와 인접한 영남도 영주 지역에서는 어두음절에서 'ᅥ'가 음장을 가진 경우 'ᅳ'로 상승된다. '없：이〉읍：시'

20) 쥭장: 죽장竹杖. 대나무로 만든 지팡이.

21) 어네 찍야: 어느 때냐.

■현대문 9-ㄴ

　　엉거주춤22) 내려와서 소백산이 되었구나
20　천지에 숱한 나뭇잎들 산봉우리에 가득차서 연두대에 상응하니
　　이백 팔경이 종횡하여 근 사 천리에 벌어 있다23)
　　만장봉은 활모양으로 펼쳐 있고24) 만리강은 을자 모양으로 흐르노라25)
　　기름진 들판 곳곳에 물 흐르고26) 계곡물은 길게 골짝골짝 흘러온다27)
　　물색도 좋거니와 인심도 순박하고 후하다
25　우리 역시 이곳에서 산 구경 물 구경 좋다하되
　　낮에 밭갈고 밤에 독서하는데 마음 다하느라 구경 한번 못 했더니
　　이제야 생각하니 팔도강산 다 못 봐도
　　소백산도 명승지라 한 번 올라 치회28)하세
　　가자가자 가자셔라 그 어디로 가잔 말인가
30　다른 산에 갈 것 없이 소백산으로 가자셔라
　　유산 가세29) 유산 가세 아니 가든 못 하리라
　　망혜30)를 신어라 죽장을 버려라
　　담뱃대를 손에 들고 백두건을31) 둘러쓰고
　　이삼 제인32)이 동행하여 이름난 산과 큰강 찾아 간다
35　이 때가 어느 때냐 때마침 삼월이라
　　산새는 펄펄 날아서 가는 길을 인도하고

---

22) 어정주춤: 엉거주춤.
23) 벌어 있다: 뻗어 있다. 흩어져 있다.
24) 궁자라弓字羅: '궁자弓字'처럼 이어져 있다.
25) 을자류乙字流: '을자乙字'처럼 흘러간다.
26) 옥야는 간간 처처 유류요: 옥야沃野는 간간間間 처처處處 유류遊流요. 기름진 들판 사이사이 곳곳에 물이 흐르고.
27) 계수는 장장 곡곡래라: 계수溪水는 장장長長 곡곡래谷谷來라. 계곡 물은 장장 골짝 골짝 흘러온다.
28) 치회: '치회置會'는 모임을 말함. 모꼬지.
29) 유산 가세: 유산遊山 가세. 산에 놀러 가세.
30) 망혜: 미투리芒鞋. 마혜麻鞋를 잘못 일컫는 말.
31) 백두건을: 백두건白頭巾. 벼슬을 하지 않은 처사들이 쓰는 모자.
32) 제인: 제인諸人. 몇몇 사람.

■원문 10-ㄱ

　　방화는 만지眞성감이요 고목은 음풍 디킥언乙33)
　　운회이 첩봉전단이요 슈락춘강 천졔류라34)
　　임흐슈셩은 헌소어요 암젼슈싱은 引空유乙35)
40　곡풍은 살살 부러 유산긱의 션자로다
　　홍의 게워셔 가는 길이 무어시 그리 밧불손가
　　이 경 보고 져 경 보며 흐늘흐늘 가다 보세
　　차문노상 명니긱은 불려 차쳐 호강산이라
　　노입연하경 자유흐니 슈지화슈 시션경가36)
45　압폐 바우는 안고 돌며 뒤의 창벽은 지고가니
　　원상흔 산 셕경사는37) 이를 두고 이르미라
　　청숑 녹듁 시이 길노 귀염 둥실 올라가니
　　―편고셩 만안산은 이런 산니 아닐넌가
　　운반고봉 상작우요 조명유곡 자셩긔라38)
50　셕경 방초난 녹사보기요 산문나월은 청원셰라
　　쏘흔 져편乙 바라보니 앗다 져 바우 이상흐다
　　송낙乙 쓰고 염불흐니 붓쳐 바우 분명흐다
　　딜능 드려 공즁 바우 변젹 드려 두들이며
　　펄펄 나라 봉바우요 둥둥 쯧짜고 부셕이라

---

33) 방화는 만지眞셩감이요 고목은 음풍 디킥언乙: 방화芳花는 만지진셩감晚至眞誠感. 활짝 핀 꽃은 늦으나 진실로 감탄함. 고목은 음풍吟諷 대객언待客言을. 고목은 풍월을 읊조리는 손님을 기다린다.

34) 운회이 첩봉전단이요 슈락 춘강 천졔류라: 운회雲會가 첩봉전단疊峰前端이요 곧 구름이 모여 산봉우리 앞에 펼쳐 있고. 수락춘강천재류水樂春江天在流라는 곧 즐거이 흐르는 봄 강물은 하늘에서 흐르는 것 같다. '운회-+-이(주격)'의 구성.

35) 임흐슈셩은 헌소어요 암젼 슈싱은 引空유乙: 강 가까이 흐르는 물소리는 헌소늪에 노는 물고기요 돌 앞에 물이 솟아 저절로 흐르고.

36) 노입연하경 자유흐니 슈지화슈 시션경가: 길 입구 연꽃 핀 관경을 돌아보니 물의 꽃나무는 선경을 보는 것인가.

37) 원상흔 산 셕경사는: 원상遠上한 산 석경사石經斜는. 비스듬한 돌길 따라 산을 멀리 오르는데. 두목의 〈산행〉의 한 구절.

38) 운반고봉 상작우요 조명 유곡 자셩긔라: 운반고봉雲搬高峰 상 작우作雨요 조명鳥鳴 유곡자성계幽谷自聲溪라. 구름 흐르는 산 높은 봉우리 위로 비가 내리고 새 우는 소리 깊은 계곡 개울 소리.

　　　활짝 핀 꽃은 늦으나 진실로 감탄스럽고 고목은 풍월 읊는 손님 기다리네
　　　산봉우리에 구름 펼쳐 있고 즐거이 흐르는 봄 강물은 하늘에서 흐르네
　　　강가 물소리는 헌소늪에 노는 물고기요 돌 앞으로 저절로 물이 솟고
　40　골자기 바람은 살살 불어 유산객이 신선이로다
　　　흥에 겨워서 가는 길이 무엇이 그리 바쁠손가[39]
　　　이 경치 보고 저 경치 보며 흐늘흐늘 가다 보세
　　　이번 방문한 길 위에 명리객[40]은 불러 이곳 좋은 강산이라
　　　길 입구 연꽃 핀 관경을 돌아보니 물에 뜬 꽃은 선경인가
　45　앞에 바위는[41] 안고 돌며 뒤에 푸른 절벽은[42] 지고가니
　　　멀리 높이 있는 산 돌길은 이를 두고 이름이라
　　　푸른 소나무 대나무[43] 사이[44] 길로 귀염 둥실 올라가니
　　　한편 이름 높은 만안산은 이런 산이 아니런가
　　　구름 이는 높은 봉우리 비 내리고 새 소리 깊은 계곡 소리가 일도다
　50　돌길 우거진 풀은 녹사복이요[45] 산문 사이 비친 달은 바람을 맹세이라[46]
　　　또한 저편을 바라보니 아따 저 바위 이상하다
　　　송락을[47] 쓰고 염불하니 부처 바위 분명하다
　　　덜렁 들어 공중 바위 번쩍 들어 뚜드리며
　　　펄펄 날아 봉황 바위요 둥둥 떴다고 부석이라[48]

---

39) 밧불손가: 바쁠손가. '밧브다'는 동사 '밫-+-ㅂ-(형용사 파생 접미사)'의 파생어. '밧브다〉밧부다'는 원순모음화.

40) 명리객: 명리객名利客. 명예와 이익을 쫓는 나그네.

41) 바우: 바위. '바회〉바우, 바위'로 나타난다. 영남도 방언에서는 아직 '방구'형이 남아 있는데 '바회'의 기원형을 '*바구'로 볼 수 있다.

42) 창벽: 창벽蒼壁. 푸른 바위.

43) 청송 녹죽: 청송靑松 녹죽綠竹. 푸른 소나무 녹색 대나무.

44) 식이: '〈이〉식이'의 변화. ㅣ-모음역행동화. 사이.

45) 녹사복: 하급 관원이 입는 푸른색의 관복.

46) 산문나월은 청원셰라: 산문나월山門蘿月은 청원서請願誓이라. 소나무 숲 사이로 비치는 달은 바라는 바를 맹세함이라.

47) 송락: 송낙松落. 떨어진 소나무 잎사귀.

48) 펄펄 날아 봉바위요 둥둥 떴다고 부석이라: 펄펄 날아 봉황바위요 둥둥 떴다고 부석浮石이라.

■원문 10-ㄴ

55　웅숭구려49) 범바 우요50) 썽격 쒸여 톡기51) 바우
　　셔리셔리52) 용바 우요 구불구불 빅얌 바우
　　모가지 움칠 자릭 바우 등어리53) 넙죽 거북 바우
　　장단 치난 북 바우요 둥긔덕궁 둥둥 바우
　　틱평 안자 좌셕이며 웃둑 셧는 션돌리요
60　허리가 압파 눈 돌리요 삼경사경 잘 바우라
　　금싱여슈 금게 바우54) 옥쥴곤강55) 옥돌 바우
　　둘둘 구부려56) 슈레 바우 두 픽 조군57) 가마 바우
　　반셕 일너 너분58) 바우 사방이 반듯 마당 바우
　　만경창파 빅 바우오 들 가운딕 궐농 바우
65　둘리 쏙 가탄 오누 바우 둘리 마조 션 형졔 바우
　　션익乙 다라 사모 바우 학졍이 반듯 탕건 바우
　　머리가 둥그려 갓바우 허리가 질쑥 안장 바우
　　팔쳑장셩 장군 바우 쥴기 팔팔 미역 바우
　　기경은59) 그만 두고 쏘흔 져편乙 바릭보니
70　온갖 잡목 무셩흔딕 무슈흔 나무 다 알손가
　　만경창파 바나무요 발긋발긋 딕쵸나무
　　밤이 열어 밤나무요 오시 여러 옷나무라

_____

49) 웅숭구려: 웅크려.
50) 범바우요: 범처럼 생긴 바위. '범'은 15세기부터 20세기까지, 모두 동일하게 '범'으로 나타난다. 범의 동의어 '호랑이'는 18세기부터 사용되기 시작하였다.
51) 톡기: '톳ㄱ+-이(접사)'의 파생어. 속격형 '톳긔'가 기본형으로 굳어진 형태이다.
52) 셔리셔리: 사이사이.
53) 등어리: '등'의 방언형.
54) 금싱여슈 금게 바우: 금생여수禽生如獸 금계禽鷄 바위. 날짐승과 기는 짐승과 같은 닭처럼 생긴 바위.
55) 옥줄곤강: 옥출곤강玉出崑岡. 중국 곤륜산이라고 하는 형산 곤강 골짜기에서 나는 옥.
56) 구부려: 굴려. 영남 방언에서는 '구불다'인데 중부방언에서는 17세기 '구을(轉)+-리-(사동접사)+-다(종결어미)'가 나타난다. '구불리다'구불니다'의 변화 결과이다. 굴리다는 '구울리다'에서 모음 축약으로 형성된 것이다.
57) 두 픽 조군: 두 패로 나뉜 가마를 매는 사람들.
58) 너분: 넓은. '넙다'는 폭이나 길이를 '너르다'는 면적의 크기를 나타내는데 이 두 단어가 혼태되어 18세기 이후 '넓다'가 나타난다.
59) 기경: 구경. ㄱ-구개음화와 wi〉i 단모음화. '구경〉귀경〉기경'

55 웅크려 범 바위요 껑충 뛰어 토끼 바위
　　사이사이 용 바위요 구불구불 뱀 바위
　　모가지 옴칠 자라60) 바위 등어리 넙죽 거북 바위
　　장단 치는 북 바위요 둥기덕쿵 둥둥 바위
　　태평스레 앉는 앉음돌이며 우뚝 서 있는 선돌이요
60 허리가 아파 눈 돌리요 삼경사경 잘 바위라61)
　　날짐승과 기는 짐승 금계 바위 옥줄곤강 옥돌 바위
　　둘둘 굴려 수레 바위 두 패 조군62) 가마 바위
　　반석 일컬어63) 넓은 바위 사방이 반듯 마당 바위
　　만경창파 배 바위고64) 들 가운데 권농 바위65)
65 둘이 똑 같은 오누이 바위 둘이 마주선 형제 바위
　　선익66)을 달아 사모 바위 학정이 반듯한 탕건 바위67)
　　머리가 둥글어서 갓바위 허리가 잘록 안장바우68)
　　팔척장성69) 장군 바위 줄기 팔팔 미역 바위
　　구경은 그만두고 또한 저편을 바라보니
70 온갖 잡목 무성한데 무수한 나무 다 알손가
　　만경창파 바나무요 발긋발긋 대추나무
　　박이 열어 박나무요 옻이 열어 옻나무라

---

60) 자라: 자라. '단어團魚, 왕팔王八, 각어脚魚'라고도 한다. 15세기에 '쟈래'로 처음 나타난다. 16세
　　기에는 '쟈래〉쟈라'의 변화형이 나타난며 어말 'ㅐ'가 'ㅏ'로 교체되었다.
61) 삼경사경 잘 바위라: 사시삼경三更四更 잠자는 바위라.
62) 조군: 가마를 매는 사람.
63) 반석 일러: 반석磐石을 일러. 반석을 일컬어.
64) 만경창파 배 바위고: 만경창파萬頃蒼波에 더 있는 배와 같이 생긴 바위.
65) 들 가운데 권농 바위: 들 가운데 서있는 권농勸農 바위. 들판에서 일하는 농부 모양으로
　　생긴 바위.
66) 선익: 선익扇翼. 깃털로 만든 부채. 여기서는 장식물로 새 깃털을 꽂은 것.
67) 학정이 반듯 탕건 바위: 학정學正이 반듯한 탕건처럼 생긴 바위. 탕건을 반듯하게 쓴 단정한
　　모습의 바위.
68) 허리가 잘록 안장바우: 허리가 잘록한 말 안장처럼 생긴 바위.
69) 팔척장성: 팔척장성八尺長成. 키가 아주 큰.

　　임 그렷다 상사나무 양반 상놈 칭칭나무70)
　　휘휘 친친 감나무요 울탕불탕 모기나무
75　사시장청 소나무요 정정 독입 전나무라71)
　　남으로 셧는 북나무요 북으로 셧는 남목이라
　　동히 상의 부상목과 남훈전의 오동나무
　　이 가지 져 가지 노가지요72) 이 나무 져 나무 피나무라
　　강원 감사 동빅나무 소상 반죽73) 듸무나라
80　결리 발나74) 뒷쪽나무 구불구불 용목이며75)
　　잡바졋다76) 잣나무요 업퍼졋다77) 엄나무라
　　넙격넙적 썩가나무 벗썩벗썩 속소리나무
　　씩고리 펄펄 노른지요 오리가 둥둥 물가나무
85　조붓조붓 지량나무78) 부웃부웃 보춤나무79)
　　발발 쓰난 사시나무 실녕실녕 신나무라
　　셔긔 영농 셔나무요 지장80) 발나 지장나무
　　들츔목 산유자 박다나무 인가 목마 가북81) 들미나무
　　몽톡몽톡 싸리나무 물긋물긋 광듸싸리
90　음양乙 좃차 희다목과 이름 좃타 나도박달
　　울긋불긋 단풍나무 푸릇푸릇 무푸리라

---

70) 칭칭나무: 충충나무. 층층層層나뭇과의 낙엽 활엽 교목으로 잎은 어긋나고 넓은 타원형이다.
71) 정정 독입 전나무라: 정정正正 독립獨立 전나무라. 바르고 곧곧 하게 홀로선 전나무라.
72) 노간주나무: 측백나뭇과의 상록 침엽 교목. 한국, 몽골, 일본, 중국 등지에 분포한다. 노가자·노가주·노가주나무(Juniperus rigida).
73) 소상반죽: 중국 소상瀟湘에서 나는 질 좋은 반죽斑竹.
74) 결리 발나: 나무 결이 발라.
75) 용목: 용가시나무.
76) 자빠지다: 뒤로나 옆으로 넘어지다. 영남방언형.
77) 엎어지다: 앞으로 넘어지다. 영남방언형.
78) 지량나무: 자 혹은 대패 등 재량도구, 정재에 쓰이는 악기를 만들어 쓰는 나무. 죽간자竹竿子.
79) 보춤나무: 보춤나무. 팽이나 보습 자루로 쓰는 나무. 나무의 빈틈을 메우는데 물기에 사용되는 팽창이 잘 되는 나무.
80) 지장: 재장梓匠. 목수들이 사용하는 재질이 곧은 나무.
81) 가북: 가득. 영남방언형임. 예) 술이 가뿍 챘다.

▎현대문 11-ㄱ

임 그렸다[82] 상사나무 양반 상놈 층층나무
휘휘 칭칭 감나무요 울퉁불퉁 모과나무
75 사시 늘 푸른 소나무요 반듯이 홀로 선 전나무라[83]
남으로 섰는 북나무요 북으로 섰는 남목이라
동해 상의 부상목과[84] 남훈전[85]의 오동나무
이 가지 저 가지 노간주요 이 나무 저 나무 피나무라
강원감사 동백나무 소상 반죽 대무나라
80 결이 발라 대쪽나무 구불구불 용가시나무며
넘어졌다(자빠졌다)[86] 잣나무요 엎어졌다 엄나무라
넙적 넙적 떨갈나무 버썩버썩 속수리나무
꾀꼬리 펄펄 노린재나무요 오리가 둥둥 물구나무
85 조붓조붓 재량나무 부웃부웃 보춤나무[87]
발발 뜨는 사시나무 슬렁슬렁 신나무라
상서로운 기운 영롱한 서나무요 제장 발라 재장나무
들충목 산유자 박달나무인가 목마 가득 들메나무[88]
몽톡몽톡 싸리나무 물굿물굿 광대싸리[89]
90 음양을 조차 해당목과 이름 좋다 나도박달[90]
울긋불긋 단풍나무 푸릇푸릇 물푸래라[91]

---

82) 임 그렸다: 임을 그리워한다고.
83) 사시장청 소나무요 정정독입 전나무랴: 사시사철 푸른四時長靑 소나무요 바르게 홀로 선正正獨立 전나무랴.
84) 동해 상의 부상목과: 동해 상의 부상목扶桑木. 곧 뽕나무를 말함. 뽕을 길러 옷을 해입어 백성들이 잘 산다는 것을 의미함.
85) 남훈전: 남훈전南薰殿. 4,300년 전 요堯 임금 때 정남풍正南風이 불어와 풍년이 들어서 굶주리는 사람이 없게 되었다. 이 정남풍正南風이 불러오는 것을 보고 남훈전을 지어 이름 지었다. 곧 온갖 질병이 사라지고 의식주가 완비되어 사람들은 낙원성세樂園聖世를 누린 곳에 지은 궁전을 남훈전이라 했다.
86) 넘어졌다(자빠졌다): '자빠지다'는 뒤로나 옆으로 넘어지는 것을 '엎어지다' 앞으로 넘어지는 것을 '구불어지다'는 데굴데굴 구르는 것을 뜻하는 영남방언형이다.
87) 보춤나무: 상수리나무 과에 속하는 도토리나무, 보춤나무, 상목, 작목, 참나무 등이 있다. 보춤나무는 괭이나 호미 등 자루로 사용되는 목질이 단단한 나무.
88) 들메나무: 쌍떡잎식물 합판화군 용담목 물푸레나무과의 낙엽교목.
89) 광대싸리: 쌍떡잎식물 쥐손이풀목 대극과의 낙엽 관목.
90) 나도박달: 쌍떡잎식물 이판화군 무환자나무목 단풍나무과의 낙엽교목. 복자기.
91) 물푸래: 쌍떡잎식물 용담목 물푸레나무과의 낙엽교목.

▌원문 11-ㄴ

　　숫탄 잡목이 무셩ᄒ여 울밀ᄒ게 우거진듸

　　다릭 멍덜 머로 멍덜 쥐다릭 덤불 놉팡귀가

　　이리 져리 셔로 만나 원불샹니 밍셰ᄒ고92)

95　얼그려지고 트러져셔 휘휘 친친 감겨곳나

　　밤나나 낫지나 ᄒ 몸 되야 사시장창 춤乙 춘다

　　그 귀경은93) 거게 두고 ᄯ혼 져편 바릭보니

　　만화방창 곳치 핀다 무신94) 곳치 피엿던가

　　도화 이화 만발ᄒ고 계화95) 힝화96) 자진 곳의

100　오려 볼실97) 모미곳과 울긋불긋 창곳치라98)

　　반보릭 빗츤 자지곳과 곱고 고은 금은화라

　　화즁 왕은 목단화요 용산낙모 국화곳과

　　호연군ᄌ99) 연곳치요 반소미人100) 미화로다

　　사시불낙101) 무궁화요 삼월 비셜102) 비곳치라

105　향일ᄒ는 촉규화요 망월ᄒ는 단월곳과

　　一二三 둥질이곳과103) 六七八 연할미곳과

　　반작반작 펴리곳과 조막조막 산사곳과

　　흐들ᄒ다104) 흠박곳과 사랑ᄒ다 귀비화라

　　왜쳘죽과 진달닉요 봉슈화며 만드람니

---

92) 원불샹니 밍셰ᄒ고: 원불상리遠不相離 맹세하고. 멀리 떨어지지 않기로 맹세하고.

93) 그귀: 그기에.

94) 무슨: '므슥', '므셧', '므스', '므슴', '므슷' 등의 변이형이 있다. 15세기에 '어느', '어떤'의 의미를 가지고 있던 '므스'가 '무슨', '무슨'으로 변했는데 전설모음화에 의해 '무슨〉무신'의 변화형이다.

95) 계화: 계화桂花. Osmanthus fragrans의 꽃. 가래를 삭이고 어혈瘀血을 없애는 효능이 있는 약재임.

96) 힝화: 행화杏子. 살구꽃.

97) 오려: 오래.

98) 창곳치라: 참꽃이라. 먹는 꽃이라는 뜻으로, '진달래'를 '개꽃'에 상대하여 이르는 말.

99) 호연군ᄌ: 호연군자浩然君子. 마음이 넓고 기상이 높은 군자.

100) 반소미인: 반소미인半笑美人. 반만 웃는 미인.

101) 사시 불낙: 사실불락四時不落. 사시절 지지 않는

102) 비셜: 비셜飛雪. 눈이 날리는.

103) 둥질이곳과: 둥지꽃과. '둥질이'는 싸리나 대나무로 얽어 만든 일종의 소쿠리인 '둥지'의 영남 방언형.

104) 흐들ᄒ다: '매우 많다'는 뜻으로 '흐들하다', '흐들지다'는 영남도 방언형이다.

■현대문 11-ㄴ

　　숱한 잡목이 무성하여 울밑하게 우거진데

　　다래 명달105) 머루 명달 쥐다래106) 덤불 놉팡귀가

　　이리 저리 서로 만나 멀리 떨어져 이별하지 않기로 맹세하고

95　얽으러지고 틀어져서 휘휘 칭칭 감겼구나

　　밤이나 낮이나 한 몸 되어 사시 늘 푸르게 춤을 춘다

　　그 구경은 그기에 두고 또한 저편 바라보니

　　만화방창 꽃이 핀다 무슨 꽃이 피었던가

　　도화 이화 만발하고 계화 행화 잦아진107) 곳에

100　오래 보실 모매꽃과 울긋불긋 참꽃108)이라

　　반보라 빛은 자주 꽃과 곱고 고은 금은화109)라

　　꽃 중의 왕은 목단화요 용산에 해가 져서 저무는110) 국화꽃과

　　호연 군자111) 연꽃이요 반만 웃는 미인112) 매화로다

　　사시 지지 않는113) 무궁화요 삼월 눈 내리듯한 배꽃이라

105　해를 향하는 촉규화114)요 달을 바라보는 단월꽃과115)

　　일이삼 둥지꽃과 육칠팔 연할미꽃과

　　반짝반짝 패랭이꽃과 조박조박 산사꽃116)과

　　흐들하다 함박꽃과 사랑하다 양귀비화라

　　왜철죽과 진달래요 봉선화며117) 맨드라미

---

105) 명달: 미영다래. 목화 열매가 맺을 무렵 마치 다래처럼 생긴 것을 가리킨다.

106) 쥐다래: 다래는 우리나라 각처의 산에서 자라는 낙엽 덩굴나무로 생육환경은 산지의 숲이나 등산로 반그늘진 곳에서 자란다. 양다래와 맛이 매우 흡사하고 어린잎은 나물, 열매는 식용으로 쓰임.

107) 자진: 잦아진. 우거진.

108) 참꽃: 진달래꽃의 영남 방언형.

109) 금은화: 인동덩굴. 산기슭이나 길가에 나는 겨우살이 덩굴의 꽃. 또는 인동덩굴 꽃을 약재로 가리키는 말.

110) 용산낙모: 용산낙모龍山落暮. 용산에 해가 져서 저물어짐.

111) 호명군자: 호명군자呼名君子. 군자라고 불리는.

112) 반소미인: 반소미인半笑美人. 반만 웃는 미인.

113) 사시불락: 사시불락四時不落. 사시 지지 않는.

114) 촉규화: 촉규화蜀葵花 Althaea rosea의 꽃으로 피를 조화 시키고 마른 것을 촉촉하게 하고 대소변이 잘 통하게 하며 이질, 혈붕, 학질, 소아의 풍진을 치료하는 약재임.

115) 단월꽃: 한 해의 시작인 음력 정월 초하루를 일컫는 말로 설날에 피는 꽃.

116) 산사꽃: 산사나무 꽃.

117) 봉선화: 봉선화鳳仙花.

■원문 12-ㄱ

110 나부118)는 펼펄 춤乙 츄고 버리는119) 잉잉 노리ᄒᆞ니

     곳 귀경도 좃타마는 ᄯᅩ 다시 바라보니

     山중의 무별미ᄒᆞ여 약초로 겸여화라

     나물도 죠홀시고 숫흔120) 나물 마니 잇ᄂᆡ

     양지 작의 올고사리 음지 작의 늣고사리

115 한산 장승 모슈듸121)와 츔쥬 남촌 단월122)이며

     넙젹넙젹 참밤취요 발슘발슘 젼듸나물

     머리 싹가 즁 딩가리 보살할미 바랑취라

     말긋말긋 쟝옥이요 것칠것칠 챙옥123)이라

     쥴기 조은 며역취요 쥴기 읍는 펴랑취라

120 빙빙 도라 도라지요 어덕더덕 더덕이라

     셕자 가옷124) 보자나물 셕자 두 치 보션나물

     마듸 총총 잔듸쏙과 마듸 늘셩 싹쥬기라

     구붓구붓 활장나물 웃묵웃묵 슈염취라

     소복소복 쓰리나물 조박조박 씬나물과

125 연ᄒᆞ다고 물강이라 향그럽다 미나지며

     뮬신물신 물ᄃᆞ병이 질긋질긋 긔얌취라

     칠첩팔첩 병풍나무 일곡 이곡 □□□

---

118) 나부: 나비>나븨>나뷔>나비. '나븨'이다. '나븨'는 '나비'의 제2음절 모음이 이 시기에 일어
    난 비어두음절의'ㅣ>ㅡ' 변화에 따라서 'ㅢ'로 바뀐 형태이다.

119) 버리: 영남 방언에서는 '버리'가 단독형이다. 버리가, 버리를. 버리로 등과 같이 곡용한다.
    방언에서는 '벌'을 '부어리', '부얼'이라 하며 '벌'의 모음 'ㅓ'는 길게 발음된다. 이에 2~3음절
    로 늘어난 '부얼', '부어리' 등이 나타났다. '벌'과 '버리'의 두 가지 형태로 나타난다. '벌'은
    15세기부터 나타나나 16세기에는 '버리'의 형태가 보이며, 17세기에는 '버리로 쓰였다. '버
    리'는 현대의 여러 방언에도 널리 쓰이는 어형이다.

120) 숫흔: 숱한. 많다. 다종의. 영남 방언에서는 '숱하다'는 개수나 종류가 많다는 뜻이고, '많다'
    는 양이나 수가 많다는 뜻이다.

121) 모슈듸: 모싯대.

122) 단월: 충주 대림산 자락 달래강이 흐르는 단월마을.

123) 챙옥: 청옥淸玉. 푸른 빛을 띠는 옥.

124) 가옷: 수량을 나타내는 명사 또는 명사구 뒤에 붙어' 수량을 나타내는 표현에 사용된 단위
    의 절반 정도 분량의 뜻을 더하는 접미사. '가온>가옷>가웃'의 변화. '가옷>가웃'는 16세기부
    터 최근까지 계속되고 있는 비어두음절의 'ㅗ>ㅜ'변화를 따른 것이다.

110 나비는 펄펄 춤을 추고 벌은 잉잉 노래하네
    꽃구경도 좋다마는 또 다시 바라보니
    산중에 별미가 없어 약초 겸해 고기와 과일이라125)
    나물도 좋을시고 숱한 나물 많이 있네
    양지 쪽의 올고사리 음지 쪽의 늦고사리
115 한산 장승 모시대126)와 충주 남촌 단월이며
    넙적넙적 참밥취요 발숨발숨 전대나물127)
    머리 깎아 중 대가리 보살할미 바랑취라128)
    말긋말긋 장옥이요129) 거칠거칠 청옥이라
    줄기 좋은 미역취130)요 줄기 없는 펴랑취라
120 뱅뱅 돌아 도라지요 어덕더덕 더덕이라
    석자 가웃 보자나물 석자 두 치 보선나물
    마디131) 총총 잔디 싹과 마디 늘성132) 딱죽이라133)
    구붓구붓 활장나물 웃묵웃묵 수염취라
    소복소복 싸리나물 조박조박 깨나물과134)
125 연하다고 물강이라135) 향기롭다 미나리며
    물신물신 물다병이 질근질근 개암취라
    칠첩팔첩 병풍나무 일곡 이곡 □□□

---

125) 산중에 무별미하여 약초 겸여어과: 산중에 특별한 맛이 있는 것이 별로 없어 약초 겸고기와 과일라. 한시에는 '약초겸어과藥草兼魚果'임.

126) 한산 장승 모시대: 한산 장승처럼 키가 큰 모시대. 모시대는 우리나라의 각처 산에서 자라는 다년생 초본이다. 관상용으로 쓰이며, 어린잎은 식용, 뿌리는 약용으로 쓰인다.

127) 전대나물: 동자꽃 나물. 쌍떡잎식물 중심자목 석죽과의 여러해살이풀.

128) 바랑취라: 바랑 취나물.

129) 말긋말긋 장옥이요: 말긋말긋한 장옥裝玉이요. 치장하는 옥과 같은 꽃.

130) 미역취: 국화과의 여러해살이풀.

131) 마디: 'ᄆᆞ디〉ᄆᆞ듸〉마듸〉마디'의 변화. '마디'는 19세기에 비어두음절에서 이중모음 'ㅢ'가 단모음화를 경험한 형태이다.

132) 늘성: '늘성'은 '늘성스럽다'의 어근으로 잘 자란다는 뜻의 영남방언형.

133) 딱죽이라: '딱죽', '곤드레 딱죽'은 특산 나물.

134) 깨나물: 꿀풀과의 여러해살이풀. 산지에서 흔하게 자라며 잎에는 톱니가 있으며 6~8월에 자주색 꽃이 취산聚繖 화서로 피고 어린잎은 식용한다.

135) 물강이라: 무릇이라. 물강은 '무릇'의 방언형이다.

■ 원문 12-ㄴ

　　힝동창 믜밭나물 구근취 두룹나물
　　청상사리 엉경귀136)요 오용지용 말방이요137)
130 쏙쏙 샌바 나싱이요138) 자바쓰더 솟다지139)라
　　향소가치 맛슬140) 보니 산즁의 별미로다
　　그 귀경도141) 좃커이와 져 귀경도 더욱 좃타
　　싀가 싀가 나라든다 무신 싀가 나라드나
　　육이 쳥산142) 두견싀야 부려귀라 슬푼143) 노릭
135 나는 차마 못 듯깃다 또 싀 ᄒᆞ나 나라드닉
　　말 잘ᄒᆞ는 잉무싀며 츔 쟐 츄는 학두림미
　　소릭 죠혼 싸오기며 오싴 치쟝 화츙이라
　　잉공즛 봉닉부며 쳥묘 사자 효자오라
　　근원 조은144) 원앙싀야 쳥강 녹슈 어딕 두고
140 웃지ᄒᆞ야 여게 완노 나를 보랴고 이곳 완나
　　방울싀 달낭 호반싀 슈무룩
　　청노산 지려기145) 말이강 쳥 부안
　　싹다구리 거동 바라 구부乙146) 치우랴고
　　이 나무 가도 싹다글글 져 나무가도 싹다글글
145 풍덕싀147) 거동 보게 풍연 시기 원이라셔

---

136) 청상사리 엉경귀: 청상과부처럼 사는 엉경퀴. 엉경퀴는 우리나라 전역 산과 들에 자라는 다년생 초본이다. 어린순은 식용으로 잎, 줄기, 뿌리는 약용으로 이용한다. 예수님이 십자가 아래 흘린 핏자국에서 피어난 성화.

137) 오용지용 말방이요: 오용지용五用之用은 다섯 가지로 사용되는 곧 쓸모가 많은 말방이요. '말방'은 '마름'으로 추정됨.

138) 나싱이요: 냉이요. '나시-+-앙이'의 구성.

139) 솟다지: 꽃다지는 우리나라 각처의 들에서 자라는 2년생 초본이다. 구각종채狗脚腫菜, 부桁, 서국초鼠麴艸, 악蕚, 화체花蒂 등으로 부근다. '꽃다지'는 17세기 말에 간행된 〈역어유해〉에서 '곳다대'로 나타난다. '솟다디〉솟다직〉꽃다지'의 변화형이다.

140) 향소가치 맛슬: 향소香蔬같이 맛을. 향기나는 나물처럼 맛을.

141) 귀경: 구경. '구경〉구경〉귀경' 움라우트.

142) 육이청산: 여섯 가지 문체 이름. 풍風, 아雅, 송頌, 부賦, 비比, 흥興 여섯 가지의 문체의 다양함과 같이 청산의 모습이 다양함을 비유적으로 말함.

143) 슬푼: 슬픈〉슬푼. 원순모음화.

144) 근원 조은: 금슬 좋은.

145) 지르기: 기르기〉지르기. ㄱ-구개음화.

146) 구불乙: 오랫동안 채우지 못함. 곧 짝을 찾지 못함을 비유적으로 이르는 말.

■ 현대문 12-ㄴ

해동참 매발톱나물148) 구근채 두릅나물

청상살이 엉겅퀴요 온갖 쓸모 있는 마름이요

130 쏙쏙 뽑아 냉이 잡아뜯어 꽃다지라

향긋한 나물149) 맛을 보니 산중의 별미로다

그 구경도 좋거니와 저 구경도 더욱 좋다

새가 새가 날아든다 무슨 새가 날아드나

육의 청산 두견새야150) 불여귀라 슬픈 노래

135 나는 차마151) 못 듣겠다 또 새 하나 날아 드네

말 잘하는 앵무새며152) 춤 잘 추는 학두루미

소리 좋은 따오기며 오색 치장 화충153)이라

앵공작 대부에 봉하며 파랑새 네 효자 새라

근원 좋은 원앙새야 맑은 강 푸른 나무154) 어디에 두고

140 어찌하여 여기에 왔나 나를 보려고 이곳 왔나

방울새 달랑 호반새 시무룩

청노산 기러기기 만리강 푸른 부안

딱다구리 거동 봐라 구불을 채우려고155)

이 나무 가도 딱다글 저 나무가도 딱다글

145 풍덕새 거동 보게 풍년 시절 원이라서

---

147) 풍덕시: 풍년새. 풍덕豊德새. 소쩍새.

148) 매발톱나물: 줄기에 회갈색으로 턱잎이 변해 생긴 매의 발톱 같은 가시가 있는 것에서 유래됨.

149) 향소: 향소香蔬. 향긋한 나물.

150) 두견새야: 삼경에 피눈물 나게 啼血三更 우는 두견새. 두견새 한 밤중에 목에 피를 흘리며 우는 두견새.

151) 차마: 참아. '춤(忍)-+-아'의 구성. '춤-'의 어간에 부동사형 어미 '-아'가 결합한 부사형. "너무나 끔찍해서 차마 눈 뜨고 볼 수가 없다"라는 듯으 ㄲ진 '차마'와 "힘들었지만 참다"라는 뜻을 가진 '참아' 형태가 구별되지만 고어에서는 두 형태가 동일하게 쓰인 것이다.

152) 앵무새여: '咬咬好音鸚鵡 咬咬好音'은 예형의 〈앵무부〉의 한 구절.

153) 오색 치장 화충: 오색으로 치장한 꿩. 한반도에서 자라는 꿩을 말함. 꿩과의 새. 생김새는 닭과 비슷하나 꼬리가 수컷이 32~56cm, 암컷이 26~31cm로 길다. 몸 빛깔은 검은 반점이 있는 적갈색인데, 특히 수컷은 목 위쪽에 녹색·빨간색·검은색의 털이 차례로 나 있다. 우리나라 특산종의 야생 조류로 용모가 아름답다.

154) 청강녹수: 청강녹수淸江綠水. 맑고 푸른 강.

155) 구불을 채우려고: 구불久不을 채우려고. 곧 오랫동안 채우지 못함. 곧 오랫동안 짝을 찾지 못함을 비유함. 짝을 찾으려고.

원문 13-ㄱ

이려 가도 풍동글글 져리 가도 풍동글글
분슈 읍ᄂᆞᆫ 부엉시ᄂᆞᆫ 부엉부엉 나 몰닉라
밉시 인ᄂᆞᆫ 공작이며 여렵시다156) 황시로다
연비여천 소리기157)와 위풍 잇ᄂᆞᆫ 독슈리며
150 슈옥이 짜욕이 창경시 오작이라
노고조리 쉰질158) 쓰고 포곡 쳐셔 최츈종乙159)
오고 가난 벅궁시야 누乙 보고져 실피우나
이리가도 벅궁벅궁 져리가도 벅궁벅궁
강남셔 나온 졔비160) ᄒᆞᆫ 놈 구쥬乙161) 차자 쏘 왓고나
155 허공의 둥실 놉피 쩌셔 날乙 보고 반기ᄂᆞᆫ 듯
이리 가나 져리 가나 가ᄂᆞᆫ 족족 남남ᄒᆞ닉162)
시 귀경도 조커니와 큰 귀경이 쏘 다시 잇닉
흔산사 아니여든 쇠북소릭가 으듸셔 나나
이 골물 져 골물 흡슈되여163) 만장폭포 나리치니
160 비류직ᄒᆞ 삼쳔쳑ᄒᆞ니164) 의시 은ᄒᆞ낙구쳔乙
돌머리乙 닙다 치니 유월 비셜이 쇄셕강乙
암상의 쾅쾅 씨여 자명종이 되야잇다
골골마다 도화슈라 불변션원하쳐심고165)

---

156) 여렵시다: 여렵스다. 어쭙잖게 서럽다. '여렵다'는 '스럽다'의 뜻인 영남방언형. 여렵스다.
157) 연비여천 소리기: 연비여천燕飛如天 솔개. 재비처럼 하늘 높이 나는 솔개.
158) 노고조리 쉰질: 노고지리 쉰 길 높이 하늘에 남.
159) 포곡 쳐셔 최츈종乙: 원시 '포곡조제촌우제布穀鳥啼村雨齊'를 오독한 부분이다. 원시에 따르면 포곡조가 비 내리는 시골에서 울고.
160) 졔비: '져비〉졔비〉제비'의 변화. 한청문감에 '자연紫燕'을 '치빈'이라 하였는데, 같은 계통의 단어로 생각된다.
161) 구쥬乙: 구주舊主을. 옛 주인을.
162) 남남ᄒᆞ닉: 남쪽으로 날아가네.
163) 흡슈되여: 합수合水되어. 물이 합쳐서.
164) 비류직ᄒᆞ 삼쳔쳑ᄒᆞ니 의시 은하낙구쳔을: 비류직ᄒᆞ 삼쳔쳑飛流直下三千尺ᄒᆞ니. 은하구천척銀河九千尺을 날릴 듯 떨어지는 폭포의 물줄기가 삼천 척하니 은하가 구천척이라. 이백李白의 시 〈망여산 폭포望盧山瀑布〉의 구절.
165) 골골마다 도화슈라 불변션원하쳐심고: 골짝마다 도화수桃花水라 불변선원不變仙園이 하처何處신고. 곧 골짝마다 도화수가 흐르는 변화지 않는 무릉도원 곧 선원이 어디에 있는가.

■현대문 13-ㄱ

　　이리 가도 풍동글글 저리 가도 풍동글글
　　분수없는 부엉이는 부엉부엉 나 몰래라
　　맵씨 있는 공작이며 여럽다166) 황새로다
　　제비처럼 하늘 나는 솔개와 위풍 있는 독수리며
150　수옥이 따오기 창경새 오작이라
　　노고지리 쉰 길이나 하늘 높이 날아 울고 포곡조가 비오는 시골에서 울고
　　오고 가는 뻐꾹새야 누구를 보고 싶어 슬피우나167)
　　이리 가도 벽궁벽궁 저리 가도 벽궁벽궁
　　강남서 낳은 제비 한 놈 옛 주인을168) 찾아 또 왔구나
155　허공에 둥실 높이 떠서 나를 보고 반기는 듯
　　이리 가나 저리 가나 가는 족족 남 쪽으로 날으네169)
　　새 구경도 좋거니와 큰 구경이 또 다시 있네
　　한산사170) 아니거든 쇠북소리가 어디에서 나나
　　이골 물 저 골물 합수되어 만장폭포 내려치니171)
160　날릴 듯 떨어지는 폭포의 물줄기가 삼천 척되니 은하가 구천척이라
　　돌머리를 냅다 치니 유월 눈 날리는 소석강을172)
　　돌 위를 쾅쾅 깨어 자명종이 되어있다
　　골골마다 도화수173)라 변하지 않는 선원仙園이 어디인고

---

166) 여럽시다: 여럽다. "스럽고 억울하다"라는 뜻을 가진 영남방언형이다.

167) 실피우나: 슬피우나〉실피우나. 전부모음화. 20세기 초반의 남부 방언으로 전부모음화가
　　확대된다.

168) 구주舊主를: 옛주인을.

169) 가는 족족 남남하네: 가는 족족 남쪽으로 날아가네.

170) 흔산사 아니여든: 한산사閑散寺 아니거든. 한산 절이 아니거든. '아니거든〉아니여든'. 혹은
　　'한산사寒山寺'는 중국 소주에 있는 유명한 절. 왕발의 〈등왕각서〉라는 시가 있음.

171) 나려치니: 내려치니. 'ㄴ리-+-치'의 구성이다. 'ㄴ리다〉나리다〉내리다'의 변화로 움라우트
　　를 경험한 어형이다. 남부방언에서는 동사어간에서 개재자음이 'ㄹ'이라도 움라우트가 적용
　　되어 제약의 폭이 중부방언보다 더 크다.

172) 유월 비설이 쇄석강을: 유월의 비설飛雪이 쇄석碎石江을. 소석강에 유월에 날리는 눈.

173) 도화슈: 도화수桃花水. 신선들이 사는 무릉도원武陵桃園의 복숭아꽃잎이 실려 오는 강물.

　　　어쥬긱乙 쓰리랴고 망화긱이 흔가흐다174)
165　산간 춘낙 人히 도요슈 반셕 듸졉부知라175)
　　　부귀하여 산슈 낙고 공명乙 불환셕촌유고
　　　그 귀경은 그만 흐고 상상봉의 올라 가세
　　　만판 푸지게 귀경흐며 거드려 거려 올나가니
　　　뭉게뭉게 피는 구룸 산허리로 도라가고
170　진홍갓튼 나오리는 봉머리의 어리엿다
　　　청천 삭츌 금부용은176) 금각산이 아니넌가
　　　우화등선 이니 몸니 빙허어풍 흐여고나177)
　　　빅포건乙 버셔녹코 쳥여장乙 더뎌두고
　　　담빅 다마 불 붓쳐라 망혜乙 곤쳐 신고
175　만장봉이 셕탑되고 만리풍이 션자되여178)
　　　최고 쳐의 곤쳐 안자 四방 풍경 도라보니
　　　안하 강산 평지되여 一듸 장관 여긔로다
　　　봉올봉올 피는 곳천 가는 나부 머무루고
　　　폭기폭기 돗는 풀은 새른 나귀 맛슬 본다
180　연쳥빅슈 춘여희요 우과쳥山 영사남乙179)
　　　화림은 싴싴 신공이요 초목은 신신 조화中乙180)

---

174) 어쥬긱乙 쓰리랴고 망화긱이 흔가흐다: 어주객於酒客을 끌려드리려고. 술꾼을 끌어드리려고 망화객望花客이 한가하다. 망화객望花客은 꽃 구경하는 손님.

175) 산간 춘낙 人히 도요슈 반셕 듸졉부知라: 산간 촌락 사람들이 도요수桃夭水 반석磐石 대접대부待接不知라. 도하수 반석에 접대하는 것을 모른다.

176) 청천 삭츌 금부용은: 청천靑天 삭출削出 금부용金芙蓉. 푸른 하늘에 솟은 듯한 금부용은.

177) 우화 등선 이내 몸이 빙어어풍: 우화등선羽化登仙 이내 몸이 빙허어풍憑虛於風. 불교에서 선화인 우화로 선사가 되어 올라선 이내 몸이 불어오는 바람에 기댐.

178) 만장봉이 석탑되고 만리풍이 선자되어: 만장봉萬丈峰이 석탑石塔되고 곧 만 길이나 되는 봉우리가 석탑처럼 보이고 만리풍萬里風이 선자仙者되고 곧 만리에서 불어는 바람이 신선이 되어.

179) 영청백수 춘여해요 우과청산 영사남을: 영청백수永靑白水 춘여해春如海요, 곧 영원히 푸른 흰 물결은 봄바다와 같고. 우과청산又過靑山 영사남을嶺斜南을. 또 지나가는 푸른 산은 영의 남으로 기울어져 있다.

180) 화림은 색색신공이요 초목은 신신조화 중을: 화림花林은 색색신공色色神功이요 초목은 신신 조화新新調和 중을. 곧 꽃과 나무는 온갖 색색의 빛깔은 신이 만든 것이요 새로운 조화임을.

■현대문 13-ㄴ

　　술꾼을 끌이려고 꽃 구경꾼이 한가하다
165　산간 촌락인이 되어 도요수 반석에 접대하려는 것을 모르네
　　부귀하여 산수 낚고 공명을 부르지 않는 석촌石村에 있는가181)
　　그 구경은 그만하고 상상 봉에 올라가세
　　만판 푸지게182) 구경하며 거들어 걸어 올나가니183)
　　뭉게뭉게 피는 구름184) 산허리로 돌아가고
170　진홍같은 노을은185) 봉머리에 어리었다
　　푸른 하늘에 솟은 금부용은 금각산이 아니런가
　　우화羽花루에 올라 선사 된 이내 몸 불어오는 바람에 기대었구나
　　백포건을 벗어 놓고 청여장을 던져두고
　　담배186) 담아 불 붙여라 망혜를 고쳐 신고
175　만장봉이 석탑되고 만리풍이 신선되어
　　최고 높은 곳에 고쳐 앉아 사방 풍경 돌아보니
　　눈 아래 강산이 평지되어187) 일대 장관 여기로다
　　봉올봉올 피는 꽃은 가는 나비 머무르고
　　포기 포기 돋는 풀은 제 빠른 나귀 맛을 본다188)
180　영원히 푸른 흰 물결은 봄 바다요 지나치는 청산은 남으로 기울어져 있다.
　　온갖 꽃 나무 색색 빛깔은 신이 만든 것이요 새롭고 새로운 조화로움을

---

181) 불환석촌유고: 불환석촌유不喚石村有고. 부르지 않는 석촌에 있는가. 석촌石村은 기름지지
　　않는 산촌.
182) 만판 푸지게: '매우 풍족하게', '매우 많게'라는 의미로 사용되는 영남 방언.
183) 거드려 거려 올나가니: 거들어 걸어 올라가니. 부축을 받으며 걸어서 올라가니.
184) 구룸: 구름. '구룸' '구름'이 공존했는데 '구룸'이 가장 많이 쓰였다. '구름'은 '구룸'에서
　　비어두 음절 모음이 원순성이 약화된 결과이며, 그 과정에서 방언에서는 산발적으로 '구룸'
　　이라는 형태가 사용되기 한다.
185) 나오리: 노을. '노올'의 기원형인 '*나ᄫᆞᆯ〉나보리〉나오리'의 변화형이다. 영남 방언에서는
　　'나올(예천), 나부리(의성, 성주 등)와 강원 함경도 방언에서 나불(함남 함흥, 강원 삼척),
　　나부리(함남 혜산)' 등과 같은 방언형이 나타난다. 영남 방언에는 '지녁나부리'(저녁노을),
　　'아즉나부리'(아침노을)라는 방언형이 나타난다.
186) 담비: 담배. 이수광의 『지봉유설』(1614)에서 '담파고淡婆姑'에서 유래하는 것으로 『재물보』
　　(1798)에서는 '담박괴澹泊塊'로 나타난다. '담배'의 어원은 포르투갈어의 'tabaco'가 일본을
　　경유하여 들어온 말이다. '담바고〉답바괴〉담비〉담배'의 변화형.
187) 안하 강산 평지되어: 안하眼下 강산江山 평지平地되어. 눈 아래 강산이 평지처럼 보임.
188) 포기포기 돋는 풀은 제 빠른 나귀 맛을 본다: 봄 일찍 돋는 풀을 제 빠른 나귀가 먼저
　　맛을 본다.

　　억만장지 고봉 올라 억만 고사 싱각ᄒ니189)

　　졔왕 장사 영웅들과 승현군ᄌ 문장들과

　　오일 군ᄌ 쳐ᄉ드라 소인 격ᄀᆨ 호결드리

185　산슈낙乙 졔一사이 명산듸쳔 다 노라잇다

　　오야 명산 순슈ᄒ기 도당씨190)의 듸관이라

　　도산도슈 고궐 셩공 ᄒ우씨191)의 듸졍이요

　　풍水 岐山 凞敬 보ᄂ 쥬 문왕의 보긔로다

　　도희원타작교ᄒ니192) 만셰빙도 千연셜우193)

190　셔조모 요지연의 周목王의 仙유로다194)

　　젹셩산 노슈산은 위 문후의 보비로다

　　만고 영웅 진시황도 三신山을 그려보고

　　한 틱조 고 황졔도 망당산195)의 노라잇고

　　상산거권 치ᄒ산 거후치ᄂ 사령운의 유흥이라

195　종무산 十二봉은 양웅의 장관이라

　　등화山 낙안봉왈 호흡지긔 통졔좌라

　　고셩의 공경 쳔상인은 니틱빅의 시쥬흥乙

　　향산 거사 빅낙쳔은 쳥산녹슈 풍월 쥬인

　　틱산 북두 형산 긔운 한창여시 문셰로다196)

---

189) 억만장지 고봉 올라 억만 고사 싱각ᄒ니: 억만 길 높은 봉에 올라 억만 가지 고사를 생각하니.

190) 도당씨: 제요도당씨帝堯陶唐氏 곧 허유와 소부를 말함. 요 임금 때 천하를 물려주려 했으나 이를 거절하였음.

191) ᄒ우씨: 하우씨夏禹氏. 구년치수九年治水 배를 타고 다스릴 적 오복의 정한 음식 구주로 돌아들고 오자서伍子胥 분ㅗ奔吳할제 노가僫柯로 건네주고 해셩垓城에 패한 장수 오강烏江으로 돌아들어 우선 대지 건네주고 공명孔明의 탈 조화는 동남풍 밀어내고 조조曹操의 백만 대병 중류中流로 화공火功허니 배아니 어이하리.

192) 도희원타작교ᄒ니: 도해원타작교渡海遠他作橋. 멀리 바다 건너 다리를 지으니.

193) 만셰빙도 千연 셜우: 만세빙도萬歲氷道 천년셜우千年雪雨. 만년동안 얼어 있는 길에 천년의 눈비가 내림.

194) 周 목王의 仙유로다: 주나라 목왕의 신선놀이로다. '若遙池之寄會 似陽臺之雲雨 瑤池'의 시의 구절. 서왕모와 주 목왕의 기이한 만남을 말함. 양대陽臺에서 초 회왕이 무산 선녀를 만나 운우의 즐거움을 나눔.

195) 망당산: 망탕산茫蕩山. 중국 푸젠성福建省 난핑南平에 위치한 산. 오래된 고도古道와 역대 명인들의 글귀가 새겨진 마애석각 등이 있다.

196) 태산 북두형산 개운 한창여시 문셰로다: 태산과 북두 형산의 구름이 열리는 것은 항상 지금과 같도다.

억만 갈래로 길게 뻗은 높은 봉에 올라 억만 고사 생각하니
제왕 장사 영웅들과 성현 군자 문장文長들과
오늘 군자 처사들아 소인 적객謫客 호걸들이
185 산수의 즐거움 제일 가는 명산대천 다 노는 일이라197)
내가 명산 순수하기 도당씨의 큰 구경이라
도산도수 고걸 이룬 공은 하우씨의 대정이요
풍수 기산 빛나는 경치 보는198) 것은 주 문왕의 복이로다
멀리 바다 건너 다리 지으니 영원히 녹지 않는 얼음 길에 천년의 눈비로다
190 서조모199) 요지연의 주 목왕의 신선놀이로다
적성산200) 노수산201)은 위 문후202)의 보배로다
만고 영웅 진시황도 삼신산203)을 그려보고
한 태조 고황제도 망당산에서 놀았고
상산 거권 치하산 거후치는 사령운의 유흥이라204)
195 종무산 십이봉은 양웅205)의 장관이라
등화산 낙안봉은 호흡지기 통제좌라
고성의 공경 천상인은 이태백의 시주흥詩酒興을
향산 거사 백낙천206) 청산녹수 풍월주인
태산과 북두 형산207)의 구름이 열리는 것은 항상 지금과 같도다

---

197) 산수낙을 제일사가 명산대천 다 놀아 있다: 산수의 즐거운 낙 가운데 제일이 명산대천에
노는 일이다.
198) 풍수기산희경 보는: 풍수風水 기산岐山 희경熙敬 보는. 기산의 빛나는 경치에 있는 풍수를 보는.
199) 서조모: 서왕모. 중국의 신화, 전설 등에 등장하는 불사약을 가진 여신.
200) 적성산: 중국 저장성浙江省 타이저우시台州市 텐타이현天台縣에 있는 산.
201) 노슈산: 중국 운남성 부민현 근로향에 있는 산 이름.
202) 위 문후: 『사기史記』 〈위세가魏世家〉에 나오는 인물.
203) 삼신산: 삼산의 하나. 봉래산蓬萊山, 방장산方丈山, 영주산瀛洲山의 세 산이다.
204) 상산거권 치하산 거후치는 사령운의 유흥이라: 중국 진시황 때에 난리를 피하여 산시
성 상산商山에 거후치는 사령운의 유흥이라.
205) 양웅: 양웅揚雄. 중국 전한 때, 학자이자 문인(BC 53~AD 18). 성제成帝 때에 궁정 문인이
되어 성제의 사치를 풍자한 문장을 남겼으나 후에 왕망王莽 정권을 찬미하는 글을 써 비난을
받기도 하였다.
206) 빅낙천: 백거이白居易(772~846) 자는 낙천樂天이고, 호는 취음선생醉吟先生, 향산거사香山居士
등으로 불리었다. 당나라 유명한 시인.
207) 형산: 형산衡山. 중국 오악五嶽 중에서 후난 성湖南省에 있는 산.

200 등산임슈 경일망귀는 구양영슉이 우거쥬라208)

　　셰이영슈 상긔산은209) 소부와 허유 쳥염이라

　　부츈산 칠리탄은 엄즈룽의 됴딕로다

　　치약 불반 녹문산210)은 방덕공의 안낙이라

　　연화봉 흥 오운싴은 진도람의 쳥표로다

205 아미영 금각산은 장금종지 한신이라

　　상음산 덕션산은 졍표 이젹의 공열흥고

　　상산 심임 용호변과 뒤장군 마슈 위풍이라

　　산희관 희상 쳔봉 이여송의 밍셰로다

　　登太山 이소 天下는 공부자지 일관이라

210 풍호 무호영 이귀는211) 봉비千인 증졈이라

　　九인산 빅쳔원음 연비어쳔다사 가능언이라212)

　　틱산 슝악 호연지긔는 밍부자의 문답이라

　　연화봉 하 가산슈도 쥬염게지 별당이라

　　우리나라 아 틱조도 하남산의 노로시고

215 삼국 츙신 임 장군도 송이산213)의 노라 잇고

　　칭 大丈夫 남이 장군 한닉산의 노라 잇고

　　쳔하 명장 죽장군도 빅두산의 노라시니

---

208) 등산임수 경일망귀는 구양영슉이 우거쥬라: 등산임수登山臨水. 배산임수背山臨水. 곧 산을 등
　　지고 앞으로 물이 흐르는 지세. 경일망귀景日望歸는 지는 해를 바라볼 수 있는 곳. 구양수의
　　우거하는 땅이라. 중국 송宋나라의 문인 구양수歐陽修(1007~1072)의 작품 육일시화六一詩話
　　가운데 하나로 '육일거사시화六一居士詩話', '구공歐公시화', '구양영슉歐陽永叔시화', '구양문충공
　　文忠公시화' 등이 있다.

209) 셰이영슈 상긔산은: 요나라 시대에 허유許由(?~?)가 영수潁水에서 귀를 씼고洗耳 기산箕山에
　　올랐다는 고사. 요堯시대에 살았다는 허유는 요제堯帝가 자기에게 보위를 물려주려 하자 귀
　　가 더럽혀졌다고 영천潁川에서 귀를 씻은 후 기산으로 들어가서 은거하였고, 소부는 허유가
　　귀를 씻은 영천의 물이 더럽혀졌다 하여 몰고 온 소에게 마시지 못하게 하였다는 고사.

210) 치약 불반 녹문산:『후한서』일민전에 방덕공은 양양인으로 당시 현주지사 유표가 벼슬길
　　에 오르기를 권유했으나 이를 거부하고 아내와 녹문산에서 약초를 캐며 은둔했다는 고사.

211) 풍호 무호영 이귀는: 이귀李鬼.『수호전水滸傳』에서, 이규李逵를 사칭하는 인물.

212) 구인산 백천원음 연비어천 다사 가능언이라: 구인산

213) 송이산:『조선지지자료』(영동)에 "송이산은 영동군 서일면 하단리 당치에 있다."라고 기록
　　되어 관련지명이 처음 등장한다.

■현대문 14-ㄴ

200 등산임수 하는 곳에 지는 해를 바라는 곳은 구양수가 사는 곳이라
　　귀를 씻은 영천潁川의 물 흐르는 기산은 소부 허유 청렴함이라
　　부춘산富春山 칠리탄은 엄자릉의214) 조대釣臺로다
　　나물 캐며 은둔했던 녹문산은 방덕공의 아낙이라
　　연화봉 아래 오운색은 진도람의 청빈함의 표상이로다215)
205 아미령 금각산은 장금종지 한신216)이라
　　상음산 덕선산은 정표 이적217)의 공열恭悅하고
　　상산 심임 용호변과 대장군 마속218) 위풍이라
　　산해관 해상 천봉 이여송219)의 맹세로다
　　태산에 오른 이소220) 천하는 공부자의 일관이라
210 풍호 무호영 이귀는 봉 높이 날아오른 하늘의 선인 증점이라
　　구인산 백천원음221) 제비가 하늘 나는 듯이 가능한 말이라
　　태산 숭악 호연지기는 맹부자의 문답이라
　　연화봉 아래 가산수도 주염계의222) 별당이라
　　우리나라 우리 태조도 하남산에서 노셨고
215 삼국 충신 임장군도 송이산에서 놀았고
　　대장부라 일컸는 남이장군 한내산에서 놀았고
　　천하 명장 죽장군도 백두산에서 놀았으니

---

214) 엄자릉: 엄자능嚴子陵. 중국 동한 사람. 어린 시절 친구인 조광윤이 임금이 된 후 벼슬을 주려고 했으나 이를 거절하였다.
215) 진도람의 청표로다: 〈란초제세기연록〉에 등장하는 화산도사 진도람. 진도람의 청빈함의 표상이다.
216) 장금종지 한신: 장금종지胯下之辱는 사람의 가랑이 밑을 빠져 나가는 어려운 굴욕을 참았던 한신韓信 고사. 한 나라 고조 때의 개국 공신. 처음에는 항우에게 있다가 소하蕭何가 후에 고조가 되는 유방劉邦에게 천거하여 대장이 되어 큰 공 세움.
217) 이적: 당나라 고조·태조 때의 무장. 666년(당 건봉 1-고려 보장왕 25) 요동도행군대총관이 되어 재차 고구려를 원정하여 고구려를 멸망시켰다.
218) 마속: 마속馬謖. 중국 촉한의 장수. 병략에 밝아 제갈량의 중명을 받고 일군의 통수가 되었음.
219) 이여송: 이여송李如松. 중국 명나라의 무장(?~1598). 이여송이 임진왜란이 나자 원변으로 오기 전 산해관에 머물렀다.
220) 이소: 이소離騷. 중국 초나라의 굴원이 지은 부賦. 조정에서 쫓겨난 후의 시름을 노래한 것으로 〈초사〉 가운데에서 으뜸으로 꼽힌다.
221) 백천원음: 백천원음百千圓音.
222) 주염계지: 주염계의. 주염계는 중국 북송의 유교 사상가. 신유학新儒學을 열었다.

▌원문 15-ㄱ

    순ㅎ인也 여ㅎ인고 유위 죄가 역약시라223)

    공부자의 일관도와 밍부자의 호연긔도224)

220 승현군자 쏜乙 바다 일듸 장광 노라 보세

    연ㅎ춘심 千가 읍이요 山희風고 萬리듸라225)

    어혀 져긔 져것 바라 산천도 이상ㅎ다

    볏트지가 볏틀226) 되고 도토마리 언져 녹코

    오리골의 오리 골나 잉이직가 잉이쳬라227)

225 신틀바우 신乙 신고 북바우가 북이 되여

    용두산이 용두되여 안씰이228)가 안질긔라

    아리쌉게 곳츄 안자 도리기가 도부듸라

    일광단 월광단乙229) 슈乙노와 짜어닉니

    틱乙션관이 거미ㅎ니230) 옥여 직금231) 그 아인가

230 져긔 져 산천 다시 보아라 웅장ㅎ고 장홀시고

    듸권터232)의 듸궐지여 우리 大황졔 견좌ㅎ사

    압패는 왕산이요 뒤에는 왕비늬라

    좌편의는 삼 상이요 우편의는 팔 판셔라233)

    그 다음의 장군봉은 장읍 불비 웃득 셧다

235 긔골도 장듸ㅎ고 위풍도 늠늠ㅎ다

---

223) 순ㅎ인也 여ㅎ인고 유위 죄가 역약시라: 순하인야舜何人也 여하인야予何人耶 유위遊爲 죄가
역역시亦亦時라. 순하인이 누구인고 논할 죄가 있음이 분명한 따라.

224) 공부자의 일관도와 밍부자의 호연긔도: 공자와 부자의 일관된 도와 맹자와 부자의 호연지
기도. 『맹자』〈공손추편〉 '혼연지기'는 평온하고 너그러운 화기.

225) 연ㅎ춘심 千가 읍이요 山희風고 萬리듸라: 저녁연기 봄기운 천호千戶가 되는 곳에 사는 사람
들의 업業이요 산과 바다의 바람이 높아 만리나 되는 높은 누대라.

226) 볏틀: 베틀.

227) 잉아: 베틀의 날실을 한 칸씩 걸러서 끌어 올리도록 맨 굵은 실.

228) 안씰이: 안길이. 안길>안질>안낄. ㄱ-구개음화.

229) 일광단 월광단乙: 베틀노래에서 낮에 짜는 베는 일광단이요 밤에 짜는 베는 월광단이라고
한다.

230) 틱乙션관이 거미ㅎ니: 한글소설 〈위현전魏賢傳〉에 등장하는 태을선군. 신선인 옥여가 짜
놓은 베를 태을선군에게 팜.

231) 옥여직금: 옥여직금玉女織金. 베를 짜는 옥황여.

232) 듸권터의: 대권大權터. 큰 권력이 자리하는 터.

233) 좌편의는 삼 상이요 우편의는 팔 판셔라: 왼전에는 삼 제상이요 오른 편에는 여덟 판서라.

■ 현대문 15-ㄱ

　　순하인은 어떤 사람인고 논할 죄가 있음이 분명한 때라
　　공부자의 일관도와 맹부자의 호연기도
220 성현군자 본을 받아 일대 장광 놀아 보세
　　연하춘심 천가 업이요 산해풍과 만리대라
　　어허 저기 저것 봐라 산천도 이상하다
　　볏트재가 베틀 되고 도투마리[234] 얹어놓고
　　오리골의 오리 골라 잉아재가 잉아채라[235]
225 신틀바위 신을 신고 북바위가 북이 되어
　　용두산이 용두되어 안길이 안질개라[236]
　　아리답게 곧게 앉아 도리께[237]가 도붓대라
　　일광단 월광단을 수를 놓아 짜내니[238]
　　태을 선관이 거매하니 옥여 직금 그 아닌가
230 저기 저 산천 다시 봐라 웅장하고 장할시고
　　대권 터에 대궐지어 우리 대황제 전좌하사
　　앞에는 왕산이요 뒤에는 왕비가 오는 듯하다
　　좌편에는 삼 재상이요 우편에는 팔 판서라
　　그 다음의 장군봉은 장읍 불배 우뚝섰다[239]
235 기골도 장대하고 위풍도 늠름하다

---

234) 도투마리: 베를 짜기 위해 날실을 감아 놓은 틀. 베틀 앞다리 너머의 채머리 위에 얹어
　　두고 날실을 풀어 가면서 베를 짠다.
235) 잉아채: 베틀의 날실을 한 칸씩 걸러서 끌어 올리도록 맨 굵은 실 꾸리.
236) 안질개라: 안장鞍裝의 영남방언. 베틀에 앉는 자리.
237) 도리께: 곡식의 낟알을 떠는 데 쓰는 농구. 긴 막대기 한끝에 가로로 구멍을 뚫어 나무로
　　된 비녀못을 끼우고, 비녀못 한끝에 도리깻열을 맨다.
238) 베짜기노래의 노랫말을 구성하는 부분품과 비유되는 표현을 살펴보면, 가로대(가로새)와
　　앉을깨는 '금상님의 앉은 모양', 북은 '청새 옥새가 앞뒤로 날아드는 듯', 도투마리는 '청룡,
　　황룡, 노룡이 구비치는 소리', 바디 소리는 '옥황상제 바둑, 장기 두는 소리'이다. 이에서 보듯
　　이 지상의 세계보다는 천상의 세계와 관련한 소재가 많으며, 지상의 것이라 해도 역사적으로
　　위대하거나 신비한 대상, 아름다운 모양을 소재로 삼는 경향이 강하다. 비록 베짜는 작업은
　　작은 공간에서 지루하게 이루어지더라도 상상의 세계는 넓고 화려하게 전개된다. 이는 일에
　　대한 자긍심을 지니게 하고 일의 능률을 높이기 위한 삶의 지혜에서 비롯된 것이다.
239) 장읍 불배 우뚝섰다: 장읍 불배長揖不拜. 읍만하고 굽혀서 절을 하지 않는 모습.

■원문 15-ㄴ

청용산의 청용도 들고 투긔봉의 투긔240) 씨고

갑쥬바우의 갑온241) 입고 향용산의 황용마 타고

쥬마산242)의 반달이며 호령지의 호령ᄒ니

단양 강이 뒤눕ᄂ 듯 구만 大병이 옹위ᄒ다

240 왜둔지의 왜乙 치고 아쥬골의 아乙 막고

영월 가셔 영병乙 잡고 미름이243) 가셔 미兵乙244) 쫏고

승젼ᄒ고 오ᄂ 질의245) 틔평 오다가 틔명군 만나

고의乙246) 싱각ᄒ여 졀의 형졔 동심ᄒ니

만고 츙신 우리 장군 틔평쳔ᄒ 반갑도다

245 근졍젼의 슉비ᄒ고 틔평과乙 뵈이거날

이자산247)의 아들 형졔 독셔골의 그를 일거

셔지골의 공부ᄒ며 문자실의 문장 난ᄂ

노잔이 가셔 노자248) 웃고249) 말문이 가셔 말乙 비려

경셩으로 치여달나 틔평과의 참여ᄒ니

250 一필휘지 션창ᄒ며250) 갑과방의 참여로다

복두 밧테251) 복두 쓰고 청양산의 청나삼 입고

연화동의 화동 두 쌍 광틔원의 광틔 불너

실늬골의 실늬 불너 장원봉252)의 호방ᄒ니

---

240) 투긔봉의 투긔: 투구봉처럼 생긴 투구봉에 투구를 쓰고.

241) 갑온: 갑옷. '갑옷〉갑온'의 변화는 영남방언에서 어말 'ㅅ'이 'ㄴ'으로 교체.

242) 쥬마산: 경상북도 영주시 봉현면에 있는 주마산.

243) 미름이: 경상북도 안동시 풍산읍에 있는 자연마을 막실(두곡, 두곡촌, 막곡), 느티나뭇골(괴동), 미르미(미산묘), 밤가골(율산, 율리), 불당골(불당곡), 아룻막실(하막곡), 용둥이, 웃막실(상막골), 주상골(지상골) 등이 있다.

244) 미兵乙: 미병尾兵을. 폐잔병의 꼬리. 후퇴하는 왜병의 꼬리.

245) 질의: 길에〉질에. ㄱ-구개음화형이다.

246) 고의乙: 고의古義를. 옛 의로움을.

247) 이자산: 영주시 소백산맥의 동·서 양 지역을 연결하는 대마산大馬山(375m)과 원적봉圓寂峰(961m), 이자산二子山(605m) 등의 산이 이어져 있다.

248) 노자: 길 돈. 여비.

249) 웃고: 얻고.

250) 션창ᄒ며: 현창顯彰하며. 션창. ㅎ-구개음화. 높이 표창하며.

251) 밧테: 밭에.

252) 장원봉: 청양산 줄기에 있는 장인봉丈人峰.

■ 현대문 15-ㄴ

　　청용산253)의 청용도 들고 투기봉의 투구 쓰고
　　갑주 바위의 갑옷 입고 향용산의 황용마 타고
　　주마산254)의 반달이며 호령재의 호령하니
　　단양강이 뒤눕는 듯 구만 대병이 옹위한다
240　왜 둔지255)에 왜를 치고 아주골에 아를 막고
　　영월 가서 영병을 잡고 미름이 가서 미병을 쫓고
　　승전하고 오는 길에 태평(하게) 오다가 대명군256) 만나
　　옛 의리를 생각하여 절의 형제 동심하니
　　만고 충신 우리 장군 태평천하 반갑도다
245　근정전에 숙배하고 태평과를 보이거늘
　　이자산에서 아들 형제 독서골에서 글을 읽어
　　서제골에서 공부하며 문자 실의 문장났네257)
　　노잔리 가서 노자를 얻고 말문이 가서 말을 빌어
　　경성으로 치달아 태평과에 참여하니
250　일필휘지 현창하며 갑과 방의 참여로다
　　복두밭에 복두 쓰고 청양산258)에 청나삼259) 입고
　　연화동에 화동 두 쌍 광대원에 광대 불러
　　실내골에 실내 불러 장인봉의 호방하니

---

253) 청용산: 일명 청양산. 서울특별시와 경기도 성남시, 과천시, 의왕시에 걸쳐 있는 산. 고려말
　　이색의 시에 '청룡산'으로 기록되어 있으며, 『신증동국여지승람新增東國輿地勝覽』에도 청룡산
　　으로 기록되어 있다. 망경대望京臺, 국사봉國思峰, 옥녀봉玉女峰, 청계봉, 이수봉 등 여러 산봉우
　　리로 되어 있다.
254) 주마산: 경상북도 예천군 감천면 증거리 주마산走馬山.
255) 왜 둔지: 임진왜란 때 왜병사들의 주둔지.
256) 대명군: 임진왜란 대에 원군으로 온 명明나라 군대.
257) 문자실의 문장났네: 문자의 실재적인 뜻을 통달한 문장가 났네.
258) 청양산: 경상북도 봉화군 명호면에 있는 산. 태백산맥의 줄기인 중앙산맥의 명산으로서
　　산세가 수려하여 소금강小金剛이라고 한다. 최고봉인 장인봉丈人峰을 비롯하여 외장인봉外丈人
　　峰, 선학봉仙鶴峰, 축융봉祝融峰, 경일봉擎日峰, 금탑봉金塔峰, 자란봉紫鸞峰, 자소봉紫肖峰, 연적봉硯
　　滴峰, 연화봉蓮花峰, 탁필봉卓筆峰, 향로봉香爐峰 등의 12개의 고봉이 치솟은 절경지임.
259) 청나삼: 청나삼靑羅衫. 얇고 가벼운 비단으로 만든 푸른 적삼.

　　　기一신260) 지져슐이가 위일국지 등영이라261)

255 풍치도 거룩ᄒ다 듀셕지신262) 되리로다

　　　아마도 싱각ᄒ니 그 가온ᄃᆡ 지셰보면

　　　장군大좌 잇슬 게요 상제 봉조263) 잇스리라

　　　국방봉264) 놉푼 봉은 비 츙신의 유적이요

　　　금ᄃᆡ옥ᄃᆡ 찰난 광치 자긔봉의 빗치 나고

260 연화봉265)의 고은 빗튼 신션봉乙 상ᄃᆡᄒ고

　　　비로봉의 놉푼 경은 도솔봉266)乙 구벼보고

　　　탈속ᄒ다 부쳐바우 三千조도 비겨 잇고267)

　　　위름ᄒ다268) 장군바우 七十一쥬 경찰ᄒ다

　　　상션암 하션음269)은 흑두름이 츔乙 츈다

265 大룡산 小룡산은 안긔 구름이 뫼여가고270)

　　　上호문 下호문의 학자 션비 차자가고

　　　上호문 下호문의 남즁 여승이271) 모여든다

　　　너미곡 외미곡의 약초로 겸어과라

　　　上임곡 下임곡의 난봉 공작이 나라 든다

270 청계 두들272) 청계유는 힝경 압호로 흘너가고

　　　단산의 조은 풍경 곽단곡 셔싱 엿터이요

---

260) 긔一신: 개일신改日新. 하루를 새롭게 고침.

261) 위일국지 등영이라: 위일국지爲一國之 등영登嶺이라. 나라를 위해 명령을 받고 영상에 오름.

262) 듀셕지신: 주석지신主席之臣. 제일 중요한 신하.

263) 상제 봉조: 상제봉조上帝奉詔. 제상으로 올라 임금의 조칙을 받음.

264) 국망봉: 국망봉國望峰. 충청북도 단양군 가곡면佳谷面과 경북 영주시 순흥면順興面과의 경계에 있는 산.

265) 연화봉: 소백산 남서쪽으로 뻗은 소백산맥 중의 산으로서 비로봉·국망봉·제2연화봉·도솔봉·신선봉·형제봉·묘적봉 등의 많은 봉우리들이. 있음.

266) 도솔봉: 도솔봉兜率峰. 경북 영주시 풍기읍과 충북 단양군 대강면大崗面 사이의 도계를 이루는 산.

267) 三千조도 비겨 잇고: 삼천마리 새도 비켜 있고.

268) 위름ᄒ다: 위엄이 당당하고 늠늠하다.

269) 상션암 하션음: 단양팔경丹陽八景의 하나. 충북 단양군을 중심으로 주위 12km 내외에 산재하고 있는 명승지.

270) 뫼여가고: 모여가고. 모여가고>뫼여가고 움라우트 현상.

271) 남즁 여승이: 남자 중과 여자 승여가.

272) 두들: 두던. 조금 높은 언덕.

개일신 지저술이가 나라를 위해 영상에 올라
255 풍채도 거룩하다 나라에 주요한 신하가 되리로다
아마도 생각하니 그 가운데 자세 보면
장군대좌 있을 게요 제상으로 올라 임금의 조칙을 받으리라
국방봉273) 높은 봉은 배충신의 유적이요274)
금대옥대 찬란한 광채 자지봉의 빛이 나고
260 연화봉의 고운 빛은 신선봉도 상대하고
비로봉의 높은 경은 도솔봉을 굽어보고
탈속하다 부처 바위 삼천 무리의 새도 비켜 있고275)
위름하다 장군바위 칠십 일주 살펴서 지킨다
상선암 하선암276)은 학두루미 춤을 춘다
265 대룡산 소룡산은 안개구름이 모여 가고
상호문 하호문에 남중 여승이 모여 든다
내미곡 외미곡에 약초 겸해 고기과 과일이라277)
상임곡 하임곡에 난봉 공작이 날아든다
청계 두들 청계류는 행정 앞으로 흘러가고
270 단산278)의 좋은 풍경 곽 단곡279) 서생 옛터요

---

273) 국방봉: 소백산에 있는 봉우리 가운데 하나. 국방봉(1,420M) 국방봉~상월봉~늦은맥이고
  개~신선봉~민봉~1244봉~구봉팔문~구인사로 이어지는 등산로가 있음.
274) 배충신의 유적이요: 국망봉에서 무주고혼無主孤魂이 된 배충신의 혼령이 남아 있는 유적.
  조선시대에는 이곳에 여단厲壇을 두고 이들 원귀에 대한 제의를 시행하였다.
275) 삼천 조도 비겨 있고: 삼천마리의 새무리도 비켜서 있고. 삼천조도三千鳥徒.
276) 상선암: 충청북도 단양군에 있는 명승지. 단양 팔경의 하나로, 단양 남쪽의 소백산맥에서
  내려오는 남한강을 따라 약 12km 거리에 있다. 하선암下仙巖. 충청북도 단양군에 있는 명승
  지. 단양 팔경의 하나로, 단양 남쪽의 소백산맥에서 내려오는 남한강을 따라 약 4km 거리에
  있다. 맑은 물과 바위가 어울려 아름다운 경치를 이룬다.
277) 늬미곡 외샤미곡의 약초로 겸어과라: 한시는 '내미곡외미곡약초겸어과內味谷外味谷 藥草兼魚
  果'이다. 내미곡 외미곡 약초 겸 고기와 과일이라.
278) 단산: 경상북도 영주시 단산면에 있는 산.
279) 곽 단곡: 곽진郭瑨(1568~1633). 조선 중기의 학자로, 임진왜란 때 의병을 일으켜 형과 함께
  화왕산성에서 싸웠다. 평생 학문에 전념하며『심경』,『근사록』등을 깊이 연구하였다. 영남
  유생을 대표하여 이이첨에 대한 탄핵 상소를 올렸다. 시문집 ≪단곡문집≫이 전한다.

■원문 16-ㄴ

　　구연봉 말근 경긔 안 문셩공280)이 품긔ᄒ고
　　펼펼 나ᄂᆞᆫ뜻 비봉산은 송이 죽촌 구버본다
　　쳥계산 ᄒᆞ 쳥충긱과 빅봉암 젼비 흑션
275　八문乙 열고 남쳔乙 보니 삼틱산니 북벽의라281)
　　화심동쳔의 양달ᄒᆞ니282) 상산사호가 박독 뜬다
　　츈심 大협의 물향ᄒᆞ고 ᄒᆞ열감쳔의 슈식이라283)
　　졔월교284) 변의 구곡계ᄂᆞᆫ 무이산쳔이 분명ᄒᆞ다
　　광풍 딕하 七里탄은 동강슈가 아니넌가
280　빈빈 예악송 두들은 나현졍이 여긔로다
　　양양 현송 노실 동늬 승혈이 이곳지라
　　도봉은 고져산법이요285) 오게가 회포 무지로다
　　산이 놉파 고직이요 물리 도라 파휠너라
　　틱속이 승ᄒᆞ다 복젼이요 나락이 우거져 가야로다286)
285　六百마지기 농사지여 九고 광창의 노젹ᄒᆞ고
　　계족산287)의 달기 우니 우두산의 밧틀 갈고
　　뒷들 버든 조은 밧츤 八가 동졍 도젼이요
　　압두들의 조은 논은 九一공 셰덕졀이라
　　大산 풍월 小쳔 연ᄒᆞ 셰 거리 구졈의 황홀ᄒᆞ다288)

---

280) 안 문셩공: 안향安珦. 호는 회헌晦軒. 영주 태상으로 주자학을 도입한 유학자.

281) 삼틱산니 북벽의라: 삼태산이 북으로 벽처럼 둘러 있음.

282) 화심동쳔의 양달ᄒᆞ니: 꽃마음으로 동쪽 시내로 달려가니.

283) 츈심大협의 물향ᄒᆞ고 ᄒᆞ열감쳔의 슈식이라: '화심대협물향하일감쳔수식花心大峽物香夏日甘泉水息'의 언해이다. 봄의 마음의 큰 깊이는 경물의 향기이고 여름 달콤한 샘물은 쉬고 있다.

284) 졔월교: 경북 순흥 내죽리 소수서원 앞을 흐르는 죽계천 다리. 청다리라고도 함.

285) 도봉은 고져산법이요 오게가 회포 무지로다: 도봉道峯은 높고 낮음은 산법이오道峯 高直千萬丈之山法 보계宝溪의 회포懷抱가 무재無題로다. 곧 도봉의 높고 낮음은 자연의 원리요 보계에 대한 회포가 이름할 수 없음을 말한다.

286) 틱속이승ᄒᆞ다 복젼이요 나락이 우거져 가야로다: '복젼도과가야화공충일福田稻果佳野禾恭充溢'의 번역. 태속이승太束以勝은 농사가 풍년듦. 곧 풍년들어 복젼이요 나락이 우거져 가야佳野 곧 즐거운 들판이라.

287) 계족산: 계족산鷄足山. 일명 계명산. 충청북도 충주시의 용탄동, 목행동, 종민동 등에 걸쳐 위치하고 있는 산이다.

288) 大산 풍월 小쳔 연ᄒᆞ 셰 거리 구졈의 황홀ᄒᆞ다: '大山風月小川煙霞悅惚三衛舊店'의 언해. 큰 산의 풍월은 작은 개을의 안개 긴 세거리三衛의 옛 여사가 황홀하다.

　　구담봉289) 맑은 정기 안 문성공이 기품을 받고

　　펄펄 나는 듯 비봉산은 송이죽촌 굽어본다

　　청계산 아래 청총객과 백봉암 앞에 배알하는 학선鶴仙은

275　여덟 문을 열고 남천을 보니 삼태산이 북쪽 벽이라

　　꽃마음으로 동쪽 시내로 달려가니 상산사호290)가 박독 뛴다

　　봄의 마음의 큰 깊이는 경물의 향기이고 여름 달콤한 샘물은 쉬고 있다.

　　제월교 가에 구곡계는 무이산천291)이 분명하다

　　광풍대하 실리탄은 동강수桐江水가 아니런가

280　빛나는 예악을 읊는292) 두듥은 나현정293)이 여기로다

　　양양 현송 노실 동내 지세가 좋은 혈맥이 이곳이라

　　도봉 높고 낮음은 자연의 원리요 보계 회포는 이름할 수 없도다

　　산이 높아 고직이오 물이 돌아 파휠러라

　　곧 풍년들어 복전이요 나락이 우거져 즐거운 들판이라

285　육백 마지기 농사지어 아홉 넓은 창고에 쌓아두고294)

　　계족산에 닭이 우니 우두산에 밭을 갈고

　　뒷들 뻗은 좋은 밭은 팔가 동정 도전이요

　　앞 두듥에 좋은 논은 구일공 세덕절世德節이라

　　큰 산의 풍월은 작은 개울의 안개 낀 세 거리(三衛)의 옛 여사가 황홀하다

---

289) 구연봉: 구담봉龜潭峰의 잘못. 충청북도 단양군 단양읍 단성면 및 제천시 수산면에 걸쳐
　　　있는 산.

290) 상산사호: 상산사호商山四皓. 중국 진대秦代 말기에 난세를 피하여 산시성 상산商山에 숨은
　　　동원공東園公, 하황공夏黃公, 용리선생用里先生, 기리계綺里季 등 4인의 노고사老高士에 나오는 인
　　　물. 수염과 눈썹이 모두 희기 때문에 사호四皓라 한다.

291) 무이산천: 무이구곡도武夷九曲圖에 나오는 산천. 중국 복건성福建省 우이산夷山 계곡 아홉
　　　구비의 경치를 그린 산수화. 여기서는 소수서원 부근의 계곡을 구이계곡이라고 한다.

292) 빈빈 예악송: 빈빈彬彬 예악송禮樂誦. 빛나는 예와 악을 읊는 일.

293) 나현정: 나현정奈賢井. 경상북도 영주시 순흥면 읍내리에 있는 우물. 경상북도 기념물 제69
　　　호. 구전에 의하면, 이 동리에 세거한 순흥안씨 밀직공密直公 안석安碩이 벼슬에 나아가지
　　　않고 향리에 묻혀 세 아들 문정공文貞公 축軸, 문경공文敬公 보輔, 쵀주공祭酒公 집輯을 훌륭히
　　　키우면서 함께 사용하였던 우물이라 한다. 조선 인종 원년(1545)에 풍기군수 주세붕周世鵬이
　　　이 우물에 대한 내력을 알고 이곳에 나현정이라는 비를 세우고 네 분의 덕을 기리게 하였다.

294) 구고 광창의 노적하고: 구고 광창舊庫廣倉 곧 옛 창고에 곡식을 쌓고, '야화공충일구고광창野
　　　禾恭充溢九庫廣倉'의 언해.

■원문 17-ㄱ

290 유비 군즈295) 죽영이요 입봉大夫 솔고기라296)

사명당의 大도략은 보국ㅅ가 나마 잇고

양봉ᄂᆡ의297) 청표적은 승천암의 의구하다

불당골 불공ᄒ여 아들乙 졈제 비러ᄂᆡ고

삼신당의 졍셩 드려 부귀장슈 비러ᄂᆡᆫ다

295 옥슌봉의 淸풍ᄒ니 七빅 長호가 잔잔ᄒ고

금슈산298)의 영츈ᄒ니 임사 장임이 창창하다

안남국ᄎᆡ 노인봉은 슈민단乙 구벼 잇다299)

동호리의 와룡ᄒ니 남목동ᄂᆡ 봉황의라

월영ᄃᆡ의 달이 돗고 풍ᄂᆡ산의 바람온다

300 錦션졍은 션경이요 봉도각은 호上이라

안남 남안은 경쳐되고 지북 북지가 승지로다

평장ᄀᆡ지 삼괴졍은 힝人 과긱 회셕이요300)

ᄃᆡ사동구 유셕사ᄂᆞ 싱불 노승 창낙이라301)

셕쳔 폭포 흘너나려 도화유슈 궐어비라302)

305 황새 모루 국화 피여 八은군즈 사랑ᄒ고303)

그문강이 격숑 잇셔 七영乙 보고 반기ᄂᆞ 듯

七十里之 글ᄂᆡ산은 칙 얼키듯 상규ᄒ고

---

295) 유비 군즈: 유비 군자有斐君子. 오락가락하는 군자. 왔다갔다하는 군자.

296) 입봉大夫 솔고기라: 대부로 봉해진 솔고개(충주 자연지명) 충청북도 충주시 노은면 법동리
와 음성군 감곡면 월정리를 연결하는 송현松峴고개.

297) 양봉ᄂᆡ의: 양사헌. 조선 중기의 문신·서예가. 본관은 청주. 자는 응빙應聘, 호는 봉래蓬萊,
완구完邱, 창해滄海, 해객. 주부인 양희수楊希洙의 아들이다. 조선 중기에 문명을 떨쳤던 양사준
楊士俊이 형, 양사기楊士奇가 아우이다.

298) 금슈산: 금수산錦繡山. 충청북도 단양군 적성면赤城面에 있는 산.

299) 안남국ᄎᆡ 노인봉은 슈민단乙 구벼 잇다: '안남극채수민단지남안岸南極彩壽民壇之南岸'의 언해.
극채의 남쪽 언덕 노인봉은 수민단을 굽어보고 있다.

300) 평장ᄀᆡ지 삼괴졍은 힝人 과긱 회셕이요: '평장포외삼괴정행인과객회석平章浦外三槐亭行人過客
會席'의 언해. 평장포 밖의 삼괴정은 행인과 길손의 모임자리요.

301) ᄃᆡ사동구 유셕사ᄂᆞ 싱불 노승 창낙이라: '대사동구유석경생불노승창락大師洞口流石景生佛老僧
昌樂'의 언해. 대사동 입구 유석사는 생불과 노승 노래 불러 즐김이요.

302) 도화유슈 궐어비라: 도화유슈에 궐어비鱖魚飛라. 곧 쏘가리 고기가 날아오르는 것.

303) 황새 모루 국화 피여 八은군즈 사랑ᄒ고: '황산국화오상절黃山菊花傲霜節'의 언해. 황산에 서
리를 맞고 핀 국화의 오만한 절개를 말하는데 이 시에서는 의미가 불분명한 '황새 모루
국화 피여 여덟명의 은자가 사랑하고'로 풀이하고 있다.

290 유비 군자 죽영이요304) 대부로 봉해진 솔고개라

　　사명당의 대도략은305) 보국사306)가 남아 있고

　　양봉내의 청빈의 표적은 승천암昇天岩에 옛과 같구나

　　불당골 불공하여 아들을 점지 빌어내고

　　삼신당에 정성들여 부귀장수 빌어낸다

295 옥순봉307)에 맑은 바람부니 칠백가 긴 호수가 잔잔하고

　　금수산 봄 맞으니 이십사 긴 숲이 창창하다

　　극채의 남쪽 언덕 노인봉은 수민단을 굽어보고 있다

　　동호리에 어룡魚龍하니 남목동내 봉황이라

　　월영대의 달이 돋고 풍내산에 바람 온다

300 금성정은 선경이요 봉도각은 호랑이의 형상이라

　　남쪽 언덕은 구경 곳이 되고308) 북쪽 땅은 승지로다

　　평장포 밖의 삼괴정309)은 행인과 길손의 모임자리요.

　　대사동 입구 유석사310)는 생불과 노승 노래 불러 즐김이요

　　석천폭포 흘러내려 도화유수에 쏘가리가 날아 오르며

305 황새 머루 국화 피여 팔은군자311) 사랑하고

　　그문강이 적송 있어 칠령을 보고 반기는 듯

　　칠십리 갈내산312)은 칡 얽키듯 상규常規하고

---

304) 죽영: 죽령竹嶺. 경상북도 영주시 풍기읍과 충청북도 단양군 대강면 사이에 있는 고개.

305) 사명당의 대도략은: 사명당의 큰 지략은. 사명당은 1544년(중종 39)~1610년(광해군 2). 조선 중기의 승려·승병장.

306) 보국사

307) 옥순봉: 옥순봉玉荀峯. 충청북도 단양군에 있는 명승지. 단양 팔경의 하나로, 기묘한 봉우리들이 마치 비 온 뒤의 죽순처럼 솟아 있어 이와 같이 불렀다. 경치가 빼어나 예로부터 소금강小金剛이라고도 하였다.

308) 경처되고: 경치가 좋아 이름난 곳.

309) 삼괴정: 삼괴정三槐亭. 순흥 읍내 동편쯤에서 소수서원, 배점마을을 거슬러 초암사에 이르는 죽계구곡은 초암사 앞에서 제1곡이 시작되어 시냇물을 따라 삼괴정 앞의 제9곡에 이르기까지 2km 정도의 등산 및 산책코스로 이름 높다.

310) 유석사는: 유석사留石寺. 영남북도 영주시 풍기읍 창락리 소백산小白山에 있는 사찰.

311) 팔은군자: 여덟 은둔 군자.

312) 갈내산: 충청북도 단양군 가곡면 가대리佳大里에 있는 산. 가래산, 노적봉등의 산을 끼고 있는 산촌마을이다.

놉고 놉푼 화결영은 곳 핀 다시 황홀ᄒ다

오양 동구 천만사ᄂ 금의공자 환우ᄒ고313)

310 三동촌 중 一二가의 갈건야동 호쥬로다314)

금당슈 변 화징발이요 옥연암 下 슈란유라315)

도화 기 이화 기 ᄒ니 홍홍 빅빅 여미이요316)

황조 비 빅조 비ᄒ니 영영 기기 성곡이라317)

日月山니 발간ᄂ듸 연ᄒ山니 화려ᄒ다

315 체화 게휘 봄 너젓늬 홍다말유 곳늬로다318)

풍긔 짜의 풍연 만나 大小民이 함포ᄒ고

영천이 회포ᄒ니 듸小料가 연방이라319)

쏘흔 져 편乙 바라보니 아마도 그 곳디 이상ᄒ다

청송 녹쥭은 욱어지고 자하 빅운은 어리여고320)

320 청난 빅학은 들낙날낙 황봉 빅겹은 오락가락

고목 청음은 차日되고 말근 폭포슈 자명종되고

청졔 반셕은 자리되고 층암절벽은 병풍되고

경쳐 족코 노리 존듸 산신당乙 영건ᄒ셰321)

산신고사 졍이 드려 슈명 복녹 비려보셰

325 반듯흔 돌노 상계 녹고 모가진 돌노 좋게 녹코

---

313) 오양 동구 천만사ᄂ 금의공사 환우ᄒ고: '오양동구천만사금의공자환우五楊洞口千萬絲錦衣公子喚友'의 언해. 오양동 입구 수양버들가지는 금의 공자 친구를 부르고.

314) 三동촌 중 一二가의 갈건야동 호쥬로다: '삼동촌중일이가갈건야옹호주三桐村中一二家葛巾野翁呼酒'의 언해. 삼동촌의 일이가의 칡으로 만든 모자를 쓴 촌늙은이는 술을 찾고.

315) 금당슈변 화징발이요 옥연암 下 슈란유라: '금당촌전홍황쟁발옥연암하백수난류金溏村前紅黃爭發玉淵岩下白水亂流'의 언해. 금당촌 붉고 누른 꽃 다투어 피고 옥연암 아래 흰물은 뒤섞이며 흐르네.

316) 도화 기 이화 기 ᄒ니 홍홍 빅빅 여미이요: '도화개이화개홍황백려천桃花開梨花開紅黃白麗川'의 언해. 도화 피고 이화 피니 붉고 누르고 아름다운 흰 물결 흐르네.

317) 황조 비 빅조 비ᄒ니 영영 기기 성곡이라: '황조비백조비앵앵개개성곡黃鳥飛白鳥飛嚶嚶喈喈聲谷'의 언해. 황조 날고 백조 날아 앵앵 개개 우는 소리 골자기를 울리네.

318) 체화 게휘 봄 너젓다 홍다 말유 곳늬로다: '계화체화낙홍자만류화천桂花棣花落紅紫蒲流花川'의 언해. 체화 계화 봄 늦었다 붉고 자줏빛 꽃물길 철철 흐르네.

319) 영천이 회포ᄒ니 듸小料가 연방이라: '영천회포대과소과연방榮川回抱大科小科連傍'의 언해. 영천榮川, 곧 영주가 돌아 안으니 대과 소과 신료臣僚가 연이어 급제하네.

320) 자하 빅운은 어리여고: 자하紫霞 백운白雲이 어리어 있고.

321) 영건ᄒ셰: 영건營建하세. 집 지으세.

　높고 높은 곳 꽃소식은322) 꽃 핀 듯이 황홀하다

　오양동 입구 수양버들가지는323) 비단옷 입은 공자 친구를 부르고

310 삼동촌의 일이가의 칡으로 만든 모자를 쓴 촌 늙은이는 술을 찾고

　금당수 변에 꽃은 다투어 피고 옥연암 아래 흰 물은 뒤섞이며 흐르네

　도화 피고 이화 피니 붉고 누르고 아름다운 흰 물결 눈썹 같네324)

　황조 날고 백조 날아 앵앵 개개 우는 소리 골자기를 울리네325)

　일월산이326) 밝았는데 연화산327)이 화려하다

315 체화 계화 봄 늦었다 붉고 자줏빛 꽃물길 철철 흐르네

　풍기 땅에 풍연 만나 대소민이 배불리 먹고328)

　영주가 돌아가 안으니 대과 소과 신료臣僚가 연이어 급제하네

　또한 저편을 바라보니 아마도 그 곳이 이상하다

　푸른 소나무 녹색 대나무는329) 우거지고 자하 흰구름은 어리었고

320 청난 백학은 들락날락 황봉 백접은 오락가락330)

　고목 청음331)은 차일되고332) 맑은 폭포수 자명종 되고

　층계 반석은 자리되고 층암절벽은 병풍되고

　경치 좋고 놀이 좋은데 산신당을 연건하세

　산신고사 정히 드려333) 수명복록 빌어 보세

325 반듯한 돌로 상계334) 놓고 모가진 돌로 좋게 놓고

---

322) 높고 높은 화절영은: 높고 높은 곳에 꽃소식이 전하니. 화전령花傳令. 꽃소식.

323) 천만사는: 천만 갈래의 실. 곧 수만 가지 벋은 수양버들 가지를 상징.

324) 백백 여미요: 희디흰白白한 모습은 눈썹如湄와 같다.

325) 영영 개개 성곡이라: 하나하나 모두 노래소리로 가득하다. 영영盈盈 개개個個는 새울음소리.
　한 마리 한 마리 새소리가 골자기를 울리는 노래 소리로 들린다.

326) 일월산: 일월산日月山. 경상북도 영양군 일월면과 청기면에 걸쳐 있는 산.

327) 연화산: 연꽃으로 이룬 산. 곧 불국의 산을 이름.

328) 함포흐고: 함포보복含哺鼓腹을 줄여 함포含哺는 배부르게 먹다.

329) 청송 녹죽은: 푸른 소나무와 녹색 대나무는.

330) 청난백학은 들락날락 황봉 백접은 오락가락: 푸른 난이 핀 곳을 흰 학이 들락하고 누른
　봉황새와 흰나비白蝶가 오락가락함.

331) 고목 청음: 고목古木 청음淸音. 고목 사이로 흐르는 맑은 소리.

332) 차日되고: 차일遮日되고. 햇볕 가리게개 되고.

333) 산신고사 정이 도려: 산신고사 정성스럽게 드려. 깨끗이 드려. 되게.

334) 상계: 상계上階. 윗 계단.

■원문 18-ㄱ

　　　스 마지기335) 너븐 돌노 졔판 돌노336) 봉츅ᄒ니
　　　사방 산쳔의 경기되여 산 졔당골이 어긔로다
　　　上탕의다 337) 머리 감고 下탕의 가 목욕ᄒ고
　　　쓸면이가338) 쓸 사다가 물방의 골의339) 슬코 슬러340)
　330 시로봉의 시로341) 언져 쩍가랏 가셔 쩍乙 찌고
　　　슈리봉의 슈리342) 괴여 용슈골의 용슈343) 박아
　　　병골 가셔 병가다가 우질너셔344) 졔쥬봉코345)
　　　칙거리의346) 치 갓다가 방통골의 술 졀너라
　　　향노봉의 분향ᄒ고 촛되 바우 초불 켜라
　335 우두산의 쇠머리ᄂ 큰 칼 자바 쇠자 녹코
　　　노로목이 노로 잡고 도토목이347) 돗 자바라
　　　곰너미의348) 곰乙 잡고 사지목이349) 사씸 잡고
　　　이리실 가 이리 잡고 비들기목에 비들기 잡고
　　　씽 우리의 가 싱치 다라 톡기 바우 톡기 식혜
　340 온갓 졔물 장만홀 졔 양지머리 두르치기
　　　쳔엽 쌈의 가리찜과 염통산젹 양복기며
　　　함박살노 바듸산쳑 혀파 간은 느름이라
　　　혀바닥과 눈방울은 웃기시로 괴와 노코

---

335) 스 마지기: 세 마지기.
336) 졔판 돌노: 제판祭판 돌로. 제상 돌로.
337) 上탕의다: 상탕上湯에다가.
338) 쓸면이가: 살면이는 사람이름으로 추정.
339) 물방의 골의: 물레방아골에.
340) 슬코 슬러: 쓿고 쓿어. 빻아서.
341) 시로: 시루.
342) 슈리: 술이.
343) 용슈: 주로 술을 거르는 데 쓰는 도구.
344) 우질너셔: 우겨넣어서.
345) 졔쥬봉코: 제주祭酒로 올리고.
346) 칙거리의: 채걸이이.
347) 도토목이: 되지를 잡는 길목.
348) 곰너미의: 곰이 넘어다니는 길목에.
349) 사지목이: 사슴이 잘 다니는 길목에.

서 마지기 넓은 돌로 제상 돌로 봉축하니
사방 산천에 경계되어 산제당골이 어귀로다350)
상탕에다 머리 감고 하탕에 가 목욕하고
쌀면이가 쌀 사다가 물방아에 고루 쓸어 넣고
330 시루봉의 시루 얹어 떡가래 가서 떡을 쪄서
수리봉의 술이 괴어 용수골에 용수 박아
병골 가서 병 가져다가 우질러서 제주봉하고351)
채거리에 채 가져다가 방통골의 술 걸러라
향노봉에 분향하고 촛대 바위 촛불 켜라
335 우두산의 쇠머리는 큰칼 잡아 꽂아놓고
노루목이 노루 잡고 도토목이 돼지 잡아라
곰너미에서 곰을 잡고 사지목에서 사슴 잡고
이리 쓸까 이리 잡고352) 비둘기 복이 비둘기 잡고
꿩우리에 가 생치353) 달아 토끼 바위 토끼 식혜354)
340 온갖 제물355) 장만할 제 양지머리 두루치기
천엽쌈에356) 가리찜357)과 염통 산적 양복이며
함박살로358) 바디산적359) 허파 간은 느림이라360)
혓바닥과 눈방울은 웃짓으로361) 괴어놓고

---

350) 산제당골이 어귀로다: 산신제를 지내는 당골의 어귀로다.
351) 병골 가서 병에다가 우질러서 제주 봉코: 병골에 가서 병을 가져와서 술을 우질러 넣어
     제주로 올리고.
352) 이리 쓸까 이리 잡고: 이리를 쓸까 생각하면 이리를 잡고.
353) 생치: 꿩고기.
354) 토끼 식혜: 미상.
355) 제물: 제물祭物.
356) 천엽쌈에: 소의 위 곧 천엽에 싼 보쌈.
357) 천연쌈에 가리찜: 소의 늑골로 만든 갈비찜을 가리찜이라고도 한다.
358) 함박살: 허벅살. '허벅지의 살'의 방언.
359) 바디산적: 넓적하게 여민 산적.
360) 느림이라: 고기나 채소를 꿰어 밀가루 반죽에 적셔 기름판에 지진 음식.
361) 웃짓으로: 웃기 음식의 모양과 빛깔을 보기 좋게 하고, 식욕을 돋우기 위하여 음식 위에
     올려놓는 재료.

　　육찬도362) 읍슝ᄒ고 실과도 졍비ᄒ다363)
345　밤나무골의 싱율 치고 ᄃᆡ초밧골의 ᄃᆡ초 노코
　　감실 가셔 홍시 짜고 비나무실의 비乙 ᄭᆞᆨ고
　　잉도밧골의 잉도 짜고 오야꼴가 오야364) 짜고
　　과상골의 과상365) 노코 머울골의 머루 다리
　　잣늬골의 잣도 짜며 은힝졍이 은힝 짜고
350　복상골의 복상 짜고 지과실의 당사과라
　　실과도 씨려니와366) 치슈도 졍홀시고367)
　　박ᄃᆡ실의 박나물과 고사리골의 고사리며
　　무슈늬의 무슈치요368) 송이진의 동송이며
　　박달고등에 박달 포그 머역바우 머역나물
355　콩밧골의 콩나물과 취밧 목골의 참밥취며
　　ᄃᆡ밧골의 죽순이며 삼밧골의 삼나물과
　　셕골가 셕셕이369) 짜셔 우기시로370) 고명 노코
　　치슈되 조커니와371) 물고긴들 아니 쓰랴
　　여울목이 참잉자요 붕어 못셰 붕어 잡고
360　잉어소의 잉어 잡고 으름지의 어름치라372)
　　집푼373) 물의 눈치374) 잡고 누은소의 소가리라

---

362) 육찬: 육찬肉饌. 고기반찬.
363) 실과도 졍비ᄒ다: 실과도 갖출 것은 다 갖추었다.
364) 오야: 자두. 자두나무의 열매.
365) 과상: 찹쌀가루로 모양을 만들어 기름에 지진 후 엿을 바른 유밀과의 하나.
366) 씨려니와: 썰어나와.
367) 치슈도 졍홀시고: 채소도 깨끗하고. '졍ᄒ-+-오-+-ㄹ+ㅅ-+이고'의 구성.
368) 무슈치요: 무채. '무수〉무수'.
369) 셕셕이: 돌버섯. 석이버섯.
370) 우기시로: 웃깃으로. 형태소 경계에서 전부모음화가 실현됨.
371) 치슈되 조커니와: 채소도 좋거니와.
372) 어름치라: 어름치라. 잉어목 잉어과의 민물고기.
373) 집푼: 깊은. 집푼〉깊은 ㄱ-구개음화와 원순모음화.
374) 눈치: 누치. 잉어목 잉어과의 민물고기이다. 큰 강 중·상류의 바닥 근처에서 작은 수서생물을 잡아먹고 산다. 주로 낚시로 잡으며, 냄새가 강하고 가시가 많아서 식용으로는 인기가 없다.

■현대문 18-ㄴ

　　　고기반찬도 융숭하고 실과도 다 갖추었다
345　밤나무골의 생밤 치고 대초밭골에 대추 놓고
　　　감실 가서 홍시 따고 배나무실에서 배를 깎고
　　　앵두밭골에 앵두 따고 오얏골 가서 오얏 따고
　　　과상골의 과상 놓고 멍울골의 머루 다래
　　　잣내골에 잣도 따며 은행정에 은행 따고
350　복상골의 복숭아 따고 지과실에 당사과라375)
　　　실과도 쓸려니와 채소도 깨끗할시고
　　　박대실의 박나물과 고사리골의 고사리며
　　　무수내에 무수채요 송이재에 동송이며
　　　박달고등에 박달 포기 머역 바위 머역나물
355　콩밭골의 콩나물과 취밭목골에 참밥취며
　　　대밭골에 죽순이며 삼밭골에 삼나물과
　　　석골가서 석이 따셔 웃깃으로 고명 놓고
　　　채소도 좋거니와 물고긴들 아니 쓰랴
　　　여울목에376) 참애자요 붕어 못에 붕어 잡고
360　잉어 소에 잉어 잡고 으름지의 어름치라
　　　깊은 물에 눈치377) 잡고 누은소에 쏘가리라378)

---

375) 지과실에 당사과라: 지과실에 당사과라.
376) 여울목에: 물길이 세차게 흐르는 길목.
377) 눈치: 감성돔과의 바닷물고기. 감성돔과 비슷한데 몸이 연한 잿빛이다. 진한 세로띠가
　　　비늘줄과 나란히 있으며 지느러미가 노랗다.
378) 쏘가리: 쏘가리. 꺽짓과의 물고기. 몸의 길이는 40~50cm이고 옆으로 납작하며 보라색,
　　　회색의 다각형 아롱무늬가 많다. 궐어鱖魚, 금린어, 수돈水豚, 어궐魚鱖.

최기울의 최피리요379) 언묵골의 언목380)이라

굴근 고기 무乙씨고 잔고기는 쇠지 꾸여381)

반지미가 반지미로 무르실니 무름지여

365 공어실의 공이관솔382) 장작골의 장작 픠라

벌바우의 싱쳥383) 노코 사발골의 서졉 노코384)

左포 右혜 어동육셔385) 졍셩으로 봉조옵고386)

함박산의 큰박아지 넌츄리로387) 졍이 닥가

흘너가는 쟝유水며 오탁슈 감노슈며388)

370 빅연사의 황금슈乙 흔 넌츄리 거슬너 써셔

다긔水로 봉쏘옵고 모시골의 모시 슥 자389)

곡갈 슈건 졍이 씨고 싀졀골의 드리달나

싀강 우둠이 쭈쭈 썩거 졀 흔 쌍乙 바드러니

두 손으로 졍이드려 졍화슈의 언져 노코

375 빅번이나 져슈우며390) 빌고 빌고 비는 마리

비나라 고셰 비나니다391) 六十四山 도山영과

三十六봉 大산령과 통기골산 부샬령은

구름밧틔 구름 타고 바람이로 졍마들여393)

쳥송 빅셕 왕닉ᄒ며 日月셩신 후토부人

---

379) 최기울의 최피리요: 초개울에 초피리. 피리는 잉어목 잉어과의 민물고기이다. 2급수에
주로 서식하며, 내성이 강하다. 여름에 특히 많이 잡힌다.

380) 언목: 열목어.

381) 굴근 고기 무乙씨고 잔고기는 쇠지 꾸여: 굵은 고기 낚시 물씨고 잔고기는 꼬지에 꿰어.

382) 공이관솔: 송진이 많이 엉겨서 된 옹이.

383) 싱쳥: 생청生淸. 토종꿀.

384) 서졉 노코: 서접

385) 左포 右혜 어동육서: 왼쪽에는 건포, 오른 쪽에는 식혜류 어동육서魚東肉西는 곧 물고기는
동쪽에 고기는 서쪽에 놓는 제상 음식을 차리는 법.

386) 봉조棒組옵고: 받들어 바치고.

387) 넌츄리: 외떡잎식물 백합목 백합과의 여러해살이풀. 넘나물이라고도 한다.

388) 감노슈며: 소백산 기슭에 감로수甘露水, 김생폭金生瀑 등 4개의 이름난 약수터가 있고, 원효元
曉가 세운 청량사에 있음.

389) 슥자: 세 자.

390) 져슈우며: 잡수며. 궁중 용어로 사대부가에 여성들이 주로 사용하는.

391) 비나라 고셰 비나니다: 비는 곳에 비나이다.

채개울에 피리요 언목골의 열목어라

굵은 고기 물 씨고 잔고기는 꼬지 꿰어

반지미가 반지미로 물 것이니 무리지어393)

365 공이실에 공이 관술 장작골에 장작 패라

너른 바위에 생청 놓고 사발골에 접씨 놓고

좌 포 우 식혜 어동육서 정성으로 받들어 바치고

함박산에 큰 바가지 원추리로 깨끗이 딱아

흘러가는 장유수며 오탁수 감로수며394)

370 백연사에 황금수를 한 년추리 거슬러 떠서

다기수로395) 바치옵고 모시골에 모시 넉 자

고깔 수건 반듯이 쓰고 새절골에 드리달아

새강 우둠이396) 뚝뚝 꺾어 저 한 쌍을 받들어내

두 손으로 조심스럽게 들어 정화수에 얹어놓고

375 백번이나 잡수며 빌고 빌고 비는 말이

비는 곳에 비나이다 육십사산 도산영과

삼십육봉 대산령과 통지골산 부산영은

구름밭에 구름 타고 바람으로 먼 길 가는 말을 맞이하고

청송 백석 왕래하며 일월성신 후토부인397)

---

392) 정마들여: 정마征馬들여. 먼 길을 갈 때에 타는 말을 맞이하고.

393) 반지미가 반지미로 물 것이니 무리지어: 반지미가 반지미로 물 것이니 무리지어.

394) 흘러가는 장유수며 오탁수 감로수며: 흘러가는 길게 흐르는 물이며 탁할 물汚濁水이며 감로
수甘露水며. 비봉산 기슭의 감로수甘露水로 술을 빚은 것을 송로주라고 한다.

395) 다기수로: 차茶 다기茶器에 사용하는 물. 곧 차를 끓이는데 쓸 물.

396) 우둠이: 우듬.

397) 일월성신 후토부인: 〈후토부인后土夫人〉은 작자 및 연대 미상인 고대소설 〈양풍운전楊豊雲傳〉
에 한나라 때 승상 양태백楊太白의 아들로 양풍운의 아버지 양태백이 첩 송녀宋女를 소실로
맞아들인 후 부인 최씨와 딸 채옥채란을 쫓아낸다. 그 뒤 최씨가 병이 들어 죽었는데 최씨의
먼 친척 묘를 돌보던 중 꿈속에서 후토부인의 안내를 받아 동해 숭산 옥룡전玉龍殿에 가서
가족이 모두 상봉한다. 옥황상제의 뜻으로 갑주甲胄를 가지고 인간 세상에 환생하여 천황보
살天皇菩薩에게 무술을 배워 삼광검三光劍과 송산마宋山馬를 받아 당시 송나라의 침입을 받아
위험에 처한 한나라를 구하게 된다. 이에 초왕楚王으로 봉封함을 받아 부친을 재회하여 송녀
의 죄를 죽음으로 다스리고 공주와 혼인하여 5남 3녀를 낳아 자손이 번창한다. 1책으로
된 국문 목판본·필사본·활자본이 국립중앙도서관 등에 소장되어 있다.

380 칠셩단의 칠셩임과 쳔졔단의 쳔심임과

영웅호걸 문장은 일거사 이젼의 노든 션싱임은

합도쳐로 합의동심 비기실의398) 비기지 말고

듸치셩乙399) 봉조오니 흠향 밧자흐옵시고

소원 셩취흐옵소셔 복노골의 복乙 빌고

385 녹본니400)가 녹乙 빌고 명기리401)가 명乙 빌고

금곡의 셕슝이요402) 옥경의 션군이라

연화듸의 우슘이요 종마루의 츔이로다

져곳의ᄂᆞᆫ 도원이요 이곳졔ᄂᆞᆫ 무릉이라

산 고사乙403) 맛친 후의 ᄯᅩ흔 져편乙 바라보며

390 산신임이 감동흐사 장구목이 장구 치니

거사 늡희 소리흐고 사당목이 츔乙 츤다

나니 마나404) 늘그니도 놉푼 밧테 질겨논다405)

덕고긔가 놉고 놉파 홍졍골의 인심 조코406)

도담물이 집고 집파407) 당션이가 인품 조타

395 졔운누의 금게408) 우니 구연봉의 날이 싀네

져슐이라 동흐시명니409) 사람마다 쇠가 만코

구익이라 촌명흐니 친구마다 양방이라410)

---

398) 비기실의: 보기싫게. '보기>비기' 움라우트.

399) 듸치셩乙: 큰 치셩致誠을. 큰 정셩을 다하여 빔.

400) 녹본니: 녹을 받는 사람이라는 뜻으로 사람이름.

401) 명기리: 명을 길게 한다는 뜻으로 사람이름.

402) 금곡의 셕슝이요: '각셜이 타령'에 등장하는 사람이름.

403) 산 고사乙: 산에서 지내는 고사告祀. 산신에게 비는 제사.

404) 나니 마나: 나이가 많아.

405) 질겨논다: 즐겨 논다.

406) 덕고긔가 놉고 놉파 홍졍골의 인심 조코: '덕현담앙민심안안홍신德峴膽仰民心安安洪臣'의 언해. 덕고개가 높고 높아 홍정골의 인심 좋고(덕德은 높은 언덕을 뜻하는 여진어, 높은 언덕 고개).

407) 집고 집파: 깊고 깊어.

408) 금게: 금계金鷄.

409) 동흐시명니: 동흐시명니. 이름이 같은 사람이.

410) 구익이라 촌명흐니 친구마다 양방이라: '구익촌이0거우기량방九益村而0居友其諒方'의 언해. 구익촌이라 이름하니 친구마다 믿을 만하네.

380 칠성단411)에 칠성임과412) 천제단413)에 천심님과414)

영웅호걸 문장은 일 거사 이전에 놀던 선생님은

합도처合到處로 합의동심 보기 싫게 보이지마는

대치성을 받드오니 흠향415) 받잡아 하옵시고

소원 성취 하옵소서 복노골에 복을 빌고

385 녹 본 이가 녹을 빌고 명 길이가 명을 빌고

금곡의 석숭이요416) 옥경의 선군이라

연화대에 웃음이요 종마루의 춤이로다

저 곳에는 도원이요 이 곳에는 무릉이라

산 고사告祀를 마친 후에 또한 저편을 바라보고저

390 산신님이 감동하셔 장구목이 장구 치니

거사가 높이 소리하고 사당목이 춤을 춘다

나이 많아 늙은이도 높은 밭에 잘 논다

덕고개가 높고 높아 홍정골417)의 인심 좋고

도담 물이418) 깊고 깊어 장선長善이가 인품 좋다

395 제운루에 금계 우니 구연봉에 날이 새네

저술이라 이름이 같은 이는 사람마다 끼가 많고

구익촌이라 이름하니 친구마다 믿을만하네

---

411) 칠성단: 칠성단七星壇. 칠원성군을 모신 단.
412) 칠성단: 칠성풀이는 칠성신의 근원을 풀어 밝히는 서사무가이다. 이를 '살풀이', '성신굿',
'문전분풀이' 등이라고도 한다. '칠성풀이'는 전국적인 전승 분포를 보이는 서사무가 유형의
하나로, 마음씨 나쁜 계모로부터 죽음을 모면한 전실 소생의 아들들이 칠성신이 된다는
내용을 담고 있다. 칠성신의 명칭은 함흥의 '살풀이', 평양의 '성신굿', 제주도의 '문전분풀이'
등이 동일 유형에 속하는 서사무가이나 지방에 따라 불리는 명칭이 다양하다. 칠성신앙은
인간의 수명, 자녀의 장수를 바라는 목적이 있다. 무의 속에 칠성굿은 전국의 민속에 두루
산재해 있다.
413) 천제단: 천제단天祭壇. 하늘에 제사를 지내는 제단.
414) 천심님과: 천신天神님과. 하늘 그 자체가 인격화된 신.
415) 흠향: 신명神明이 제물을 받아서 먹음.
416) 석숭이요: 석숭이 중국 진晉나라 때의 큰 부자였던 데서, 죽으면 부귀영화가 다 소용없게
되니 아무리 고생스러워도 죽는 것보다는 사는 것이 낫다는 말이 있음.
417) 홍정골의: 홍정골에. 경북 영주시 봉현면에 있는 두산리斗山里에 있는 골짜기.
418) 도담 물이: 단양 도담삼봉道潭三峰으로 흐르는 남한강 물이. 충북 단양군 단양읍 도담리에
있는 경승지. 남한강 상류 강줄기.

원문 20-ㄱ

　　사령당의 누여시니 빅구편편 동무 되고
　　츈복골의 안자시니 청됴419) 왕왕 반기는 듯
400 등두들의 봄이 집펴420) 셩일망귀421) 유긱이요
　　용천동의 날이 더워 희갈ᄒ기 시원ᄒ다
　　홍교다리의 비가 기니 산청이 여목신공이라422)
　　달밧골의423) 안기 거더 小白山이 싀로워라
　　학다리의 달이 밝가 神仙긱이 자조 오고
405 싀두들의 봄이 늣져 공작싀가 자조 운다
　　셔직골의 자조 가고 호랑직의424) 가지 마라
　　노로고기 궁노로 가니 잡초 무비 향ᄂ는다
　　싀목의의 쐬고리 우니 다른 싀가 노리웁다425)
　　大군단의 봄이 오니 왕손호는 연연녹이요
410 츙신각의 날 져물면 초혼죠가 야야졔라426)
　　상가골 초암사의427) 야반 죵셩이 도긱션을428)
　　숑니골의 풍금소릭429) 월즁의 실실 뉘가 타나
　　과상골의 도토리는 유人흔士 빅 부로고
　　삼밧골의 삼乙 심여 산즁쳐사 의복이라
415 어두니의 희가 지니 발근 밧테 달이 온다

---

419) 청됴: 청조靑鳥. 파랑새.
420) 집펴: 깊어. ㄱ-구개음화.
421) 셩일망귀: 셩일망귀成日望歸. 하루가 다가고 집으로 돌아감.
422) 여목신공이라: 여목신공如木神功이라. 목신이 만든 조화이라.
423) 달밧골: 달밭골月田.
424) 호랑직의: 호랑재에.
425) 싀목의의 쐬고리 우니 다른 싀가 노리웁다: '조항앵출비조불감졔鳥項鸎出彵鳥不敢啼'의 언해.
　　　새목 고개에 꾀고리가 우니 감히 다른 새가 울지 못하네.
426) 초혼죠가 야야졔라: 초혼조招魂鳥가 밤에 운다. 초혼조招魂鳥는 죽은 사람의 혼령을 부르는
　　　새라는 뜻으로, '두견'을 이르는 말. 야야졔夜也啼라. 밤에 운다.
427) 초암사의: 초암사에. 경상북도 영주시 순흥면 배점리에 있는 고찰. 소백산 국망봉 남쪽
　　　계곡 아래에 의상대사가 세운 조계종 사찰로, 의상이 부석사 터전을 보러다닐 때 초막을
　　　짓고 수도하며 임시 기거하던 곳이다.
428) 도긱션을: 도객선到客船을. 손님 실은 배가 도착한다.
429) 풍금소릭: 풍경소리.

　　사령당에 누었으니 백구 편편 동무되고430)
　　춘복골에 앉았으니 파랑새 왕왕 반기는 듯
400　등두듥에 봄이 지펴 해가 다해 집으로 돌아가는 유객遊客이요431)
　　용편동에 날이 더워 해갈하기 시원하다
　　홍교다리에 비가 개이니 푸른 산이 신이 만든 조화라432)
　　달밧골에 안개 짙어 소백산이 새로워라
　　학다리에 달이 밝아 신선객이 자주 오고
405　새두듥에 봄이 늦어 공작새가 자주 운다
　　서재골에 자주 가고 호랑재에 가지 마라
　　노루고개 궁노루 가니 잡초 무비 향내 난다
　　새목 고개에 꾀고리가 우니 감히 다른 새가 울지 못하네433)
　　대군단에434) 봄이 오니 왕손호는 해마다 푸름이요
410　충신각에 날 저물면 초혼조가 밤이면 운다
　　상가골 초암사의 야반 종소리가 손님 실은 배가 도착한다
　　송니골의 거문고 소리에 달밤에 실실 누가 타나
　　과상골의 도토리는 어진 선비 배 부르고435)
　　삼밧골에 삼을 심어 산 중 처사 의복衣服이라
415　어두우니 해가 지니 밝은 밭에 달이 온다

---

430) 사령당에 누었으니 백구 편편 동무되고: 사령당에 누웠으니 펄펄 나는 백구白鷗와 동무되고.
431) 등두듥에 봄이 지펴 성일 바위 유객이요: 동편 두듥에 봄이 깊어 성일 바위에 놀러온 손님이 있음.
432) 홍교다리에 비가 개이니 산청이여 목신공이라: 붉은 다리에 비가 가이니 산마져 청명하여 신이 만든 것을 봄. 목신공木神功. 곧 신이 만든 조화로움을 봄.
433) 새목 고개에 꾀고리가 우니 감히 다른 새가 울지 못하네: 새목의에 꾀꼬리가 우니 다른 새가 기가 죽어 노래하는 새가 한 마리도 없다.
434) 대군단에: 조선시대 계유정난癸酉靖難 때 금성대군錦城大君이 단종 복위 사건이 탄로난 뒤 홍주도호부興州都護府로 유배되었는데 이보흠李甫欽 부사를 비롯한 많은 지역 사람들이 도륙을 당해 그 피가 흘러 죽계천竹溪川을 메우고 10리까지 흘러 내려갔다고 한다. 그 피물이 멎은 곳은 피끝이라고 한다. 금성대군이 사사되어 죽은 것을 기리기 위해 제단을 설치하여 순흥의 죽동의 거랑(죽계천)에 나의 피가 묻은 돌血石 옮겨서 제단으로 모신 곳. 지금도 주민들은 금성대군을 죽동의 성황신으로 모시면서 매년 행하는 성황제의 대상신으로 삼고 있다.
435) 과상골의 도토리는 유인한 선비 배 부르고: 과상골의 도토리는 유인儒人한 선비 배부르고.

월게 가셔 고기 낙기436) 운봉의 가 밧갈기와

슌흥예 악빅딕홍이요 봉화 인밀반셰化라437)

산니 도라 갑살미요438) 무리 도라 무도리라

실실 가마 감실이요 뿔뿔거려 쏼바우라

420 日자봉 월자봉은 동희슈乙 가려잇고

운장딕 슈락산은 셔쳔의 버겨셔고

八公山 동딕산은 남희乙 마가 잇고

방경딕 금딕봉439)은 북극乙 괴와 잇고

치악산440) 놉푼 봉은 하날 가의 지경이요

425 빅운산니 장려ㅎ여 구름 박긔 회미ㅎ고441)

덕유산이 고딕 ㅎ에 남히 상의 지음이요442)

딕궐영이 융쥰ㅎ여443) 쳘니목乙 가롸444) 잇다

츙쳥 졀나 경상도의 삼도봉이 지경ㅎ고

과남山의 희가 가고 부용봉의 달리 쓰닉445)

430 강산 경기乙 다 못보고 셕양이 지산이라

아무리 싱각乙 ㅎ되 각귀 기가 ㅎ리로다446)

셕양은 지乙 늠고 산끄늘은 불거어닉

안기 구름은 뭉긔뭉긔 봉머리로 올나가고

---

436) 낙기: 늑기〉늭기 움라우트. 낚기.

437) 슌흥예 악빅딕홍이요 봉화 인밀 반셰化라: 순흥에 높은 산에는 희고 붉은 꽃이요 봉화에는 인밀 반세화라.

438) 갑살미요: 산모롱이. 이 지역에서는 산모롱이를 '갑살미'라고 한다.

439) 금딕봉: 금대봉金臺峰. 강원도 태백시와 정선군 및 삼척시에 걸쳐 있는 산.

440) 치악산: 치악산雉岳山. 강원도 원주시 소초면所草面과 영월군 수주면水周面의 경계에 있는 산.

441) 빅운산니 장려ㅎ여 구름 박긔 회미ㅎ고: 백운산이 웅장하고 화려하여炊麗 구름 밖에 희미하고. 구름 속에 가려 흐릿함.

442) 덕유산이 고딕 ㅎ에 남히 상의 지음이요: 덕유산 높은 봉 아래 남해 상의 소리를 듣고. 지음知音은 남해의 소리를 듣는다는 비유.

443) 융쥰ㅎ여: 융준隆準하여. 융준隆準은 우뚝하고 높은 코를 뜻하는데 여기서는 높은 산을 말한다.

444) 가롸: 가롸. 가리-+-우-+어.

445) 과남山의 희가 가고 부용봉의 달리 쓰닉: 남산을 지나 해가 지고 부용봉에 달이 뜨니.

446) 아무리 싱각乙 ㅎ되 각귀 기가 ㅎ리로다: 아무리 생각해도 각각 귀가하는 길이 하루가 걸린다.

월게 가서 고기 낚기 운봉의 가 밭 갈아 와

순홍에 높은 산은 희고 누대는 붉은 꽃이요 봉화에는 인밀 반세화라

산이 돌아 갑살매요 물이 돌아 물돌이라447)

시루 가마 감실이요 **뿔뿔거려 뿔 바위라**

420 일자봉 월자봉은 동해수를 가려 있고

운장대448) 수락산은 서천에 비겨 서고

팔공산 동대산은 남해를 막아 있고

만경대449) 금대봉은 북극을 괴워 있고

치악산 높은 봉은 하늘 가에 지경이오

425 백운산이 웅장하고 화려하여 구름 밖에 희미하고

덕유산이 고대 하에 남해 상에 지음이요

대궐영이 높은 산 아래 철리목을 가려 있다

충청 전라 경상도에 삼도봉450)이 경계 이루고

과남산 해가 가고 부용봉에 달이 떠네

430 강산 경계를 다 못 보고 석양이 산에 걸려 있다451)

아무리 생각하되 각 귀가가 하루로다

석양은 재를 넘고 산그늘은 붉어있네

안개 구름은 뭉게뭉게 봉머리로 올라가고

---

447) 무도리라: 물돌이河回. 지역으로충청북도 충주시 수안보면에 속하는 법정리. 전해 오는 마을 이름이 무두리라고 하는 것은 고운천이 동북간으로부터 마을 앞으로 흐르고 서쪽으로는 석문천이 마을을 싸고 돌아 '마을 주위에 물이 돈다'하여 '물돌이', '무두리'라고 불려왔고 한자로 수회리라 한다. 본래 연풍군 수회면 주막동酒幕洞이었는데, 1914년 행정구역 통폐합으로 무두리, 원통, 새터를 합쳐 수회리라 하여 괴산군 상모면에 편입되었다.

448) 문장대: 문장대文藏臺. 충청북도 보은군과 영남북도 상주시 사이에 있는 산. 높이 1,054m이다. 큰 암석이 하늘 높이 치솟아 흰 구름과 맞닿은 듯한 절경을 이루고 있어 운장대雲藏臺라고도 한다. 비로봉毘盧峰, 관음봉觀音峰, 천황봉天皇峰과 함께 속리산俗離山에 딸린 고봉이다. 북쪽 절벽 사이에 있는 감로천甘露泉이 유명하다.

449) 방경대: 망경대. 경기도 청계산의 주봉우리.

450) 삼도봉: 삼도봉三道峰. 전라북도, 전라남도, 영남남도에 걸쳐 있는 지리산의 봉우리이다.

451) 강산 경계를 다 못 보고 석양이 在山이라: 강산의 경계를 다 모지 못하고 이미 석양으로 해가 산허리에 있음이라.

져역 연긔 이러나셔 슬슬 도라 들노 가늬
435 져역 나오리 진홍되여 쳥쳔늬452) 불거 비단 되늬
이 산그늘은 져 산 가고 져 산 그늘은 어듸가나
모운봉츌 쳥산 외요 츈우 셰릭 빅슈中乙453)
류상어류 익한녹이요 화간셩츌 조졔홍乙454)
말 잘ᄒᄂ 잉무시라 날乙 보고 인사ᄒᄂ
440 오늘날의 들 본455) 경乙 늬일 보자고 당부ᄒᄀ
소리 조은 짜오기ᄂ 여셩ᄒ여456) 이른 마리
명산大쳔 무한경乙 이곳 자고 늬일 보게
금의공자 고은 말노 명일날노 다시 만늬
슈양동구 쳔안사457)의 말근 노릭 다시 듯기
445 시무심산458) 져 가마귀 가우 가우 직쵹ᄒᄀ
만슈산의459) 방울시ᄂ 달낭 달낭 우며가고
쳥계슈의 할미시ᄂ 전문다고 가불가불
쳥노산의 외지러기460) 자웅乙461) 차자 밧비 가고
그 가운듸 모로ᄂ 싀가 종일 노든462) 인졍으로
450 졍다이 ᄒᄂ 소릭 우리 전일463) 못 만나셔
인사ᄂ 셔로 읍거이와464) 종일 갓치 노라시나

---

452) 쳥쳔늬: 쳥쳔靑天이. 푸른 하늘이.
453) 모운봉츌 쳥산 외요 츈우셰릭 빅슈中乙: 모운봉츌暮雲峰出 쳥산靑山 외요 츈우세래春雨細來 백슈즁을白水中乙. 저물 무렵의 구름은 산봉우리에서 피어나고 봄비 가는 비는 흰물결에 내려 오네.
454) 류상어류익한녹이요 화간셩츌조졔홍乙: 流上漁류액한록이요 花間 出조졔홍乙.
455) 들본: 덜 본. 다 보지 못한.
456) 여셩ᄒ여: 여셩如聲하여. 여전하게.
457) 슈양 동구 쳔안사: 부산 백양산 기슭에 자리 잡은 쳔안사.
458) 시무심산: 심우심산尋牛深山. 본성을 찾아 수행하는 단계를 동자童子나 스님이 소를 찾는 것에 비유해서 묘사한 불교 선종화禪宗畵.
459) 만슈산의: 만수산萬壽山. 중국 베이징 북서쪽 교외에 있는 명승지.
460) 외지러기: 외기러기. ㄱ-구개음화.
461) 자웅乙: 자웅雌雄을.
462) 노든: 놀던. ㄹ-불규칙활용.
463) 전일: 종일.
464) 읍거이와: 없거니와.

■ 현대문 21-ㄱ

　　저녁 연기 일어나서 쓸쓸 돌아 들로 가네
435 저녁 노을465) 진홍되어 푸른 하늘이 붉어 비단 되네
　　이 산그늘은 저 산 가고 저 산 그늘은 어데 가나
　　저녁 구름은 청산 밖 산봉에서 피고 봄비 가늘게 흰 물결 위에 내리고
　　흐르는 물의 고기 액한 녹인고 꽃 사에 피는 붉음을
　　말 잘하는 앵무새라 날을 보고 인사하네
440 오늘날의 덜 본 경치를 내일 보자고 당부하고
　　소리 좋은 따오기는 여전하게 이른 마리
　　명산대천 무한 경치를 이곳에 자고 내일466) 보게
　　꾀꼬리467) 고운 말로 내일에 다시 만나
　　수영 동구 천안사에 맑은 노래 다시 듣지
445 깊고 깊은 산에 저 가마귀 가우 가우 재촉하고
　　만수산에 방울새는 달랑 달랑 울며 가고
　　청계수에 할미새는(날이) 저문 다고 까불까불
　　청노산에 외기러기 자웅을 찾아 바삐 가고
　　그 가운데 모르는 새가 종일 놀던 인정으로
450 정답게 하는 노래하고 우리 전날 못 만나셔
　　인사는 서로 없거니와 종일 같이 놀았으니

---

465) 나오리: 노을. '노올'의 기원형은 '*나볼'로 추정된다. 방언에 '나울(경북 예천), 나부리(경북 의성, 성주 등), 나불(함남 함흥, 강원 삼척), 나부리(함남 혜산)' 등과 같은 단어가 존재하기 때문이다. 그러나 '*나볼'의 어원은 알기 어렵다. 경북 성주 방언에는 '지녁나부리'(저녁노을), '아즉나부리'(아침노을)라고 노을을 구별하여 부른다.
466) 내일: 내일來日. '뇌실〉ㄴ일〉내일'
467) 금의공자: 꾀꼬리를 뜻한다. 한글로 된 작자·연대 미상의 고대소설. 금의공자전『金衣公子傳』 전기체傳奇體 소설로서 그 내용은 중국 명나라 때 푸젠『福建』 지방에 진덕지라는 선비가 살았는데, 곤경에 빠진 꾀꼬리를 구해 주자, 하루는 금빛 옷을 입은 선인仙人이 '중흥송'이라고 쓴 종이를 주고 갔다. 그 덕분에 진덕지는 과거에 급제하여, 한림학사가 되고 부귀영화를 누렸다는 줄거리이다.

　　　늬 마음이 미진커든 군자 마음 오작홀가468)

　　　부듸 명일 다시 만나 노세 노세 당부ᄒ늬

　　　암혈셕실469) 야삼 가의 져역 연긔 잠乙 자고

455　읍부셩시 천만가의 셕양이 황혼이라470)

　　　그령져령 날 져무러 도라 갈 길이 밧부도다

　　　지도리471)는 지고돌고 안도리는 안고나려

　　　일층 이층 나리 발바 일듸 이듸 나려오니472)

　　　금죠는 슬슬 나라가 녹임간의 자려 들고

460　봉졉은 잠이 드려 향화방의 ᄭᅮᆷ乙 ᄭᅮᆫ다

　　　솔불乙 혀지마라 동창의 달니 든다

　　　동북이 환영ᄒ여473) 셕반乙474) 드리거시ᄂᆞᆯ

　　　이삼 졔우475) 좌졍 후의 셕반乙 달게 먹고

　　　송화쥬 반취ᄒ여476) 초당의 누어시니

465　오날날 노든 풍경 눈의 삼삼 버러잇고477)

　　　낫졔 듯든 ᄉᆡ소리는 귀의 징징 그져잇다478)

　　　임간의 슉불귀를 늬가 당초 우셔디니479)

　　　오늘날노 당ᄒ보니 거짓말리 ᄋᆞ니로되

　　　가마니 싱각ᄒ니 아지 못 홀 일이로다

---

468) 늬 마음이 미진커든 군자 마음 오작홀가: 내 마음에도 미진한데 군자 마음은 오직할까?

469) 암혈셕실: 암혈셕실巖穴石室. 바위 구멍에 있는 돌 집.

470) 읍부셩시 천만가의 셕양이 황혼이라: 읍부邑府에 있는 성시(저잣거리, 盛市)에 천만 가옥에 셕양 황혼이라.

471) 지도리: 돌쩌귀, 문장부 따위를 통틀어 이르는 말.

472) 일층 이층 나리 발바 일듸 이듸 나터오니: 일층 이층 내려 밟아 일대 이대 내려오니.

473) 환영ᄒ여: 환영幻影하여. 환하여.

474) 셕반乙: 셕반夕飯을. 저녁상.

475) 이삼 졔우: 이삼명의 여러 친구諸友.

476) 송화쥬 반취ᄒ여: 송화주에 반쯤 취해.

477) 버려잇고: 펼쳐져 있고.

478) 그져잇다: 긏여 잇다.

479) 임간의 슉 불귀乙 늬가 당초 우셔디니: 숲 사이에 잠자는 불귀를 내가 당초에 울었더니.

내 마음이 미진한데 군자 마음은 오직할가
부디 내일 다시 만나 노세 노세 당부하네
암혈석실 야산野山 가에 저녁연기 잠을 자고
455 읍부성시 천만 민가에480) 석양이 황혼이라
그렁저렁 날 저물어 돌아갈 길이 바쁘도다
지도리는 지고 돌고 안도리는 안고 내려
일층 이층 내려 밟아 일대 이대 내려 오니
금조는 슬슬 날아가 푸른 숲 사이에481) 자러들고
460 봉접蜂蝶은 잠이 들어 향화방에482) 꿈을 꾼다
솔불을 켜지 마라 동창에 달이 든다
동북이 환하여 저녁밥을 들리거늘
두세 명의 여러 벗과 좌정 후에 저녁밥을 달게 먹고483)
송화주484) 반쯤 취하여 초당에 누었으니
465 오늘 놀던 풍경 눈에 삼삼 펼쳐져 있고
낮에 들던 새 소리는 귀에 쟁쟁 끊어 있다.
수풀 사이 자는 불여귀는 내가 당초 울었더니
오늘날로 당해보니485) 거짓말이 아니로다
가만히 생각하니 알지 못할 일이로다

---

480) 읍부성시 천만가에: 읍, 부, 성 거리에 천호나 되는 많은 가옥.
481) 녹임 간에: 綠林間에. 푸른 숲 사이에.
482) 향화방의: 꽃향기 가득한 방에. 향기와 꽃냄새가 가득한 신선이 거처하는 방.
483) 달게 먹고: 맛있게 먹고.
484) 송화주: 송화주松花酒. 소나무의 꽃을 줄거리째로 넣어서 빚은 술.
485) 오늘날노 당ᄒ보니: 오늘날에 당해보니.

■원문 22-ㄱ

470 놉고 나진486) 허다 산니 이름 읍는 산이 읍고
　　크고 즉고 마는 물니487) 이름 읍는 물이 읍고
　　곳고 굽고 슷흔488) 나무 이름 읍난 낭기489) 읍고
　　조코 글고490) 슈다 풀은491) 이름 읍는 풀이 읍고
　　날고 긔고 허다 김싱492) 이름 읍난 김싱 읍고
475 희고 불고 슛흔 곳치 이름 읍는 곳치 읍늬
　　그 이름乙 뉘 지언난지493) 아다가도494) 모로미라
　　도산도슈 허올 적의 허우씨가 지언는가
　　지불싱495) 무명초라 지황씨가 지여는가
　　나는 김싱 긔는 김싱 뉘가 다 이름 흐고496)
480 틔흥산이497) 좃타 허되 소빅산만 못 허리라
　　슝화山이498) 좃타허되 소빅사만 못 허리오
　　골윤山이 조종나나 소빅山만 못 허리라
　　봉도 봉도 이름 조와 긔상 보와 이름이요
　　山도 산도 이름 조와 산셰 좃차 이름짓고
485 물도 물도 이름 조와 슈셰 보와 이름이요
　　바우 바우 이름 달나 형용보고 이름 되고
　　돌도 돌도 이름 각각 싱긴듸로 이름일늬

---

486) 나진: 낮은.
487) 크고 즉고 마는 물니: 크고 적고 많은 물이.
488) 슷흔: 숱한.
489) 낭기: 낡이. 나무가.
490) 조코 글고: 좋고 그르고.
491) 슈다 풀은: 數多 풀은. 많은 풀은.
492) 김싱: 짐승. 역구개음화.
493) 지언난지: 지었는지.
494) 아다가도: 알다가도.
495) 지불싱: 지불생知不生. 살아 있음을 알지 못하는.
496) 이름 흐고: 이름을 지었는고. '흐-'는 대동사로 사용되었다.
497) 틔흥산이: 중국 산서성山西省과 하북성河北省의 경계를 이루는 산맥.
498) 슝화山: 평안남도 순천군에 있는 숭화산.

■현대문 22-ㄱ

470 높고 낮은 허다 산이 이름 없는 산이 없고
크고 적고 많은 물이 이름 없는 물이 없고
곧고 굽고 숱한 나무 이름 없는 나무 없고
좋고 싫고 많은 풀은 이름 없는 풀이 없고
날고 기고 허다 짐승 이름 없는 짐승 없고
475 희고 붉고 숱한 꽃이 이름 없는 꽃이 없네
그 이름을 뉘 지었는지 알다가도 모름이라
도산도수499) 찾아갈 적에 하우씨500)가 지었는가
알지 못하는 무명초라 지황씨가501) 지었는가
나는 짐승 기는 짐승 뉘가 다 이름지었는고
480 태항산502)이 좋다하되 소백산만 못 하리라
숭화산이 좋다하되 소백산만 못 하리오
곤륜산이 조종이나 소백산만 못 하리라
봉도 봉도 이름 좋아 기상 보아 이름이요
산도 산도 이름 좋아 산세조차 이름 짓고
485 물도 물도 이름 좋아 수세水勢 보아 이름이요
바위 바위 이름 달라 형용 보고 이름되고
돌도 돌도 이름 각각 생긴대로 이름이네

---

499) 도산도수: 도산도수到山到水. 산과 물을 찾아감.
500) 하우씨: 하우씨夏禹氏. 중국 하나라의 우임금을 이르는 말.
501) 지황씨: 중국 고대 전설에 나오는 세 명의 임금. 천황씨天皇氏, 지황씨地皇氏, 인황씨人皇氏
가운데 한 사람.
502) 태항산: 태항산은 중국에서 가장 아름다운 10대 협곡 중 하나로 하북성 하남성 산성 3개의
성 접경에 걸쳐 있는 거대한 협곡.

골목골목 경쳐되고 동서동서 승지로다

산셰도 풍후ᄒ고 슈셰도 장원ᄒ다

490 피란도 홀 거시요 은신도 홀만ᄒ다

셰상사乙 싱각ᄒ니 가소롭고 우습도다

산쳔초목 금슈더리 저저각각 이름이나

날갓튼 이 사름은 이 산 즁의 긔물되여503)

귀 잇셔도 귀머거리 눈 잇셔도 소경이요

495 입 잇셔도 벙어리요 발이 있셔도 동모동바리

드른 말도 못 든는 쳬 보ᄂ 일도 아니 본 쳬

보고 듯고 말이 읍고 갈 곳 읍셔 아니504) 가ᄂ

늘근 즁의 병이 드러 씰듸 읍ᄂ 사름이라

명식 읍ᄂ505) 사름이요 이름 읍ᄂ 사름일식

500 츈게不릉도 난世된506) 은身僻쳐 待昇平乙507)

초로은 不辭망 履濕이요508) 송풍은 偏與갈依輕乙509)

嶌무 千연松이요 虹비 百尺교로다510)

還逢 젹송子ᄒ야 仙路의 좌상邀乙511)

일 읍난 이 늘그니 홀 일이 바이 읍셔

505 낫지면 밧갈기와 밤이면 글 이로기

---

503) 긔물되여: 기물奇物되어. 기이한 물상이 되어.

504) 이내: 곧. 바로.

505) 명식 읍ᄂ: 명색名色 없는. 명분이 없는.

506) 츈게不릉도 난世된: 춘계불능春季不能도 난세亂世인데. 봄계절도 느끼지 못하는 난세인데.

507) 은身僻쳐 待昇平乙: 은신 피쳐 대승평待昇平을. 대승평은 설악산에 있는 장수대를 들머리로 하여 대승폭포, 대승평이 있음.

508) 초로은 不辭망이습이요: 초로草露는 불사망이습不辭忘履濕이요. 깜작 사이에 습기가 마르는 것처럼 인생의 짧음을 비유한 말. 곧 풀에 맺힌 이슬은 이슬 밟는 것을 잊지 못한다.

509) 송풍은 偏與갈依經乙: 솔바람은 편여갈의경을偏與渴依經乙.

510) 嶌무千연松이요 虹비 百尺교로다: 오嶌무천연송이요. 虹偏비 百尺교로다. 오무는 천년소나무요 무지개는 백척의 다리가 된다. "雲作天層峰虹爲百尺橋"(구름은 하늘 층계의 봉우리 되고 무지개는 백척의 다리가 된다)라는 싯구절.

511) 還逢 젹송子ᄒ야 仙路의 좌상邀乙: 봉우리를 감돌아 붉은 소나무는 신선의 길仙路의 좌상격을.

골목 골목 경처景處되고512) 동서 동서 승지로다513)

산세도 풍요롭고 순박하고 수세水勢도 길고 멀도다514)

490 피란도 할 것이요 은신도 할만하다

세상사를 생각하니 가소롭고 우습도다

산천초목 금수들이 제제각각 이름이나515)

날 같은 이 사람은 이 산중에 기물되어

귀 있어도 귀머거리 눈 있어도 소경이요

495 입 있어도 벙어리요 발이 있어 동모동바리516)

들은 말도 못 들은 체 본 일도 아니 본 척

보고 듣고 말이 없고 갈 곳 없어 아니 가네

늙은 중이 병이 들어 쓸데 없는 사람이라

명색 없는 사람이요 이름 없는 사람일세

500 봄 계절도 느끼지 못하는 난세인데 은신 피처 대승평을

풀에 맺힌 이슬은 이슬 밟는 것을 잊지 못하고 솔바람은 편여갈의경을

嶋무천년 소나무요 무지개는 백 척의 다리가 된다

되돌아 만난 붉은 적송자517)하여 신선의 길에 좌상격을

일 없는 이 늙은 이 할 일이 바이518) 없어

505 낮이면 밭 갈기와 밤이면 글 읽기

---

512) 경쳐되고: 경처景處되고. 경치가 좋은 명승지가 되고.

513) 동서 동서 승지로다: 동서쪽 동서쪽 승지勝地로다.

514) 산세도 풍후ㅎ고 슈세도 장원ㅎ다: 산세도 풍후豐厚하고. 풍요로우며 순박하고. 수세도 장원長遠하다. 길고 원대하다. 물길도 길고 원대하다.

515) 저저각각 이름이나: 제각각 이르는 것이나. '니르〉이르-+-ㅁ-+-이나'. 이르는 것이나.

516) 동모동바리: 동동거리며 걷는 이. 잘 걷지 못하는 사람.

517) 적송자: 주국의 전설적인 신선.

518) 바이: 별로. 크게.

■원문 23-ㄱ

　　셰上사는 귀가 먹고 농부 어옹519) 낙이로세
　　연ᄒ 풍월 主人되야520) 금죠 미록 볏지로다521)
　　山川도 역시 유정ᄒ여 죠모522) 사시 경기 달네
　　희가 져서 황혼되면 만뇌가 구젹이라523)
510 천ᄒ 강산 밤즁 되야 어둠 참참 경이 읍다
　　월봉의 달이 도다 萬가촉이524) 되여고나
　　먼 디 산니 캄캄ᄒ여 밤 시소ᄅᆡ 더 실푸다
　　양곡의525) 희가 도다 日出지 광야로다
　　아침 이슬 흠벅 와셔 山식이 창창 시로워라
515 피ᄂᆞᆫ 곳쳔 더욱 불고526) 나ᄂᆞᆫ 풀이 시빗 난다
　　시 소ᄅᆡ도 경신 나고 물 소ᄅᆡ도 신신ᄒ다
　　날 빗치 청청ᄒ여 江山 물식도 읍ᄂᆞᆫ527) 듯
　　山간 조모 변화되미 이만 그 쑨이여니와
　　正月이라 도라요면 三양이 틱面ᄒ여528)
520 아광은 션도吉人家 화긔은 샹지 군자宅乙529)
　　十五야 망월봉의 망월ᄒᄂᆞᆫ 소연더라
　　망월도 ᄒ려니와 부모 봉양이 느껴가니
　　잔듸 입폐 속임 나고 노고조리 쉰질쓰니

---

519) 어옹: 어옹漁翁. 고기잡이 하는 노인. 선경에서 말하는 대자연 속에서 고기잡이하는 신선
　　노인.
520) 연ᄒ 풍월 主人되야: 연하풍월煙霞風月 주인. 곧 산촌에 은거하면서 자연을 즐기며 자족함을
　　말한다. 도연명陶淵明의 〈연하풍월烟霞風月〉이라는 시.
521) 금죠 미록 볏지로다: 짐승이나 날짐승禽鳥과 미록麋鹿 벗이로다.
522) 죠모 사시 경기 달네: 조모朝暮. 아침 저녁 사시사철 경치달라.
523) 만뇌가 구젹이라: 만뇌萬惱가 구젹舊蹟이라. 만 가지 번뇌가 옛 흔적이라.
524) 寓가촉이: 우가촉이.
525) 양곡의: 양곡陽谷의. 양지 바른 골짜기.
526) 불고: 붉고.
527) 읍ᄂᆞᆫ: 없는듯.
528) 三양이 틱面ᄒ여: 三양이 틱面ᄒ여. 삼양은 신神, 정精, 기氣를 말하는데 태면太俛은 힘서 기름.
　　곧 세 가지 양기를 길러야 함.
529) 아광은 션도吉人家 화긔은 샹지 군자宅乙

세상사에는 귀가 먹고 농부 어옹 낙이로세

연하풍월 주인되어 짐승이나 날짐승과 아름다운 사슴美鹿이 벗이로다

산천도 역시 유정하여 아침 저녁 사시가 경계 다르네

해가 저서 황혼되면 만가지 번뇌가 옛 혼적이라

510 천하 강산 밤중되어 어두어 아무 것도 보인지 않네

월봉의 달이 돋아 우가촉이 되었구나

먼대 산이 캄캄하여 밤 새소리 더 슬프다

양지 바른 골짜기에 해가 돋아 일출하는 광야曠野로다

아침 이슬 흠뻑 와서 산색이 참참 새로워라

515 피는 꽃은 더욱 붉고 나는 풀이 새 빛난다

새 소리도 정말 정나고 물소리도 신신하다

날빛이 청청하여 강산 물색도 없는 듯

산간 아침저녁 변화됨이 그 뿐이거니와

정월이라 돌아오면 세 가지 양기를 길러야 하며

520 아광은 선도가 길한 사람의 집이고 꽃기운은 상자의 군자택을

십오야 망월봉에 망월하는 소년들아

망월도530) 하려니와 부모 봉양이 늦어가네

잔디 잎에 녹색 잎 나고 노고지리 쉰 길 높이 뜨네531)

---

530) 망월: 망월望月. 달구경. 음력 1월 15일의 만월을 정월 대보름달, 8월 15일의 만월을 중추명
월이라하여 명절로 친다. 정월 대보름날 즈음에 보름달을 보며 소원을 비는 풍속.

531) 노고지리 쉰질 뜨네: 쉰 길 하늘 높이 나는 모습.

二月이라 도라오니 中화절이 잇씩로다

525 天時는 틱亨ᄒᆞ니532) 人사는 분신이라533)

동山의 봄 드런늬534) 南山의셔 식가 운다

나무마다 봄철 만나 가지마다 곳망우리

곳망우리는 볼긋볼긋 풀 포기는 포릇포릇

水동슈西 춘광이 싱싱 山남산 북의 화긔 융융

530 三月리라 도라오면 화신풍 너짓부래535)

만화방창 곳치 피고 빅초 다졍 입 피는다

벌과 나부 펼펼 나라 곳송이마다 졍고ᄒᆞ고536)

두견식 피눈물 샏려 곳 포긔마다 물드리늬

운淡風537) 경건 午天 방花슈류 과젼川乙538)

535 느진 곳치 쑥쑥 써려져 낙花 유似타 樓人乙

四月리라 도라오니 영ᄒᆞ 南郊赤졔로다539)

南풍이 실실 부려 大믹젼니 가을된다

호졉은 펼펼 과장 去ᄒᆞ되 불긔 쳥음 待我귀라

녹음방초540) 능화시는541) 이를 두고 이르미라

540 도화 니화 졀노 져셔 나무 미틱 곳비가 오고

황조 빅조 오락가락 나무 우의 영자로다

---

532) 틱亨ᄒᆞ니: 크게 형통하니.

533) 人사는 분신이라: 사람들은 분신紛身이라. 사람들은 바빠진다.

534) 드런늬: 들었네.

535) 너짓부래: 늦어버려. 늦어 버려서.

536) 졍고ᄒᆞ고: 졍고庭誥하고. 집을 찾는다고 하고.

537) 운淡風: 운담풍雲淡風. 구름이 약간 섞인 바람.

538) 午天 방花슈류 과젼川乙: 오시 하늘午天의 봄날 유쾌한 마음으로 꽃과 수양버들을 곁따라 시냇가를 지나감傍花隨柳過前川.

539) 영ᄒᆞ 南郊赤졔로다: 『예기禮記』 '월령月令'에는 "입하일立夏日에 남교南郊에서 여름 기운을 맞이하면서 주명가朱明歌를 부른다"고 전하고 있는데, 이 때문에 옛날에는 황제가 입하날 남교로 나가 여름을 맞으면서 주명가를 불렀다.

540) 녹음방초: 녹음방초綠陰芳草. 나무의 푸르름과 향기로운 풀이 꽃보다 아름다운 때. 왕안석의 〈초하즉사〉에는 '綠陰幽草勝花時'라고 했다.

541) 능화시: 능화시菱花詩. 곧 이백의 〈대미인수경代美人愁鏡〉에 시귀절로 "저의 가슴 광풍에 불려 끊어질 듯玉筯幷墜菱花前의 구절.

▌현대문 23-ㄴ

이월이라 돌아오니 중화절이[542] 이때로다

525 하늘의 시절은 크게 형통한데 사람들은 몸이 바쁘네

동산에 봄 들었네 남산에 새가 운다

나무마다 봄철 만나 가지마다 꽃망우리

꽃망우리는 볼긋볼긋 풀 포기는 포릇포릇

수동수서 봄빛이 생생 산남 산북에 화기 융융

530 삼월이라 돌아오면 봄바람이 늦어버려

만화방창 꽃이 피고 백초 다정 잎이 핀다

벌과 나비 펄펄 날아 꽃송이마다 자리를 잡고

두견새 피 눈물 뿌려 꽃포기마다 물 드려서

구름 섞인 바람 경건 오천午天[543] 꽃을 찾아 버들길을 따라 가네

535 늦은 꽃이 뚝뚝 떨어져 낙화와 비슷하다 누상의 사람樓人을[544]

사월이라 돌아오니 영 아래 남교南郊에서 적제로다[545]

남풍이 슬슬 불어 큰 보리밭[546]이 가을 된다

호랑나비 펄펄 과장 가는데 돌아오지 않는 맑은 소리 나에게 돌아온다[547]

녹음방초 능화시는[548] 이를 두고 이름이라

540 도화 이화 절로 저서 나무 밑에 꽃비가 오고

황조 백조 오락가락 나무 위에 머무는 곳이로다

---

542) 중화절: 중화절中和節. 음력 2월 초하룻날에 행한 조선시대의 풍속. 정조正祖 때부터 시작하여 후기까지 계속된 풍속으로 이 날이 되면 어전御殿에서 왕이 자尺를 재상宰相과 시종侍從하는 신하들에게 나누어 주어 중화절임을 알렸다. 이 자를 중화척中和尺이라 하며 얼룩무늬가 있는 반죽斑竹이나 이깔나무로 만들었다. 왕이 신하들에게 자를 나누어 주는 뜻은 농업에 힘쓰라는 것이며, 중국의 풍속을 본뜬 것이다. 음력 이월 초하루를 달리 부르는 말. 궁중에서 농사철의 시작을 기념하는 절일節日이다.

543) 오천: 오천午天. 낮 열두 시를 전후한 낮의 한가운데.

544) 유사하다 루인樓人을: 비슷하다 누상의 사람樓人을.

545) 영 아래 남교南郊에서 적제로다: 영하嶺下 남교南郊에서 적제赤帝로다.

546) 대맥전: 대맥전大麥田. 큰 보리밭.

547) 불귀청음 대아귀라: 돌아오지 않는 맑은 소리 나에게 돌아온다.

548) 능화시는: 능화시菱花詩는.

五月이라 도라오니 天中절이 잇쩌로다
山野의 거울 피고 榴月549)은 다다ᄒᆞ여
믹風은 쏠쏠부러 포田의550) 물결되닉
545 양싁사 놉푼 줄은 츄쳔551) 기경552) 出슈양이라
흔 번 굴너 압피 놉고 두 번 굴너 뒤가 놉파
경도곡553) 실푼 노라 단양乙 희롱ᄒᆞ다
六月이라 도라오니 젹졔건곤 이 아닌가
너무 더워 발광나닉 강산이 여직홍노즁乙554)
550 뭉긔 뭉긔 피ᄂᆞᆫ 구름 청산 박긔 긔봉 되고
우루룽 두룽 쳔둥소릭 공곡 즁의 야단낫다
인消증暑 三庚목이요555) 蝸롱청음 六月가라556)
꼿소식은 어듸 가고 나무 입만 평퍼져닉
七月이라 도라오니 신양이 입고혀라557)
555 들남들남 미암이ᄂᆞᆫ 가을 소식 노릭ᄒᆞ고
시름시름 귓두리ᄂᆞᆫ 찬이슬의 실픠 우닉
동닉동닉 초연 농부 쳥음 속의 춤乙 츄고
마乙마乙 부여들은 관솔불의 방밍이질
남젼북답의 일 맛쳐라 동즉 불너 슐 부어라

---

549) 榴月: 류월榴月. 음력陰曆 5월의 다른 이름.
550) 포田의: 채소 등을 공상供上하기 위해 설치한 사포서司圃署나 내농포內農圃에서 운영한 채소밭.
551) 츄쳔: 부녀자들이 주로 오월 단오에 그네를 타고 노는 놀이. 그네뛰기는 한 무제 때에
     후궁에서 시작하였는데, 원래 축사의 뜻으로 천추千秋라고 하던 것이 뒤집혀 추천秋千으로
     되고, 다시 추천鞦韆으로 쓰이게 되었음. 산융山戎으로부터 전래되었다는 다른 설도 있음.
     우리 나라에는 고려 시대에 전해졌다고 함.
552) 기경: 구경. 구경>귀경>기경. 움라우트.
553) 경도곡: 이규보李奎報가 쓴 〈굴원부의사론屈原不宜死論〉에 "내지초속위경도지곡乃至楚俗爲競渡
     之曲 심지어 초 나라의 풍속은 그를 위하여 경도곡競渡曲을 만들어"에 나옴.
554) 여직홍노즁乙: 여재홍로중萬國如在紅爐中. 풀이 모든 나라가 벌건 화로 속에 들어 있음과 같다.
     더위가 아주 심함을 이르는 말.
555) 인消증暑 三庚목이요 蝸롱청음 六月가라: 무더위가 최고조에 이르고 푸르른 유월의 노래라.
     더위를 사람의 힘이나 마음으로는 감당할 수가 없는 형편.
556) 蝸롱청음 六月가라: 조롱청음鳥籠淸音 유월가라. 조롱, 바구니鳥籠에 맑은 소리를 담은 듯한
     유월의 노래라.
557) 신양이 입고혀라: 신양身恙이 입고入苦 해라. 곧 몸이 고통스러워진다.

　　오월이라 돌아오니 천중절이[558] 이때로다

　　산야가 거울 되고 유월[559]은 다다하여

　　보리밭 바람은 솰솰 불어 포전의 물결되네

545　양색사[560] 높은 줄은 추천 구경 출수양이라[561]

　　한번 굴러 앞이 높고 두 번 굴러 뒤가 높아

　　경도곡 슬프노라 단양을 희롱한다

　　육월이라 돌아오니 붉은 옷을 입은 듯한 하늘과 땅[562]이 아닌가

　　너무 더워 발광나네 강산이 무더운 더위를

550　뭉게 뭉게 피는 구름 청산밖에 봉우리 되어 피고

　　우루룽 두룽 천둥소리 빈 골자기 중에 야단났다

　　무더위가 삼경목이요 조롱 푸른 유월 노래라

　　꽃소식은 어디 가고 나무 잎만 펑퍼졌네

　　칠월이라 돌아오니 몸이 고생스러워지네

555　들람랑들람 매미는[563] 가을 소식 노래하고

　　시름시름 꿔뚜라미는 찬이슬에 슬피 우네

　　동내 동내 모내기하는[564] 농부 청음 속에 춤을 추고

　　마을 마을 부녀들은 관솔불에 방맹이질

　　남전북답[565]의 일으키지 동자 불러 술 부어라

---

558) 天中절: 음력 5월 5일 단오端午를 달리 부르는 말로, 단오는 일 년 중 양기가 가장 왕성한 날이라 하여 큰 명절로 여겨짐. 씨름, 그네뛰기, 단오장端午粧, 봉산탈춤, 송파산대놀이, 양주별산대놀이, 수박희, 단오첩, 단오절사, 단오고사 등의 민속행사를 한다.

559) 추천 구경 출수양이라: 그네 타는 구경은 물이 솟아나는 모양이라. 출수양出水樣.

560) 양식사: 양사兩司 조선시대의 양사兩司는 사헌부司憲府와 사간원司諫院을 합한 말이다. 대간臺諫이라고도 한다. 사헌부란 정치의 시비에 대한 언론활동 및 백관百官을 규찰하며 기강·풍속을 바로잡는 일을 맡았으며, 그 책임자는 대사헌이다.

561) 여재홍 놀음을: 홍이 남은餘在興 놀음을.

562) 적제건곤: 붉은 옷을 입은 듯한 하늘과 땅. 가 赤帝 乾坤 여름을 주명절朱明節이라고 한다. 청靑·황黃·적赤·백白·흑黑색이 오색인데 이 중에서 붉은색이 여름의 색이기에 붉을 주朱자를 쓰는 것이다. 『예기禮記』 '월령月令'에는 "입하일立夏日에 남교南郊에서 여름 기운을 맞이하면서 주명가朱明歌를 부른다"고 전하고 있다. 이 때문에 옛날에는 황제가 입하날 남교로 나가 여름을 맞으면서 주명가를 불렀다.

563) 들남들남 미암이는: 들람들람 우는 매미는.

564) 초연: 영남지방에서는 초연은 첫 논매기를 말한다. 세벌 논매기가 끝나면 백중 무렵 초연놀이를 한다.

565) 남전북답: 남전북답南田北畓. 들판을 뜻한다.

560 八月이라 도라오니 씩 조흔 즁츄로다

　　五六月의 농부더리 七八月의 신션이라

　　화쪄는 실실 믈이여 우거지고566) 오동은 쑥쑥 쩌러져 낙엽이라

　　동山 황율 셔山 조는567) 쥬져리쥬져리 붇거 잇고

　　북임 머루 남임 다릭 쥴거리 쥴거리568) 둘이여닉

565 송화주 반취ㅎ여 격양가569)가 더욱 죳타

　　九月이라 도라오면 단풍 귀경 됴흘시고

　　정거좌이 楓임 만ㅎ니 상엽이 홍어 二月화라570)

　　셔리 찬 밤 져 지럭아 뉘 편지乙 가지고 오나

　　허공의 둘실 놉피 쩌셔 기리룩 기리룩 울고가닉

570 아지 못ㅎ는 버러지는571) 실실 실실 노릭ㅎ여

　　木엽황시의 人두빅ㅎ니572) 이 늘근이 심난ㅎ다

　　十月이라 도라오니 소츈졀573)이 웬말인고

　　셔리 아릭 국화되여 사름보고 자랑ㅎ고

　　바람 압폐 단풍져셔 뉘乙 짜라 펄펄 가나

575 간밤의 구름 이려 빅셜이 분분 츠음 왓닉

　　낙木은 소소셩 上下ㅎ니 강산이 불부구시용乙574)

　　빅초 만목이 다 변ㅎ나 송죽은 창창 봄빗치라

---

566) 화쪄는 실실 믈이여 우거지고: 화저花苴는 곧 꽃과 풀의 의미. 꽃과 풀은 슬슬 물러나 우거지고.

567) 동山 황율 셔山 조는: 동산의 누른 밤 서산의 대추棗는.

568) 쥴거리 쥴거리: 줄기마다.

569) 격양가: 격양가擊壤歌. 요순시절 태평성대를 노래함 "日出而作/日入而息/鑿井而飮/耕田而食/帝力于我何有哉"라는 시가 있다. 격양가擊壤歌. 풍년이 들어 농부가 태평한 세월을 즐기는 노래. 중국 고대 요임금 때 늙은 농부가 태평한 세월을 즐거워하여 땅을 치면서 부른 노래.

570) 정거좌이 楓임 만ㅎ니 상엽이 홍어 二月화라: 정거좌에 단풍잎 많으니 서리에 젖은霜葉이 붉어 이월화라.

571) 버러지는: 벌레는.

572) 木엽황시의 人두빅ㅎ니: 나뭇잎이 누렇게 단풍들 때 사람 머리도 희어지네.

573) 소츈졀: 작은 춘절로써 춘절처럼 번화한 느낌이 나는 때. 음력 12월 8일 '석팔절臘八節'을 부르는 다른 명칭임.

574) 낙木은 소소셩 上下ㅎ니 강산이 불부구시용乙: 떨어지는 나무 잎은 소소하게 소리내니 강산은 지난 시용을 분별하지 못함을(不分舊施用을).

560 팔월이라 돌아오니 때 좋은 중추로다

오육월의 농부들이 칠팔월에는 신선이라575)

꽃과 풀은 슬슬 드리워져 우거지고 오동은 뚝뚝 떨어져 낙엽이라

동산 누른 밤 서산 대추는 주저리주저리 붉어 있고

북임 머루 남임 다래 줄기 줄기 달려 여네

565 송화주576) 반쯤 취해 격양가가 더욱 좋다

구월이라 돌아오면 단풍 구경 좋을시고

정거좌에 단풍잎 많으니 서리에 젖은霜葉이 붉어 이월화라.

서리 찬 밤 저 기럭아 뉘 편지를 가지고 오나

허공의 둥실 높이 떠서 기리룩 기리룩 울고 가네

570 알지 못 하는 벌레는 실실 샐샐 노래하여

나뭇잎 누르게 물 들 때 사람의 머리도 희어지니 이 늙은이 심란하다

십월이라 돌아오니 소춘절이 웬 말인고

서리 아래 국화되어 사람보고 자랑하고

바람 앞에 단풍져서 뉘를 따라 펄펄 가나

575 간밤에 구름 일어 백설이 분분 처음 왔네

떨어지는 나뭇잎은 소소히 날리니 강산이 불분구시용을

백초 만목이 다 변하나577) 송죽은 창창 봄 빛이라

---

575) 오육월의 농부들이 칠팔월에는 신선이라: 3벌 논매기가 끝나면 논농사는 더 할 일이 없음을 말함.

576) 송화주: 소나무의 꽃(송화)을 이용하여 빚는 술.『규곤시의방閨壼是議方』,『임원경제지』,『농정회요農政會要』등에 기록되어 있다. 만드는 법은『규곤시의방』에서는 물 너말에 말린 송화 다섯 되를 넣어 달인 뒤에 찹쌀 다섯 말로 죽을 쑤어 섞고, 누룩가루 일곱 되를 섞어 넣는다. 5일 후에 쌀 열 말을 쪄서 송화 한 말을 달인 물에 누룩 석되를 섞어 넣었다가 14일 후에 쓴다고 하였다.『임원경제지』에는 3월에 송화가 쥐꼬리와 같아지면 잘게 썰어서 한되 가량을 명주주머니에 넣고 부리를 동여매어, 약주가 익을 때 한 가운데 넣었다가, 3일 후에 술을 걸러 마신다고 한다.

577) 백초 만목이 다 변하나: 백가지 풀과 만가지 나무가 다 변하나. 곧 낙엽이 드니.

　　十一月이 도라오니 일양이578) 초싱홀 써라

　　빅셜은 펄펄 힝도의 덥고 도풍은 쵤쵤 산쳔이 운다579)

580　靈봉은 흘흘 万丈이요 氷셩은 충충 千疊이라580)

　　山마다 빅두山이요 봉마다 노인봉이라

　　나무나무 니花 피고 가지가지 옥미花라

　　李화 민花 만가츈의 不見蜂미 蝶사來라581)

　　十二月이 도라오니 大흔小흔582) 극흔이라

585　온 젼신의 죠이583) 나고 손가락 발가락 침질흔다584)

　　겨울 밤이 길고 기려 달기 소리 더듸 도다

　　셜흔풍이 칩고 치워 봄소식이 더듸도다

　　니 머리도 눈이 와셔 털싣마다 희여지니

　　그령 져령585)흔다 보니 슛달 흔 달 다 지니네

590　다시 졍月 도라 오니 호鳥 영츈가 후원乙586)

　　열두달이 열는 가니 무情셰月 약유파라

　　덧읍시도 가는 셰月 누긔라셰 마가니리

　　쏫타 쏫타 三月 쏫타 봄 간다고 셔뤄마라

　　명연 봄철 도라오면 디는 다시 피련마는

595　부유갓튼 人生드른 쳥츈긱이 잠시로다

---

578) 일양이: 일양溢陽. 양기陽氣의 항성亢盛이 극에 달하여 넘치는 맥상脈象. 극도로 성한 양기가
　　내부의 음기가 나오지 못하게 외부를 막아서 인영맥人迎脈이 촌구맥寸口脈보다 네 배나 크게
　　뛰면서 빠른 상태를 말한다.

579) 빅셜은 펄펄 힝도의 덥고 도풍은 쵤쵤 산쳔이 운다: 백설은 펄펄 가는 길行道를 덮고 길
　　바람道風은 쵤쵤 불어 산천이 운다.

580) 靈봉은 흘흘 万丈이요 氷셩은 충충 千疊이라: 신령한 봉우리는 흘흘忽忽 만장 길이로 높고
　　얼음성은 충층 천첩千疊이라.

581) 李화 민花 만가츈의 不見蜂미 蝶사來라: 이화 매화 즐거운 봄에 가득하고滿嘉春 매화에 벌이
　　사에 나비가 오는 것을 보지 못함.

582) 大흔小흔: 소한은 24절기 가운데 스물세 번째 절기로 '작은 추위'라는 뜻으로 양력 1월
　　5일 무렵이다. 대한은 마지막 스물네 번째 절기로 '큰 추위'라는 뜻이며 양력 1월 20일 무렵
　　이다.

583) 죠이: 부스럼. 종점. 헐미. 종腫이.

584) 침질흔다: 침질한다. 침을 맞는다.

585) 그령 져령: 그럭저럭.

586) 호鳥 영츈가 후원乙: 좋은 새好鳥 영춘迎春가 後園을. 예쁜 새가 부르는 봄 맞는 노래가 후원을.

십일월이 돌아오니 일양에 초생할 때라

백설은 펄펄 가는 길을 덮고 길 바람은 쏼쏼 산천이 운다

580 영봉은 홀홀 만장이요 어름 소리는 층층 천 첩이라

산마다 눈 덮힌 흰산이요587) 봉마다 노인봉이라

나무 나무 이화 피고 가지 가지 옥매화라

이화 매화 즐거운 봄에 가득하고 매화에 벌과 나비를 보지 못하네

십이월이 돌아오니 대한소한 극한이라

585 온 전신에 종기가 나고 손가락 발가락 침질한다

겨울밤이 길고 길어 닭의588) 소리 더디 도다

찬 눈바람에 춥고 추워 봄소식이 더디도다

네 머리도 눈이 와서 털끝마다 희어지네

그렁저렁하다 보니 섣달 한 달 다 지났네

590 다시 정월 돌아오니 어여쁜 새가 봄맞이 하는 후원을

열두 달이 얼른 가니 무정 세월 흐르는 물과같구나589)

덧없이도 가는 세월 누구라서 막아내리

꽃아 꽃아 삼월 꽃아 봄 간다고 서뤄마라

명년 봄철 돌아오면 지는 듯이590) 다시 피련마는

595 뜬 구름같은 인생들은 청춘객이 잠시로다

---

587) 빅두山: 눈이 내려 산마루가 흰 산.

588) 달기: 닭의.

589) 무情 세월 약유파라: 무정세월약류파無情歲月若流波. 무정한 세월이 흐르는 물과 같구나. 세월
이 덧없이 흘러감을 비유하는 시구.

590) 디는 다시: 지는 듯이.

사룸마다 늘거지면 다시 즘기591) 어려워라

三千갑자 동방삭은 말만 듯고 못 보앗고592)

장싱불사593) 격송자는 그 친구가 누긔런가

격교 다리 유자션니594) 잇디가지595) 논다더가

600 광흔젼의 옥진이도596) 지금가지 청츈인가

쳔틱山의 마고 션여 그는 웃지 할미런고

진져키는597) 알슈 읍셔 그게 다시 헌 마리지

흔심흔 게 사람이요 불상흔 게 늘근일늬

초롱갓치 발던598) 눈도 반소경이 되어고나

605 얼풋흐면599) 듯든 귀가 절벽강산600) 되여 잇고

살디 갓치 곳든 허리601) 질마 가지602) 되어 잇고

통통흐게 굴든 다리 비슈가치603) 날리 셔고

삼단가치 만튼 머리604) 불안당606)이 다 쳐가고

쏭쏭흐계 좃튼 이가 다 쌔자셔 문턱갓테

610 음식 먹는 모양 보면 명지자로 퍼가룬 듯

다리조차 트러져서 오리갓치 잣드리고

손은 웃지 불인히셔 장자흐면 별별 쓰늬

눈 어둡고 귀가 먹가 그 중의도 졔일 슬의

---

591) 즘기: 젊기. 젊어지기.

592) 말만 듯고 못 보앗고: 말로만 들었지 보지 못했고.

593) 장싱불사: 장생불사長生不死. 영원히 죽지 않음.

594) 격교 다리 유자션니: 붉은 다리에 유 자선이.

595) 잇디가지: 이때까지. 지금까지.

596) 옥진: 옥진玉眞. 양귀비楊貴妃의 이름.

597) 진져키는: 정확하게는. 진저眞低. 바닥의 본 모습.

598) 발던: 밝던.

599) 얼풋흐면: 얼핏해도. 약간의 움직임이나 소리가 있어도.

600) 절벽강산: 강산이 절벽처럼 막혀 있음. 곧 소리를 전혀 알아듣지 못함.

601) 살디 갓치 곳든 허리: 화살의 살대처럼 곧은 허리.

602) 질마 가지: 길마가지. 짐을 싣거나 수레를 끌기 위하여 소나 말 따위의 등에 얹는 싸로 굽은 나무. 허리가 꼬부라진 모습을 말함.

603) 비슈가치: 아주 날카로운 칼날처럼. 여윈 모습을 비유한 말.

604) 삼단가치 만튼 머리: 삼단같이 숱이 많고 긴 머리카락. 삼 가닥을 단으로 묶은 것 같이 머리카락 숱이 많던.

　　사람마다 늙어지면 다시 젊기 어려워라

　　삼천갑자 동방삭606)은 말만 듣고 못 보았고

　　장생불사 적송자는607) 그 친구가 누구런가

　　적교 다리 유자선이 이때까지 논다던가

600　광한전608)에 옥진이도 지금가지 청춘인가

　　천태산609)에 마고 선여610) 그는 어찌 할미런고

　　정확하게는 알 수 없어 그게 다시 한 말이

　　한심한 게 사람이고 불쌍한 게 늙은이네

　　초롱같이 밝던 눈도 반소경이 되었구나

605　얼핏하면 듣던 귀가 절벽강산되어 있고

　　살대같이 곧은 허리 길마 가지 되어 있고

　　통통하게 굵던 다리 비수같이 날이 섰고

　　삼단같이 많던611) 머리 불한당이 다 쳐가고612)

　　쫑쫑하게 쫏은 이가 다 빠져서 퍼서 가룬 듯

610　음식 먹는 모양 보면 명지자로 괴가 둔 듯613)

　　다리조차 틀어져서 오리같이 잣드디고614)

　　손은 어찌 불인해서 자칫하면615) 별별 떠네

　　눈 어둡고 귀가 막혀 그중에도 제일 스러워

---

605) 불안당: 불한당不汗黨. 떼를 지어 돌아다니며 재물을 마구 빼앗는 사람들의 무리. 머리가
　　헝클어진 모습.

606) 삼천갑자 동방삭: 중국 전한前漢의 동방삭이 갑자년甲子年을 삼천 번 겪으며 18만 살이나
　　살았다는 데서, 장수하는 사람을 비유적으로 이르는 말.

607) 적송자: 적송자赤松子. 신농씨 때에, 비를 다스렸다는 신선으로 곤륜산崑崙山에 들어가서
　　선인仙人이 되었다고 함.

608) 광한전: 광한전廣寒殿. 달 속에 있다는, 항아姮娥가 사는 가상의 궁전. 광한궁·광한부라고도 함.

609) 천태산: 천태산天台山. 중국 저장 성浙江省 톈타이 현縣에 있는 산으로 마고할미가 살았다는
　　전설이 있음.

610) 마고 선여: 마고麻姑 할미. 전설에 나오는 신선 할미.

611) 삼단같이 많던

612) 다 쳐가고: 머리카락을 다 쳐가고.

613) 명지자로 괴가 둔 듯: 명지자命之字 모양으로 고양이가 두었는 듯. '괴'는 고양이의 방언형.
　　음식을 먹다가 이러 저리 흩어놓은 모양.

614) 잣드디고: 젖혀서 (발을) 딛고. 지그재크로 걷는 모습. 보폭이 적게 자죽자죽 걷는 모습.

615) 불인해서 장자하면: 불인不人해서 여차하면. 사람같지 않아 자칫하면.

　　　하 심심히 못 견듸셔616) 소연 방의 도라간이617)

615　만당ᄒ게618) 노던 소연 모도619) 다 인사흔 들

　　　눈 어두어 아지 못히 거즁듸고620) 인사 밧고

　　　음셩이나 듯고 보면 뉘 소린 줄 알연마난

　　　귀군역의621) 야단나셔 뉘 소린 줄 모르긴니

　　　옛말이나 ᄒ자ᄒ니 션망후실622) 다 이져고

620　시속말乙 ᄒ자 ᄒ니 구변조차 읍셔져닉623)

　　　만방 즁이 다 우셔도624) 남의 말乙 듯지 못히

　　　멍츙갓치625) 안자시니 무슨 지미 잇슬손가

　　　남의 거동 보자ᄒ니 어른어른 흘쑨이고

　　　지셰이ᄂ626) 은 보이니 무신 지미 잇슬손가

625　소연들도 지미 읍고 나도 ᄯ흔 지미 읍다

　　　ᄯ 미러워 나가더니 사못627) 가고 아니 오고

　　　오줌 누로 나가더니 아조 가고 아니 오고

　　　말도 읍시 나가더니 이닉628) 다시 아니 오고

　　　장감 갓다 온다더니629) 어듸 가고 ᄋ니 오늬

630　흔방 갓득 안진630) 사름 하나 읍시 다 나갓늬

　　　빈 방안의 혼자 안자 자탄ᄒ여 이른 마리

---

616) 하 심심히 못 견듸셔: 하도 심심해서 못 견딜 것 같아서.

617) 도라간이: 들어가니.

618) 만당ᄒ게: 만당滿堂하게. 방안 가득하게.

619) 모도: 모두.

620) 거즁듸고: 거중대고. 대강으로. 방언형으로 건중대고.

621) 귀군역의: 귀구멍이. 귀 구녕에.

622) 션망후실: 션망후실先忘後失. 앞에 것은 잊어버리고 뒤에 것은 잃어버림.

623) 읍셔져닉: 없어졌네. '읍셔젼닉'에서 ㄴ의 탈사.

624) 만방 즁이 다 우셔도: 방에 가득찬 사람들이 다 웃어도.

625) 멍츙갓치: 멍청이같이.

626) 지셰어ᄂ: 자세히는.

627) 사못: 사뭇.

628) 이닉: 이내. 곧.

629) 장감 갓다 온다더니: 잠깐 갔다 온다더니.

630) 안진: 앉은. '안즌>안진' 전설모음화.

하 심심해 못견뎌서 소년들 방의 돌아가니
615 집에 가득하게 놀던 소년 모두 다 인사한들
눈 어두워 알지 못 해 거중대고 인사 받고
음성이나 듣고 보면 뉘 소린 줄 알련마는
귓구영에 야단나서 뉘 소린 줄 모르겠네
옛말이나 하자하니631) 선망후실 다 이졌고
620 시속말을632) 듣자하니 말주변조차633) 없어졌네
한 방 가득한 사람들이 다 웃어도634) 남의 말을 듣지 못해
멍충이같이 앉았으니 무슨 재미있을 손가
남의 거동 보자 하니 어른어른 할 뿐이고
자세히는 안 보이니 무슨 재미 있을손가
625 소년들도 재미없고 나도 또한 재미없다
똥 마려워 나가더니 사뭇 가고 아니 오고635)
오줌 누러 나가더니 아주 가고 아니 오고
말도 없이 나가더니 이내 다시 아니 오고
잠간 갔다 온다더니 어데 가고 아니 오네
630 한방 가득 앉은 사람 하나 없이 다 나갔네
빈 방안의 혼자안자 자탄自歎하여 이른 말이636)

---

631) 옛말이나 하자하니: 지난 옛이야기나 하자고 하니.
632) 시속말乙: 시속時俗말을. 유행하는 말을.
633) 구변조차: 구변口辯조차. 능란하게 말하는 것조차.
634) 만방 중이 다 웃어도: 방에 가득한 사람들이 다 웃어도.
635) 똥 마려워 나가더니 사뭇 가고 아니 오고. 갑자기 죽어 돌아오지 못함.
636) 자탄自歎하여 이른 말이: 스스로 탄식하여 이르는 말이.

■원문 26-ㄴ

　　늑다고637) 다 그럴가638) 나 혼자 쏀이로다
　　그러히도 또 심심히셔 눌근639) 친구 차자가니
　　그도 쏘흔 날과갓타 두 과부가 흔딕 자닉640)
635 이팔쳥춘 소연더라641) 눌그니 보고 웃지 말게
　　잔닉642) 믹양 소연이며 닉들643) 본딕 눌근인가
　　나는 이젼 소연이요 잔닌 시방 소연이지
　　지금 비록 소연이나 일후 필경 늘그리라
　　멀잖아644) 늘글 게니 늘거덜낭 보게 그려
640 노이나 쇼자흐니645) 손가락의 쥐가 나고
　　자리나 믹자하니646) 허리 압파 못 믹깃닉
　　밋돌가튼 궁뎡에는 관쳥 고자 비여647) 간나
　　살이라고 흔 졈 읍셔 졔발 압파 못 안긴닉
　　누어시니 구불648) 빅여 이리뒤젹 져리뒤젹
645 마를소록 무거운 건 늘근 사람 다리로다
　　산쳔 귀경 조컨만는 다리 압파 못 가깃닉
　　화초 귀경 조컨마는 눈이 캄캄 못 보깃닉
　　싀 소리도 조컨마는 귀가 마가649) 못 듯긴닉
　　귀 어둡거든 눈 발거나 눈 어둡거든 귀나 발지

---

637) 늑다고: 늙다고.
638) 덜다 그럴가: 뜰따 그럴까. 딜따 그럴까, 딛따 그럴까는 영남도 방언의 관용구이다. '모두 다 그럴까'의 의미이다.
639) 눌근: 늙은.
640) 두 과부가 흔딕 자닉: 두 과부가 한데 자네. 이 대목에서 이 가사의 작자가 여성임이 분명하다.
641) 소연더라: 소년들아. 젊은 나이. 또는 그런 나이의 사람.
642) 잔닉: 자네. ㄴ-첨가.
643) 닉들: 낸들. 난들. 오기로 보임.
644) 미구불원: 미구불원未久不遠. 얼마가지 않아서.
645) 노이나 쇼자흐니: 노나 꼬자고 하나. 노繩. 삼가닥을 꼬아서 만든 굵은 실.
646) 자리나 믹자하니: 앉을 자리를 매자고 하나. 채석자리를 매어 볼까하나.
647) 비여: 베어. 베어>비여.
648) 구불: 굽이. 이음매의 굽자리. 굽이 몸에 베겨.
649) 마가: 막혀.

118

늙다고 딛따 그럴까 나 혼자 뿐이로다
그러해도 또 심심해서 늙은 친구 찾아가니
그도 또한 날과같아 두 과부가 한 데 자네
635 이팔청춘 소년들아 늙은이 보고 웃지 말게
자네 매양 소년이며 난들 본대 늙은인가650)
나는 이전 소년이요 자넨 시방 소년이지
지금 비록 소년이나 일후 필경 늙으리라651)
미구불원 늙을 게니652) 늙거들랑 보게 그려
640 노끈이나 꼬자하니 손가락의 쥐가 나고
자리나 매자하니 허리 아파 못 매겠네
맷돌같은 궁둥이는 관청고자653) 베어 갔나
살이라고 한 점 없어 제발 아파 못 앉겠네
누웠으니 굽이 배겨 이리 뒤척 저리 뒤척
645 마를수록 무거운 건 늙은 사람 다리로다
산천 구경 좋컨마는 다리 아파 못 가겠네
화초 구경 좋건마는 눈이 캄캄 못 보겠네
새 소리도 좋건마는 귀가 막혀 못 듣겠네
귀 어둡거든 눈 밝거나 눈 어둡거든 귀나 밝지

---

650) 본듸 눌근인가: 본래부터 늙은인가. 반의적 의문문.
651) 일후 필경 늙으리라: 앞으로 반드시 늙으리라.
652) 늙을 게니: 늙을 것이니.
653) 관청고자: 광청고자官廳庫子. 관청의 창고지기.

■ 원문 27-ㄱ

650 눈 어둡고 귀 어두워서 아조654) 부쳐 등신일식655)

　　허리가 압푸거든 다리나 아니 압푸거나

　　다리가 압푸거든 허리나 아니 압푸저 그래

　　다리 압푸고 허리 읍파 전신불슈656) 병신일식

　　오회당 사탕이 좃타ᄒ되 씨버 먹어야 맛시 잇지

655 유밀과 디틱이 좃타ᄒ되 씨무러야 맛시 잇지

　　얼물 드려657)좀 머그니 슘 갓버셔658) 못 살깃늬

　　슐이라고 좀 마시면 어리쑹졍659) 못 견디고

　　금실지낙660)이 조컨마ᄂ 양구비라도 싱각 읍고

　　보고 듯ᄂ 것 씰디 읍고 호쥬 미식도661) 소용 읍늬

660 속은 웃지 아니 늘거 즈근 일도 쑹이 나고662)

　　마음은 웃지 아니 늘거 디슈릅자ᄂ 디 화가 나늬663)

　　사지가 셩ᄒ 병신이요 이목이 셩ᄒ 등신일식

　　아모리 누어 싱각히되 하여 볼일이 젼여 읍늬

　　마음의ᄂ 우슈워도664) 하여 보니 못 ᄒ깃늬

665 마음의ᄂ 홀 듯ᄒ나 닥처노니 할 슈 읍다

　　차목ᄒ 게665) 늘근이요 불상한 게 늘근일늬

667 놀게 놀게 졀머 놀게 ᄒ게 ᄒ게 졀머 ᄒ게

---

654) 아조: 아주. 완전.

655) 부쳐 등신일식: 부처같은 병신. 아무른 반응을 보이지 않는 등신.

656) 젼신불슈: 전신불수全身不守. 전신을 사용하지 못하는 병신.

657) 얼물 드려: 쌀을 얽은 물을 들이켜.

658) 갓버셔: 가빠서.

659) 어리쑹졍: 어리둥절.

660) 금실지낙: 금슬지락琴瑟之樂. 부부간의 나누는 즐거움.

661) 호쥬 미식도: 호주미식好酒美食. 좋은 술과 맛있는 음식.

662) 즈근 일도 쑹이 나고: 적은 일에도 흠이나고. '흠〉쑹' ㅎ-구개음화.

663) 디슈릅자ᄂ 디 화가 나늬: 대수롭지 않은 일에도 화가 나네.

664) 마음의ᄂ 우슈워도: 마음에는 우수워도. 곧 마음으로는 쉽게 처리할 수 있을 듯함.

665) 차목ᄒ 게: 참으로 안타깝고 딱한 것이.

650 눈 어둡고 귀 어두워서 아주 부처 등신일세666)

　　허리가 아프거든 다리나 아니 아프거나

　　다리가 아프거든 허리나 아니 아프지 그래

　　다리 아프고 허리 아파 전신불수 병신일세

　　오화당 사탕이667) 좋다하되 씹어 먹어야 맛이 있지

655 유밀과668) 대택이669) 좋다하되 깨물어야 맛이 있지

　　얼물 들이켜 좀 먹으니 숨 가빠서 못 살겠네

　　술이라고 좀 마시면 어리 둥절 못 거를테고670)

　　부부의 금슬의 즐거움이 좋건마는 양귀비671)라도 생각없고

　　보고 듣는 것 쓸데없고 맛 있는 술이나 아름다운 여자672)도 소용없네

660 속은 어찌 아니 늙어 적은 일도 흠이 나고

　　마음은 어찌 아니 늙어 대수롭잖은 데 화가 나네

　　사지가 성한 병신이요 이목이 성한 등신일세

　　아무리 누워 생각하되 하여 볼일이 전혀 없네

　　마음에는 웃어워도 하여 보니 못 하겠네

665 마음에는 할 듯하나 닥쳐 놓으니 할수 없다

　　참 안타가운 게 늙은이요 불쌍한 게 늙은이네

667 놀게 놀게 젊어 놀게 하게 하게 젊어 하게

---

666) 아주 부처 등신일세: 아주 부처같은 병신일세.

667) 오화당 사탕이: 오화당五花糖. 오색물로 물들여 만든 사탕. "스탕 민당 오화당 셜당"(춘향전)

668) 보통 유과油菓와 같은 말로 쓰이기도 하지만, 약과 종류는 유밀과, 강정, 산자, 빈사과 등의 종류는 유과로 구별된다. 재료도 유밀과는 밀가루와 메밀가루를 이용하며, 유과는 찹쌀가루를 이용하는 차이가 있다.

669) 대택이

670) 거를테고: 거를 터이고.

671) 양구비라도: 양귀비楊貴妃라도. 이 대목을 참조하면 이 가사의 작자가 남성으로 추정할 수 있으나 작품 전체의 내용을 보면 남성이 쓴 한시 소백산대관록을 본 여성 작가가 상상적 기행 가사로 옮긴 작품이다.

672) 호주미색: 호주미색好酒美色. 질이 좋은 술과 아름다운 여인.

3부

경북대본
〈화전가〉

1 가셰 가셰 화젼을 가셰 곳 지기 젼의 화젼 가셰
  잇씨가 어늬 씬가 씩 마참 三月이라
  동군니 포덕틱하니 츈화일난 씩가 맛고1)
  화신풍이 화공되여 만화방창 단청되늬2)

5 이른 씨乙 일치 말고 화젼노름 하여 보셰
  불츌문외3) ㅎ다가셔 소풍도 ㅎ려니와
  우리 비록 여자라도 홍체 잇계4) 노라보셰
  웃던5) 부스은 맘이 커셔 가로6) ㅎ 말 퍼니노코
  웃던 부스은 맘이 즈거 가로 반 되 써니쥬고

10 그렁져렁 쥬어모니 가로가 닷말가옷질늬7)
  웃던 부스은 참지름8) 니고 웃던 부스은 들지름 니고
  웃던 부스 만니 니고 웃던 부스은 즉게 너니
  그렁져렁 주어모니 기름 반 동의 실하고나9)
  놋소릭가 두셋 치라 짐군 읍셔 어니홀고

15 상단아 널낭 기름 여라 삼월이 불너 가로 여라
  취단일낭 가로 여고 향난이는 놋소릭 여라
  열여셔셜 열일곱 신부여는 가진 단장 올케 ᄒ다

---

1) 동군이 포덕택하니 춘화일난 때가 맞고: 봄의 신이 은택을 베풀어 봄 날씨 따뜻해서 때가
   맞고.
2) 화신풍이 화공되여 만화방창 단청되늬: 봄을 알리는 바람이 화공이 되어 만화방창萬化方暢
   곧 따뜻한 봄날에 온갖 생물이 자라나 단청丹靑처럼 조화롭고 아름답네.
3) 불츌문외: 일체 문밖 출입을 하지 않음.
4) 홍체 잇계: 홍興과 체모體貌가 있게.
5) 웃던: 어떤. 어두음절에서 'ㅓ:'는 'ㅡ'로 고모음화한다. 경북 영주 지역과 충북 단양 지역에
   서 'ㅓ〉ㅡ' 변화가 실현된다.
6) 가로: 가루粉. '긁, ᄀᆞᆯᄅᆞ'에서 '긁→굴ㄹ-' 형태가 나타난다. 'ᄀᆞᄅᆞ〉가르'와 'ᄀᆞᄅᆞ〉ᄀᆞ로', 'ᄀᆞ
   ᄅᆞ〉가리', 'ᄀᆞ로〉가루'와 같은 어형이 방언에 따라 다양한 분화양상을 보인다.
7) 닷말가옷질늬: 다섯 말 반 정도가 되네.
8) 참지름: 춤기름〉참지름. ㄱ-구개음화. '기름〉지름'의 변화 이후 '참+지름'으로 합성되었다.
9) 기름 반 동의 실하고나: 기름 반 동이가 충분하게(실하게) 되구나.

1　가세 가세 화전10)을 가세 꽃지기 전에 화전 가세
　이때가 어느 땐가 때마침11) 삼월이라
　봄의 신이 은택을 베푸니 봄 날씨 따뜻하여 때가 맞고
　꽃바람이 화공畫工되어 만화방창萬化方暢 단청 되네
5　이런 때를 잃지 말고 화전놀음 하여 보세
　문밖출입 안 하다가 소풍도12) 하려니와
　우리 비록 여자라도 흥취 있게 놀아보세
　어떤 부인은 맘이 커서 가루 한 말 퍼 내놓고
　어떤 부인은 맘이 작어 가루 반 되 떠 내주고
10　그렁저렁 주워 모으니 가루가 닷 말 가웃이네
　어떤 부인 참기름 내고 어떤 부인은 들기름 내고
　어떤 부인 많이 내고 어떤 부인은 적게 내니
　그렁저렁 주워 모으니 기름 반동이 실하구나
　놋 소래기13) 두세 채라 짐꾼 없어 어이할꼬
15　상단아 널랑 기름 여라14) 삼월이 불러 가루 여라
　취단일랑 가루 이고 향단이는 놋 소래기 여라
　열여섯 열일곱 살 새댁은15) 갖가지 단장16) 제대로 한다17)

---

10) 화전花煎: 봄이 되어 진달래가 만개하면 영남의 부녀자들은 집안 딸래나 부인들이 산에 올라
　진달래 꽃을 따서 찹쌀가루를 반죽하여 진달래 꽃잎을 웃기으로 올려 전을 붙여 먹으며
　화전가를 지어서 노래한다.
11) 마침: 어떤 경우나 기회에 알맞게. 제 때에. '마초아', '마츰', '마즘' 세 가지 형태가 나타난다.
　'마초아'는 '맞-+-오-+-아'의 구성이고, '마츰'은 '맞-+-으-+-ㅁ'의 구성이다. '마츰〉마즘〉
　마침'의 변화의 결과이다.
12) 소풍逍風도: 소풍이라는 낱말은 한자어에서 "바람 쇠이다"라는 뜻인데 어느 시기에 나타난
　것인지는 불확실하다.
13) 놋 소릭: 놋 대야.
14) 상단아 널낭 기름 여라: 상단아 너는 기름을 (머리에) 여라.
15) 신부녀新婦女는: 새댁은. 갓 시집온 여자는.
16) 갖가지 단장丹粧: 온갖 화장을. 옳게 갖춘 단장 혹은 화장. 화장은 얼굴을 치장하는 것임에
　반해 '단장'은 옷 매무새까지 치장하는 것을 말한다.
17) 옳게 한다: 제대로 한다.

▌원문 28-ㄱ

청홍사18) 가마 들고19) 눈썹乙 지워닉니
셰 부스로20) 그린 다시 아미 팔자21) 어엿부다
20 양색단22) 겹져고리 길상사23) 고장바지24)
잔줄누이25) 겹허리씩 밉시 잇게 잘근 믹고
광월사26) 쵸믹의27) 분홍단 툭툭 터러 둘너입고
머리고기 곱게 비셔 잣지름 발나 손질ᄒᆞ고
곱안 당기28) 갑사당기 슈부귀 다남자 싹싹 바가
25 청츈쥬 홍쥰쥬 슷테 붓여 착착 져버 곱게 믹고
금쥭절29) 은쥭절 조혼 비여 뒷머리예 살작 곳고
은장도 금장도 가진 장도 속고름의 단단이 차고
은조롱 금조롱30) 가진 픠물 것고름의 비겨 차고
일광단 월광단 머리보31)'는 셤셤 옥슈 가마들고
30 삼승 보션32) 슈당허乙 날츌자로 신너고나
반만 웃고 썩나셔니 일힝 즁의 졔일일셔
광춘젼 션여가 강임힌나 월궁 항아가 하강힌나
잇난 부人은 그러커니와 읍난 부人은 그딕로 하지
양듸문(포) 겹져고리 슈품만 잇게 지여 입고
35 칠승목33)의다 갈마물 드러 일곱 폭 초믹 덜쳐 입고

---

18) 청홍사: 청실홍실(혼례에 쓰는 남색과 붉은색의 명주실 테). 청홍사를 두른.
19) 가마 들고: 감아쥐어서 들고. 감아쥐고.
20) 셰 부스로: 가는 붓筆으로.
21) 아미 팔자: 아미팔자娥眉八字. 눈썹 팔자. 八자 모양으로 그린 눈썹.
22) 양색단: 씨와 날이 색갈이 다른 올로 짠 비단.
23) 길상사: 중국에서 생산되는 나는 생사로 짠 비단.
24) 고장바지: 고쟁이. 바지. 고쟁이는 '바지'를 뜻하는 '고자袴子-+-앙이'의 구성.
25) 잔줄누이: 안감에서 솔기마다 풀칠하여 줄을 세우는 누비질.
26) 광월사: 질이 매우 좋은 비단.
27) 쵸믹의: 쵸믹〉치마. '쵹믹〉쵸믹' 원순모음화.
28) 곱안 당기: 고운 댕기. '곱안'은 영남도 방언형.
29) 금쥭절: 화려하고 값비산 대나무 문양으로 만든 금빛 비녀.
30) 은조롱 금조롱: 은이나 금으로 만든 조롱. 주머니나 옷 끝에 액막이로 차는 물건.
31) 머리보: 머리 싸는 보자기.
32) 보션: 버선. '보션〉버션〉버선'버선'의 변화. 17세기 이의봉李義鳳이 저술한 『고금석림古今釋林』의
〈동한역어東韓譯語〉에는 "속칭말자俗稱襪子 왈보선曰補跣"이라 하여 '보션'이 한자 '보선補跣'으
로부터 왔을 것이라는 추정.
33) 칠승목: 결고운 무명천. 평북 초산과 벽동 지역의 칠승포가 유명하다.

청홍실 (손에) 감아들고 눈썹을 그려내니
가는 붓으로 그린 듯이 아미 팔자 예쁘도다34)
20 양색단 겹저고리 길상사 고장바지
잔줄 누이 깁허리띠35) 맵시 있게 잘근 매고
광월사 치마에 분홍단 툭툭 털어 둘러 입고
머리고개 곱게 빗어 잣기름 발라 손질하고
고운 댕기 갑사댕기 수부귀 다남자36) 딱딱 박아37)
25 청 구슬 홍 구슬38) 곱게 붙여 착착 접어 곱게 매고
금죽절 은죽절39) 좋은 비녀 뒷머리에 살짝 꽂고
은장도 금장도 갖은 장도 속고름에 단단히 차고
은조롱 금조롱 갖은 패물 겉고름에 빗겨 차고
일광단 월광단40) 머리보는 섬섬옥수 감아들고
30 삼승41) 버선 수당혜42)를 날출자(맵시 있게)로 신었구나
반만 웃고 썩 나서니 일행 중에 제일일세
광한전43) 선녀가 강림했나 월궁항아44)가 하강했나
있는 부인은 그렇거니와 없는 부인은 그대로 하지
양대문45) 겹저고리 수품만 있게 지어 입고
35 칠승목에다 갈매물46) 들여 일곱 폭 치마47) 들쳐 입고

---

34) 어엿부다: 예쁘다. '어엿브다'의 의미는 '불쌍하다, 가엽다憐'에서 '예쁘다, 사랑스럽다美麗'
뜻으로 변화하였다. '어엿브다>어엿부다'로 원순모음화.
35) 깁허리띠: 비단-+으로 만든 허리띠.
36) 슈부귀 다남자: 수부귀다남자壽富貴多男子. 오래 부귀하게 살고 아들 많이 낳음. 남아 선호의 전통.
37) 딱딱 박아: 글자를 금박이나 은박으로 찍어 넣어.
38) 청준주 홍준주: 청진주 홍진주. 청 구슬 홍 구슬.
39) 금죽절 은죽절: 금, 은에 대나무 모양의 무늬로 만든 비녀.
40) 일광단 월광단: 해와 달 무늬가 들어간 비단.
41) 삼승: 삼승三升. 석새삼베. 240올의 날실로 짠 성글고 굵은 베.
42) 수당혜: 수놓은 가죽신.
43) 광츈전: 달 속에 있다는 궁전. 광한전.
44) 월궁항아: 월궁항아月宮姮娥, 남편이 가지고 있는 불사약을 훔쳐 달로 달아났다는 예羿의 아
내. 이러한 연유로 인해 달月을 항아라고 부르기도 한다.
45) 양대문: 금박이나 은박 도장으로 무늬를 찍어 넣은 비단.
46) 갈마물: 갈매나무 열매나 잎으로 들인 물. 칡물.
47) 치마: 치마裳. '치마, 쵸마, 츄마'는 방언 차이를 보여주는 '쵸마, 츄마'는 '치-+-옴~움(동명
사형어미)'의 구성이나 '치-의 어원은 불확실하다.

　　칠승포 삼베48) 허리씌乙 졔모만49) 잇계 둘너 씌고
　　굴근 무색50) 겹보션乙 술술하게51) 싸라 신고
　　돈 반자리 집셰기라52) 그도 쏘한 탈속ᄒ다
　　열일곱살 쳥츈과여 나도 갓치 놀너 가지
40　나도 인물 좃컨마난 단장흘 마음 젼여읍ᄂᆡ
　　씬나 읍시 셔슈하고53) 거친 머리 ᄃᆡ강 만자
　　놋비여乙54) 실적 쏘자 눈섭 지워 무읫하리
　　광당목55) 반물치마56) 깃똥57) 읍는 흰져고리
　　흰고름乙 다라 입고 젼의 입던 고장바지
45　ᄃᆡ강ᄃᆡ강 슈습ᄒ니 어련58) 무던 관기 차뎨
　　건넌 집의 된동어미 엿 흔 고리59) 이고 가셔
　　가지 가지 가고말고 닌들 웃지 안 가릿가
　　늘근 부여 졀문 부여 늘근 과부 졀문 과부
　　압 셔거니 뒤 셔거니 일자 힝차 장관이라
50　슌흥이라 비봉산은 이름 조코 노리60) 죠의
　　골골마다 꼿비치요 등등마다 꼿치로세
　　호산나부 범나부야61) 우리와 갓치 화젼하나
　　두 나릭乙 툭툭 치며 꼿송이마다 증구하ᄂᆡ62)

---

48) 삼베: 삼베. '삼뵈'(가례언해 6:24)의 예 '삼뵈'는 '삼麻-+뵈布' 합성어이다.
49) 졔모만: 가지런한 모양.
50) 무색: 색깔을 물들인.
51) 술술하게: 수수하게.
52) 짚셰기: 짚신.
53) 셔슈하고: 세수하고.
54) 놋비여乙: 놋 비녀를.
55) 광당목: 광목과 당목.
56) 반물치마: 남색 치마. 밤물은 남색.
57) 깃똥 읍는: 여자의 저고리 소맷부리에 댄 다른 색의 천을 댄 것이 없는.
58) 어련: 당연히. 어련하다의 어근이 부사로 사용됨.
59) 고리: 싸리나 부들로 얽어 만든 상자.
60) 노리: 놀이. '놀-遊+-이(명사 형성 접사)'의 구성.
61) 범나부야: 호랑나비를 일상적으로 이르는 말.
62) 증구하ᄂᆡ: 종구從求하네. 따라다니며 구하네.

■현대문 28-ㄴ

칠승포 삼베 허리띠를 모양 있게 둘러 띠고
굵은 무명 무색 겹버선을 수수하게 빨아 신고
돈 반짜리 짚신이라 그도 또한 탈속하다63)
열일곱 살 청춘 과녀64) 나도 같이 놀러 가지
40 나도 인물 좋건마는 단장할65) 마음 전혀 없어
때나 없이 세수하고 거친 머리 대강 만져
놋 비녀를 슬쩍 꽂아 눈썹 지워 무엇 하리
광당목 반물치마 끝동 없는 흰 저고리
흰 고름을 달아 입고 전에 입던 고장바지
45 대강대강 수습하니 어련무던 괜찮네66)
건너 집에 덴동어미67) 엿 한 고리 이고 가서
가지가지 가고말고 낸들 어찌 안 가리까
늙은 부녀 젊은 부녀 늙은 과부 젊은 과부
앞서거니 뒤서거니 일자 행차68) 장관이라
50 순흥69)이라 비봉산70)은 이름 좋고 놀이 좋아
골골마다 꽃빛이요 등등마다 꽃이로세
호랑나비 범나비야 우리와 같이 화전하나
두 나래를71) 툭툭 치며 꽃송이마다 따라 가네(찾아드네)

---

63) 탈속脫俗하다: 속된 것에서 벗어나다. 평범하다.
64) 청춘 과녀: 젊은 나이에 상부한 과부.
65) 단장할: 단장丹粧할. 화장할.
66) 어련무던 관계찮네: 어련하고 무든이 괜찮네.
67) 덴동어미: 이 가사의 주인공으로 불에 데인 아들 '덴동이'의 어미로 네 차례에 걸친 혼과 상부로 이어진 팜므파탈적인 인물.
68) 일자 힝차: 한 줄로 서서 가는 모양.
69) 순흥: 순흥면順興面은 경북 영주시 북서부에 있는 면. 동쪽은 단산면丹山面, 남쪽은 안정면安定面, 서쪽은 풍기읍, 북쪽은 충북 가곡면佳谷面과 접한다. 원래 순흥부 태평면太平面과 내죽면內竹面 지역이었으나 1914년 내죽면과 태평면을 병합하여 순흥부의 이름을 따서 순흥면이라 하였다. 면의 서북쪽은 소백산小白山, 국망봉國望峰에 이어지는 험준한 산지이고 동남부에는 구릉성 산지가 발달하였다. 면의 동쪽을 북에서 남으로 흐르는 죽계천竹溪川이 유역 일대에 넓은 평야를 이룬다.
70) 비봉산: 비봉산飛鳳山. 경북 영주 소백산 능성의 산봉우리.
71) 나릭乙: 날개를. '늘飛-+-기(접사)'의 구성. '늘애, 느래'도 있었는데, 이들은 '날개'와 어원이 같지만 'ㄹ' 뒤에서 'ㄱ'이 약화된 형태이다.

▮원문 29-ㄱ

ㅅ름ㅏ[72]간 곳 ᄃᆡ 나부 가고 나부 간 곳 ᄃᆡ ㅅ름ㅏ가니
이리 가나 져리로 가나 간 곳마다 동힝ᄒᆞᄂᆡ
ᄭᅩᆺ타 ᄭᅩᆺ타 두견화 ᄭᅩᆺ타 네가 진실노 참ᄭᅩᆺ치다[73]
산으로 일너 두견산은 귀촉도[74] 귀촉도 관즁이요
ᄉᆡ로 일너 두견ᄉᆡᄂᆞᆫ 불여귀[75] 불여귀 산즁이요
ᄭᅩᆺ트로 일너 두견화ᄂᆞᆫ 불긋불긋 만산이라
곱다곱다 창ᄭᅩᆺ치요 사랑ᄒᆞ다 창ᄭᅩᆺ치요
탕탕ᄒᆞ다 창ᄭᅩᆺ치요 ᄉᆡᆨᄉᆡᆨᄒᆞ다 창ᄭᅩᆺ치라
치마 ᄋᆞᆸ폐도 ᄶᅡ 다무며 바구니의도 ᄶᅡ 모무니[76]
ᄒᆞᆫ 쥼 ᄶᅡ고 두 쥼 ᄶᅡ니 春광이건 人 ᄎᆡ롱[77]中乙
그 즁의 상송이[78] ᄯᅮᆨᄯᅮᆨ 걱거 양작[79] 손의 갈나 쥐고
자바ᄯᅳ들 맘이 전여 읍셔 향기롭고 이상ᄒᆞ다
손으로 답삭 쥐여도 보고 몸의도 툭툭 터러보고
낫테다 살작 문ᄃᆡ보고[80] 입으로 흠박 무러보고
져긔 져 ᄉᆡᄃᆡᆨ 이리 오계 고예고예[81] ᄭᅩᆺ도 고예
오리 볼 실[82] 고은 빗튼 자ᄂᆡ 얼골 비식ᄒᆞ의[83]
방실방실 웃ᄂᆞᆫ 모양 자ᄂᆡ 모양 방불ᄒᆞ외
ᄋᆡᆼ 고부장 속슈염은 자ᄂᆡ 눈셥 ᄶᅩᆨ 갓트ᄂᆡ

---

72) ㅅ름ㅏ: 사람. 두 글자를 한 글자로 만든 것임. 일종의 언어 유희에 속한다.
73) 참ᄭᅩᆺ치다: 참꽃이다. 참꽃은 '진달래'의 방언형.
74) 귀촉도: 귀촉도歸蜀道. 두견새. 촉나라 망제가 '촉蜀으로 돌아가겠다'라는 뜻.
75) 불여귀: 불여귀不如歸. 두견새. 돌아가지 못한다. 소쩍새 울음소리의 형용. 촉나라의 군주 망제望帝 가왕의를 신하에게 찬탈당해 미리 피신을 갔다가 촉으로 되돌와 복귀하여고 했으나 뜻을 이루지 못하고 죽었다. 그 죽은 혼이 두견새(소쩍새)가 되어 '불여귀' 도는 '귀촉도'리고 울었다는 고사.
76) 모ᄶᅡ: 전부다. 영남방언형.
77) ᄎᆡ롱: 싸릿개비나 버들가지로 엮은 채그릇.
78) 상송이: 쌍송이. 영남도방어넹서 'ㅅ'과 'ㅆ'이 비변별적임.
79) 양작: 양쪽.
80) 문ᄃᆡ보고: 문질러보고.
81) 고예고예: 고와고와.
82) 오리 볼 실: 오래 볼수록.
83) 비식ᄒᆞ의: 비식ᄒᆞ-의(부사화 접사, -이). 비슷하게. 어말 'ㅅ'이 'ㄱ'으로 재구조화된 방언형. 그릇>그륵. 비슷하게>비식하이.

    사람 간 곳 다 나비 가고 나비 간 곳에 사람 가니

55 이리 가나 저리로 가나 간 곳마다 동행하네

    꽃아 꽃아[84] 두견꽃아[85] 네가 진실로 참꽃이다

    산으로 일러 두견산은 귀촉도 귀촉도 관중이요[86]

    새로 일러 두견새는 불여귀 불여귀 산중이요

    꽃으로 일러 두견화는 불긋불긋 만산이라

60 곱다 곱운 참꽃이요 사랑하다 참꽃이요

    탕탕하다 참꽃이요 색색하다 참꽃이라

    치마 앞에도 따 담으며 바구니에도 따다 모으니

    한 줌 따고 두 줌 따니 봄빛이 채롱에 드네

    그 중에 좋은 송이 뚝뚝 꺾어 양쪽 손에 갈라 쥐고

65 잡아 뜯을 맘 전혀 없어 향기롭고 이상하다

    손으로 답삭 쥐어도 보고 몸에도 툭툭 털어보고

    낯에다 살짝 문때 보고 입으로 함박 물어보고

    저기 저 새댁 이리 오게 고와고와 꽃도 고와

    오래 볼수록 고운 빛은 자네 얼굴 비슷하게

70 방실방실 웃는 모양 자네 모양 방불하네[87]

    앵고부장 속 수염은[88] 자네 눈썹 똑 같으네

---

84) 곳타: 꽃아. '곳〉꽃'의 변화. 방언에 따라 '꼿ㅊ, 곳ㅊ, 쏟ㅊ'이 나타나는데 영남 방언에서는
    'ㅊ'의 역구개음화형으로 '곶〉곹'으로 유추되어 실현된 예이다. '쏯'의 종성 'ㄷ'을 'ㅅ'으로
    재분석한 결과 '꼿'으로 재구조화되었다.

85) 두견화: 두견화는 진달래과의 낙엽관목. 참꽃 또는 두견화라고도 한다. 산지의 양지쪽에서
    자란다. 꽃은 이른봄에 꽃전을 만들어 먹거나 또는 진달래술(두견주)을 담그기도 한다.

86) 관중이요: 관중管仲이요. 중국 춘추 시대 제나라의 재상(?~BC. 645). 이름은 이오夷吾. 환공桓
    公을 도와 군사력의 강화, 환공을 중원中原의 패자霸者로 만들었다. 포숙과의 우정으로 유명하
    며, 이들의 우정을 관포지교管鮑之交라고 이른다.

87) 방불하네: 방불彷彿하네. 거의 비슷하네.

88) 앵고부장 속수염은: 기다란 꽃술. 꼬부랑하게 생긴 꽃술의 오양.

아무리도 딸 맘 읍셔89) 뒨머리 살작 쇠자노니
압푸로 보와도 화용90)이고 뒤으로 보와도 곳치로다
상단이는 곳 데치고91) 삼월이는 가로작92) 풀고
75 취단이는 불乙 너라93) 향단이가 썩 굼는다
청계 반셕94) 너른 고듸 노소乙95) 갈나 좌96) 차리고
곳쩍乙 일변 드리나아97) 노人붓팀98) 먼져 드리여라
엿과 썩과 함계 먹은니 향긔의 감미가 드욱 조타
흠포고복 실컨 먹고 셔로 보고 ᄒ는 마리
80 일연 일차99) 화전 노름 여자 노롬 졔일일셔
노고조리 쉰 질 써셔 빌빌빌빌 피리 불고
오고 가는 벅궁새100)는 벅궁벅궁 벅구치고
봄 빗자는 쇡고리101)는 조은 노릭로 벗 부르고
호랑나부 범나부는 머리 우의 츔乙 츄고
85 말 잘 ᄒ는 잉무이102)는 잘도 논다고 치ᄒ하고
천연 화표 흑두룸이 요지연인가 의심ᄒ니
웃던 부人은 글 용히셔 닉칙편乙 외와니고
웃던 부人은 흥이 나셔 월편乙 노릭ᄒ고
웃던 부人은 목셩 조와 화젼가乙 잘도 보니

---

89) 딸 맘 읍셔: (꽃을) 딸 마음이 없어.
90) 화용: 화용花容. 꽃처럼 아름다운 얼굴이나 자태.
91) 데치고: (뜨거운 물에) 살짝 익히고.
92) 가로작: 가루를 담은 봇짐.
93) 너라: 불을 넣너라. 을 지펴 때어라.
94) 청계 반셕: 맑은 개울 가의 반반한 돌盤石.
95) 노소乙: 노소老少를.
96) 좌: 좌坐. 자리.
97) 드리나아: 들여놓아.
98) 노人붓팀: '-붓팀'는 '-부터'의 방언형.
99) 일연 일차: 일 년에 한 차례.
100) 벅궁새: 뻐꾹새.
101) 쇡고리: 꾀꼬리.
102) 잉무이: 앵무새는.

　아무래도 딸 마음 없어 뒷머리 살짝 꽂아놓으니
　앞으로 보아도 꽃의 자태 뒤로 보와도 꽃이로다
　상단이는 꽃 데치고 삼월이는 가루짝 풀고
75　취단이는 불을 넣어라 향단이가 떡 굽는다
　청계반석 너른 곳에 노소를 갈라 자리 차리고
　꽃떡을 일변 드리나마 노인부터 먼저 드려라
　엿과103) 떡104) 함께 먹으니 향기에 감미가 더욱 좋다
　함포고복105) 싫건 먹고 서로 보고 하는 말이
80　일 년 한 차례 화전놀음 여자 놀음 제일일세
　노고지리 쉰 길106) (높이) 떠서 빌빌 뱉뱉 피리 불고
　오고 가는 뻐꾹새는 벅궁벅궁 법고107) 치고
　봄 빛 짜는 꾀꼬리는 좋은 노래로 벗 부르고
　호랑나비 범나비는 머리 위에 춤을 추고
85　말 잘하는 앵무새는 잘도 논다고 치하하고
　천년 화표108) 학두루미 요지연109)인가 의심하네
　어떤 부인은 글 용해서110) 내측편을 외와내고
　어떤 부인은 흥이 나서 칠월편을111) 노래하고
　어떤 부인은 목성 좋아 화전가를 잘도 보네

---

103) 엿: 엿. 친정 갔던 새색시가 시가로 돌아올 때, 엿을 함지박 가득 만들어 와서 일가친척에게
　　돌렸다. 엿을 먹느라 입이 붙어 새색시의 흉을 보지 말아 달라는 의미가 담긴 풍속이다
　　(한국문화상징사전 편찬 위원회,『한국문화 상징사전2』, 두산동아, 1995, 518~519).
104) 떡: 떡. '쩍'의 방언형이 '시덕'(함경도), '시더구'(평안도), '시더기'(강원도)있는데 일본의
　　쌀떡을 [sitoki]와 연관될 가능성이 있다. 'ㅆ'은 'ㅅ'으로 시작되는 음절의 모음이 탈락하여
　　'ㄷ'으로 시작되는 음절과 하나의 음절로 축약된 결과일 가능성이 높다.
105) 흠포고복: 함포고복含哺鼓腹. 잔뜩 먹고 배를 두드린다는 뜻으로, 먹을 것이 풍족하여 즐겁게
　　지냄을 이르는 말.
106) 쉰 길: 오십 길. 아주 높이.
107) 법고: 농악대에서 연주하는 일종의 작은 북.
108) 천년화표: 천년 만에 성문 앞 화표華表로 돌아온. 중국 고사에 요동 사람 정령위丁令威가
　　신선 학이 되어 성문 화표주(기둥)에 날아 왔다는 전설.
109) 요지연: 중국 곤륜산에 있는 신선이 산다고 전하는 연못.
110) 글 용해서: 글을 잘해서. 영남 사대부가의 부녀자들 사이에 중국 고사나 언문 소설, 혹은
　　가사에 능한 사람을 일컫는 말.
111) 칠월편을: 〈시경〉에 실린 〈칠월편〉의 시.

■원문 30-ㄱ

90 그 즁의도 덴동어미 먼나계도112) 잘도 노라
　　츔도 츄며 노릭도 ᄒ니 우슘 소릭 낭자ᄒ듸113)
　　그 듕의도 쳥츈과여 눈물 콘물 귀쥐ᄒ다114)
　　ᄒ 부ㅅ이 이른 마리 조은 풍경 죤 노름의115)
　　무슨 근심 듸단히셔 낙누한심116) 원일이요

95 나건117)으로 눈물 싹고 닉 사졍 드러보소
　　열네살의 시집 올 씨 쳥실홍실 느린 인졍
　　원불산니118) 밍셰하고 빅연이나 사짓더니
　　겨우 삼연 동거ᄒ고 영결죵쳔119) 이별하니
　　임은 겨우 十六이요 나는 겨우 十七이라

100 션풍도골120) 우리 낭군 어는 씨나 다시 볼고
　　방졍맞고 가련ᄒ지 이고익고 답답ᄒ다
　　十六세 요사 임쑨이요121) 十七세 과부 나 쑨이지
　　삼사연乙 지닉시니 마음의는 은 죽어닉122)
　　이웃 사름 지닉가도 셔방임이 오시는가

105 싀소릭만 귀의 온면 셔방임이 말ᄒ는가
　　그 얼골리 눈의 삼삼 그 말소릭 귀의 징징
　　탐탐ᄒ인 우리 낭군 자나 씨나 이즐손가

---

112) 먼나계도: 멋이 나게도.
113) 낭자ᄒ듸: 허들어지는데. 왁자지껄하고 시끄럽다.
114) 귀쥐ᄒ다: 꾀재재다.
115) 죤 노름의: 좋은 놀음놀이의.
116) 낙누한심: 낙루落淚 한숨. 눈물을 흘리며 한 숨을 쉼.
117) 나건: 나건羅巾. 비단수건.
118) 원불산니: 원불상리遠不相離. 멀리 떨어지지 않음.
119) 영결죵쳔: 영결종천永訣終天. 죽어서 영원히 헤어짐.
120) 션풍도골: 신선 풍모仙風에다가 도가 터인 골격道骨인.
121) 十六세 요사 임쑨이요: 십육세에 요절하여 죽은天死한 사람은 임뿐이요.
122) 마음의는 은 죽어닉: 마음에는 안 죽었네.

134

90 그 중에도 덴동어미 멋나게도 잘도 놀아
　　춤도 추며 노래도 하니 웃음소리 낭자한데
　　그 중에도 청춘 과녀 눈물 콧물 쾌재재하다
　　한 부인이 이른 말이 "좋은 풍경 좋은 놀음에
　　무슨 근심 대단해서 눈물 흘리며 한숨 웬일이요"
95 나건으로 눈물 닦고 "내 사정 들어보소
　　열네 살의 시집올 때 청실홍실 늘인 인정
　　헤어지지 말자 맹세하고 백년이나 살겠더니
　　겨우 삼 년 동거하고 영결종천 이별하니
　　임은 겨우 십육 세요 나는 겨우 십칠 세라
100 선풍도골 우리 낭군 어느 때나 다시 볼꼬
　　방정맞고 가련하네 애고애고 답답하다
　　십육 세 요사한 이 임 뿐이요 십칠 세 과부 나 뿐이지
　　삼사년을 지냈으나 마음에는 안 죽었네
　　이웃 사람 지나가도 서방님이 오시는가
105 새 소리만 귀에 오면 서방님이 말하는가
　　그 얼굴이123) 눈에 삼삼 그 말소리 귀에 쟁쟁
　　탐탐하던124) 우리 낭군 자나 깨나 잊을쏜가

---

123) 얼골: '얼굴, 얼골'이 공존. '얼굴 상 狀'〈유합원, 10ㄱ〉, '얼굴 형 形'〈유합원, 19ㄴ〉에서 '얼굴'
　　의 의미가 '모습形'이나 '틀型'을 의미했는데, 18세기 이후 '안면顔面'의 의미로 축소되었다.
124) 탐탐하던: 마음에 들어 즐겁고 좋던.

■원문 30-ㄴ

　　잠이나 자로125) 오면 꿈의나 만나지만
　　잠이 와야 꿈乙 꾸지 꿈乙 쒀야 임乙 보지
110　간밤의야 꿈을 꾸니 정든 임乙 잠간 만닉
　　만담졍담126)乙 다 ᄒᆞ쥣더니127) 일장셜화乙 치 못ᄒᆞ여
　　쐭고리 소리 씨다르니 임은 졍영 간 곳 읍고
　　초불만 경경128) 불멸ᄒᆞ니 악가129) 우던 져놈우 식가
　　잔닉ᄂᆞᆫ 뜻고 좃타ᄒᆞ되 날과 빅연 원슈로셰
115　어딕 가셔 못 우러셔 굿틱야130) 닉 단잠 씨우ᄂᆞᆫ고
　　셥셥ᄒᆞᆫ 마음 둘 딕 읍셔 이리져리 직든 차의131)
　　화젼노름이 조타ᄒᆞ긔 심회乙 조금 풀가하고
　　잔닉乙132) 싸라 참예ᄒᆞ니133) 촉쳐감창쑨이로셔134)
　　보나니135) 족족136) 눈물이요 듯나니 족족 한심일셰137)
120　천하만물이 쩍이 잇건만 나는 웃지 쩍이 읍나
　　식 소리 드러도 회심ᄒᆞ요 꽂 핀걸 보으도 비창ᄒᆞ니
　　익고 답답 닉팔자야 웃지 하여야 조흘게나138)
　　가자ᄒᆞ니 말 아니요 아니 가고는 웃지 흘고
　　덴동어미 듯다가셔 썩 나셔며 ᄒᆞᄂᆞᆫ 마리
125　가지나 오가지 말고 져발 적션 가지 말게

---

125) 자로: 자주. 영남 방언형임.
126) 만담졍담: 만담졍담滿談情談. 정이 가득한 긴 이야기를 나눔.
127) ᄒᆞ쥣더니: 하자고 했더니.
128) 초불만 경경: 촛불빛만 깜박거림. '경경耿耿하다'는 외롭고 걱정스럽다라는 뜻임.
129) 악가: 조금전에. 아까. 영남방언형.
130) 굿틱야: 구태어.
131) 직든 차의: 재던 차에. 견주던 차에, 할까말까 망설이던 차에.
132) 잔닉乙: 자네를. '자네'가 2인칭대명사로 사용됨.
133) 참예ᄒᆞ니: 참여하니.
134) 촉쳐감창: 촉쳐감창觸處感愴. 곳곳에 슬픈 감정. 곳곳에 슬픔뿐이로세.
135) 보나니: 보는 사람마다. '보-+ᄂᆞ-+ㄴ+ㅣ'.
136) 족족: 보는 사람마다.
137) 한심일셰: 한숨일세.
138) 조흘게나: 좋을거나.

　　잠이나 자주 오면 꿈에나 만나지만
　　잠이 와야 꿈을 꾸지 꿈을 꿔야 임을 보지
110　간밤에야 꿈을 꾸니 정든 임을 잠깐 만나
　　만담정담을 다 하겠더니 일장설화를139) 채 못하고
　　꾀꼬리140) 소리 깨달으니 임은 정녕 간 곳 없고
　　촛불만 가물가물 불멸하니 아까 울던 저 놈에 새가
　　자네는 듣고 좋다하되 나와는 백년 원수로세
115　어데 가서 못 울어서 구태여 내 단잠 깨우는고
　　섭섭한 마음 둘 데 없어 이리저리 재던141) 차에
　　화전놀음이 좋다기에 마음에 쌓인 회포를 조금 풀까 하고
　　자네를 따라 참여하니 곳곳에 슬픔뿐이로세
　　보는 이 족족 눈물이요 듣는 것142) 족족 한숨일세
120　천하 만물이 짝이 있건만 나는 어찌 짝이 없나
　　새소리 들어도 회심하고143) 꽃 핀 걸 보아도 슬프니144)
　　애고 답답 내 팔자야 어찌 하여야 좋을 거나
　　(개가를) 가자 하니 말 아니요 아니 가고는 어찌할고"
　　덴동어미 듣다가 썩 나서며 하는 마리
125　"가지 마오 가지 마오 제발 즉은145) 가지 말게

---

139) 일장설화를: 일장설화一場說話. 한 바탕의 이야기를.
140) 쐭고리: 꾀꼬리. '곳고리, 쇠ㅅ고리, 쇳소리' 등의 변이형이 있다.
141) 재던: 견주던. 바장이던.
142) 듯나니: 듣는 것.
143) 회심하고: 회심回心하고. 옛일로 마음이 되돌아가고. 회상하고.
144) 비창하니: 비창悲愴하니. 슬프니.
145) 져발 젹션: '젹卽'이 영남방언에서는 부사가 아닌 명사로 사용되는데 기저형이 '즞'으로 '즞-은, 즞-을'로 곡용한다. '져발 젹션'은 "제발 곧 말하자면은"의 뜻이다.

■원문 31-ㄱ

　　　팔자 흔탄 읍실가마는 가단146) 말이 웬말이요
　　　잘 만나도 늬 팔자요 못 만나도 늬 팔자지
　　　百연히로도147) 늬 팔자요 十七셰 청상도 늬 팔자요
　　　팔자가 조乙 량이면 十七셰의 청상될가
130　신명도망148) 못 홀디라149) 이늬 말乙 드러보소
　　　나도 본듸 슌흥읍늬 임 이방의 쌀일너니150)
　　　우리 부모 사랑ㅎ사 어리장고리장151) 키우다가
　　　열여섯셰 시집가니 예쳔읍늬 그 즁 큰집의152)
　　　치힝153) 차려 드려가니 장 니방의 집일너라
135　셔방임을 잠간 보니 쥰슈비범154) 풍부ㅎ고155)
　　　구고임게 현알ㅎ니156) 사랑ㅎ 맘 거록ㅎ듸
　　　그 임듬히 쳐가 오니157) 씨 맛참 단오려라
　　　三빅장 놉푼 가지 츄쳔乙158) 쒸다가셔159)
　　　츈쳔 쥴리 써러지며 공즁 더긔 메바그니160)
140　그만의 박살이라 이런 일이 또 인는가
　　　신졍161)이 미흡ㅎ데 十七셰의 과부된늬
　　　호쳔통곡 실피운들 죽근 낭군 사라올가
　　　흔심 모와 듸풍되고 눈물 모와 강슈된다

──────────────

146) 가단: 간다는.
147) 百연히로도: 백년해로百年偕老. 머리가 파뿌리가 되도록 백 년 동안 함께 산다.
148) 신명도망: 타고난 목숨身命, 운명을 피해 달아남逃亡.
149) 홀디라: 못 할 것이라.
150) 쌀일너니: 딸이더니.
151) 어리장고리장: 귀여워 아이를 어리는 광경.
152) 그 즁 큰집의: 그 가운데 제일 큰집. 제일 잘사는 집.
153) 치힝: 여자가 시집 가는 행례行禮.
154) 쥰슈비범: 준수비범俊秀非凡. 외모가 수려하고 범상치 않은 모양.
155) 풍부ㅎ고: 풍체가 큼.
156) 현알ㅎ니: 현알見謁하니. 뵈오니. 만나 인사를 드림.
157) 쳐가 오니: 처가에 오니. 남편과 함께 처가에 오니.
158) 츄쳔乙: 추천鞦韆. 그네.
159) 쒸다가셔: 뛰다가. '-셔'는 '셔람므네'와 같은 어미로 그 축약형으로 사용된다.
160) 메바그니: 메쳐 박으니.
161) 신졍: 새정. 신정新情. 금방 결혼한 정.

　　팔자 한탄 없을까마는 간다는 말이 웬말이요
　　잘 만나도 내 팔자요 못 만나도 내 팔자지
　　백년해로도 내 팔자요 십칠 세 청상靑裳162)도 내 팔자요
　　팔자가 좋을 양이면 십칠 세에 청상 될까
130　신명 도망 못 할지라 이내 말을 들어보소
　　"나도 본래 순흥 읍내 임 이방吏房163)의 딸이더니
　　우리 부모 사랑하사 어리장고리장 키우다가
　　열여섯에 시집가니 예천 읍내 그중 큰 집에
　　치행治行 차려 들어가니 장 이방의 집이더라
135　서방님을 잠깐 보니 준수 비범 풍후하고
　　구고님께164) 현알見謁하니 사랑하는 맘 거룩하되
　　그 이듬해 처가 오니 때마침 단오端午더라165)
　　삼백 길 높은 가지 그네를 뛰다가
　　그네줄이 떨어지며 공중 언덕에 매쳐 박으니
140　그만에 박살이라 이런 일이 또 있는가
　　신정이 미흡한데166) 십칠 세에 과부됐네
　　호천통곡167) 슬피168) 운들 죽은 낭군 살아올까
　　한숨 모아 큰 바람되고 눈물 모아 강물 된다169)

---

162) 청상靑裳: 결혼할 때 입는 푸른치마. 곧 젊은 나이에 과부가 됨을 말함.
163) 이방: 이방吏房 조선 시대에 각 지방 관아에 속한 육방六房 가운데 인사 관계의 실무를 맡아
　　보던 하급관원. 덴동어미의 아버지나 첫 남편이 ㄴ모두 이방인 것을 보면 당시 중인계층에
　　속한 집이다.
164) 구고임: 구고舅姑님께. 시부모님.
165) 단오端午더라: 음력 5월 5일. 수릿날이더라. 천중절天中節이라고도 한다. 단오는 초오初五의
　　뜻으로 5월의 첫째 말午의 날을 말한다. 고대 마한의 습속으로 파종이 끝난 5월에 군중이
　　모여 서로 신에게 제사하고 가무와 음주로 밤낮을 쉬지 않고 놀았다. 고려가요『동동動動』에
　　는 단오를 '수릿날'이라 하였다. 이날 여자들은 창포를 삶은 물로 머리를 감고 오시午時에
　　목욕을 하면 무병無病한다 하였다. 단오 절식으로 수리취를 넣은 수리취떡車輪餅과 쑥떡, 망개
　　떡 등을 먹고, 그네뛰기, 씨름 등을 즐겼다.
166) 미흡하데: 비흡한데. 새로운 정이 모자라는데. 정을 다 풀지 못한 체.
167) 호천통곡: 호천통곡呼天痛哭, 하늘을 향해 울부짖음.
168) 슬피: 슬피>실피. 전부모음화.
169) 강수된다: 강수江水된다. 강물이 된다.

　　쥬야웁시 ᄒ170) 실퍼 우니 보나니마다171) 눈물ᄂᆡ네
145 시부모임 ᄒᆞ신 말삼 친졍 가셔 잘 잇거라
　　나ᄂᆞᆫ 아니 갈나ᄒᆞ나172) 달ᄂᆡ면셔 ᄀᆡ유ᄒᆞ니173)
　　홀 슈 읍셔 허락ᄒᆞ고 친졍이라고 도라오니
　　三빅장이나 놉푼 낭기174) 날乙 보고 늣기ᄂᆞᆫ 듯175)
　　쎠러지는 곳 임의 넉시 날乙 보고 우니 난 듯
150 너무 답답 못 살깃ᄂᆡ 밤낫즈로 통곡ᄒᆞ니
　　양 곳 부모 의논ᄒᆞ고 샹쥬웁의 듁ᄆᆡᄒᆞᄂᆡ176)
　　이상찰의 며나리 되여 이승발 후취로177) 드러가니
　　가셔도 음장ᄒᆞ고178) 시부모임도 자록ᄒᆞ고179)
　　낭군도 츌등ᄒᆞ고180) 인심도 거록ᄒᆞ되
155 ᄆᆡ양 안자 ᄒᆞᄂᆞᆫ 마리 포가 마나181) 격졍ᄒᆞ더니
　　ᄒᆡ로 삼연이 못다가셔182) 셩 쏫든183) 조등ᄂᆡ 도임ᄒᆞ고
　　엄형즁장 슈금ᄒᆞ고 슈만 양 이포乙 츄어ᄂᆡ니
　　남젼북답 조흔 젼답 츄풍낙엽 쩌나가고
　　안팍 쥴힝낭 큰 지와집도 하로 아침의 남의 집 되고
160 압다지 등진 켠 두지며 큰 황소 젹듸마 셔산나구
　　되양푼 소양푼 셰슈듸야 큰솟 즈근솟 단밤가마

---

170) ᄒ: '힝(行)'는 '하(大, 多)의 오자이다. 매우 많이.
171) 보나니마다: 보는 이마다. 보-+-ᄂᆞᆫ(현재시상어미)-+-ㄴ(관형형어미)+ㅣ(의존명사)+-마
　　다>보는 사람마다.
172) 갈나ᄒᆞ나: 가려고 하나.
173) ᄀᆡ유ᄒᆞ니: 개유開諭하니. 회유(開諭)하니. 사리를 알아듣도록 잘 타이름.
174) 낭기: 낡-+익>나무에.
175) 늣기ᄂᆞᆫ 듯: 느끼는 듯.
176) 듁ᄆᆡᄒᆞᄂᆡ: 중매仲媒하니.
177) 후취後娶로. 후처로.
178) 가셔도 음장ᄒᆞ고: 가세家勢도 엄장嚴莊하고.
179) 자록ᄒᆞ고: 자록慈祿하고. 인자하고 복록도 있고.
180) 츌등ᄒᆞ고: 출등出等하고. 출중하고.
181) 포가 마나: 이포가 많아. 관아로부터 빌린 빚이 많아.
182) 못다가셔: 다가지 못해서.
183) 셩 쏫든: 성城을 쌓던.

　　밤낮없이[184] 하도 슬피 우니 보는 이마다 눈물 내네
145　시부모님 하신 말씀 "친정 가서 잘 있거라"
　　나는 아니 가려하나 달래면셔 타이르니
　　할 수 없어 허락하고 친정이라고 돌아오니
　　삼백 장이나 높은 나무 나를 보고 흐느끼는 듯
　　떨어진 곳 임의 넋이 나를 보고 우니는 듯
150　너무 답답 못 살겠네 밤낮으로 통곡하니
　　양 곳 부모 의논하고 상주 읍내로 중매하네
　　이상찰의 며느리 되어 이승발 후취로 들어가니
　　가세도 엄장하고 시부모님도 자록하고
　　낭군도 출중하고 인심도 거룩하되
155　매양 앉아 하는 말이 이포가[185] 많아 걱정하더니
　　해로 삼년이 못 다가서 성 쌓던 조 등내(사도) 도임하고[186]
　　엄한 형벌과 무거운 형장과 잡아 가두고[187] 수만 냥 이포를 들추어내[188]
　　남전북답[189] 좋은 전답 추풍낙엽 떠나가고
　　안팎줄 행낭[190] 큰 기와집도 하루아침에 남의 집 되고
160　앞닫이 등 맞은 켠[191] 뒤주며[192] 큰 황소 적대마[193] 서산나귀
　　대양푼 소양푼 세숫대야 큰 솥 작은 솥 단말 가마[194]

---

184) 주야없이: 밤낮 없이.
185) 이포: 이포吏逋. 아전이 관아공금을 사사로이 빌려 쓴 빚.
186) 성 쌓던 조등내 도임到任하고: 읍성을 쌓는 토목공사를 한 조등내가 도임하고.
187) 엄형嚴刑 중장重杖 수금囚禁하고: 엄한 형벌과 무거운 형장과 잡아 가두고.
188) 수만 냥닢을 추어내니: 수만냥의 돈을 들추어내기.
189) 남전북답: 남전북답南田北畓. 밭은 남쪽에 논은 북쪽에 있다는 뜻으로, 가지고 있는 논밭이
　　여기저기 흩어져 있음을 이르는 말.
190) 안팎줄 행낭: 안밖의 줄지은 행랑체.
191) 압다지 등마지 켠: 앞닫이 맞은 편.
192) 두지: 뒤주.
193) 적대마: 절따마. 털빛이 붉은 말.
194) 단말 가마: 다섯말지기 가마솥.

　　놋쥬걱 슐국이195) 놋졍반의 옥식긔 놋쥬발 실굽다리196)
　　게사다리 옷거리며 듸병 통소 병풍 산슈병풍
　　자기흠농 반다지의 무쇠 두멍197) 아르쇠198) 밧쳐
165　쌍용 그린 빗졉고비199) 걸쇠동경200) 놋동경의
　　빗통지판 청동화로 요강 타구 직터리거짐201)
　　룡도머리 장목비202) 아울너 아조 휠젹 다 파라도
　　슈쳔양 돈이 모지릭셔 일가 친척의 일족ᄒᆞ니
　　三百냥 二百냔 一百냥의 ᄒᆞ지ᄒᆞ가203) 쉰 양이라
170　어너 친척이 좃타ᄒᆞ며 어너 일가가 좃타ᄒᆞ리
　　사오만 양乙 츌판ᄒᆞ여204) 공쳐필납乙 ᄒᆞ고 나니
　　시아바임은 쟝독205)이 나셔 일곱 달만의 상사나고
　　시어머님이 잇병나셔206) 초종207) 후의 ᄯᅩ 상사나니
　　건 니십명 남노여비 시실시실 다 나가고
175　시동싱 형제 외입가고208) 다만 우리 늬외만 잇셔
　　남의 건너방 비러 잇셔 셰간사리 ᄒᆞ자ᄒᆞ니
　　콩이나 팟치나 양식 잇나 질노구 박아지 그러시 잇나
　　누긔가 날보고 돈 쥴손가 하는 두슈 다시 읍늬
　　하로 이틀 굼고 보니 싱목숨 죽기가 어려워라

---

195) 슐국이: 술국이. 술을 뜨는 기구.
196) 실굽다리: 밑바닥에 받침이 달려 있는 그릇.
197) 두멍: 물을 길어 붓는 큰 독.
198) 아르쇠: 삼발.
199) 빗졉고비: 쌍룡을 그려 장식한 빗졉고비. 빗솔 등을 꽂아서 걸어두는 장식물.
200) 걸쇠동경: 걸어두는 동경. 동거울.
201) 직터리거짐: 재떨이까지.
202) 룡도머리 장목비: 장목(꿩)의 꽁지깃으로 만들고 용머리 장식을 한 고급스러운 빗자루.
203) ᄒᆞ지ᄒᆞ가: 하지하下之下. 최고 아래가.
204) 츌판ᄒᆞ여: 거두어서.
205) 쟝독: 장독杖毒. 곤장을 맞아 생긴 독.
206) 잇병나셔: 애간장이 타는 병. 일종의 홧병이 나서.
207) 초종: 초상을 다 마친 후.
208) 외입가고: 오입誤入가고.

　　놋 주걱 술국이 놋 쟁반에 옥식기 놋주발 실굽달이
　　개다리소반 옷걸이며 대병풍 소병풍 산수병풍
　　자개 함농 반닫이에 무쇠 두멍 아르쇠 받쳐
165　쌍용 그린 빗접고비 걸쇠 동경 놋 동경에
　　백동재판209) 청동화로 요강 타구 재떨이까지
　　용두머리 장목비 아울러 아주 훨쩍 다 팔아도
　　수천 냥 돈이 모자라서 일가친척에 일조하니210)
　　삼백 냥 이백 냥 일백 냥에 최고 아래가 쉰 냥이라
170　어느 친척이 좋다하며 어느 일가가 좋다하리
　　사오만 냥을 출판하여 공채필납을211) 하고 나니
　　시아버님은 장독이 나서 일곱 달 만에 상사나고
　　시어머님이 화병 나서212) 초종 후에 또 상사 나니
　　근 이십 명 남노여비 시실새실213) 다 나가고
175　시동생 형제 외입 가고 다만 우리 내외만 있어
　　남의 건너 방 빌어 있어 세간살이214) 하자하니
　　콩이나 팥이나 양식 있나 질노구215) 바가지 그릇이나 있나
　　누가 날 보고 돈 줄손가 할 수 있는 방도가216) 다시 없네217)
　　하루 이틀 굶고 보니 생목숨 죽기가 어려워라

---

209) 빗통지판: 방안에 담배통, 재떨이, 타구, 요강 등을 놓아두기 위해 깔아 놓은 널빤지.
210) 일족하니: 일조—助하니. 도와달라고 하니.
211) 공채필납을: 공채필납貢債必納을. 관아에 진 빚을 다 갚음.
212) 애: '애'는 창자腸을 뜻한다. '애'와 동의어인 '비슬'은 '밸'로 변하여 계속 쓰고, '애'는 사어
　　화하여 '창자'로 교체되었다. 그러나 '애타다', '애마르다', '애터지다' 등의 흔적이 남아 있다.
　　몹시 안타깝고 초조하게 속을 태우거나 마음을 쓰는 것을, "애가 썩다."는 몹시 마음이 상함
　　을 표현할 때에 쓰는 말이다.
213) 시실새실: 차츰차츰.
214) 세간사리: 살림살이.
215) 질노구: 노구는 놋쇠나 구리쇠로 만든 작은 솥이라는 뜻이나 질노구는 흙으로 빚어 구운
　　작은 솥이다.
216) 하는 두수: 할 수 있는 어떤 방도.
217) 다시 없네: 달리 주선이나 변통할 여지가 없음.

180 이 집의 가 밥乙 빌고 져 집의 가 장乙218) 비려
　　증한소혈도 읍시 그리져리 지니가니
　　일가 친척은 날가ᄒ고219) 한 번 가고 두 번 가고 셰 번 가니
　　두 변지는220) 눈치가 다르고 셰 번지는 말乙 ᄒ니
　　우리 덕의 살든 사롬221) 그 친구乙 차자가니

185 그리 어러번은 왓건만 안면박ᄃᆡ222) 바로 ᄒ니
　　무삼 신셔乙 마니 져셔 그젹게 오고 쏘 오는가
　　우리 셔방임 울젹ᄒ여 이역223) 스럼乙 못 이겨셔
　　그 방안의 궁글면셔224) 가삼乙225) 치며 토곡ᄒ니
　　셔방임야 셔방임야 우지 말고 우리 두리 가다보셔

190 이게 다 읍는 타시로다 어드로 가던지 버러보셔
　　젼젼걸식 가노라니 경쥬읍니 당두ᄒ여226)
　　쥬人 불너 차자드니 손굴노227)의 집이로다
　　둘너보니 큰 여긱의228) 남니북거 분쥬ᄒ다
　　부억으로 드리달나 셜거지乙 결신ᄒ니229)

195 모은 밥乙230) 마니 쥰다 양쥬은231) 다 실컨 먹고
　　아궁의나 자랴ᄒ니 쥬人 마누라 후ᄒ기로
　　아궁의 웃지 자랴는가 방의 드러 와 자고 가게

---

218) 장: 장醬. 간장이나 된장.
219) 날가ᄒ고: 나을까 하고. 남보다 나을까.
220) 두 변지는: 두 번째는.
221) 우리 덕의 살든 사롬: 우리 덕德으로 살든 사람.
222) 안면박ᄃᆡ: 안면박대顔面薄待. 잘 아는 사람을 눈 앞에서 푸대접함.
223) 이역 설움을: 자기 자신의 설움을. '이역, 이녁'은 부부 간에 서로를 가르키는 2인칭 대명사.
224) 궁글면셔: 뒹굴면서.
225) 가삼乙: 가슴을. 가슴>가슴.
226) 당두ᄒ여: 당도當到하여.
227) 손군노孫軍奴: 손씨 성을 가진 관아에 소속된 노비.
228) 큰 여긱의: 큰 여객旅客에. 큰 집에.
229) 결신ᄒ니: 씩씩하게 해치우니.
230) 모은 밥乙: 먹다 남은 모은 밥.
231) 양쥬은: 양주兩主는. 남자와 여자. 남편과 아내.

180 이 집에 가 밥을 빌고232) 저 집에 가서 장을 빌어
　　　 몸을 눕힐 한 칸의 방233)도 없이 그리저리 지내가니
　　　 일가친척은 나을까 한 번 가고 두 번 가고 세 번 가니
　　　 두 번째는 눈치가 다르고 세 번째는 말을 하네
　　　 우리 덕에 살든 사람 그 친구를 찾아가니
185 그리 여러 번 안 왔건만 안면박대 바로 하네
　　　 "무슨 신세를 많이 져서 그저께 오고 또 오는가"
　　　 우리 서방님 울적하여 이녁 설음을 못 이겨서
　　　 그 방안에 뒹굴면서 가슴을 치며 통곡하네
　　　 "서방임요234) 서방임요 울지235) 말고 우리 둘이 가다보세
190 이게 다 없는 탓이로다 어디로 가든지 벌어보세"
　　　 전전걸식236) 가노라니 경주 읍내 당도하여
　　　 주인 불러 찾아드니 손군노의 집이로다
　　　 둘러보니 큰 여객旅客에 들락날락237) 분주하다
　　　 부엌으로 들이달아 설거지를 걸씬하니
195 모은 밥을 많이 준다 양주는 다 실컷 먹고
　　　 아궁이에나238) 자려 하니 주인마누라 후하기로
　　　 "아궁에 어찌 자려는가 방에 들어 와 자고 가게"

---

232) 빌리고: 빌리고. 남의 물건을 공짜로 달라고 호소하여 얻고. '빌다ᅸ'(남의 물건을 공짜로
　　 달라고 호소하여 얻다)"의 의미로 쓰인다.『표준국어대사전』에는 '빌다'는 '빌리다'의 잘못
　　 된 형태로 처리하고 있다. 곧 〈표준어 규정〉에 따라 '빌다'는 버리고 '빌리다'를 표준어로
　　 삼는다고 되어 있다. 그러므로 '빌려 주다' 또는 '빌려 오다'의 뜻으로 쓰이던 '빌다'는 모두
　　 '빌리다'로 써야 한다. 방언에서는 '빌어ᅸ'와 '빌려俉'는 분명하게 다른 뜻으로 사용됨으로
　　 〈표준어 규정〉에 문제가 없지 않다.
233) 증한소혈: 증한소혈燕寒巢穴. 덥거나 시원한 살 집. 몸을 눕힐 한 칸의 방도 없음.
234) 서방임요: 호격조사 '-요'가 영남방언에서는 '-야'로 실현된다.
235) 우지: 울지. '울다'가 우-지, 우-며, 우-더라도'처럼 영남방언에서는 불규칙활용을 한다.
236) 전전걸식: 전전걸식輾轉乞食. 이리저리 돌아다니며 구걸하여 얻어먹다.
237) 남닉북거: 남래북거南來北去. 남에서 오고 북으로 간다.
238) 아궁이에는: 아궁이에는 '아궁이'(한불자전 3), '아귀'(역어유해 상:18), '아궁지'(신계후전
　　 32)와 같은 변이형이 보인다. '아궁-+-이'의 구성.

　　중늠이239) 불너 당부ᄒᆞ되 악가 그 사름 불너드려
　　복노방240) 지우라 당부ᄒᆞ늬 지ᄅᆞ 절ᄒᆞ고 치사ᄒᆞ니241)
200 主人 마노라 궁칙ᄒᆞ여242) 겻틱 안치고 ᄒᆞ는 마리
　　그ᄃᆡ 양쥬乙 아무리 봐도 걸식홀 ᄉᆞ름ㅏ 아니로셔
　　본ᄃᆡ 어늬 곳 사라시며 웃지ᄒᆞ여 져리 된나
　　우리난 본ᄃᆡ 살기ᄂᆞᆫ 청쥬 읍늬243) 사다가셔
　　신병 팔자 괴이ᄒᆞ고 가화가 공참ᄒᆞ셔244)
205 다만 두 몸이 사라나셔 이러케 기걸ᄒᆞ나니다245)
　　사름乙 보으도 슌직ᄒᆞ니 안팍 담사리246) 잇셔쥬면
　　밧ᄉᆞ름ㅏ은 一百五十냥 쥬고 자늬 사젼247)은 빅양 쥼셔
　　늬외 사젼乙 홉ᄒᆞ고 보면 三百쉰냥 아니되나
　　신명248)은 조곰 고되나마 의식이야249) 걱정인가
210 늬 맘대로 웃지 ᄒᆞ오릿가 가장과 의논ᄒᆞ사이다
　　이늬250) 목노방 나가셔로 셔방임乙 불너늬여
　　셔방임 사믜 부여잡고 정다이 일너 ᄒᆞ는 마리
　　主人 마노라 ᄒᆞ는 마리 안팍 담사리 잇고 보면
　　二百五十냥 쥴나ᄒᆞ니251) 허락ᄒᆞ고 잇사이다252)
215 나는 부억 에미되고 셔방임은 즁놈이 되어

---

239) 즁늠이: 객사나 주점에서 허드렛일을 하는 하인.
240) 복노방: 봉놋방. 대문 가까이 여러 명이 합숙하는 방.
241) 치사ᄒᆞ니: 치사致謝하니. 감사하는 인사를 하니.
242) 궁칙ᄒᆞ여: 궁측矜惻하여. 불쌍하고 측은하여.
243) 청쥬읍늬: 충북 청주읍내.
244) 가화가 공참ᄒᆞ셔: 가화家禍가 공참孔慘하여. 집안에 닥친 재앙이 매우 참혹하여.
245) 기걸ᄒᆞ나니다: 구걸, 개걸丐乞하나이다.
246) 안팍 담사리: 내외 간에 모두 머슴살이와 식모살이.
247) 사젼: 사전賜錢. 조선 시대에, 담살이를 한 댓가로 지불하는 돈.
248) 신명은: 몸身命은.
249) 의식이야: 의식衣食이야. 입고 먹고 사는 일이야.
250) 이늬: 곧.
251) 쥴나ᄒᆞ니: 주려고 하니. 의도형어미 '-려'는 영남방언에서 '-라'로만 실현된다.
252) 잇사이다: 있으십시다.

중노미 불러 당부하되 "아까253) 그 사람 불러들여
　봉놋방에 재우라" 당부하네 재삼 절하고 치사하니
200　주인 마누라254) 불쌍히 여겨 곁에 앉히고 하는 말이
　"그대 양주를 아무리 봐도 걸식할 사람 아니로세
　본디 어느 곳에 살았으며 어찌 하여 저리 되었나"
　"우리는 본디 살기는 상주 읍내 살다가
　신병 팔자 괴이하고 집안에 닥친 재앙이 매우 참혹하여
205　다만 두 몸이 살아나서 이렇게 기걸하나이다"
　"사람을 보아도 순직하니 안팎이 담살이 있어 주면
　바깥사람은 일백오십 냥 주고 자네 사전은 백 냥 줌세"
　내외 사전을 합하고 보면 이백 쉰 냥 아니 되나
　신명은 조금 고되나마 의식이야 걱정인가"
210　"내 맘대로 어찌 하오리까 가장과 의논하겠나이다"
　이내 봉놋방 나가서 서방님을 불러내어
　서방님 소매255) 부여잡고 정다이 일러 하는 말이
　주인마누라 하는 말이 "안팎 담살이 있고 보면
　이백오십 냥 주려고 하니 허락하고 있습시다"
215　"나는 부엌 어미 되고 서방님은 중노미 되어

---

253) 아까: 조금전에. 영남방언형. '아까'는 "조금 전"을 뜻하는 명사 혹은 "조금 전에"라는 뜻의
　부사로도 사용된다. '앗가', '앗까' 등의 변이형이 나타난다.
254) 마누라: 중년이 넘은 여자를 속되게 이르는 말. '마노라〉마누라'의 변화는 비어두음절에서
　의 'ㅗ〉ㅜ' 변화에 따른 결과이다. '마노라'는 17세기까지만 하더라도 남녀 모두에게 아랫사
　람이 윗사람의 직함 뒤에 붙여 사용하였다. 18세기 이후 '마노라'는 여자 쪽만 가리키게
　된 것으로 보인다. 현대어에서 '마누라'는 '부인'의 뜻으로만 사용되고 있다.
255) 소매: 소매. 'ᄉ매', '소매'가 나타나는데 'ᄉᄆᆡ〉소매'의 변화형이다. 순음역행동화로 'ᄉ〉소'
　로 바뀌었고 '소ᄆᆡ〉소매'의 변화는 18세기 후반 'ㅒ〉ㅐ' 변화의 결과이다.

원문 33-ㄴ

다섯히 작정만 ᄒ고 보면 ᄒ 만금乙256) 못 버릿가
만냥 돈만 버렷시면 그런듸로 고향 가셔
이젼만치난 못사라도 나무게257) 쳔듸는 안 바드리
셔방임은 허락ᄒ고 지셩으로 버사니다258)
220 셔방임이 늬 말 듯고 둘의 낫틀259) ᄒ듸 듸고
눈물 ᄲ려 ᄒᄂ 마리 이 사람아 늬 말 듯게
임상찰의 ᄶ아임이요 니상찰의 아들노셔
돈도 돈도 죳치마ᄂ 늬사늬사 못 ᄒ긴늬
그런듸로 다니면셔 비러 먹다가 죽고 마지
225 아무리 신셰가 곤궁ᄒ나 굴노놈의260) 사환 되어
ᄒ 슈만 갓듯 잘못ᄒ만261) 무지ᄒ 욕乙 웃지 볼고
늬 심사도 ᄒ 말 읍고 자늬 심사 웃더 ᄒ고
나도 울며 ᄒᄂ 마리 웃지 싱젼의 빌어먹소
사무라운262) 긔가 무셔워라 뉘가 밥乙 조와 쥬나
230 밥은 비러 먹으나마 옷션 뉘게 비러입소
셔방임아 그 말 말고 이젼 일도 싱각ᄒ게
궁八十 강틔공263)도 광장三千죠 ᄒ다가셔
쥬문왕乙 만난 후의 달 八十ᄒ여 잇고

---

256) ᄒ 만금乙: 대략 만금萬金을. 방언에서는 'ᄒ-'가 '行'의 뜻만 가진 것이 아니라 '대략'의 뜻을 가지고 있음을 알 수 있다.

257) 나무게: 남에게.

258) 버사니다: 벌어 살아갑시다.

259) 낫틀: 낯面을. '낯'은 비속어로 바뀌고 '얼굴'로 어형이 변화하였다.

260) 굴노놈의: 관청 노비놈의.

261) ᄒ 슈만 갓듯: 한 수만 까닥. 한 가지만 자칫 잘못해도.

262) 사무라운: 영악하고 무서운.

263) 강틔공: 강태공이 80세가지 위수에서 낚시질을 하다가 주 문왕周文王을 만나 출세하게 된 일을 말하는 것으로 가난했던 전반부를 '궁팔십'이라 하고 영화를 누린 후반부를 '달팔십'이라 함.

■현대문 33-ㄴ

다섯 해 작정만 하고 보면 한 만금을 못 벌겠습니까"
만 냥 돈만 벌면 그런대로 고향 가서
이전만큼은 못 살아도 남에게 천대는 안 받으리
서방님은 허락하고 "지성으로 법시다"
220 서방님이 내 말 듣고 둘의 낯을 한 대 대고
눈물 뿌리며 하는 말이 "이 사람아 내 말 듣게
임상찰의 따님이요 이상찰의 아들로서
돈도 돈도 좋지마는 내야 내야 못 하겠네
그런대로 다니면서 빌어먹다가 죽고 말지
225 아무리 신세가 곤궁하나 군노 놈의 사환 되어
한 수만 까딱 잘 못하면 무지한 욕을 어찌 볼까
내 심사도 할 말 없고 자네[264] 심사 어떠할꼬"
나도 울며 하는 말이 "어찌 생전에 빌어먹소
사나운 개가 무서워라 누가 밥을 좋아서 주나
230 밥은 빌어 먹으나마 옷은 누구에게 빌어 입소"
"서방님아 그 말 말고 이전 일도 생각하게
궁하게 팔십년 살던 강태공[265]도 광장삼천[266] 좋아하다가
주 문왕을 만난 후에 팔십살이 되었고[267]

---

264) 자네: 자네. '자내, 자네, 자늬' 등의 변이형이 있다. 현대 국어에서 '자네'는 '너'의 높임말로
    쓰이고 있으나, 중세 국어에서는 '몸소, 자신自身'의 뜻으로 쓰였다. '자신自身'의 뜻으로 쓰이
    던 '자내'는 17세기부터 '너'의 존대형으로 나타났다.
265) 궁팔십 강태공: 궁하게 팔십년 살던 강태공도. 강태공姜太公은 주나라 초기의 정치가이자
    공신. 무왕을 도와 은나라를 멸망시켜 천하를 평정하였으며 제齊나라 시조가 되었다.
266) 광장삼천: 십여 년 낚시를 하다가.
267) 달팔십하여: 80살이 되어 부귀하게 살았고, 팔십에 일을 이루었음.

표모긔식268) 흔신이도 도즁소연 욕보다가

235 흔 고죠269)乙 만난 후의 흔즁디장 되어시니

우리도 이리 히셔 버러가지고 고향 가면

이방乙 못ᄒ며 호장270)乙 못ᄒ오 부러을게 무어시오

우리 셔방임 ᄒ신 말삼 나는 ᄒ자면 ᄒ지마는

자니는 여人이라 니 맛첨 모로깃니

240 나는 조곰도 염여 말고 그리 작졍ᄒ사니다

主人 불너 ᄒ는 마리 우리 사환홀 거시니

이빅 양은 우션 쥬고 쉰양乙냥 갈 제271) 쥬오

主人이 우스며 ᄒ는 마리 심바람만272) 잘 ᄒ고보면

七月 버리273) 잘된 후의 쉰양 돈乙 더 쥬오리

250 힝쥬치마 털트리고 부억으로 드리달나

사발 디졉 동지274) 졉시 멋 쥭 멋 기 셰아려셔

날마다 종구275)ᄒ며 솜씨나게 잘도 흔다

우리 셔방임 거동 보소 돈 二百냥 바다노코

日슈月슈 체게노이276) 니 손으로 셔긔ᄒ여277)

255 낭즁의다 간슈ᄒ고 슥자 슈건278) 골 동이고279)

마쥭 쑤기280) 소쥭 쑤기 마당 실긔 봉당 실긔

---

268) 표모긔식: 표모기식漂母寄食. 남의 빨래를 해주는 할머니에게 밥을 구걸하여 먹다. 한신이
　　불우하던 시절 빨래하는 할머니에게도 밥을 구걸하였다는 고사.

269) 흔 고죠: 한 고조漢高祖. 유방劉邦.

270) 호장: 호장戶長. 고을 아전의 맨 윗자리.

271) 갈 제: 떠나 갈 때에.

272) 심바람만: 심부름만. 영남방언형.

273) 버리: 돈벌이.

274) 동지: 종지.

275) 종구: 정리.

276) 체게노이: 차계借契 놓으니. 돈을 빌어주고 이자는 받는 계. 일수, 월수로 돈을 빌어주고
　　이잣놀이 곧 전당놀이를 하니.

277) 셔긔ᄒ여: 서기書記하여. 기록하여.

278) 슥자슈건: 세자짜리 수건. 긴 수건.

279) 골 동이고: 머리 동여 메고.

280) 마쥭 쑤기: 말죽 쑤기.

　　빨래를 해주는 할미에게 밥 구걸하던 한신이도[281] 도중 소년 욕보다가[282]
235　한 고조를 만난 후에 한중대장 되었으니
　　우리도 이리 해서 벌어가지고 고향 가면
　　이방을 못하며 호장을 못 하오 부러울 게 무엇이오"
　　우리 서방님 하신 말씀 "나는 하자면 하지마는
　　자네는 여인이라 내 마침 모르겠네"
240 "나는 조금도 염려 말고 그리 작정하사이다"
　　주인 불러 하는 말이 "우리 사환할 것이니
　　이백 냥은 우선주고 쉰 냥을랑 갈 때 주오"
　　주인이 웃으며 하는 말이 "심부름만 잘 하고보면
　　칠월 벌이 잘 된 후에[283] 쉰 냥 돈을 더 주오리"
250 행주치마 떨쳐입고 부엌으로 들이달아
　　사발 대접 종지 접시 몇 죽 몇 개 헤아리려
　　날마다 정리하며 솜씨 나게 잘도 한다
　　우리 서방님 거동 보소 돈 이백 냥 받아놓고
　　일수 월수 체계 놓으니 내 손으로 서기하여
255 낭중에다 간수하고[284] 석자 수건 골 동여메고
　　마죽 쑤기 소죽 쑤기 마당 쓸기 봉당 쓸기

---

281) 한신이도: 한신韓信이도. 중국 전한의 무장(BC.~BC. 196). 한漢 고조를 도와 조趙, 위魏, 연燕,
　　제齊 나라를 멸망시키고 항우를 공격하여 큰 공을 세웠다. 한나라가 통일된 후 초왕에 봉하
　　여졌으나, 여후에게 살해되었다.
282) 도중 소연 욕보다가: 젊은 시절 악소배에게 욕을 보며 고생을 하다가.
283) 칠월 벌이 잘 된 후에: 칠월 달 벌이가 잘 된 후에.
284) 낭중에다 간수하고: 주머니 속에 간수하고.

■원문 34-ㄴ

　　상 드리기 상 닉기와 오면가면 거드친다285)
　　평싱의도 아니 흐든 일 눈치 보와 잘도 흐닉
　　三연乙 나고 보니286) 만여금 돈 되여고나
260 우리 닉외 마음 조와 다섯히거지287) 갈 것읍시
　　돈 츄심乙288) 알드리 히여 닉연의ᄂ 도라가셔
　　병술연 괴질 닥쳐고나 안팍 소실289) 三十여명이
　　흠박 모도 병이 드려 사을마닉290) 씨나보니
　　三十名소슬291) 다 죽고셔 主人 흐나 나 흐나 쑨이라
265 슈千 戶가 다 죽고셔 사라나니292) 몃 읍다닉
　　이 世上 天地 간의 이른 일이 쏘 잇ᄂ가
　　서방임 신치 트려잡고293) 긔졀흐여 없드려져셔
　　아조 죽乙 줄 아라드니 게우 인사롤294) 차리여닉
　　익고익고 어릴거나 가이없고 불상ᄒ다
270 셔방임아 셔방임아 아조 벌덕 이러나게
　　쳔유여 리295) 타관 긱지 다만 닉의 와다가셔
　　날만 흐나 이곳 두고 죽단 말이 원말인가
　　죽어도 갓치 죽고 사라도 갓치 사지
　　이닉 말만 밍심흐고 삼사연 근사 헌일일식

---

285) 거드친다: 걷어치운다. 일을 잘한다는 의미.
286) 나고 보니: 지나고 보니.
287) 다섯히거지: 다섯해까지.
288) 돈츄심乙: 돈을 찾거나 받아 냄, 곧 관리를 알뜰하게 하여.
289) 안팍 소실: 안밖 소솔所率. 남녀 식솔.
290) 사을마닉: 사흘만에.
291) 三十名소슬: 30명가량. 영남 방언형.
292) 사라나니: 살아난 사람이.
293) 신치 트려잡고: 시체 틀어잡고.
294) 게우 인사롤: 겨우 정신을.
295) 쳔유여리: 쳔유여리, 쳔여리千餘里.

상들이기 상내기와 오면가면 걷어치운다
평생에도 아니 하던 일 눈치 보아 잘도 하네
삼 년을 나고 보니 만여 금 돈 되었고나
260 우리 내외 마음 좋아296) 다섯 해까지 갈 것 없이
돈 추심을 알뜰히 하여 내년에는 돌아가리
병술년 괴질297) 닥쳤구나 안팎 식솔 삼십여 명이
한꺼번에 모두 병이 들어 사흘만에 깨나보니
삼십 명 식솔 다 죽고서 주인 하나 나 하나뿐이라
265 수천 호가 다 죽고서 살아난 이 몇 없다네
이 세상 천지간에 이런 일이 또 있는가
서방님 시체 틀어잡고 기절하여 엎드러져서
아주 죽을 줄 알았더니 겨우 인사를 차렸네
"애고 애고 어찌할 거나 가이 없고 불쌍하다
270 서방님아 서방님아 아주 벌떡 일어나게
천유여 리 타관 객지 다만 내외 왔다가서
나만 하나 이곳 두고 죽단 말이 웬 말인가
죽어도 같이 죽고 살아도 같이 살지
이내 말만 명심하고 삼사년 근면히 일 한 것298) 헛 일세

---

296) 마음 좋아: 기분이 좋아.
297) 병술년 괴질: 병술(丙戌)년은 고종 23(1886)년에 콜레라가 조선 팔도에 만연하였다.
298) 근사: 근사勤仕. 근면하게 일을 함.

▮원문 35-ㄱ

귀ᄒᆞᆫ 몸이 쳔인되여 만여금 돈乙 버러더니
일슈 월슈 장변 체게299) 돈 씬 사람이300) 다 죽어ᄂᆡ
죽은 낭군이 돈 달나나 죽은 사람이 돈乙 쥬나
돈 ᄂᆡᆯ 놈도 읍거니와 돈 바든들 무엿ᄒᆞᆯ고
돈은 가치 버러시나 셔방임 읍시 씰ᄃᆡ 읍ᄂᆡ
ᄋᆡ고ᄋᆡ고 셔방임아 살드리도301) 불상ᄒᆞ다
이를 쥴乙 짐작ᄒᆞ면 쳔집사乙302) 아니 ᄒᆞ제
오연 작정ᄒᆞ올 젹의 잘 사자고 ᄒᆞᆫ 일이지
울면셔로 미달젹의303) 무신 ᄃᆡ슈로 셰워든고304)
굴노놈의 무지 욕셜 숡과 가치 달게 듯고
슈화즁乙305) 가리잔코 일호라도 안 어긔ᄂᆡ
일졍지심306) 먹은 마음 ᄒᆞᆫ번 사라 보ᄌᆡᆺ더니307)
조물이 시긔하여 귀신도 야쇽ᄒᆞ다308)
젼ᄉᆡᆼ의 무삼 죄로 이ᄉᆡᆼ의 이러ᄒᆞᆫ가
금도 돈도 ᄂᆡ사 실예309) 셔방임만 이러나게
아무리 호쳔통곡ᄒᆞᆫ들 사자난 불가부ᄉᆡᆼ이라
아무랴도 ᄒᆞᆯ 슈 읍셔 그령져령 장사ᄒᆞ고
죽으랴고 ᄋᆡ乙 써도 ᄉᆡᆼᄒᆞᆫ 목숨 못 죽을ᄂᆡ

---

299) 장변체게: 돈을 빌려 주고 이자를 받은 것을 기록한 장부.
300) 돈 씬 사람이: 돈을 빌어 쓴 사람이.
301) 살드리도: 알뜰하게도, 철저하게도. 영남방언형
302) 천집사乙: 아주 낮고 천한 일을 맡아 하는 것.
303) 미달젹의: 메달릴 적에.
304) ᄃᆡ슈로 셰워든고: 큰 변통수로 세웠던고.
305) 슈화즁乙: 매우 곤란하고 어려운 지경.
306) 일졍지심: 일정한 마음.
307) 보ᄌᆡᆺ더니: 보자고했더니.
308) 야쇽ᄒᆞ다: 야속하다.
309) ᄂᆡ사 실예: 나야 싫어.

275 귀한 몸이 천인되어 만여 금 돈을 벌었더니
　　일수 월수 장변 체계 돈 쓴 사람이 다 죽었네
　　죽은 낭군이 돈 달라고 하나 죽은 사람이 돈을 주나
　　돈 낼 놈도 없거니와 돈 받은들 무엇 할꼬
　　돈은 같이 벌었으나 서방님 없이 쓸 데 없네
280 애고애고 서방님아 살뜰히도 불쌍하다
　　이를 줄을 짐작했으면 천집살이 아니 했지
　　오 년 작정할 적에 잘 살자고 한 일이지
　　울면서 매달릴 적에 무슨 대수로 세웠던고
　　군노 놈의 무지 욕설 꿀과 같이 달게 듣고
285 물불을 가리잖고310) 일호라도311) 안 어겼네
　　일정지심312) 먹은 마음 한 번 살아 보자고 했더니
　　조물이313) 시기하여 귀신도 야속하다
　　전생에 무슨 죄로 이생에 이러한가
　　금도 돈도 내사 싫어 서방님만 일어나게"
290 아무리 호천통곡한들314) 한 번 죽은 이는 다시 살아나지 못함라315)
　　아무래도 할 수 없어 그렁저렁 장사葬事하고
　　죽으려고 애를 써도 성한 목숨 못 죽을네

---

310) 수화중을 가리잖고: 수화중水火中을 가리지 않고. 곧 물불을 가리지 않고.
311) 일호: 일호一毫. 한 오라기 털끝만큼도.
312) 일정지심: 일정지심一定之心. 한 번 먹은 굳게 마음.
313) 조물: 조물주. 창조신創造神 또는 조물주造物主.
314) 호천통곡한들: 호천통곡呼天痛哭. 하늘을 우러러보며 큰 소리로 슬피 욺.
315) 사자는 불가불생이라: 사자死者는 불가부생不可復生이라. 한 번 죽은 사람은 다시 살아나지 못함.

억지로 못 죽고셔 쏘 다시 빌어먹닉[316]

이 집 가고 져 집 가나 임자 읍는 사람이라

295　울산읍닉[317] 황 도령의 날다려 흐는 마리

여보시오 져 마로라[318] 웃지 져리 스러흐오

흐도 나 신셰 곤궁키로 이닉 마암 비창흐오

아무리 곤궁흔들 날과 갓치 곤궁홀가

우리 집이 자손 귀히 오딕 독신 우리 부친

300　五十이 늠도록[319] 자식 읍셔 일싱흔탄[320] 무궁타가

쉰다셧셰 눌 나은이 六代 독자 나 흐나라

장즁보옥[321] 으듬갓치 안고 지고 케우더니[322]

셰살 먹어 모친 죽고 네 살 먹어 부친 죽닉

강근지족 본딕읍셔[323] 외조모 손의 키나더니

305　열네살 먹어 외조모 죽고 열다섯셰 외조부 죽고

외사촌 형제 갓치 잇셔 삼연 초토乙 지나더니

남의 빗데[324] 못 견딕셔 외사촌 형제 도망흐고

의틱홀 곳지 젼여 읍셔 남의 집의 머섬 드러

십여연乙 고싱흐니 장긔 미쳔이 될너니만[325]

310　셔울 장사 남는다고 사경 돈 말장[326] 츄심흐여[327]

---

316) 빌어먹닉: 빌어먹네.

317) 울산읍닉: 경남 울산읍蔚山邑 네.

318) 져 마로라: 저 부인.

319) 늠도록: 넘도록.

320) 일싱흔탄: 일생한탄一生恨歎. 평생동안 한탄스럽게.

321) 장즁보옥: 장중보옥掌中寶玉. 손바닥 안의 보물과 옥. 가장 소중한 보물.

322) 케우더니: 키우더니.

323) 본딕읍셔: 보고 들은 것 없이. '본대업다'는 자라면서 보고 들은 것 없이 막 자라난 것을 뜻하는 영남방언의 관용어이다. 혹은 본래 없어. 후자로 해석하는 것이 더 타당할 것 같다.

324) 빗데: 빚에.

325) 될너니만: 될 것이러마는.

326) 말장: 몽땅.

327) 츄심흐여: 추심推尋이란 챙겨서 찾아 가지거나 받아 낸다는 뜻.

　　억지로 못 죽고서 또 다시 빌어먹네
　　이 집 가고 저 집 가나 임자 없는 사람이라328)
295 울산 읍내 황도령이 날더러329) 하는 말이
　　"여보시오 저 마누라 어찌 저리 설워 하오"
　　"하도 내 신세 곤궁키로 이내 마음330) 비창하오"
　　"아무리 곤궁한들 날과 같이 곤궁할까
　　우리 집에 자손 귀해 오대 독신 우리 부친
300 오십이 넘도록 자식 없어 일생한탄 무궁타가
　　쉰다섯에 날 낳으니 육대 독자 나 하나라
　　장중보옥 얻은 듯이 안고 업고 키우더니
　　세 살 먹어 모친 죽고 네 살 먹어 부친 죽네
　　강근지족331) 본데없어 외조모 손에 자라났더니
305 열네 살 먹어 외조모 죽고 열다섯에 외조부 죽고
　　외사촌 형제 같이 있어 삼년 초토를332) 지냈더니
　　남의 빚에 못 견뎌서 외사촌 형제 도망하고
　　의탁할 곳이 전혀 없어 남의 집에 머슴333) 들어
　　십여 년을 고생하니 장가 밑천 될러니만
310 서울 장사 남는다고 새경 돈334) 몽땅 추심하여

---

328) 임자 없는 사람이라: 홀로 사는 과부.
329) 날다려: 나에게. '-다려', '-더러'는 여격으로 사용됨.
330) 마암: 마음. 'ᄆᆞᅀᆞᆷ〉마음' '마음', '마암'은 2음절의 'ᄋᆞ'가
331) 강근지족: 도와줄 만한强近 가까운 친척之族. 가까운 친척.
332) 초토를: 초토草土를. 거적자리와 흙베개를 뜻하는 것으로, 삼년 거상居喪함을 말함.
333) 머슴: 고용주의 집에서 주거하며 새경私耕을 받고 노동력을 제공하는 농업임금노동자.
334) 새경 돈: 농가에서, 일 년 동안 일해 준 품삯으로 주인이 머슴에게 주는 곡물이나 돈.

원문 36-ㄱ

　　참씨 열 통 무역ᄒᆞ여 듸동션의335) 부쳐 싯고336)

　　큰 북乙 둥둥 울이면셔 닷 감난 소리337) 신명난다

　　도사공은 치만338) 들고 임 사공은 춤乙 츄니

　　망망 듸희로 쩌나가니 신션노름 니 아닌가

315　희남 관머리 자늬다가 바람 소리 이러나며

　　왈콱덜컥 파도 이러 쳔동 섯틴 벼락치듯

　　물결은 츌넝 산덤갓고339) ᄒᆞ날은 캄캄 안보이늬

　　슈쳔셕 시른 그 큰 빈가 회리바람의 가랑닙 쓰듯

　　빙빙 돌며 쩌나가니 살 가망이 잇슬넝가

320　만경창파 큰 바다의 지만읍시340) 쩌나가다

　　흔 곳듸 다드리 붓쳐341) 슈쳔셕乙 시른 빈가

　　편편파쇄342) 부셔지고 슈십명 젹군드리343)

　　인홀불견344) 못 볼너라 나도 역시 물의 쌔자

　　파도 머리의 밀여가다 마참345) 눈乙 쩌셔보니

325　빈쪽 ᄒᆞ나 둥둥 쩌셔 늬 압푸로 드러온이

　　두 손으로 더위 자바 가삼의다가 부쳐노니

　　물乙 무슈로 토ᄒᆞ면셔 졍신을 조곰 슈습ᄒᆞ니

　　아직 살긴 사가다마ᄂᆞᆫ346) 아니 죽고 웃지홀고

---

335) 듸동션의: 대동선에. 조선 후기 대동미를 운반하던 관아의 배.

336) 부쳐 싯고: 부쳐싣고. '브티다'는 '착着'의 뜻이 아닌 '부附'이다. 곧 '어디에 의탁하다'의
　　뜻이다.

337) 닷 감난 소리: 닻을 감는 소리에.

338) 치만: 키만.

339) 산덤갓고: 산더미같고.

340) 지만읍시: 바램이期望 없이, 지망없이, 천방지축으로, 마음대로.

341) 다드리 붓쳐: 부디쳐.

342) 편편파쇄: 편편파쇄片片破碎. 조가조각 부셔지다.

343) 젹군드리: 노櫓른 젓는 일꾼들이.

344) 인홀불견: 인홀불견因忽不見. 홀연 다시 못 보다.

345) 마참: 마침. 공교롭게. '마초아', '마츰', '마즘'. '맞-+-ㅁ'의 구성.'

346) 사라다마ᄂᆞᆫ: 살았다만은.

158

참깨347) 열 통 무역하여 대동선에 부쳐 싣고
큰 북을 둥둥 울리면서 닻 감는 소리에 신명난다
도사공은348) 키만 들고 임 사공은 춤을 추네
망망대해로 떠나가니 신선놀음 이 아닌가
315 해남 관머리349) 자나다가 바람소리 일어나며
왈칵 덜컥 파도 일어 천둥 끝에 벼락 치듯
물결은 출렁 산더미 같고 하늘은 캄캄 안 보이네
수천 석 실은 그 큰 배가 회오리바람에 가랑잎 뜨듯
뱅뱅 돌며 떠나가니 살 가망이 있을는가
320 만경창파 큰 바다에 지망없이350) 떠가다가
한 곳에다 들이 부딪혀 수천 석을 실은 배가
편편파쇄 부서지고 수십 명 젓군들이
홀연 못 볼레라 나도 역시 물의 빠져
파도머리에 밀려가다 마침 눈을 떠 보니
325 배 조각 하나 둥둥 떠서 내 앞으로 들어오니
두 손으로 더위잡아351) 가슴에다가352) 붙여 놓으니
물을 무수히 토하면서 정신을 조금 수습하니
아직 살긴 살았다마는 아니 죽고 어찌할꼬

---

347) 참깨: '참깨' 마麻, 백유마白油麻, 지마芝麻, 진임眞荏. '眞'의 뜻을 가지는 '춤'이 식물을 나타내
는 '깨'에 결합하여 이루어진 '춤깨'에서 비롯된 것이다. '춤깨〉참깨'.

348) 도사공: 도사공都沙工. 조운선漕運船에 소속된 뱃사공의 우두머리.

349) 해남 관머리: 해남 관머리도館頭梁. '관머리독, 관머리도는 '館頭梁'의 차자표기로 전라남도
해남 화산면 관동의 관두산 아래쪽에 있는 지명이다. 이곳은 고려시대 제주도와 중국을
왕래하던 무역항이다(이형상, 『남환박물』, 푸른역사, 2009. 참고). 박혜숙(2011 : 66)의 '해남
관 머리'로 '해남관 언저리'로 해석한 것은 오류이다.

350) 지망없이: 지망至望없이. 정처없이.

351) 더위잡아: 끌어 잡아.

352) 가슴의다가: 가슴에다가. '가슴〉가슴'. 19세기에는 '·'로 나타나던 두 번째 음절의 '·'가
'ㅏ'로 혼용되는 예가 나타나서, '가삼' 형이 나타난다.

▌원문 36-ㄴ

　　　오로는 졀덤이353) 손으로 혜고 나리는354) 졀덤이 가만이 잇스니
330　힘은 조곰 들드나만 몃달 몃칠 긔흔잇나
　　　긔흔 읍는 이 바다의 몃달 몃칠 살 슈 잇나
　　　밤인지 낫진지 졍신 읍시 긔흔 읍시 써나간다
　　　풍낭소릐 벽역되고 물사품이355) 운이되닉356)
　　　물귀신의 우름 소릐 웅열웅열 귀 믹킨다357)
335　어는 쎼나 되어던지 풍낭 소릐 읍셔지고
　　　만경창파 잠乙 자고 가마귀 소릐 들이거늘
　　　눈乙 드러 살펴보니 빅사장의 뵈는고나
　　　두발노 박차며 손으로 혀여 빅사장 가의 단는고나358)
　　　엉금엉금 긔여나와 졍신 읍시 누어다가
340　마음乙 단단니 고쳐 먹고 다시 이러나 살펴보니
　　　나무도 풀도 들도 읍고 다만 희당화 쌜거잇닉359)
　　　면날 면칠 굴며시니 빈들 아니 곱풀손가
　　　엉금셜셜 긔여가셔 희당화 쏫乙 싸먹은니
　　　졍신이 졈졈 도라나셔 쏘 그엽흘 살펴보니
345　졀노 죽은 고기 하나 커다난 게 게 잇고나360)
　　　불이 잇셔 굴 슈361) 잇나 싱으로 실컨 먹고 나니

---

353) 졀덤이: 물결 더미. 곧 파도를 말함.
354) 늬리다: 내리다. '늬리다㈑내리다' 개재자음이 'ㄹ'인 경우 움라우트는 일반적으로 동사
　　어간에서만 나타난다.
355) 물사품이: 물거품이.
356) 운이되닉: 운애雲靄. 구름이나 안개가 끼어 흐릿한 공기.
357) 귀 믹킨다: 귀가 막히는 것 같다. 어처구니가 없다.
358) 단는고나: 닿는구나.
359) 쌜거잇닉: 붉어있네.
360) 커다난 게 게 잇고나: 크다란 것이 거기에 있구나.
361) 굴 슈: 구을 수.

　　오르는 물결 더미 손으로 헤치고 내리는 물결 더미에 가만히 있으니
330 힘은 조금 덜 들지만 몇 달 며칠 기한 있나
　　기한 없는 이 바다에 몇 달 며칠 살 수 있나
　　밤인지 낮인지 정신없이 기한 없이 떠나간다
　　풍랑 소리 벽력 되고 물거품이 운애 되네
　　물귀신의 울음소리에 응얼응얼 기막힌다
335 어느 때나 되었던지 풍랑 소리 없어지고
　　만경창파362) 잠을 자고 까마귀 소리 들리거늘
　　눈을 들어 살펴보니 백사장이 뵈는구나
　　두 발로 박차며 손으로 헤쳐 백사장 가에 닿는구나
　　엉금엉금 기어나와 정신없이 누웠다가
340 마음을 단단히 고쳐먹고 다시 일어나 살펴보니
　　나무도 풀도 돌도 없고 다만 해당화 붉어있네
　　몇 날 며칠 굶었으니 밴들 아니 고플손가
　　엉금설설 기어가서 해당화 꽃을 따 먹으니
　　정신이 점점 돌아나서 또 그 옆을 살펴보니
345 절로 죽은 고기 하나 커다란 게 거기 있구나
　　불이 있어 구울 수 있나 생으로 실컷 먹고 나니

---

362) 만경창파: 만경창파萬頃蒼波. 만 이랑이나 되는 푸른 물결. 끝없이 넓고 푸른 바다.

■원문 37-ㄱ

　　본 졍신니 도라와셔 눈물 우름도 인졔 나닉
　　무人졀도[363] 빅사장의 혼자 안자 우노라니
　　난딕웁는 어부더리 빅乙 타고 지닉다가
350　우는 걸 보고 괴인 여겨 빅乙 딕이고[364] 나와셔로
　　날乙 혼들며 ㅎ는 마리 웃진[365] 사람이 혼자 우나
　　우름 근치고 말乙 ㅎ라 그졔야 자셰 도라보니
　　六七人이 안자는[366] 딕 모도 다 어뷜너라[367]
　　그딕덜른 어딕 살며 이 슴 즁은[368] 어딕잇가
355　이 슴은 계쥬 한라슴이요[369] 우리는 딕졍의[370] 잇노라
　　고기 자부로 지닉다가 우름 소릭 짜라왓다
　　어느 곳딕 사람으로 무삼일노 에와[371] 우나
　　ᄂ는 본딕 울산 사더니 장사길노 셔울 가다가
　　풍파만나 파션ㅎ고 물결의 밀여 닉쳐노니
360　죽어다가 씌는 사람 어닉 곳진 쥴 아오릿가
　　졔쥬도 우리 죠션이라 가는 질乙[372] 인도ㅎ오
　　흔 사람이 이려셔며[373] 손乙 드러 가라치되
　　졔쥬 읍닉는 져리가고 딕졍 졍의는 이리 가지
　　졔쥬 읍닉로 가오릿가 딕졍 졍의로 가오릿가

---

363) 무人졀도: 무인절도無人絶島. 사람이 살지 않는 외로운 섬.
364) 딕이고: 대고. '닿-+-이-+-고'의 구성.
365) 웃진: 어떤. 어찌한.
366) 안자는: 앉았는.
367) 어어뷜너라: 부漁夫일러라.
368) 슴 즁은: 섬島 안은.
369) 계쥬 한라슴이요: 제주도 한라섬이요. 계쥬〉제주. 역구개음화 표기.
370) 딕졍의: 대정大靜에. 제주도 남제주군 대정읍.
371) 에와: 여기와서.
372) 질乙: 길을. ㄱ-구개음화형. '길道'은 '지형'의 뜻에서 '여정, 경로'나 '수단, 방법' 등의 의미를 갖고 있다.
373) 이려셔며: 일어서면서.

162

본정신이 돌아와서 눈물 울음도 이제 나네
무인절도 백사장에 혼자 앉아 우노라니
난데없는 어부들이 배를 타고 지내다가
350 우는 걸 보고 괴히 여겨374) 배를 대이고 나와서
나를 흔들며 하는 말이 "어쩐 사람이 혼자 우나"
"울음 그치고 말을 해라" 그제야 자세히 돌아보니
육칠 인이 앉았는 데 모두375) 다 어부일러라376)
"그대들은 어디에 살며 이 섬은 어디인가"
355 "이 섬은 제주 한라섬이요 우리는 다 정의에377) 있노라"
"고기 잡으러 지나가다가 울음 소리378) 따라 왔다"
"어느 곳에 사람으로 무슨 일로 예기 와 우나"
"나는 본디 울산 살았는데 장사길로 서울 가다가
풍파 만나 파선하고 물결에 밀려 내쳐오니
360 죽었다가 깬 사람 어느 곳인 줄 아오리까"
"제주도 우리 조선이라 가는 길을 인도하오"
한 사람이 일어서며 손을 들어 가라키되
"제주 읍내는 저리 가고 대정 정의는 이리 가지"
"제주 읍내로 가오리까가 대정 정의로 가오리까"

---

374) 괴인 여겨: 괴상하고 이상하게 여겨.

375) 모도: 모두. '모도〉모두' 모두'는 비어두음절에서 일어난 'ㅗ〉ㅜ' 변화 결과.'몯ᄋᆞᆯ-+-오-(부사파생접사)'의 구성.

376) 어부일러라: 어부일 것 같더라. '-ㄹ 러라'가 '-일 것 같더라'의 축약.

377) 정의에: 정의旌義에. 제주도 지명.

378) 소리: 소리. '소릭'(월인석보 1:33), '소릐'(소학언해 6:91), '솔의'(소학언해 4:21), '솔이'(예수성교젼서, 요한복음 10:4). '소릭〉소릐〉소리'의 변화.

■원문 37-ㄴ

365 밥과 고기 마니 쥬며 자셔니379) 일너 ᄒᆞ는 마리
이곳듸셔 졔쥬 읍늬 가자ᄒᆞ면 사십늬가 넝넉ᄒᆞ다380)
졔쥬 본관 차자 드러 본 사졍乙 발괄ᄒᆞ면
우션 호구홀381) 거시요 고향 가기 쉬우리라
신신이 당부ᄒᆞ고 빅乙 타고 써나간다
370 가로치든382) 그 고듸로383) 졔쥬 본관 차자 가니
본관 삿도 듯르시고 불상ᄒᆞ게 싱각ᄒᆞ사
돈 오십 양 쳐급ᄒᆞ고384) 졀영385) ᄒᆞᆫ 쟝 늬 쥬시며
네 이곳듸 잇다가셔 왕늬션이386) 잇거덜랑
사공 불러 졀영 쥬면 선가 읍시387) 잘가거라
375 그렁져렁 삼 삭만늬 왕늬션의 근너와셔
고향이라 도라오니 돈 두양이 나마고나
사긔졈의388) 차자가셔 두 양아치389) 사긔지고
춘춘가가 도부하며 밥乙낭은 빌어먹고
삼사 삭乙 하고 나니 돈 열닷 양이 나마고나
380 삼십 너무 노총각이 쟝긔 미쳔 가망읍늬
읶고 답답 늬 팔자야 언졔 버러 쟝긔 갈고
머셥 사라 사오빅 양 창희일속 부쳐두고

379) 자셔니: 자세히.
380) 넝넉ᄒᆞ다: 넉넉하다, 충분하다.
381) 호구홀: 호구ᄆᆞ할. 먹고 사는 일.
382) 가로치든: 가르치든. 'ᄀᆞᄅᆞ치다', 'ᄀᆞᆯᄋᆞ치다'. 'ᄀᆞᄅᆞ치다' '肯'(양육하다)의 뜻으로 곧 '말하여 치다'(말로써 양육하다)는 뜻이다. 영남방언에서는 '가르치다'는 '가르치다'와 '가리키다'의 의미로 쓰이고 있다.
383) 가그 고듸로: 그 그대로.
384) 쳐급ᄒᆞ고: 지급하고處給.
385) 졀영: 전령傳令. 조선조 상급 기관에서 하급기관에 내리는 명령서.
386) 왕늬션이: 왕래선往來船이.
387) 배선가 읍시: 배를 타는 삯 없이.
388) 사긔졈의: 사기그릇을 파는 점포.
389) 두 양아치: 두 양어치. '-아치'는 여진어로 장사군 또는 장인을 나타내는 접미사이다.

365 밥과 고기 많이 주며 자세히 일러 하는 말이

이곳에서 제주 읍내 가자하면 사십 리가 넉넉하다

제주 본관 찾아들어 본 사정을 발괄390)하면

우선 호구糊口할 것이요 고향 가기 쉬우리라

신신히 당부하고 배를 타고 떠나간다

370 가르키던 그 그대로 제주 본관 찾아 가니

본관 사또 들으시고 불쌍하게 생각하사

돈 오십 냥 처급하고 전령傳令 한 장 내 주시며

"너 이곳에 있다가 왕래선이 있거들랑

사공 불러 전령 주면 뱃삯 없이 잘 가거라"

375 그렁저렁 삼 삭만에391) 왕래선이 건너와서

고향이라 돌아오니 돈 두 냥이 남았구나

사기점에 찾아가서 두 냥어치 사기 지고

촌촌가가 도부하여392) 밥을랑은393) 빌어먹고

삼사 삭을 하고 나니 돈 열닷 냥이 남았구나

380 삼십 넘은 노총각이 장가 밑천 가망 없네

애고 답답 내 팔자야 언제 벌어 장가 갈꼬

머슴살이 사오백 냥 창해일속394) 부쳐두고

---

390) 발괄: 관청에 억울함을 호소함. 이두로 '白活'은 '사뢰다'의 의미를 가진 문서 명칭이다. 문서 명칭에서도 알 수 있듯이 아랫사람이 윗사람에게 원억을 호소하는 소지 문서이다. 문서의 하단 좌우에 사또가 처결할 내용을 한문 초서로 쓰고 처결 관인은 비스듬하게 찍는 '빗김題音' 방식을 취하고 있다. 우측의 제사와 좌측의 제사의 초서체가 차이를 보이고 있다. 우측의 제사는 이 공문을 처리하는 주무 형리의 문서 처리 날짜를 쓴 것이고 좌측 제사는 결송관인 사또가 처결한다. 문서 발급자의 신분에 따라 노비인 경우 '案前主', 양인은 '官主', 양반은 '성주', 관부사람은 '수령의 공식 직함'을 사용한다(이상규, 『한글고문서연구』, 도서출판 경진, 2012. 참조).

391) 삭: 삭朔. 음력으로 1일에 해당. 삭을 2~3일 지나면 초승달 모양이 나타난다.

392) 도부하여: 도부到付하여. 집집마다 어깨에 짊어지고 장사를 하는 것.

393) 밥을랑은: 밥은. '-을랑은'은 한정적 주격조사.

394) 창히일속: 창해일속滄海一粟. 창해 속의 한 알의 좁쌀같이 보잘 것 없다. 미미한 존재 또는 매우 작음을 나타낸 말이다. '묘창해해지일속'은 소식의 〈적벽부〉의 한 구절.

두 양 밋쳔 다시 번 들 언졔 버러 장기갈가

그런 날도 살야는듸395) 스러마오 우지 마오

385 마노라도 슬다ᄒ되 늬 스럼만 못ᄒ오리

여보시요 말슴 듯소 우리 사졍乙 논지컨듼396)

三十 너문 노총각과 三十 너무 홀과부라397)

총각의 신셰도 가련하고 마노라 신셰도 가련ᄒ니

가련ᄒ 사람 셔로 만나 갓치 늘금녀398) 웃터ᄒ오

390 가만이 솜솜 싱각ᄒ니 먼져 으든 두 낭군은

홍문 은의399) 사듸부요 큰 부자의 셰간사리400)

픽가망신401) ᄒ여시니 홍진비릭402) 그러흔가

져 총각의 말 드로니 육듸 독자 나려오다가

죽은 목슘 사라시니 고진감녀ᄒ흘가 부다

395 마지 못ᄒ 허락ᄒ고 손 잡고셔 이늬403) 마리

우리 셔로 불상이 여겨 허물 읍시 사라보셔

영감은 사긔 흔 짐 지고 골목의셔 크게 위고404)

나는 사긔 광우리 이고 가가호호이 도부흔다

조셕이면405) 밥乙 비러 흔 그릇셰 둘이 먹고

400 남촌 북촌의 다니면서 부즈러니 됴부ᄒ니

---

395) 살야는듸: 살아 왔는데.

396) 논지컨듼: 논하여 가르치건데.

397) 너무 홀과부라: 넘은 홀로사는 과부라.

398) 늘금녀: 늙으며 가는 것이.

399) 홍문 은의: 홍문紅門 안의. 충신·열녀·효자들을 표창하려고 그 집 앞에 세우던 붉은 문 내에 있는. 곧 사대부 가문임을 나타냄.

400) 셰간사리: 세간. 살림살이.

401) 픽가망신: 패가망신(敗家亡身), 집이 망하고 신세도 버림.

402) 홍진비릭: 홍진비래興盡悲來. 흥함이 지나가고 슬픔이 다가온다.

403) 이늬: 나의.

404) 크게 위고: 크게 외치고.

405) 조셕이면: 조석朝夕이면. 아침 저녁이면.

■현대문 38-ㄱ

　　두 냥 밑천 다시 번들 언제 벌어 장가갈까
　　"그런 날도 살았는데 서러워 마오 울지 마오"
385 "마누라도 서러워하되 내 서러움만 못 하오리"
　　여보시요 말씀 듣소 우리 사정을 논지컨대
　　"삼십 넘은 노총각과 삼십 넘은 홀과부라
　　총각의 신세도 가련하고 마누라 신세도 가련하니
　　가련한 사람 서로 만나 같이 늙으면 어떠하오"
390 가만이 곰곰 생각하니 먼저 얻은 두 낭군은
　　홍문 안의 사대부요406) 큰 부자의 세간살이
　　폐가망신 하였으니 홍진비래興盡悲來 그러한가
　　저 총각의 말 들으니 육대 독자 내려오다가
　　죽은 목숨 살았으니 고진감내407) 할까 보다
395 마지못해 허락하고 손 잡고서 이 내 말이
　　"우리 서로 불쌍히 여겨 허물없이 살아보세"
　　영감은 사기 한 짐 지고 골목에서 크게 외치고
　　나는 사기 광주리 이고 가가호호에 도부한다408)
　　조석이면 밥을 빌어 한 그릇에 둘이 먹고
400 남촌 북촌에 다니면서 부지런히 도부하니

---

406) 사대부: 사대부는 중국 고대 주周나라 시대에 천자나 제후에게 벼슬한 대부大夫와 사士에서
　　비롯된 말다. 조선에서도 문관 관료로서 4품 이상을 대부, 5품 이하를 사士라고 하였다. 그러
　　나 사대부는 때로는 문관 관료뿐 아니라 문무 양반관료 전체를 포괄하는 양반이라는 뜻을
　　갖는다.
407) 고진감래: 고진감래苦盡甘來. 고생 끝에 낙이 온다는 말.
408) 가가호호에 도부한다: 가가호호家家戶戶 도부장수를 한다. 등짐이나 머리에 이고 집집마다
　　찾아다니면 장사함.

돈빅이나 될만 ᄒ면409) 둘즁의 하나 병이 난다
병구려410) 약시세411)ᄒ다보면 남의 신셰乙 지고나고
다시 다니며 근사412) 모와 또 돈 빅이 될만 ᄒ면
또 ᄒ나이 탈이 나셔 한 푼 읍시 다 씨고 마닉413)
405 도부장사 ᄒᆫ 십연ᄒ니 장바군의414) 털이 읍고
모가지 자릭목 되고415) 발가락이 부러졋닉
산 밋틱 쥬막의 쥬人ᄒ고 구진비416) 실실 오난 늘의
건넌 동닉 도부가셔 ᄒᆫ 집 건너 두 집가니
쳔동소릭 복가치며417) 소낙이 비가 쏘다진다
410 쥬막 뒷산니 무너지며 주막터乙 쎅가지고418)
동힉슈로 다라나니 사라나리 뉘길고년419)
건너다가 바라보니 망망딕히 쏸이로다
망칙ᄒ고 긔막킨다420) 이른 팔자 또 잇는가
남힉슈의 쥭乙 목슘 동힉슈의 쥭는고나
415 그 쥬막이나 잇셰여면 갓치 짜라가 죽을 거슬
먼져 괴질의 쥭어더면421) 이른 일을 아니 복걸
고딕422) 쥭乙 걸 모로고셔 쳔연만연 사자 ᄒ고
도부가 다 무어신가 도부 광우리 무여박고

---

409) 돈빅이나 될만 ᄒ면: 돈 백원쯤 벌만 하면.
410) 병구려: 병 구로救勞. 병 수발을 함.
411) 약시세: 약을 대령하여 먹이는 일.
412) 근사: 부지런히 애써.
413) 씨고나닉: 쓰고나네. 써 버리네.
414) 장바군의: 정수리. 머리 위에 숫구멍이 있는 자리. 뇌천腦天. 짱바구, 짱배기, 장바구니. 영남방언.
415) 자릭목 되고: 자라목 되고.
416) 구진비 실실 오난 늘의: 궂은 비가 쓸쓸 오는 날에.
417) 복가치며: 볶아치다, 연발하다.
418) 쎅가지고: 빼서. 휩쓸려서.
419) 뉘길고년: 살아 날 사람이 주구일꼬.
420) 긔막킨다: 기가 막히다, 어이가 없다.
421) 쥭어더면: 죽었을 것 같으면. '-더면'은 '~할 것 같으면'의 뜻으로 사용되는 영남도 방언의 어미.
422) 고딕: 곧장, 이내.

　　돈백이나 될 만하면 둘 중에 하나 병이 난다
　　병구로 약시세하다 보면 남의 신세를 지고나고
　　다시 다니며 근면히 일해 모와423) 또 돈 백이 될만하면
　　또 하나가 탈이 나서 한 푼 없이 다 쓰고 마네
405　도붓장수 한 십 년 하니 정수리에424) 털 없고
　　모가지 자라목 되고 발가락이 부러졌네
　　산 밑 주막에 주인하고 궂은 비 슬슬 오는 날에
　　건너 동네 도부 가서 한 집 건너 두 집 가니
　　천둥소리 볶아치며 소나기425) 비가 쏟아진다
410　주막 뒷산이 무너지며 주막 터를 휩쓸어서
　　동해수로 달아나니 살아날 이 누구일고
　　건너다 바라보니 망망대해뿐이로다
　　망측하고 기막힌다 이런 팔자 또 있는가
　　남해수에 죽을 목숨 동해수에 죽는구나
415　그 주막에나 (함께) 있었더면 같이 따라 죽을 것을
　　먼저 괴질에 죽었더라면 이런 일을 아니 볼 걸
　　곧 죽을 걸 모르고서 천년만년 살자 하고
　　도부가 다 무엇인가 도부 광주리 무어박고426)

---

423) 근사 모와: 근면히 일해 모아.
424) 정수리에: 박혜숙(2011;79)은 '장딴지'로 풀이하고 있는데 여성에게 장딴지에 털이 날 수
　　 없다. '짱박이, 짱배기, 장바구니'는 영남방언에서 '정수리'를 뜻하는 방언이다. 머리에 무거
　　 운 물건을 오래 인 때문에 정수리에 머리숱이 다 빠졌음을 말한다.
425) 소나기: 소나기. '쇠나기'는 '쇠(몹시)+나ㅐ-+-기'의 구성. 쇠나기>소나기. 하향 이중모음이
　　 었던 'ㅚ'가 상향 이중모음으로 바뀌는 과정에서 활음 'ㅣ'가 탈락한 결과로 보인다.
426) 무어박고: 쳐박고.

■원문 39-ㄱ

　　히암427) 읍시 안자시니 억장이 무너져 긔막큰다428)
420 죽어시면 졸너구만429) 싱흔 목슘이 못 죽乙네라430)
　　아니 먹고 굴머 죽으랴 ㅎ니 그 집듸닉가 강권ㅎ닉431)
　　죽지 말고 밥乙 먹게 죽은덜사 시원홀가
　　죽으면 씰듸 잇나 살기마는 못ㅎ니라
　　져승乙 뉘가 가반난가432) 이승마는 못ㅎ리라
425 고싱이라도 살고 보지 죽어지면 말이 읍늬
　　홀젹이며 ㅎ난 말이 늬 팔자乙 셰 번 곳쳐
　　이런 익운이 쏘 닥쳐셔 신체도433) 흔 번 못 만지고
　　동희슈의 영결종쳔434)ㅎ여시니 익고 익고 웃지 사라볼고
　　主人듸이 ㅎ난 마리 팔자 흔 번 쏘 곤치게
430 셰 번 곤쳐 곤흔435) 팔자 네 번 곤쳐 잘 살넌지
　　셰상일은 모로나니 그런듸로 사다보게
　　다른 말 홀 것 읍시 져 곳나무 두고 보지
　　二三月의 츈풍 불면 곳봉오리 고운 빗틀
　　버리는 잉잉 노릭ㅎ며 나부는 펼펼 츔乙 츄고
435 유긱은 왕왕 노다가고 산조는436) 영영 홍낙이라437)
　　오유月 더운 날의 곳쳔 지고 입만 나니

---

427) 히암: 헤임, 생각.
428) 긔막큰다: 기각 막힌다.
429) 졸너구만: 좋을른구만. 좋겠구마는.
430) 못 죽乙네라: 못 죽으러라. 못 죽겠더구나.
431) 강권ㅎ닉: 억지로 권하니.
432) 가반난가: 가 보았는가.
433) 신체도: 죽은 시신屍身.
434) 영결종쳔: 영결종천永訣終天. 죽어서 영원토록 이별함.
435) 곤흔: 곤困한. 괴로운.
436) 산조는: 산새는.
437) 영영 홍낙이라: 영원히 홍겹게 즐거워함이라.

헴 없이[438] 앉았으니 억장이 무너져 기막힌다

420 죽었으면 좋을런구만 생한 목숨이 못 죽을래라

아니 먹고 굶어 죽으려 하니 그 집댁네가 억지로 권하네

"죽지 말고 밥을 먹게 죽은들 시원할까

죽으면 쓸데 있나 살기만 못 하니라

저승을 누가 가 보았는가 이승만 못 하리라"

425 "고생이라도 살고 보지 죽어지면 말이 없네"

훌쩍이며 하는 말이 "내 팔자를 세 번 고쳐

이런 액운이 또 닥쳐서 신체(시신)도 한 번 못 만지고

동해수에 영결종천하였으니 애고 애고 어찌 살아 볼꼬"

주인댁이 하는 말이 "팔자 한 번 또 고치게"

430 세 번 고쳐 괴로운 팔자 네 번 고쳐 잘 살는지

세상일은 모르나니 그런대로 살아 보게"

"다른 말 할 것 없이 저 꽃나무 두고 보지

이삼월의 봄바람 불면 꽃봉오리 고운 빛을

벌은 앵앵 노래하며 나비는 펄펄 춤을 추고

435 유객은[439] 왕왕 놀다가고 산새는 영영 홍락이라[440]

오뉴월 더운 날에 꽃은 지고 잎만 나니

---

438) 헴 없이: 헤아림 없이. 아무 생각 없이.

439) 유객: 유객遊客. 나그네. 놀러온 사람.

440) 홍락이라: 흥이 나게 논다.

■원문 39-ㄴ

　　녹음이 만지ᄒᆞ여 조흔 경이 별노 읍다
　　八九月의 츄풍 부려 입싸귀조차 ᄯᅥ러진다
　　동지 슷달 셜흔풍의441) 찬 긔운乙 못 견듸다가
440　다시 츈풍 드리 불면 부귀春花 우후紅乙
　　자늬 신셰 싱각ᄒᆞ면 셜흔풍乙 만나미라
　　홍진비릐 ᄒᆞ온 후의 고진감늬 ᄒᆞᆯ 거시니
　　팔자 ᄒᆞᆫ 번 다시 곤쳐 조흔 바람乙 지다리게442)
　　ᄭᅩᆺ나무 갓치 츈풍 만나 가지가지 만발ᄒᆞᆯ 졔
445　향긔 나고 빗치 난다 ᄭᅩᆺ ᄯᅥ러지자 열믹 여러
　　그 열믹가 종자 되여 千만연乙 견ᄒᆞ나니
　　귀동자 하나 하나 아시면 슈부귀다자손443) ᄒᆞ오리라
　　여보시요 그 말마오 이 十三十의 못 둔 자식
　　四十五十의 아들 나아 뉘444) 본단 말 못 드런늬
450　아들의 뒤乙445) 볼 터이면 二十三十의 아들 나아
　　四十五十의 뉘 보지만 늬 팔자ᄂᆞᆫ 그 ᄲᅮᆫ이요
　　이 사름아 그 말 말고 이늬 말乙 자셰 듯게
　　셜흔풍의도 ᄭᅩᆺ 피던가 츈풍이 부러야 ᄭᅩᆺ치 피지446)
　　ᄯᆡ 아인 젼의447) ᄭᅩᆺ피던가 ᄯᆡ乙 만나야 ᄭᅩᆺ치 피늬

---

441) 셜흔풍의: 설한품雪寒風에. 눈썩인 찬바람에.
442) 지다리게: 기다리게. 기다리다>지다리다 ㄱ-구개음화.
443) 슈부귀다자손: 수부귀자손壽富貴多子孫. 장수하고 부유하며 자식을 많이 가짐.
444) 뉘: '뒤'의 로자. '후손'을 보다는 뜻임.
445) 뒤乙: 뒤를. 후손을 본다는 뜻.
446) 셜흔풍의도 ᄭᅩᆺ 피던가 츈풍이 부러야 ᄭᅩᆺ치 피지: 눈이 내리는 추운 바람에 어지 꽃이 피던가 봄바람 춘봉이 불어야 꽃이 피지. 은유적 표현으로 남자를 만나야 아이를 가질 수 있음을 말한다.
447) ᄯᆡ 아인 젼의: 때가 아닌 점에. 때가 이르기 전에.

■ 현대문 39-ㄴ

　　녹음이 우거져448) 좋은 경이 별로 없다
　　팔구월에 추풍 불어 잎사귀조차 떨어진다
　　동지섣달 설한풍에 찬 기운을 못 견디다가
440 다시 춘풍 들이불면 온갖 봄꽃이 비온 뒤에 더욱 붉음을449)
　　자네450) 신세 생각하면 찬 눈바람을 만남이라
　　홍진비래 하온 후에 고진감래 할 것이니
　　팔자 한 번 다시 고쳐 좋은 바람을 기다리게
　　꽃나무같이 춘풍 만나 가지가지 만발할 제
445 향기 나고 빛이 난다 꽃 떨어지자 열매 열어
　　그 열매가 종자 되어 천만년을 전하나니
　　귀동자 하나 낳았으면 수부귀 다자손 하오리라
　　"여보시요 그 말 마오 이십 삼십에 못 둔 자식
　　사십 오십에 아들 낳아 뒤(후손을) 본단 말 못 들었네"
450 "아들의 뒤를 볼 터이면 이십 삼십에 아들 낳아
　　사십 오십에 뒤 보지만 내 팔자는 그 뿐이요"
　　"이 사람아 그 말 말고 이내 말을 자세 듣게"
　　"찬 눈바람에도 꽃 피던가 봄바람이 불어야 꽃이 피지
　　때 아닌 전에 꽃 피던가 때를 만나야 꽃이 피네"

---

448) 녹음이 만지하여: 녹음綠陰이 만지滿枝하여. 녹음이 우거져서.
449) 부귀春花 우후紅乙: 부귀춘화우후홍을富貴春花雨後紅乙. 부귀한 봄꽃이 비 온 뒤에 더욱 붉게
　　핌. 봄비 내리고 온갖 꽃이 새롭게 핀다.
450) 자네: 자네. '자내, 자네, 자늬' 등의 이형태가 있다. 현대어에서 '자네'는 '너'의 높임말로
　　쓰이고 있으나, 중세 국어에서는 '몸소, 자신自身'의 뜻으로 쓰였다.

455 꼿 필 쩌라야 쏫치 피지 쏫 아니 필 쩌 쏫 피던가
　　봄바람만 드리불면 뉘가 씨겨서451) 쏫피던가
　　졔가 졀노 쏫치 필 쩌 뉘가 마가셔 못 필넌가
　　고은 쏫치 피고보면 귀흔 열믜 쏘 여나니
　　이 뒷집의 죠 셔방이 다면452) 늬외 잇다가셔
460 먼져 달의453) 상쳐ᄒ고 지금 혼자 살임ᄒ니
　　져 먹기는 틔평이나 그도 쏘흔 가련ᄒ딕
　　자늬 팔자 쏘 고쳐셔 늬 말딕로 사다보게
　　이왕사乙454) 싱각ᄒ고 갈가말가 망상이다455)
　　마지 못히 허락ᄒ니 그 집으로 인도ᄒ늬456)
465 그 집으로 드리달나 우션 영감乙 자셰 보니
　　나은 비록 마느나마 긔상이 든든 순휴ᄒ다457)
　　영감 싱이458) 무어시오 늬 싱이는 엿장사라
　　마로라는 웃지ᄒ여 이 지경의 이르런나
　　늬 팔자가 무상ᄒ여 만고풍싱 다 격거소459)
470 그날붓텀 양쥬되여 영감홀미 살임ᄒ다
　　나는 집의셔 살임하고 영감은 다니며 엿장사라
　　호두 약엿 잣박산의 참씨박산 콩박산의

---

451) 씨겨서: 시켜서.
452) 다면: 다만.
453) 먼져 달의: 먼저 달에. 지난 달에.
454) 이왕사己往事를: 이전에 있었던 일을.
455) 망상이다: 망설이다가.
456) 인도ᄒ늬: 인도引導하니. 이끄니.
457) 순휴ᄒ다: 순후淳厚하다. 순수하고 덕이 많아 보임.
458) 싱이: 생업生業이.
459) 격거소: 겪었소. ㄱ-구개음화.

■현대문 40-ㄱ

455 "꽃 필 때라야 꽃이 피지 꽃 아니 필 때 꽃 피던가
봄바람만 들이불면 뉘가 시켜서 꽃 피던가
제가 절로 꽃이 필 때 누가 막아서 못 필런가
고운 꽃이 피고 보면 귀한 열매 또 여나니"
"이 뒷집에 조 서방이 다만 내외 있다가
460 먼저 달에 상처하고 지금 혼자 살림하니
저 먹기는 태평이나 그도 또한 가련하되
자네 팔자 또 고쳐서 내 말대로 살아 보게"
이왕의 일를 생각하고 갈까 말까 망설이다
마지못해 허락하니 그 집으로 인도하네
465 그 집으로 들이 달아 우선 영감을 자세 보니
나는 비록 많으나마 기상이 든든 순후하다
"영감 생애 무엇이오" "내 생애는 엿장수라"
"마누라는 어찌하여 이 지경에 이르렀나"
"내 팔자가 무상하여 만고풍상 다 겪었소"
470 그 날부터 양주되어460) 영감 할미 살림한다
나는 집에서 살림하고 영감은 다니며 엿장수라
호두약엿 잣박산461)에 참깨박산 콩박산에

---

460) 양주: 양주兩主. 곧 부부. 내외.
461) 잣박산: 잣으로 만든 튀밥에다가 물엿을 넣어 만든 유밀과의 일종.

■원문 40-ㄴ

　　산자 과질 빈 사과乙 갓초갓초 하여쥬면
　　상자 고리예 다마 지고462) 장마다 다니며 미미흔다
475 의셩장 안동장 풍산쟝과 노로골 늬셩장 풍긔장의
　　흔 달 육장463) 미장464) 보니 엿장사 죠 쳠지 별호되늬
　　흔 달 두 달 잇티465) 삼연 사노라니 웃지 ㅎ다가 틱긔 잇셔466)
　　열달 빅술너467) 히복ㅎ니468) 참말로 일긔 옥동자라
　　영감도 오십의 첫아덜보고 나도 오십의 첫아의라
480 영감 홀미 마음 조와 어리장고리장469) 사랑ㅎ다
　　절머셔 웃지 아니 나고 늘거셔 웃지 싱견는고470)
　　홍진비늬 격근471) 나도 고진감늬 홀나는가
　　희한ㅎ고 이상ㅎ다 둥긔둥둥 이리로다
　　둥긔둥긔 둥긔야 아가 둥긔둥둥긔야
485 금자동아 옥자동아 셤마둥긔 둥둥긔야
　　부자동아 귀자동아 노라노라 둥긔 동동긔야
　　안자라 둥긔 둥둥긔야 셔거라 둥긔둥둥긔야
　　궁덩이 툭툭 쳐도보고 입도 쏙쏙 마쳐보고
　　그 자식이 잘도 난늬 인지야472) 한변 사라보지
490 흔창473) 이리 놀리다가 웃던 친구 오더니만

---

462) 다마 지고: 담아서 지고.
463) 육장: 육일장. 육일만에 서는 장.
464) 미장: 매일장, 상설장.
465) 잇티: 이년. 두 해.
466) 틱긔 잇셔: 임신姙娠을 한 기운이 있어.
467) 빅술너: 배에서 키워. '배불러'가 아니다. '배스르다'는 아이 임심하여 뱃속에서 키우는
　　과정을 말한다.
468) 히복ㅎ니: 해산解産하니.
469) 어리장고리장: 어린아이를 귀여워 하는 모양.
470) 싱견는고: 생겨났는고.
471) 격근: 겪은. ㄱ-구개음화형.
472) 인지야: 이재야. ㄴ-첨가.
473) 흔창: 한참.

산자474) 과질475) 빈사과476)를 가지가지 하여 주면
상자 고리에 담아지고 장마다 다니며 매매한다
475 의성장 안동장 풍산장477)과 노루골 내성장478) 풍기장479)에
한 달 육장 매장 보니 엿장사 조 첨지 별호되네480)
한 달 두 달 이태 삼년 사노라니 어찌 하다가 태기 있어
열 달 배술러 해산하니 참말로 일개 옥동자라
영감도 오십에 첫아들 보고 나도 오십에 첫아이라
480 영감 할미 마음 좋아 어리장고리장 사랑한다
젊어서 어찌 아니 나고 늙어서 어찌 생겼는고
홍진비래 겪은 나도 고진감래 하려는가
희한하고 이상하다 둥기둥둥 일이로다
"둥기둥기 둥기야 아가 둥기 둥둥기야
485 금자동아 옥자동아 섬마둥기481) 둥둥기야
부자동아 귀자동아 놀아놀아 둥기 동동기야
앉아라 둥기 둥둥기야 서거라 둥기 둥둥기야"
궁둥이 툭툭 쳐 보고 입도 쪽쪽 맞춰 보고
그 자식이 잘도 났네 이제야 한번 살아보지
490 한창 이리 놀리다가 어떤 친구 오더니만

---

474) 산자: 산자饊(饊)子. 찹쌀가루 반죽을 납작하게 말려 기름에 튀긴 다음에 튀긴 밥알이나 깨를 꿀과 함께 묻힌 음식.

475) 과질: 꿀과 기름을 섞은 밀가루 반죽을 판에 박아서 모양을 낸 후 기름에 지진 과자. 약과藥果. 강정, 다식茶食, 약과藥果, 정과正果 따위를 통틀어 이르는 말.

476) 빈사과: '빙사과'. '병사강정'.

477) 풍산장: 경북 안동군 풍산면에 개장되는 장. 1830년대에는 신당장, 2일과 7일에 개시되는 부내장과 풍산장과 5·10일의 영향장, 산하리장, 1·6일의 예안 읍내장, 3·9일의 옹천장, 6·10일의 구미장 그 외 도동장·우천장 등의 5일장이 있었다. 이들 시장에서는 주로 곡물·채소·안동포·소 등이 주로 거래되었다.

478) 내성장: 경북 봉화군에 내성에 있는 장터. 1830년대에는 소천장韶川場(2·7장)·재산장才山場(5·10장)이 열렸으며, 내성장乃城場·창평장昌坪場은 10일장이었다. 1909년에는 내성장이 크게 성장하여 약초·대추·소·농산물 등이 거래되는 큰 장이 되었다.

479) 풍기장: 경상북도 영주 풍기에 있는 전통 장터.

480) 별호되네: 본 이름이 아닌 딴 이름이 되네. 곧 별명別名. 또는 호號가 되네.

481) 섬마둥기: 아이를 어르는 말. 발자취를 땔 무렵 '섬마섬마', '따로따로', '아장아장'이라고 하하고 아이를 안고 아래 위로 흔들면서 '부랴부랴'라고 한다. 이상규, 『경북방언사전』, 태학사 2002. 참고.

　　　슈동별신 큰별신乙482) 아무날부텀 시쟉ᄒ니
　　　밋쳔이 즉거덜낭아483) 뒷돈은 닉 딕 줍셰
　　　호두약엿 마니 곡고484) 가진485) 박산 마니 ᄒ게
　　　이번의ᄂ 슈가 나리486) 영감임이 올케 듯고487)
　495 찹살 사고 지름 사고 호두 사고 츄자488) 사고
　　　참ᄊ 사고 밤도 사고 七八十냥 미쳔이라
　　　닷동의 드리489) 큰 솟틔다 三四日乙 쏨노라니490)
　　　한밤 즁의 바람 이자491) 굴둑으로 불이 ᄂᄂ
　　　온 지반의 불 붓터셔 화광이 츙쳔ᄒ니492)
　500 인사불성 경신 읍셔 그 엿물乙493) 다 펴언고494)
　　　안방으로 드리달나 아달 안고 나오다가
　　　불더미의 업더져셔 구불면서 나와보니
　　　영감은 간곳 읍고 불만 작고495) 타ᄂ고나
　　　이웃사람 하ᄂ 마리 아 살이로 드러가더니
　505 상가꺼지 은 나오니 이졔 ᄒ마 죽어고나
　　　흔마로ᄊ 써러지며 지동조차 다 타ᄂ고나
　　　일촌 사름 달여 드려 부헛치고 차자 보니
　　　포슈놈의 불고기 ᄒ듯 아조 흠박 ᄉ어고나

---

482) 슈동별신 큰별신乙: 노국공주를 받드는 국신당제. 안동지방의 세시굿으로 매년 정월 보름
　　에 펼친다. 수동 지역의 별신굿의 하나로 마을에서 공동으로 여는 큰 별신굿.
483) 밋쳔이 즉거덜낭아: 밑천이 적거든. 모자라거든.
484) 곡고: 꼬고.
485) 가진: 골고루 갖춘. 여러 가지.
486) 슈가 나리: 수가 날 것이니. 돈을 한꺼번에 많이 벌 수 있는 기회.
487) 올케 듯고: 옳게 알아듣고.
488) 츄자: 호두.
489) 닷동의 드리: 다섯 동이의 물이 들어가는.
490) 쏨노라니: 꼬노라니.
491) 이자: 일자. ㄹ불규칙.
492) 츙쳔ᄒ니: 충천衝天하니. 하늘에 솟아오르니.
493) 엿물乙: 엿 고던 물.
494) 펴언고: 펴 없고.
495) 작고: 자꾸. '자꾸'는 어떤 행위나 상태가 여러 번 반복하거나 계속되는 모습을 나타내는
　　부사이다. '작구〉자ᄭ〉자꾸'

　　　수동별신 큰별신을 "아무 날부터 시작하니
　　　밑천이 적거들랑 뒷돈은496) 내 대줌세
　　　호두약엿 많이 고고 갖은 박산 많이 하게"
　　　이번에는 수가 나리 영감님이 옳게 듣고
495　찹쌀497) 사고 기름 사고 호두 사고 호두(치자) 사고
　　　참깨 사고 밤도 사고 칠팔십 냥 밑천이라
　　　닷 동들이 큰 솥에다 삼사일을 고노라니
　　　한밤중에 바람 일자 굴뚝으로 불이 났네
　　　온 집안이 불 붙어서 불길이 충천하니
500　인사불성 정신없어 그 엿물을 다 퍼 엎고
　　　안방으로 들이달라 아들498) 안고 나오다가
　　　불더미의 엎어져서 뒹굴면서 나와 보니
　　　영감은 간 곳 없고 불만 자꾸 타는구나
　　　이웃사람 하는 말이 아이 살리러 들어가더니
505　지금까지499) 안 나오니 이제 하마500) 죽었구나
　　　한마룻대501) 떨어지며 기둥조차 다 탔구나
　　　일촌 사람502) 달려들어 부헛치고503) 찾아보니
　　　포수놈의 불고기하듯 아주 함뻑 구웠구나

---

496) 뒷돈: 부족한 돈. 일을 하는데 필요한 돈.

497) 참살: 찹쌀. '츨뿔, 츨쑬, 챂쌀, 찹쌀'.

498) 아들: '아들〉아들. 〈계림유사(鷄林類事)〉에서는 "男兒曰了妲 亦曰同婆記"라 하여 15세기 이전
　　의 '아들'의 옛 형태를 보여 준다.

499) 상가꺼지: 계속. 상구常久〉상가. 지금까지. '상가, 상구'는 영남방언.

500) 하마: 벌써. 영남방언형임.

501) 흔마로쎅: 한마룻대.

502) 한일촌 사람: 한 마을一村 사람.

503) 부홑이고: 헤졌고. 이리 저리 헤집고.

　　요련 망흔 일 쏘 잇는가 나도 갓치 쥬그라고
510 불덤이로504) 달려드니 동닉 스룸ㅏ이 붓드러셔
　　아모리505) 몸부림하나 아조 죽지도 못 흐고셔
　　온몸이 쏭과질 되야고나 요런 연의506) 팔즈 잇나
　　감짝식이예 염감 죽어 삼혼구빅이 불꽃되야
　　불틔와가치 동힝흐여 아조 펼펼 나라가고
515 귀흔 아덜도 불의 듸셔507) 죽는다고 소리치닉
　　엉아엉아 우는 소리 니닉508) 창자가 쓰너진다
　　셰상사가 귀차닉여509) 이웃집의 가 누어시니
　　된동이乙 안고와셔 가심乙 헤치고 젓 물이며
　　지셩으로510) 흐는 마리 어린 아히 졋머기게
520 이 사룸아 졍신 차려 어린 아기 젓 머기게
　　우는 거동 못 보깃닉 이러나셔 젓 머기게
　　나도 아조 죽乙나닉 그 어린 거시 살긴는가
　　그 거동乙 웃지 보나 아죠 죽어 모를나닉
　　된다군덜511) 다 죽는가 불의 듸니512) 허다흐지
525 그 어미라야 살여닉지 다르니는513) 못 살이닉
　　자닉 한번 죽어지면 살긔라도 아니죽나

---

504) 불덤이로: 불 구덩이로. 듬은 높이 솟아 있음을 말한다.
505) 아모리: 아무리. '아ᄆ리'는 '아ᄆ(아모)(대명사)-+-리(접사)'의 구성.
506) 요런 연의: 요런 년의.
507) 듸셔: 불에 데어서.
508) 니닉: 이네.
509) 귀차닉여: 귀찮아서.
510) 지셩으로: 지셩至性으로. 정성을 다하여.
511) 된다군덜: 데었다한들.
512) 듸니: 덴 이. 불에 덴 사람이.
513) 다르니는: 다른 사람은.

요런 망할 일 또 있는가 나도 같이 죽으려고
510 불더미로 달려드니 동내 사람이 붙들어서
아무리 몸부림하나 아주 죽지도 못 하고서
온몸이 콩과줄514) 되었구나 요런 년의 팔자 있나
깜작 사이에 영감 죽어 삼혼구백515)이 불꽃되어
불티와 같이 동행하여 아주 펄펄 날아가고
515 귀한 아들도 불에 데어서 죽는다고 소리치네
엉아엉아 우는 소리 이내 창자가 끊어진다
세상사가 귀찮아서 이웃집에 가 누웠으니
덴동이를516) 안고 와서 가슴을 헤치고 젖 물리며
지성으로 하는 말이 "어린 아이 젖 먹이게"
520 "이 사람아 정신 차려 어린 아기 젖 먹이게
우는 거동 못 보겠네 일어나서 젖 먹이게"
"나도 아주 죽을나네 그 어린 것이 살겠는가
그 거동을 어찌 보나 아주 죽어 모르려네"
"데인다 한들 다 죽는가 불에 덴 이 허다하지
525 그 어미라야 살려내지 다른 이는 못 살리네
자네 한 번 죽어지면 살 아이도 아니 죽나

---

514) 콩과줄: 콩강정.
515) 삼혼구빅: 삼혼구백三魂九魄.. 무속에서 삼혼칠백三魂七魄과 삼혼구백三魂九魄을 받아 칠백인
　　　남자는 7장, 구백인 여자는 9장으로 상징화한 것으로 해석된다.
516) 덴동이를: 불에 덴 아이라는 뜻으로 '덴동이'라는 이름이 붙었다.

　　　　자닉 죽고 아517) 죽으면 조 첨지는 아조 죽닉

　　　　사라날 거시 죽고 보면 그도 쏘흔 홀 일인가

　　　　조 첨지乙 싱각거든 이러나셔 아 살이게518)

　530　어린 건만 살고 보면 조 첨지사 못 안 죽어네519)

　　　　그딕닉 말乙 올케 듯고 마지 못힉 이러 안자

　　　　약시셰 힉며 졋 먹이니 삼사삭마닉520) 나아시나

　　　　사라다고521) 홀 것 읍닉 가진 병신이 되여고나

　　　　흔 작 손은 오그러져셔 조막손니 되여잇고

　535　흔 작 다리 쌔드러져셔 장칙다리 되여시니

　　　　셩힉니도 어렵거든522) 가진 병신 웃지 살고

　　　　슈족 읍는 아덜 힉나 병신 뉘乙 볼 슈 잇나

　　　　됸 자식乙523) 졋 물이고 가르더 안고524) 싱각힉니

　　　　지난 일도 긔막히고 이 압일도 가련힉다

　540　건널소록 물도 깁고 너물소록525) 산도 눕다

　　　　엇진 연의 고싱팔자 一平生乙 고싱인고

　　　　이닉 나이 육십이라 늘거지니 더욱 슬의

　　　　자식이나 셩힉시면 졔나 밋고 사지마난

　　　　나은 졈졈 마나가니 몸은 졈졈 늘거가닉

---

517) 아: 아이. '아힉'兒後〉'아이'. 영남방언에서서 '아'가 '아'아[a'a]로 첫음절이 고조이다. 아이의
　　　변화는 '아힉〉아회〉아힉〉아이'이지만 영남방언에서는 '아힉〉아익〉아아'로 변화하였다.

518) 아 살이게: 아이를 살리게.

519) 못 안 죽어네: 못내 죽지 않았네.

520) 삼사삭마닉: 3~4삭 만에, 두 석달 만에.

521) 사라다고: 살았다고.

522) 셩힉니도 어렵거든: 온전하게 성한 이도 (살기) 어려운데.

523) 됸 자식乙: (불에) 데인 자식을.

524) 가르더 안고: 가로 들쳐 안고.

525) 너물소록: 넘을수록.

자네 죽고 아이 죽으면 조 첨지는 아주 죽네
살아날 것이 죽고 보면 그도 또한 할 일인가
조 첨지를 생각거든 일어나서 아이 살리게
530 어린 것만 살고 보면 조 첨지 사뭇526) 안 죽었네"
그 댁내 말을 옳게 듣고 마지 못 해 일어 앉아
약시세하며 젖먹이니 삼사 삭 만에 나았으나
살았다고 할 것 없네 갖은 병신이 되었구나
한쪽 손은 오그라져서 조막손이 되어있고
535 한쪽 다리 뻐드러져서527) 장채다리528) 되었으니
성한 이도 어렵거든 갖은 병신 어찌 살꼬
수족 없는 아들 하나 병신 뒤를 볼 수 있나
데인 자식을 젖 물리고 가로 안고 생각하니
지난 일도 기막히고 이 앞일도 가련하다
540 건널수록 물도 깊고 넘을수록 산도 높다
어쩐 년의 고생 팔자 일평생을 고생인고
이내 나이 육십이라 늙어지니 더욱 설워
자식이나 성했으면 저나 믿고 살지마는529)
나이는 점점 많아가니 몸은 점점 늙어가네

---

526) 사뭇: 계속.
527) 뻐드러져서: 곧지 않고 앞뒤로 뒤틀려져서.
528) 장채다리: 다리가 곧지 않고 안팎으로 뒤틀린 다리.
529) 성했으면 제나 믿고 살지마는: (몸이) 온전하게 성하면 제나 믿고 살지만.

원문 43-ㄴ

545 이러킈도 홀 슈 읍고 져러킈도 홀 슈읍다
　　된동이을 뒷더업고530) 본고향乙 도라오니
　　이젼 강산 의구ㅎ나531) 인정 물졍 다 변ㅎ닉
　　우리 집은 터만 나마 슉딕밧치532) 되야고나
　　아나니는533) 하나 읍고 모로나니 쑨이로다
550 그늘 밋던 은힝나무 불기쳥음틱아귀라534)
　　난딕 읍는 두견식가 머리 우의 둥둥 써셔
　　불여귀 불여귀 슬피우니 셔방임 죽은 넉시로다
　　식야 식야 두견식야 닉가 웃지 알고 올 쥴
　　여기 와셔 슬피 우러 닉 스럼을535) 불너느나
555 반가와셔 우러던가 셔러워셔 우러던가
　　셔방님의 넉시거든 닉 압푸로536) 나라오고
　　임의 넉시 아니거던 아조 멀이 나라 가게
　　뒤견식가 펼젹 나라 닉 억긔의537) 안자 우닉
　　임의 넉시 분명ㅎ다 이고 탐탐 반가워라
560 나는 사라 육신이 완닉538) 넉시라도 반가워라
　　건 오십연 이곳잇셔539) 날 오기乙 지다려나540)
　　어이ㅎ고 어이ㅎ고 후회 막급 어이ㅎ고

---

530) 뒷더업고: 들쳐 업고.
531) 의구ㅎ나: 의구依舊하나. 옛날과 같으나.
532) 슉딕밧치: 쑥대밭이.
533) 아나니는: 아는 이는. 아는 사람은.
534) 불기쳥음틱아귀라: 불개청음대아귀不改淸蔭待我歸. 변함없이 시원한 나무 그늘을 간직하고 내가 돌아오기를 기다림. 옛 모습 그대로 나를 기다렸네.
535) 스럼을: 설움을.
536) 압푸로: 앞으로. 원순모음화.
537) 억긔의: 어께에. '엇게'(月印千江之曲上:25), '억게'(가례언해 6:6), '엇개'(륜음언해 82) '억게'의 제2음절 모음 'ㅔ'가 'ㅐ'로 변하여 '억개'가 된 다음 '어깨'로 표기됨.
538) 나는 사라 육신이 완닉: 나는 살아 육신肉身이 왔네.
539) 이곳잇셔: 이곳에서.
540) 지다려나: 기다리려나. ㄱ-구개음화.

545 이렇게도 할 수 없고 저렇게도 할 수 없다
    뎬동이를 들쳐 업고 본고향을 돌아오니
    이전 강산 의구하나 인정 물정 다 변했네
    우리 집은 터만 남아 쑥대밭이 되였구나
    아는 이는 하나 없고 모르는 이뿐이로다
550 그늘 밑에 은행나무 그 모습 그대로 나를 기다렸네
    난데 없는 두견새가 머리 위에 둥둥 떠서
    불여귀 불여귀[541] 슬피 우니 서방님 죽은 넋이로다
    새애 새야 두견새야 내가 올 줄 어찌 알고
    여기 와서 슬피 울어 내 설움을 불러내나
555 반가워서 울었던가 서러워서 울었던가
    서방님의 넋이거든 내 앞으로 날아오고
    임의 넋이 아니거든 아주 멀리 날아가게
    두견새가 펄쩍 날아 내 어깨에 앉아 우네
    임의 넋이 분명하다 애고 탐탐 반가워라
560 나는 살아 육신이 왔네 넋이라도 반가워라
    근 오십년 이곳에서 날 오기를 기다렸나
    어이할꼬 어이할꼬 후회막급 어이할꼬

---

541) 불여귀: 죽어서 혼백이 되어 다시 돌아 갈 수 없네.

■원문 44-ㄱ

　　시야시야 우지 마라 시보기도 북구려웨542)

　　늬 팔자乙 셔겨더면543) 시 보기도 북그럽잔치

565 청의당초의 친정와셔 셔방임과 함긔 쥬겨544)

　　져 시와 갓치 자웅되야 천만연이나 사라볼 결

　　늬 팔자乙 늬가 소가545) 긔여이 흔 번 사라볼나고546)

　　첫지 낭군은 츄천의 죽고 둘지 낭군은 괴질의547) 죽고

　　셋지 낭군은 물의 죽고 넷지 낭군은 불의 죽어

570 이늬 흔 번 못 잘살고548) 늬 신명이 그만일세

　　첫지 낭군 죽乙 씨예 나도 흔가지549) 죽어거나

　　사더릭도 슈졀ㅎ고550) 다시 가지나 마라더면

　　산乙 보아도 부식렴잔코551) 져 시 보아도 무렴잔치

　　사라 싱젼의 못된 사람 죽어셔 귀신도 악귀로다

575 나도 슈졀만 ㅎ여더면 열여각은 못 셰워도

　　남이라도 충찬ㅎ고 불상ㅎ게늬 싱각홀 걸

　　남이라도 욕홀 게요 친척 일가들 반가홀가

　　잔씌 밧테 둘게 안자552) 흔바탕 실컨 우다 가니

　　모로늬 은노人 나오면서 웃진553) 사룸이 슬이우나

580 우름 근치고 마를 ㅎ계 사정이나 드러보셰

---

542) 북구려웨: 부끄러워.

543) 셔겨더면: 새겨서 들으면.

544) 함긔 쥬겨: 함께 죽어.

545) 늬 팔자乙 늬가 소가: 내 팔자에 내(스스로)가 속아서.

546) 사라볼나고: 살아보려고.

547) 괴질의: 괴질병에.

548) 못 잘살고: 재되로 잘 살지 못하고.

549) 흔가지: 한가지로, 같이.

550) 사더릭도 슈졀ㅎ고: 살더래도 수절守節하고. 개가改嫁 하지 않고 수절을 하고.

551) 부식렴잔코: 부끄럽지 않고.

552) 잔씌 밧테 둘게 안자: 잔디밭에 퍼져 앉아. '둘게'는 '포개다'의 뜻이 있다.

553) 웃진: 어떤.

186

새야 새야 울지 마라 새 보기도 부끄러워
내 팔자를 새겨들었더라면 새 보기도 부끄럽잖지
565 청의 당초에554) 친정 와서 서방님과 함께 죽어
저 새와 같이 자웅되어 천만년이나 살아볼 걸
내 팔자에 내가 속아 기어이 한번 살아나 보려고
첫째 낭군은 추천에 죽고 둘째 낭군은 괴질에 죽고
셋째 낭군은 물에 죽고 넷째 낭군은 불에 죽어
570 이내 한 번 잘 못 살고 내 신명이 그만일세
첫째 낭군 죽을 때에 나도 한 가지로 죽었거나
살더라도 수절하고 다시 가지나 말았다면
산을 보아도 부끄럽잖고 저 새 보아도 무렴찮지555)
살아생전에 못된 사람 죽어서도 귀신도 악귀로다
575 나도 수절만 하였다면 열녀각은556) 못 세워도
남이라도 칭찬하고 불쌍하게나 생각할 걸
남이라도 욕할 게요 친척 일가들 반가워할까
잔디밭에 퍼져 앉아 한바탕 실컷 우노라니
모르는 안노인557) 나오면서 "어쩐 사람이 슬피 우나"
580 "울음 그치고 말을 하게 사정이나 들어보세"

---

554) 청의 당초에: 청의를 입은 당초에. 시집을 온 그 당초에. "첨에 당초"(박희숙, 2011:110)으로
해석하면 '처음'과 '당초'처럼 동일한 말이 중복된다.
555) 져 시 보아도 무렴잔치: 저 새가 보아도 염치가 없지 않지.
556) 열녀각: 열녀각烈女閣. 수절을 지킨 여성을 기리는 홍살문紅箭門과 더불어 세운 비각.
557) 안노인: 늙은 여인네.

니 슬럼乙558) 못 이겨셔 이 곳디 와셔 우나니다
무신 스럼인지 모로거니와 웃지 그리 스뤄ᄒ나559)
노인얼낭 드러가오 니 스럼 아라 쓸디읍소
일분인사乙560) 못 차리고 쌍乙 허비며 작고 우니561)
585 그 노人이 민망ᄒ여 겻티 안자 ᄒᄂ 말리
간곳마다 그러ᄒ가562) 이곳 와셔 더 스런가
간곳마다 그러릿가 이곳디 오니 더 스럽소
져 터의 사던 임상찰리 지금의 웃지 사나잇가
그 집이 벌셔 결단나고563) 지금 아무도 읍나니라
590 더구다나 통곡하니 그 집乙 웃지 아라던가
져 터의 사던 임상찰이 우리 집과 오촌이라
자사이 본덜 알 슈인나 아무 형임이 아니신가
달여드러 두 손 잡고 통곡ᄒ며 스러하니
그 노人도 아지 못히 형임이란 말이 원 말인고
595 그러나 져러나 드러가세 손목 잡고 드러가니
청삽사리 정정 지져 난 모론다고 소릭치고
큰 디문 안의 계우 흔 쌍564) 게욱게욱 다라드닉565)
안방으로 드러가니 늘그나 졀무나 알 슈인나

---

558) 슬럼乙: 설움을. '섧-+-음'의 구성. '셜움', '셜음', '셔름', '셔룸', '셔롬', '설움'은 제1음절
    모음의 단모음화(ㅕ>ㅓ), 제2음절 모음 교체(ㅗ/ㅜ/ㅡ), 표기법에서의 차이.
559) 스뤄ᄒ나: 스러워하나.
560) 일분인사乙: 한 분 한분 인사를.
561) 허비며 작고 우니: 손으로 헤비며(긁으면서) 자꾸 우니.
562) 간곳마다 그러ᄒ가: 가는 곳마다 그러한가.
563) 결단나고: 다 망하고決斷. 역구개음화형.
564) 계우 흔 쌍: 거위 한 쌍.
565) 다라드닉: 달려드네.

"내 설움을 못 이겨서 이곳에 와서 우나이다"
"무슨 설음인지 모르거니와 어찌 그리 설워하나"
"노인일랑 들어가오 내 설움 알아 쓸데 없소"
일분 인사을 못 차리고 땅을 허비며 자꾸 우니
585 그 노인이 민망하여 곁에 앉아 하는 말이
"간 곳마다 그리하는가 이곳 와서 더 서러운가"
"간 곳마다 그러리까 이곳에 오니 더 서럽소"
"저 터에 살던 임상찰이 지금에 어찌 사나이까"
"그 집이 벌써 결딴나고566) 지금 아무도 없느니라"
590 더군다나 통곡하니 "그 집을 어찌 알았던가"
"저 터에 살던 임상찰이 우리 집과 오촌이라"
자세히 본들 알 수 있나 "아무 형임이 아니신가"
달려들어 두 손 잡고 통곡하며 서러워하니
그 노인도 알지 못해 "형님이란 말이 웬 말인고"
595 "그러나 저러나 들어가세" 손목 잡고 들어가니
청삽사리567) 정정 짖어 난 모른다고 소리 치고
큰 대문 안에 거위 한 쌍 게욱게욱 달라드네
안방으로 들어가니 늙으나 젊으나 알 수 있나

---

566) 결딴나고: 전단切斷나고. 모두 파괴되고 단절됨.
567) 청삽살이: 청삽살이.

■원문 45-ㄱ

　　　북그려위568) 안자다가 그 노인과 흔 듸 자며

600 이젼 이익기 듸강하고 신명타령 다 못홀늬

　　　명숑이569) 밤숑이 다 쪄보고570) 셰상의 별고싱 다 히봔늬

　　　살기도 억지로 못 흥깃고 직물도 억지로 못 흥깃네

　　　고약흔 신명도 못 곤치고 고싱홀 팔자는 못 곤칠늬

　　　고약흔 신명은 고약흥고 고싱홀 팔자는 고싱흥지

605 고싱듸로 홀 지경인 그른571) 사람이나 되지 마지

　　　그른 사람될 지경의는 오른 사람이나 되지 그려

　　　오른 사람 되어 잇셔 남의게나 쳥찬 듯지

　　　쳥츈과부 갈나 하면 양식 싸고 말일나늬572)

　　　고싱팔자 타고 나면 열변 가도 고싱일늬

610 이팔쳥츈 쳥싱더라 늬 말 듯고 가지 말게

　　　아모 동늬 화령듹은 시물흐나의 혼자되야

　　　단양으로 갓다더니 겨우 다셧달 사다가셔

　　　졔가 몬져 죽어시니 그건 오이려 낫지마는

　　　아무 동늬 쟝 임듹은 갓시물의573) 쳥상되여

615 졔가 츈광乙 못이겨셔 영츈으로 가더니만

　　　못 실574) 병이 달여 드러 안질빙이 되야다늬

---

568) 북그려위: 부끄러이. 부끄럽게.

569) 명숑이: 무명숑이. 목화숑이.

570) 쪄보고: 베어보고. '쪄-'는 "콩, 삼, 싸리 등을 낫으로 벤다"는 뜻으로 영남방언형이다.

571) 그른: '그르다'는 옳지 않다는 영남방언형이다.

572) 쳥츈과부 갈나 하면 양식 싸고 말일나늬: 청상과부가 개가를 하려고하면 양식을 싸서 따라다니면서 말린다는 뜻.

573) 갓시물의: 갓 스물에.

574) 못실: 몹쓸.

부끄러워 앉았다가 그 노인과 한데 자며

600 이전 이야기 대강하고 신명타령575) 다 못 할네라

목화 송이 밤 송이 다 쳐 보고 세상에 별 고생 다 해봤네

살기도 억지로 못 하겠고 재물도 억지로 못 하겠네

고약한 신명은 못 고치고 고생할 팔자는 고생하지

고약한 신명은 고약하고 고생팔자는 고생이지

605 고생대로 할 지경엔 그른 사람이나 되지 말지

그른 사람될 지경에는 옳은 사람이나 되지 그려

옳은 사람 되어 있으면 남에게나 칭찬 듣지

청춘과부 (시집) 가려 하면 양식 싸 갖고 말리려네

고생 팔자 타고 나면 열 번 가도 고생일레

610 이팔청춘 청상들아 내 말 듣고 가지 말게

아무 동내 화령댁은 스물 하나에 혼자되어

단양으로 갔다더니 겨우 다섯 달 살다가

제가 먼저 죽었으니 그건 오히려 낫지마는

아무 동네 장임댁은 갓 스물에 청상되어

615 제가 봄빛을 못 이겨서576) 영춘으로577) 가더니만

몹쓸 병이 달려들러 앉은뱅이 되었다네

---

575) 신명타령: 신명타령身命打令. 신세타령.

576) 춘광을 못 이겨서: 봄 기운을 못 이겨서. 이성을 몹시 그리워하는 마음.

577) 영춘: 경북 영주의 옛 지명.

■ 원문 45-ㄴ

　　아못578) 마실에579) 안동딕도 열아홉에 상부ᄒ고580)

　　제가 공연히 발광나서581) 닉셩으로582) 간다더니

　　셔방놈의게 매乙 맞아 골병이 드러셔 죽어다늬

620　아모 집의 월동딕도 시물둘의583) 과부되여

　　졔집 소실乙 모함ᄒ고 예쳔으로 가더니만

　　젼쳐 자식乙 몹시하다가584) 셔방의게 쫏겨나고

　　아무 곳딕 단양이늬585) 갓시물의 가장 죽고

　　남의 쳡으로 가더니만 큰어미가 사무라워

625　삼시사시586) 싸우다가 비상乙 먹고 죽어다늬

　　이 사람늬 이리된 줄 온 셰상이 아ᄂ 빈라

　　그 사람늬 긔가홀 졔 잘 되자고 갓지마난

　　팔자는 곤쳐시나587) 고싱은 못 곤치딕

　　고싱乙 못 곤칠졔 그 사람도 후회나리

630　후회난 들 엇지흘고 죽乙 고싱 아니ᄒ늬

　　큰고싱乙 안 홀 사름 상부벗틈 아니ᄒ지

　　상부벗틈 ᄒ는 사람 큰 고싱乙 ᄒ나니라

　　닉고싱乙 남 못 쥬고 눔의 고싱 안 ᄒ나니

　　제 고싱乙 졔가 ᄒ지 닉 고싱을 뉘乙 쥴고

---

578) 아못: 아무. 모모.

579) 마실에: 마을. 'ᄆᆞᆯ〉ᄆᆞᄋᆞᆯ〉ᄆᆞ올〉ᄆᆞ을〉마을' 영남방언에서는 'ᄆᆞᆯ〉마슬〉마실'로 잔류했으며 '마실게', '마실글'에서 'ᄆᆞᆯ'을 재구할 수 있다.

580) 상부ᄒ고: 상부孀婦하고. 남편이 죽은 여인.

581) 발광나서: 발광發狂나서. 바람이 나서.

582) 닉셩으로: 경상북도 봉화군 내성乃城.

583) 시물둘의: 스물 둘에. 스물〉시물. 전부모음화.

584) 몹시하다가: 몹쓰게 하다가.

585) 아무 곳딕 단양이늬: 모처에 단양댁이.

586) 삼시사시: 삼시사시三時四時. 시도 때도 없이.

587) 곤쳐시나: 고쳤으나.

192

아무 마을에 안동댁도 열아홉에 상부하고[588]
제가 공연히 발광나서 내성으로 갔다더니
서방놈에게[589] 매를 맞아 골병이 들어서 죽었다네
620 아무 집의 월동댁도 스물둘에 과부되어
제 집 식구를[590] 모함하고 예천으로 가더니만
전처 자식을 몹시 하다가 서방에게 쫓겨나고
아무 곳의 단양이네 갓 스물에 가장[591] 죽고
남의 첩으로 가더니만 큰어미가 사나워서
625 삼시 사시 싸우다가 비상을[592] 먹고 죽었다네
이 사람네 이리 된 줄 온 세상이 아는 바라
그 사람네 개가할 제 잘되자고 갔지마는
팔자는 고쳤으나 고생은 못 고치데
고생을 못 고칠 제 그 사람도 후회 나리
630 후회 난들 어찌할고 죽을 고생 많이 하네
큰 고생을 안 할 사람 상부부터 아니 하지
상부부터 하는 사람 큰 고생을 하나니라
내 고생을 남 못 주고 남의 고생 안 하나니
제 고생을 제가 하지 내 고생을 누구를 줄고

---

588) 상부하고: 상부喪夫하고. 남편을 잃음.
589) 셔방놈의게: 서방놈에게. '셔방'은 이미 16세기부터 성 뒤에 붙어 비칭을 나타내거나, '셔방 맞다'와 같이 관용적 용법에 쓰이거나, 호칭에서 '님'과 함께 사용되었다.
590) 소실: 소실少室. 식구.
591) 가장: 가장家長. 남편.
592) 비상을: 독약을.

635 역역가지593) 싱각ᄒ되 긔가 히셔 잘 되나니ᄂ594)
    빅이 하나 아니 되ᄂᆡ 부듸 부듸 가지말게
    긔가 가서 고싱보다 수졀고싱 호강이니
    슈졀 고싱ᄒ난595) 사람 남이라도 귀이 보고596)
    긔가 고싱ᄒᄂ 사람 남이라도 그르다ᄂᆡ597)
640 고싱 팔자 고싱이리 슈지장단598) 상관읍지
    죽乙 고싱ᄒᄂ 사람 칠팔십도 사라 잇고
    부귀 호강ᄒᄂ 사람 이팔청츈 요사ᄒ니599)
    고싱 사람 들 사잔코600) 호강 사람 더 사잔ᄂᆡ
    고싱이라도 흔이 잇고 호강이라도 흔이 잇셔
645 호강사리 졔 팔자요 고싱사리 졔 팔자라
    남의 고싱 쒸다ᄒ나 흔탄흔덜 무엇흘고
    ᄂᆡ 팔자가 사ᄂ 듸로 ᄂᆡ 고싱이 닷난 듸로
    죠흔 일도 그 쑨이요 그른 일도601) 그 쑨이라
    츈삼월 호시졀의 화젼노름 와거걸랑602)
650 곳 빗쳘ᄂ 곱게 보고 ᄉᆡ 노ᄅᆡᄂ 좃케 듯고
    발근 달은 여사 보며603) 말근 발람 시원ᄒ다
    조흔 동무 죤 노름의604) 셔로 웃고 노다 보소

---

593) 역역가지: 역역歷歷가지. 여러 가지.
594) 되나니ᄂ: 되는 이는. 되는 사람은.
595) 슈졀 고싱ᄒ난: 수졀守節 고생苦生하는. 정조를 지키며 고생하는.
596) 귀이 보고: 귀하게 보고.
597) 그르다ᄂᆡ: 그러다고 하네. 잘못되었다고 하네.
598) 슈지장단: 수지장단壽之長短. 명이 길고 짧음.
599) 요사ᄒ니: 요사夭死하니. 일쩍 죽으니.
600) 고싱 사람 들 사잔코: 고생하는 사람이라고 덜 살지 않고.
601) 그른 일도: 그른 일도. 나쁜 일도.
602) 와거걸랑: 왔거들랑.
603) 여사 보며: 예사로 보며. 보통으로 보며.
604) 죤 노름의: 좋은 놀음의.

635 역력가지 생각하되 개가해서 잘 되는 이는
　　　백에 하나 아니 되네 부디부디605) 가지 말게
　　　개가 가서 고생보다 수절 고생 호강이네
　　　수절 고생하는 사람 남이라도 귀히 보고
　　　개가 고생하는 사람 남이라도 그르다네
640 고생 팔자 고생이라 수지장단 상관없지
　　　죽을 고생하는 사람 칠팔십도 살아 있고
　　　부귀호강 하는 사람 이팔청춘 요사하니
　　　고생 사람 덜 살지 않고 호강 사람 더 사지 않네
　　　고생이라도 한이 있고 호강이라도 한이 있어
645 호강살이 제 팔자요 고생살이 제 팔자라
　　　남의 고생 꿰다하나 한탄한들 무엇할꼬
　　　내 팔자가 사는 대로 내 고생이 닫는 대로606)
　　　좋은 일도 그 뿐이요 그른 일도 그 뿐이라
　　　춘삼월 호시절에 화전놀음 왔거들랑
650 꽃빛일랑 곱게 보고 새 노래는 좋게 듣고
　　　밝은 달은 예사 보면 맑은 바람 시원하다
　　　좋은 동무 좋은 놀음에 서로 웃고 놀아 보소

---

605) 부듸부듸: 부디 부디. 아무쪼록. 16세기에는 '브듸'로 나타나며 17세기 이후에는 '브듸'의
　　　제2음절 '듸'가 '듸'로 변화하여 '부듸'로도 나타난다. '브듸', '브듸'가 원순모음화되어 '부듸,
　　　부듸'로 변한다음 단모음화되어 '부디'가 된 것이다.
606) 닫는대로: 내닫는대로. 닫는 대로. 닥치는 대로. '닷난'은 '돌쒜-+-눈'의 구성.

사람들의 눈이 이샹ᄒ여 졔듸로 보면 관계찬타
고은 곳도 싀여607) 보면 눈이 캉캄 안 보이고
655 귀도 ᄯᅩᄒᆫ 별일이니 그듸로 드르면 관찬은 걸608)
싀소릐도 곳쳐 듯고609) 실푸 마암 졀노 나늬
맘심자가 졔일이라610) 단단ᄒ게 맘 자부면
곳쳔 졀노 피는 거요 싀난 여사611) 우는 거요
달은 미양612) 발근 거요 바람은 일상 부는 거라
660 마음만 여사 틱평ᄒ면 여사로 보고 여사로 듯지
보고 듯고 여사 하면 고싱될 일 별노 읍소
안자 우든 쳥츈과부 황연듸각 씨달나셔
뎬동어미 말 드르니 말슴마다 긔긔 오릐613)
이늬 슈심 풀러늬여 이리져리 부쳐 보셔
665 이팔쳥춘 이늬 마음 봄 츈싸로 부쳐 두고
화용월틱 이늬 얼골 곳 화싸로 부쳐 두고
슐슐 나는 진 흐슘은614) 셰우츈풍 부쳐 두고
밤이나 낫지나 슛흔615) 슈심 우는 싀가 가져가긔
일촌간장 싸인 근심 도화유슈로 씨여볼가
670 쳔만쳡이나 씨인 스름 우슘 곳틴 ᄒ나 읍늬

---

607) 싀여: 새겨서.
608) 관찬은 걸: 괜찮을 것을.
609) 곳쳐 듯고: 고쳐 듣고. 달리 생각하여 듣고.
610) 졔일이라: 제일이라.
611) 여사: 예사.
612) 미양: 매양. 늘. '미샹〉미양〉매양'의 변화. '미샹'은 중국어 '매상每常'에서 온 차용어이다. 20세기 이후에는 '매양'이 일반적으로 쓰인다. 그런데 현대국어에서는 '매양'과 함께 '매상'도 쓰고 있다. 이는 '매상每常'을 한국식 한자음으로 읽은 것이다.
613) 긔긔 오릐: 하나 하나 옳아.
614) 진 흐슘은: 긴 한숨은.
615) 슛흔: 숱한. 많은.

사람들의 눈이 이상하여 제대로 보면 관계찮고
고운 꽃도 새겨보면 눈이 캄캄 안 보이고
655 귀도 또한 별일이지 그대로 들으면 괜찮은 걸
새소리도 고쳐 듣고 슬픈 마음 절로 나네
마음 심자가 제일이라 단단하게 맘 잡으면
꽃은 절로 피는 거요 새는 여사 우는 거요
달은 매양 밝은 거요 바람은 일상 부는 거라
660 마음만 여사 태평하면 여사로 보고 여사로 듣지
보고 듣고 여사 하면 고생될 일 별로 없소
앉아 울던 청춘과부 황연대각616) 깨달아서
"덴동어미 말 들으니 말씀마다 하나하나 옳아617)
이내 수심 풀어내어 이리저리 부쳐 보세"
665 "이팔청춘 이내 마음 봄 춘자로 부쳐 두고
아름다운 고운 얼굴618) 이내 얼굴 꽃 화자로 부쳐 두고
술술 나는 긴 한숨은 세우춘풍619) 부쳐 두고
밤이나 낮이나 숱한 수심 우는 새가 가져가게
일촌간장620) 쌓인 근심 도화유수621)로 씻어볼까
670 천만 첩이나 쌓인 설움 웃음 끝에 하나 없네

---

616) 황연대각: 황연대각晃然大覺. 환하고 밝게 모두 크게 깨달음.
617) 개개 옳아: 한 가지 한 가지 다 옳아.
618) 화용월태: 화용월태花容月態. 아름다운 여자의 고운 얼굴모습을 가리킴.
619) 세우춘풍: 세우춘풍細雨春風. 봄 바람에 가는 비가 오고.
620) 일촌간장: 일촌간장一寸肝腸. 일 촌밖에 되지 않는 간장 곧 보잘것없는 속마음.
621) 도화유수: 도화유수桃花流水. 도화원에 도화꽃이 물에 떠서 흐르는 신선의 세계.

▌원문 47-ㄱ

　　구곡간장 깁푼 스럼 그 말 씃티 실실 풀여
　　三冬셜흔 싸인 눈니 봄 츈자 만나 실실 녹늬
　　자늬 말은 봄 츈자요 늬 싱각은 꼿화자라
　　봄 츈자 만난 꼿화자요 꼿화자 만난 봄 츈자라
675　얼시고나 조을시고 조을시고 봄 츈자
　　화젼노롬 봄 츈자 봄 츈자 노릐 드러보소
　　가련ᄒ다 二八 쳥츈 늬게 당흔 봄 츈자
　　노련의 깅환 고원츈622) 덴동어미 봄 츈자
　　장싱화발 만연츈623) 우리 부모임 봄 츈자
680　桂지ᄂ 엽 一가츈624) 우리 자손의 봄 츈자
　　금지옥엽 九즁츈 우리 군쥬임 봄 츈자
　　조운모우 양ᄃ 츈625) 列王묘의 봄 츈자
　　八仙大夵 九운츈626) 이자仙의 봄 츈자
　　봉구황곡 각來츈627) 鄭경파의 봄 츈자
685　연작비릐 보희츈 이소和의 봄 츈자
　　三五星희 正在츈628) 진치봉의 봄 츈자
　　爲귀爲仙 보보츈629) 가츈 雲의 봄 츈자
　　今代文장 自有츈 계셤月의 봄 츈자
　　젹싴쳔명 河北 츈 젹션홍의 봄 츈자

---

622) 노련의 깅환 고원츈: 노령老齡에 갱환고원춘史換故園春. 노년에 고향으로 돌아 온 고향의 봄.
623) 장싱화발 만연츈: 장생화발 만년춘長生花發 萬年春. 꽃 만발하여 오래 피는 만년 장수하는 봄.
624) 桂지ᄂ 엽 一가츈: 계지난엽桂之暖葉. 계수나무의 잎에 찾아온 듯한 온 집안에 봄.
625) 조운모우 양ᄃ 츈: 조운모우造雲暮雨. 구름 모여 저녁 비내리는 봄을 기다림.
626) 八仙大夵 九운츈: 팔선녀 구운몽의 봄 춘자. 〈구운몽〉에 나오는 팔선八仙은 중국, 민간 전설 중 8명의 선인, 여동빈, 이철괴, 한종리, 장과로, 남채화, 조국구, 한상자, 하선고를 말함.
627) 봉구황곡 각來츈: 봉구황곡鳳求凰曲. 봉황곡. 부부간의 금실을 노래한 것. 중국 사마상여가 탁문군의 마음을 끌기 위해 연주했던 음악. 구운몽에서 양소유가 정경패의 마음을 사로잡기 위해 연주하였다.
628) 三五星희 正在츈: 〈구운몽〉에서 '삼오성희정재동三五星稀正在東' 보름달이 밝아 희미한 별은 동쪽에 떴네. 진채봉이 지은 〈칠보사〉의 한 구절.
629) 爲귀爲仙 보보츈: 귀신인지 선녀인지 발걸음마다 가득한 봄. 구운몽에서 가춘운이 양소유를 희롱하기 위해 유혹하는 일화.

■현대문 47-ㄱ

구곡간장 깊은 설움 그 말끝에 술술 풀려
삼동설한三冬雪寒 쌓인 눈이 봄 춘자 만나 슬슬 녹네
자네 말은 봄 춘자요 내 생각은 꽃 화자라
봄 춘자 만난 꽃 화자요 꽃 화자 만난 봄 춘자라
675 얼시고나 좋을시고 좋을시고 봄 춘자
화전놀음 봄 춘자 봄 춘자 노래 들어보소
가련하다 이팔청춘 내게 마땅한 봄 춘자
노년에 돌아온 고향의 봄 덴동어미 봄 춘자
만년 동안 장수하는 봄 우리 부모님 봄 춘자
680 계수나무 온 집안에 봄 우리 자손의 봄 춘자
금지옥엽 구중궁궐의 봄630) 우리 임금님 봄 춘자
구름 되고 비 되어 만나는 봄 열왕묘의 봄 춘자
팔선대혜 구운몽의 봄 이자선의 봄 춘자
봉구황곡 연주하는 봄 정경패631)의 봄 춘자
685 재비 까치가 소식 알리는 봄 이소화의 봄 춘자632)
동녘 별 드문드문한 봄 진채봉의633) 봄 춘자
귀신인지 신선인지 걸음마다 가득한 봄 가춘운634)의 봄 춘자
금대 문장가의 봄635) 계섬월의 봄 춘자
절세 미인의 하북 땅의 봄636) 적경홍637)의 봄 춘자

---

630) 금지옥엽 九중춘: 금지옥엽金枝玉葉 같은 구중궁궐의 봄.

631) 정경패: 〈구운몽〉에 등장인물. 정경패鄭瓊貝는 세습무世襲巫이자 조선 권번 출신의 옥당玉堂 정경파鄭慶波.

632) 연작비래 보회춘 이소화의 봄 춘자: 연작비래燕作飛來. 재비가 날아옴. 까치가 희소식을 알리는 봄. 구운몽에서 이소화가 지은 시 구절. 이소화李蕭和. 〈구운몽〉에 등장인물. 전신은 선녀. 난양공주蘭陽公主로 태어나 양소유와 통소를 화답함이 인연되어 약혼, 정경패鄭瓊貝와 함께 소유의 부인이 되었다.

633) 진채봉: 진채봉. 〈구운몽〉의 팔선녀 가운데서 이름난 기생 이름. 가춘운, 계월성, 적경홍狄驚鴻. 양소유와 양류사에서 인연을 맺는다.

634) 가춘운: 爲主忠心 步步相隨不暫捨 주인 위한 충성스러운 마음을 뒷따르면 잠시도 버리지 않음. 양소유를 유혹하는 가춘운의 시.

635) 今代文章 自有츈 계섬월: 당대 최고의 문장가의 봄. 〈구운몽〉에 등장하는 팔선녀 가운데 한 사람. 月中丹桂誰先折 今代文章自有眞 달 가운데 붉은 월계화 누가 먼저 꺾으려나 지금 문장에 저절로 진실함이 있도다. 양소유가 계섬월에게 지은 시.

636) 절색천명 하북춘: 중국 화북 땅에 절세미인의 봄.

637) 적경홍: 중국 하북의 명기로 연왕을 항복시키고 돌아오던 양소유를 만나 첩이 됨.

690 옥門관외 의회츈638) 심조연의 봄 츈자
　　　清水딕의 음곡츈639) 白수파의 봄 츈자
　　　三十六宮 도서츈640) 졔一 조혼 봄 츈자
　　　도中의 송모츈은641) 마上客의 봄 츈자
　　　츈닉의 불사츈은642) 王昭君의 봄 츈자
695 송군겸 송츈은643) 이별ㅎㄴ 봄 츈자
　　　낙日萬 가츈은 千里원긱 봄 츈자
　　　등누말의 고원츈 강상긱의 봄 츈자
　　　早知五 柳츈은 도연명의 봄 츈자
　　　황사白草 本無츈 관山 萬里 봄 츈자
700 화光은 불滅沃陽츈 고국乙 싱각ㅎ 봄 츈자
　　　낭吟비과 동庭츈644) 呂東빈의 봄 츈자
　　　五湖片쥬 만載츈 月셔시의 봄 츈자
　　　回두一笑 六宮츈 양구비의 봄 츈자
　　　龍안一解 四희츈645) 太平天下 봄 츈자
705 쥬진도名 三十츈646) 이쳥영의 봄 츈자
　　　어舟츅水 익山츈647) 불변 仙원 봄 츈자
　　　양자江 두 양유 츈648) 汶양 귀긱 봄 츈자

---

638) 옥문관외 의회춘: 옥문관 밖의 아른아른한 봄. 옥문관玉門關.
639) 清水딕의 음곡춘: 그윽한 골짜기 맑은 못에 봄. 청수대의 운곡천雲谷川.
640) 삼십육궁 도시춘은: 36궁 곧 온 세상 모두가 봄.
641) 도中의 송모츈은: 길 위에서 만나는 늦은 봄. 〈화수석춘가和酬惜春歌〉에도 '馬上逢寒食 途中送暮春'라는 구절이 있음.
642) 츈닉의 불사츈은: 춘래불사춘春來不似春. 봄은 왔으나 봄 같지 않은 봄. 동방규東方叫의 〈소군원昭君怨〉에 보이는 '春來不似春' 구절이 있다.
643) 송군겸 송봄춘은: 그대를 보내며 봄도 함께 보내는 봄. 최노崔魯의 〈삼월회일송객三月晦日送客〉에 '送君兼送春'이라는 구절이 있음.
644) 낭吟비과 동庭춘: 동정춘 동정호의 봄.
645) 龍안一解 四희춘: 용안일안사해춘龍顔一一安四海春. 임금의 얼굴이 한 번 풀어지니 온 세상이 봄기운이다. 이백의 〈증종제남평태수지요贈從弟南平太守之遙〉의 한 구절.
646) 주진도명 삼십춘: 주사장명삼십춘酒肆藏名三十春. 술이 취해 지나 간 서른 번의 봄. 술집에 이름 숨겨온 지 30년인데. 이백의 〈답호주가엽사마문백시하인答湖州迦葉司馬問白是何人〉의 한 구절.
647) 어舟츅水 익山춘: 고기잡이 배는 물길 따라가며 봄 산을 즐김. 왕유의 〈도원행〉의 한 구절.
648) 양자江 두 양유 춘: 楊柳江頭楊柳春. 양자강 강가 버드나무의 봄.

690 아른아른 옥문관 밖에 돌아온 봄 심조연의649) 봄 춘자

　　청수담의 그윽한 골자기의 봄 백능파의650) 봄 춘자

　　온 우주 모두가 봄 제일 좋은 봄 춘자

　　길 위에서 만나는 늦은 봄 마상객의 봄 춘자

　　봄은 왔으나 봄 같지 않은 봄 왕소군의 봄 춘자

695 님을 보내며 함께 보내는 봄 이별하는 봄 춘자

　　저문 석양에 집집마다 봄651) 천리길 나그네 봄 춘자

　　누각에 올라 고향 그리는 봄652) 강상 나그네의 봄 춘자

　　집 앞 버들에 봄 온줄 모르는 봄653) 도연명의 봄 춘자

　　사막에 마른 풀에 오지 않는 봄654) 관산 만리 봄 춘자

700 악양의 봄 못지않은 봄 고국을 생각하는 봄 춘자

　　동정호를 날아 지나가는 봄655) 여동빈656)의 봄 춘자

　　오호의 조각배에 가득한 봄657) 월 서시658)의 봄 춘자

　　한 범번 미소에 온 궁궐 가득한 봄659) 양귀비의 봄 춘자

　　용안이 고운시니 온 세상 가득한 봄 태평천하 봄 춘자

705 술 취해 지나간 서른 번의 봄 이청영의 봄 춘자

　　계곡 그슬러 경물 즐기는 봄660) 변하지 않는 신선 세계 봄 춘자

　　양자강 머리 버드나무 봄 나그네의 봄 춘자

---

649) 심조연沈娥烟의: 〈구운몽〉 가운데 토번의 난을 평정하고 돌아오는 양소유를 영중에서 만나 결연.

650) 白수파: 백능파. 〈구운몽〉에 등장하는 동정 용왕의 딸 백능파白凌波. 양소유가 백능파를 만나 양춘 들어오는 것 같다고 말함.

651) 낙일만 가춘: 낙일만 가춘落日滿 家春. 석양의 모든 집에 봄빛 가득한 봄. 李端의 〈송인하제送人下題〉의 한 구절.

652) 등루만리 고원춘: 등두만리登樓萬里 누각에 올라 고향 그리는 봄.

653) 부지오 류춘은: 집 앞 버들에 봄 온 줄 모르는 봄.

654) 황사백초 본무춘은: 사막에 풀에는 오지 않는 봄.

655) 낭음비과 동정춘: 동정호를 날아서 지나 가는 봄.

656) 여동빈: 여동빈吕洞賓. 〈구운몽〉에 출연하는 8명의 선인仙人 중 한사람.

657) 오호 편주: 오호편주五湖片舟. 오호 조각배에 가득 실은 봄. 오월 싸움에서 월나라 왕 구천을 도와 오의 왕 부차를 쳐서 승리한 범려가 은둔 한 호수.

658) 월 서시: 춘추시대 말기에 월나라의 대부 범여范蠡가 월 왕을 보좌하여 오를 멸망시킨 뒤 벼슬에서 물러나 작은 배를 타고 숨어 살던 곳.

659) 회두일소 육궁춘: 한 번 짓는 미소에 온 궁권에 오는 봄.

660) 어주축수 애산춘: 어주축수애산춘漁舟逐水愛山春. 계곡물 오르면 경치 즐기는 봄. 고기잡이배는 물을 따라 봄의 산을 사랑하고. 왕유의 〈도원행〉의 한 구절.

　　동원도李 片時츈 창가 소부 봄 춘자
　　天下의 太平츈은 강구煙月 봄 춘자661)
710 風동슈화전 수궐츈은662) 故소듸 下 봄 춘자
　　화긔渾如 百화츈663) 兩과 千봉 봄 춘자664)
　　만里江山 무흔츈665) 유산긱의 봄 춘자
　　山下山中 紅자츈666) 홍졍골듸 봄 춘자
　　一川明月 몽화츈667) 골늬듸 늬 봄 춘자
715 명사十里 히당츈668) 식늬듸늬 봄 춘자
　　的的도화 萬졍츈669) 도화동듸 봄 춘자
　　목동이요 거향화츈670) 힝졍듸늬 봄 춘자
　　홍도화발 가가춘 도지미듸늬 봄춘자
　　니화만발 白洞츈 희여골듸늬 봄춘자
720 연화동구 二月츈 연동늬 봄춘자
　　슈양동구 萬絲츈671) 오양골듸 봄 춘자
　　虹교우졔 更和츈672) 홍다리듸 봄 춘자
　　융융和氣 永가츈673) 안동듸늬 봄 춘자
　　啼鳥영영 聲곡츈674) 소리실듸 봄 춘자
725 치련가출 옥계츈675) 눗졈듸늬 봄 춘자

---

661) 강구煙月 봄 춘자: 강구연월의 봄 춘. 백성이 편안한 봄.
662) 風동슈화전 수궐츈은: 바람에 연꽃 흔들리는 봄.
663) 화긔 渾如 百화츈: 온갖 꽃이 만발한 봄.
664) 兩과 千봉 봄 춘자: 천만 봉우리의 봄 춘자.
665) 만里江山 무흔츈: 만리 강산에 끝없는 봄.
666) 山下山中 紅자츈: 온 산천에 울긋불긋한 봄.
667) 一川明月 몽화츈: 냇물에 밝은 달이 비치는 봄.
668) 명사十里 히당츈: 명사십리 해당화 핀 봄.
669) 的的도화 萬졍츈: 도화꽃 만발한 봄.
670) 목동이요 거향화츈: 저 멀리 행화촌의 봄.
671) 슈양동구 만사츈: 수양버들 늘어진 봄
672) 비가 개자 무지게 뜬 봄.
673) 융융화기 수가츈: 화사로운 기운 가득한 융융한 봄.
674) 졔명져져 셩곡츈: 온갖 새들 노래하는 봄.
675) 치련가출 옥계츈: 아름다운 연꽃 피는 봄.

동원에 핀 이화 잠간의 봄676) 창기들의 봄 춘자677)

천하의 태평한 봄678)은 백성 편안한 봄 춘자

710 바람 연꽃 흔드는 봄 고소대의679) 봄 춘자

온갖 꽃이 만발한봄680) 천만 봉우리의 봄 춘자

만 리 강산 끝없는 봄 유산객의 봄 춘자

산중 산하 울긋불긋한 봄 홍정골댁 봄 춘자

냇물에 밝은 달 꿈 속의 봄681) 골내댁네 봄 춘자

715 명사십리 해당화 핀 봄 새내댁네 봄 춘자

도화 반발한 만전춘 도화동댁 봄 춘자

저 멀리 보이는 행화촌의 봄682) 행정댁네 봄 춘자

홍도화 만발한 집집마다 봄 도지미댁네 봄 춘자

이화만발 여러 마을의 봄 희여골댁네 봄 춘자

720 수양버들 만 가지로 벌은 봄 오양골댁 봄 춘자

온 동네 연기 오르는 봄 연동댁네 봄 춘자

비 갠 무지개 뜬 봄 홈다리댁 봄 춘자

화기 융융한 집집마다 맞이하는 봄 안동댁네 봄 춘자

온갖 새들 노리하는 봄 소리실댁 봄 춘자

725 아름다운 연꽃 구슬 개울에 피는 봄 놋점댁네 봄 춘자

---

676) 동원도리 편시춘: 동원도리편시춘東園桃梨片時春. 도리화 잠간의 봄. 동쪽 정원의 복숭아꽃 배꽃이 피는 잠깐 사이의 봄. 왕바르이 〈임고대〉의 한 구절. 동쪽 정원의 복숭아꽃 배꽃이 피는 잠깐 사이의 봄. 왕발의 〈臨高臺〉의 한 구절. 편시춘『片時春』 판소리의 단가短歌. 세상사는 허무하고 인생은 마치 춘몽과 같으니 술로나 즐겨보자는 내용의 남도의 소리곡조로, 중모리장단에 33각刻이다. 그 첫머리는 "아서라 세상사 가소롭다. 군불견君不見 동원도리편시춘東園桃李片時春, 창가소부娼歌少婦야 웃들 마라…"로 시작된다.

677) 창가소부 봄 춘자: 술집 가녀의 봄.

678) 태평춘: 여민락與民樂의 한 갈래로 영슈 또는 여민락령與民樂令인데 아명으로는 태평춘지곡太平春之曲이라고도 한다.

679) 고소대하: 고소대 위에서 오왕을 즐겁게 하니 바람 불어 연꽃 향기 전각으로 날아오네. 이백의 〈口號吳王美人半醉〉 '姑蘇臺上宴吳王 風動荷花水殿香'의 구절. 중국 강소성 소주 고소산에 있는 이름난 누각.

680) 화기혼여 백화춘: 백화춘『百花春』 찹쌀로 담그며 봄에 빚어 마시는 좋은 술.

681) 일천명월 몽화춘 몽화춘: 몽화춘夢花春. 꿈 속의 봄.

682) 목동요지행화: 목동은 멀리 살구꽃을 가리키네. "借問酒家何處在 牧童遙指杏花"(두목의 〈청명〉 시의 한 구절.

■원문 48-ㄴ

　　졔月교 금셩츈683) 쳥다리듸 봄 츈자
　　江之南쳔 치련츈684) 남동듸니 봄 츈자
　　영산홍어 회연츈685) 영츈듸니 봄 츈자
　　만화방챵 丹山츈686) 질막듸니 봄 츈자
730　江天막막 셰雨츈687) 우슈골듸 봄 츈자
　　十里長임 華려츈688) 丹양듸니 봄 츈자
　　말금 바람 솰솰 부러 쳥풍듸니 봄 츈자
　　兩로듸의 곳치 핀다 덕고기듸이 봄츈자
　　바람 솟티 봄이 온다 풍긔듸니 봄 츈자
735　비봉山의 봄 츈자 화젼놀롬 홍의 나니
　　봄츈자로 노리 ᄒᆞ니 조乙시고 봄 츈자
　　봄츈자가 못 가게로 실버들노 쏙 잠미게
　　츈여 과긱 지나간다 잉무싀야 말유히라
　　바람아 부덜마라 만경묘화 써러진다
740　어여쑬사 小娘子가 의복 단장 올케 ᄒᆞ고
　　방긋 웃고 썩나셔며 조타조타 시고 조타
　　잘도 하니 잘도 하니 봄츈자 노리 잘도ᄒᆞ니
　　봄츈자 노리 다 히는가 곳화자 타령 니가 흠셔

---

683) 졔月교 금셩츈: 금셩대군의 봄. 금셩대군은 세조의 동생으로 세종 15(1433)년 금셩대군으
　　로 봉해졌는데 수양대군에 의해 모반혐의로 삭녕朔寧에 유배되었다가 다시 순흥順興에서 순
　　흥부사 이보흠李甫欽과 함께 단종의 복위를 꾀하려고 하였으나 거사하기 전 관노의 고변으로
　　사사賜死 되었다. 당시 참형으로 흘린 피가 이 다리까지 흘러내려 청다리라고 하며 피끝(피가
　　마지막 멈춘 곳)이라고도 한다. 제월교는 소수서원에서 부석사로 건너는 다리. 숙종
　　36(1710)년에 축조한 제월교. 이 곳 비석에는 "康熙庚寅五月霽月橋"라는 기록이 있다. 일명
　　'청다리'라고 한다. 이 다리에 얽힌 설화로는 아이가 울면 "뚝 다리 밑에서 주어온 아이"라고
　　하면 울음을 그친다고 한다. 제월교에 샛별 뜬 봄.
684) 江之南쳔 치련츈: 강남에서 연꽃 따는 봄. 강의 남쪽에서 연꽃을 따는 시절의 봄. 綠水芙蓉採
　　蓮女(푸른 연못에 떠 있는 부용화를 따는 여인)〈춘향전〉
685) 영산홍어 회연츈: 영산홍 영춘화 피는 봄.
686) 만화방챵 丹山츈: 만화방창 단산의 봄.
687) 江天막막 셰雨츈: 아득한 강가에 가랑비 내리는 봄.
688) 十里長임 華려츈: 십리 긴 숲에 화려한 봄.

204

제월교 위에 금성(샛별) 뜬 봄 청다리댁 봄 춘자

강남 개울에 연꽃 따는 봄 남동댁네 봄 춘자

영산홍 영춘화 피는 봄 영춘댁네 봄 춘자

만화방창 단산의 봄 질막댁네 봄 춘자

730 강가 아득히 가랑비 내리는 봄 우수골댁 봄 춘자

십리 긴 화려한 숲의 봄 단양댁네 봄 춘자

맑은 바람 쏼쏼 불어 청풍댁네 봄 춘자

봄비689) 덕에 꽃이 핀다 덕고개댁네 봄 춘자

바람 끝에 봄이 온다 풍기댁네 봄 춘자

735 비봉산의 봄 춘자 화전놀음 흥이 나네

봄 춘자로 노래하니 좋을시고 봄 춘자

봄 춘자가 못 가게690) 실버들로 꼭 잠매게691)

봄이 과객처럼692) 지나간다 앵무새야 만류해라

바람아 부지 마라693) 뜰에 가득한 도화694) 떨어진다

740 어여뿔사 소낭자가 의복단장 제대로 하고

방긋 웃고 썩 나서며 "좋다 좋다 얼씨구 좋다

잘도 하네 잘도 하네 봄 춘자 노래 잘도 하네

봄 춘자 노래 다 했는가 꽃 화자 타령 내가 함세"

---

689) 우로: 비와 이슬雨露.

690) 못가거로: 가게. '-게'가 영남방언에서는 '-그로(거로)'가 사용된다.

691) 잠아매게: 잡아매게.

692) 춘여과객: 봄과 같이 빨리 지나가는 손님.

693) 부딜마라: 불지를 마라.

694) 만정도화: 만정도화滿庭桃花. 정원에 가득한 도리꽃과 이화꽃.

　낙화水 동유 흐른 물의 만면슈심 셰슈ᄒ고
745 곳 화자 얼골 단쟝ᄒ고 반만 웃고 도라셔니
　히당시례695) 웃난 모양 히당화가 한가지요
　오리불실696) 잉도 볼은 홍도화가 빗치 곱다
　압푸로 보나 뒤으로 보나 온 젼신이 곳화자라
　곳화자 가튼 이 사람이 곳화자 타령ᄒ여 보시
750 조乙시고 조乙시고 곳화자가 조을시고
　화신 풍이 다시 부러 만화방창 곳화자라
　당상 천연 장싱화ᄂᆞᆫ 우리 부모임 곳화자요
　실ᄒ 만셰 무궁화ᄂᆞᆫ 우리 자손의 곳화자요
　요지연의 벽도화ᄂᆞᆫ697) 세왕모의 곳화자요
755 천연일기 쳘슈화ᄂᆞᆫ698) 광한젼의 곳화자요
　극락젼의 션비화ᄂᆞᆫ699) 셔가여릭 곳화자요
　쳔틱산의 노고화ᄂᆞᆫ700) 마고션여 곳화자요
　츈당딕의 션니화ᄂᆞᆫ701) 우리 금쥬임 곳화자요
　부귀춘화 우후홍은 우리집의 곳화자요
760 욕망난망 상사화ᄂᆞᆫ 우리 낭군 곳화자요
　千리타향 一슈화ᄂᆞᆫ 소인 젹긱 곳화자요

---

695) 해당시레: 실없이 활짝.

696) 오리불실: 오랫동안 보실.

697) 요지연 벽도화: 벽도화碧桃花. 복숭아 나무의 한 가지. 벽도나무. 선경에 있다는 전설상의
　복숭아.

698) 천년일개 천수화는: 천년에 한 번 피는 천수화.

699) 극락전의 선비화: 극락전의 선비화. 영주 부석사 조사당 앞에 있는 낙엽관목인 골담초를
　선비화라고도 말함. 선비화는 신선神仙이 된 꽃으로 '늙어서도 병이나 탈이 없이 곱게 죽음'
　을 일컫는 말.

700) 천태산의 노고화는: 천태산에 피는 노고화. 노고화는 할미꽃을 말함.

701) 춘당대의 선리화: 춘당대의 선이화仙梨花. 오얏꽃.

▌현대문 49-ㄱ

    낙화유수 흐르는 물에 만면 수심702) 세수하고

745 꽃 화자 얼굴 단장하고 반만 웃고 돌아서니

    허당시레 웃는 모양 해당화와 한 가지요

    오리 볼수록 앵도 볼은 홍도화처럼 빛이 곱다

    앞으로 보나 뒤로 보나 온 전신이 꽃 화자라

    꽃 화자 같은 이 사람이 꽃 화자타령 하여보세

750 좋을시고 좋을시고 꽃 화자가 좋을시고

    꽃바람이 다시 불어 만화방창 꽃 화자라

    천년동안 장생화는703) 우리 부모님 꽃 화자요

    슬하膝下 만년萬歲 무궁화는 우리 자손의 꽃 화자요

    요지연의 벽도화는 서왕모의 꽃 화자요704)

755 천년에 한 번 피는 천수화705)는 광한전의 꽃 화자요

    극락전의 선비화706)는 석가여래 꽃 화자요

    천태산의 노고화707)는 마고선녀708) 꽃 화자요

    춘당대의 선리화709)는 우리 임금님 꽃 화자요

    비온 뒤에 부귀하게 봄꽃 붉게 핀 것은710) 우리 집의 꽃 화자요

760 죽어도 못잊는 상사화는711) 우리 낭군 꽃 화자요

    천리타향 한 그루 꽃은712) 유배객의 꽃 화자요

---

702) 만면수심: 얼굴에 가득찬 수심.

703) 장생화: 수심을 털어내는데 효과가 있다는 약초이름.

704) 서왕모의 꽃 화자요: 서왕모의 꽃 화자. 울릉 민요와 무가인 〈태평요〉에도 "만조백화 성과로다 억조정신 보이로다, 서왕지모 이천연에 요지연에 배설하고"라는 대목이 있다.

705) 천수화: 우담바라를 뜻함.

706) 선비화: 영주 부석사 조사당 앞에 있는 낙엽목 골담초를 가리킴.

707) 노고화: 노고화老姑花. 할미꽃.

708) 마고선녀: 마고麻姑는 '마고할미', '마고선녀' 또는 '지모신地母神'이라고도 부르는 할머니로 혹은 '마고할망이'라고도 한다. 주로 무속신앙에서 받들어지며, 전설에 나오는 신선 할머니이다.

709) 춘당대의 선리화: 창경원 안에 있는 춘당대에 핀 오약꽃,

710) 부귀춘화 우후홍雨後紅은: 부귀한 봄꽃이 비온 뒤에 붉음은.

711) 욕망난망 상사화는: 죽어도 못 잊는 상사화는.

712) 천리타향 일수화는: 천리 타향의 한 그루 꽃은.

月中月中 단계화는713) 月궁항아 꼿화자요
황금옥의 금은화는714) 셕가랑의 꼿화자요
향일ㅎ는 촉규화는715) 등장군의 꼿화자요
765 귀촉도 귀촉도 두견화는 초회왕의 꼿화자요
명사십니 히당화는 히상선인 꼿화자요
셕교 다리 봉仙화는 이 자선의 꼿화자요
슝화산의 이빅화는716) 이 격션의 꼿화자요
용산낙모 황국화는717) 도연명의 꼿화자요
770 빅룡퇴의 청총화는718) 왕소군의 소화자요719)
마의역의 귀비화는720) 담 명왕의 꼿화자요
만첩산즁 쳘쥭화는 팔십노승의 꼿화자요
울긋불긋 질여화는 족ㅎ 쌀늬 꼿화자요
동원도리편 시화는 창가소부 꼿화자요
775 목동이 요지 살구꼿흔721) 차문쥬가 꼿화자요
강지남의 홍연화는 권당지상의 꼿화자요
화즁왕의 목단화는 꼿즁의도 으런이요
긔창지션 옥미환는 꼿화자 즁의 미인이요
화게산의 흠박꼿흔 꼿화자 즁의 흠션하다

---

713) 月中月中 단계화는: 월중에 있는 단계화는.
714) 황금옥의 금은화는: 황금옥 빛깔의 금은화는. 금은화는 인동초의 별칭.
715) 향일ㅎ는 촉규화는: 해를 향한 촉규화. 곧 해바라기.
716) 슝화산의 이빅화는: 중구의 숭산과 화산. 이백화는 오얏꽃.
717) 용산낙모 황국화는: 석양 무렵 지는. 龍山落帽는 진서晉書 〈맹가전〉에 나온다.
718) 빅룡퇴의 청총화는: 白龍堆의 靑塚花 중국 신강성의 사막에 잇는 왕소군의 무덤에 핀 꽃.
719) 백룡퇴의 청총화는 왕소군: 백룡퇴는 중국 신강성의 사막. '청총화'는 왕소군의 무덤에
핀 꽃. 왕소군王昭君은 전한 때 흉노로 보낸 후궁.
720) 마의역의 귀비화는: 마외역馬嵬驛은 당나라 현종이 군사들의 요구로 양귀비를 죽이고 헤어
졌던 곳. 곧 마의역의 양귀비화는.
721) 목동이 요지 살구꼿흔: 저 멀리 살구화는.

월중 월중 단계화는 월궁항아722) 꽃 화자요

황금옥의 금은화는 석가모니 꽃 화자요

향일하는 촉규화는 등장군의723) 꽃 화자요

765 귀촉도 귀촉도 두견화는 초 회왕724)의 꽃 화자요

명사십리725) 해당화는 바다 위 신선 꽃 화자요

석교다리 봉선화는 이자선의 꽃 화자요

숭화산의 이백화는 이적선의 꽃 화자요

서양에 피는 황국화는 도연명의 꽃 화자요

770 백룡퇴의 청총화는 왕소군의 꽃 화자요

마외역의 귀비화는 당 명왕(현종)의 꽃 화자요726)

만첩산중 철쭉화는 팔십 노승의 꽃 화자요

울긋불긋 찔레화는 조카딸네 꽃 화자요

동원에 잠간 피는 도리화는 창기들이 꽃 화자요

775 저 멀리 보이는 살구꽃은 술집 찾는 꽃 화자요727)

강남의 홍련화는 전당의 호수에728) 꽃 화자요

꽃 중의 꽃 목란화는 꽃 중에도 어른이요

비단 창문에 옥매화는729) 꽃 화자 중의 미인이요

섬돌 위의 함박꽃은730) 꽃 화자 중에 더욱 곱다.

---

722) 항아: 항아姮娥. 중국 신화에 나오는 여성으로 달에 산는 상아嫦娥라고도 한다. 남편인 예羿가 서왕모西王母로부터 얻은 불사의 약을 훔쳐 달 속에 뛰어 들었다고 전해진다. 달 속의 두꺼비의 신앙과 결합되는데, 뜻이 바뀌어 달의 이명異名으로 쓰이고 있다.

723) 등장군의: 후한 광무제의 충신.

724) 초 회왕: 중국 초楚 나라의 항우項羽가 초나라 의제義帝을 죽여 폐위시킨 고사. 초나라 왕 회왕은 진나라에 억류되었다가 비운의 죽음.

725) 명사십리: 명사십리明沙十里. 함남 원산시 갈마반도葛麻半島의 남동쪽 바닷가에 있는 백사장.

726) 당 명왕의 꽃 화자요: 당 현종의 꽃 화자요. 역발산 초패왕이 우미인을 만난 사랑 당나라 당명왕이 양귀비를 만난 사랑 명사십리 해당화같이 연연히 고운사랑 네가 모두 사랑이로구나 어화 둥둥 내 사랑아 어화 내 간간 내 사랑이로구나. 〈춘향전〉

727) 차문주가 꽃 화자요: 술집 찾는 꽃 화자요.

728) 전당錢塘: 중국 절강성 항주에 있는 호수.

729) 기창지전 옥매화는: 비단 창문의 옥매화는.

730) 화계 상의 함박꽃은: 섬돌 위의 함박꽃은.

780 허다마는 꼿화자가 조코조혼 꼿화자나
화전하는 꼿화자는 참꼿화자 졔일이라
다른 꼿화자 그만두고 참꼿화자 화전하세
쌍져협니 함만구하니731) 일연 꼿화자 복즁전乙732)
향긔러운 꼿화자 젼乙 우리만 먹어 되깃는가
785 꼿화자 화전 부쳐 꼿가지 썩거 만니 쓰다가
장싱화 갓튼 우리 부모 꼿화자로 봉친하셔
꼿다울사 우리 아들 꼿화자로 먹여보셰
꼿과 갓튼 우리 아기 꼿화자로 달니보셰
꼿화자 타령 잘도 하니 노리속의 향긔는다
790 나부 펄펄 나라드니 꼿화자을 차자오고
꼿화자 타령 드르랴고 난봉공작이 나라오고
벽궁싀 쐭고리 나라와셔 꼿화자 노리 화답하고
꼿바람은 실실 부러 쇄옷셩을 가져가고
쳥산유슈 물소리는 꼿노리을 어우르고
795 불근 나오 리려나며 꼿노리을 어리여고
옥식운이 니러나며 머리 우의 둥둥 쓰니
쳔상 션관니 나려 와셔 꼿노리을 듯넌가베

---

731) 쌍져협니 함만구하니: 젓가락으로 집어 입어 넣으니.

732) 복즁전乙: 임제의 시 〈전화회〉 가운데 "雙著俠來香滿口 一年春色服中傳(젓가락에 묻어온 향기
한 입 가득하니 한해의 고운 봄 빛 뱃속에 가득하네)"의 구절.

■현대문 50-ㄴ

780 허다 많은 꽃 화자가 좋고 좋은 꽃 화자나
　　화전하는 꽃 화자는 참꽃 화자 제일이라
　　다른 꽃 화자 그만두고 참꽃 화자 화전하세
　　젓가락으로 입에 넣으니 봄꽃 향기 배속에 가득함을733)
　　향기로운 꽃 화자전을 우리만 먹어 되겠는가
785 꽃 화자전을 많이 부쳐 꽃가지 꺾어 많이 싸다가
　　장생화734) 같은 우리 부모 꽃 화자로 봉친하세
　　꽃다울사 우리 아들 꽃 화자로 먹여보세
　　꽃과 같은 우리 아기 꽃 화자로 달래보세
　　꽃 화자 타령735) 잘도 하네 노래 속에 향기난다
790 나비 펄펄 날아들어 꽃 화자를 찾아오고
　　꽃 화자 타령 들으려고 난봉공작736)이 날아오고
　　뻐꾹새 꾀꼬리 날아와서 꽃 화자 노래 화답하고
　　꽃바람은 솔솔 불어 쇄옥성을737) 가져가고
　　청산유수 물소리는 꽃노래를 어우르고
795 붉은 저녁노을 일어나며 꽃노래를 어리고
　　오색 구름이 일어나며 머리 우에 둥둥 뜨니
　　하늘나라 신선이738) 내려와서 꽃노래를 듣는가봐

---

733) 복중전을: 배 속에 가득.

734) 장생화: 불노장생화不老長生花. 늙지 않고 영원히 지지 않는 꽃.

735) 꽃 화자 타령: 꽃타령—打令. 신민요新民謠. 자진모리 장단의 빠르고 흥겨운 노래로, 봄철 아낙네들이 동산에 올라 봄놀이를 하며 부르기도 하고, 시집간 딸이 친정 어버이의 생신을 맞아 친정에 들러 경축하면서 부르기도 하였다 한다. 여러 꽃이름을 들며 그 꽃의 빛깔·향기·모양 등을 그린 노래로서 가사는 "꽃 사시오, 꽃을 사시오, 꽃을 사. 사랑 사랑 사랑 사랑 사랑 사랑의 꽃이로구나. 꽃바구니 둘러메고 꽃 팔러 나왔소, 붉은꽃, 푸른꽃, 노리고도 하얀꽃, 남색 자색의 연분홍 울긋불긋 빛난 꽃, 아롱다롱 고운 꽃…"이라는 흥겨운 가락으로 일관되어 있다.

736) 난봉공작: 봉황과 공작. 능라綾羅와 비단에 난봉鸞鳳과 공작孔雀을 수.

737) 쇄옥성: 쇄옥성碎玉聲. 옥을 깨뜨리는 소리라는 뜻으로, 아름다운 목소리를 이르는 말.

738) 천상선관이: 천상의 신선.

■원문 51-ㄱ

여러 부人이 층찬ᄒ여 곳노릭도 잘도하닉
덴동어미 노래ᄒ니 우리 마음 더욱 좋으이
800 관자우관 노릭ᄒ니739) 우리 마암 더욱 조의
화전놀음 이 좌셕의 곳노릭가 조흘시고
곳노릭도 ᄒ도ᄒ니 우리 다시 흘 길읍닉
구진 맘이740) 읍셔지고 착ᄒ 맘이 도라오고
격정근심 읍셔지고 흥체 잇게 노라시니
805 신션 노름 뉘가 반나 심션 노름741) ᄒ 듯ᄒ니
신션 노름 다른 손가742) 신션노름 이와갓지
화전 흥이 미진하여 희가 하마743) 셕양일제
사월 희가 길더라도 오날 희ᄂ 져르도다
하나임이 감동하사 사흘만 겸희쥬소
810 사乙 희乙 겸희여도 하로 희ᄂ 맛창이지
희도 희도 질고 보면 실컨놀고 가지만은
희도 희도 자를시고 이내744) 그만 희가 가닉
산그늘은 물 건너고 가막갓치745) 자라든닉
각귀 귀가하리로다 언제 다시 노라볼쇼
815 곳 읍시는 직미 읍닉 밍년746) 삼울 노라보셔

---

739) 노래: '놀애'는 '놀遊-+-개(접사)'의 구성. '놀기>놀이>노래'.

740) 구진 맘이: 궂은 마음.

741) 놀이: '놀遊-+-이(명사접사)'와 '놀遊-+-음'의 두 가지가 경쟁관계에 있다가 '놀음'은 '노름' 으로 '놀이'는 '遊'로 각각 의미가 분화되었다.

742) 다른 손가: 다를 손가. 다를 것인가.

743) 하마: 벌써. 부사로 영남방언에서는 '하마'가 널리 사용된다.

744) 이내: 곧.

745) 가막갓치: 까막까치. 까마귀와 까치를 아울러 이르는 말. 오작烏鵲.

746) 밍년: 명년明年. 내년. '명년'이 영남 방언에서는 '맹년'으로 실현된다.

    여러 부인이 칭찬하니 꽃노래도 잘도 하네
    덴동어미 노래하니 우리 마음 더욱 좋네
800 온갖 우환 노래하니 우리 마음 더욱 좋네
    화전놀음 이 좌석에 꽃노래가 좋을시고
    꽃노래도 하도 하니 우리 다시 할 길 없네
    궂은 맘이 없어지고 착한 맘이 돌아오고
    걱정 근심 없어지고 흥취 있게 놀았으니
805 신선놀음 뉘가 봤나 신선놀음 한 듯하네
    신선놀음 다를손가 신선놀음 이와 같지
    화전 흥이 미진하여747) 해가 하마 석양일제
    삼월 해가 길다더니 오늘 해는 짧기만 하네
    하느님이 감동하사 사흘 해만 겸해 주소748)
810 사흘 해를 겸하여도 하루 해는 마찬가지지
    해도 해도 길고 보면 실컷 놀고 가지마는
    해도 해도 짧을시고749) 이내 그만 해가 가니
    산그늘은 물 건너고 까막까치 자려 드네
    각기 귀가하리로다 언제 다시 놀아 볼꼬
815 꽃 없이는 재미없어 명년 삼월 놀아보세

---

747) 미진하여: 부족하고 모자라고.
748) 사흘 해만 겸해 주소: 사흘 동안의 낮으로 길게 해주오.
749) 자를시고: 짧을시고.

4부

한문본
〈小白山大觀錄〉

小白山大觀錄

高峰壯□標到 俯察景□華麗

山之名曰小白 遊之金曰大觀

山□□樂地坎 □□□□所□

七寶山爲靑龍 四財山爲白虎

九鳳山爲朱雀 五臺山爲玄武

萬二千峰□□ 千八白□□□

日光臺上三十三天 月光臺下二十八宿

十二嶺疊十二時不易 五十川汪汪十土相酬

中央爲出三十六峰 內□特立六十四上

北東山龍逶迤屈田繞宅 東流水執□鸂湟□鳴枕

七里□溪釣可山□□□

畔□□□□□可以□

倂□臺下地勢膏腴 靜安□人物豊肥

國望臺神仙峯□□ 紫盖峯□花山□

北而□□ 南而重頭

百丈□□□□岩倚空三千鳥

八尺長身將軍石□□七十雄州

褁□□□□□□□□□鳳

棲丹谷立□□風□□□□竹村

仙有□□ 龍□□□

上仙岩下仙岩 大龍山小龍山

六百斗落大坂 九萬兩貯金谷

振玉□將相望大闕而瑞笠 □□□之玉山御陳幕而虛立

淸溪山下靑驄客 白鳳岩前白鶴仙

八判道講文字登榮 三相德議玉女在傍

太乙臨於商山三公 兄弟遊於青邱八門

倚於北壁 開於南川

春陽達於花心大峽物香 夏日隱於篁精甘泉水息

霽月橋过九曲溪武夷山分明 光月臺下七里灘桐江水彷佛

魯谷礼樂彬彬豈非聖穴 宋阜絃誦洋洋無奈賢井

道峰飛鷺高直千萬丈之山法 宝溪臥龍波回三十里之水城

有斐君子竹嶺 立封大夫松峴

牛頭山有兩甬 鷄足山有三歧

四溟堂之大略但餘補國寺之遺蹟 楊蓬來之淸標猶存昇天庵之佳境

百丈岩有文岩 三層臺有筆臺

稻田稻果佳野禾恭充溢九庫廣倉 大山風月小川煙霞恍惚三街舊店

■2-ㄱ

玉筍峯而丹陽七百長湖波瀾不驚 錦繡山而永春二十長林花景不改

後坪百畝八家同井道田 前野千傾十一貢稅德田

岸南極彩壽民壇之南岸 歧北斗精老人峯之北歧

內味谷外味谷藥草兼魚果 上沙門下沙門粲霞爲飽饒

壯元峯而呼傍舞魚龍於東湖 童子山而讀書儀鳳凰於南木

蓬島閣前璇月盈臺 錦仙亭下闓風落山

平章浦外三槐亭 大師洞口流石景

行人過客會席 生佛老僧昌樂

石泉瀑布疑是銀河落九千 桃花流水不辭仙源何處尋

黃山菊花傲霜節效八隱 黔崗松林宜風琴卷七灵

葛來七十里山客青秀 花折四五枝嶺狀紅帶

五陽洞口千萬絲錦衣公子曖友 三桐村中一二家葛巾野翁呼酒

人皆知礼百子咸拜 僧宣至恭千佛合掌

金溏村前紅黃爭發 玉淵岩下白水亂流

桃花開季花開紅白麗川　黃鳥飛曰鳥飛嬰喈喈聲谷

2-ㄴ

日月山而大明　谷煙霞山而勝綦

桂花落樣花落紅紫滿流花川　柯木欣檀木欣蔥籠佳列木洞

豊基多穀大小民咸飽　榮川回抱大科小科連傍

君明臣忠人人奉化　時和歲豊家家順興

鳳岩龍岩反差帽岩胃岩　臥石立石如笑浮石舉石

德峴膽仰民心安安洪正　道潭涵泳人稟熙熙長善

齊雲樓頭金鷄唱曙　旳煙峯前玉兔望月

二子山而潛出入多儲術　九益村而邊居友其諒方

旳臥沙影堂白鷗翩翩枕上飛　閑坐春福洞靑鳥往往窓前來

春深登皐里舒嘯而來　夏熱湧泉洞解渴而旳

雨霽虹橋靑山如沐　煙晴月由白峀更新

鳥堤春風遊客歡迎　鳶橋夜月老仙頻降

戒不遠書齊洞　愼莫近虎狼山

羍峴麝過雜草無非香　鳥項鶯出凡鳥不敢啼

3-ㄱ

飛去飛來鳥嶺一千年之大路　相親相近鴨洞三千里之長谷

大君壇前春草年年綠　忠臣閣下魂鳥夜夜啼

花紅草綠盡千疊之屛山　魚遊鳧泳帶十里之東水

草庵鍾聲夜半到客船　松里琴曲月中奏仙座

果橡谷之山宗邊人寒士恒食　葛薪田靑之麻微身殘泯所眠

迎素月於明田　送夕陽於昏里　朝出耕於雲田　暮歸讀於月峯

雪滿白洞一舉目而東望日纏峯月纏峯下拱楫

霧深墨洞又舉目而南望八孔山東臺山眼前羅列

一面頭而西望　水落山雲帳臺際天末而縹緲

又回頭而北望 望京臺金臺峯湧雲外面希微

已而
夕陽在山 人影倒溪
千家橘色浮山郭 萬里波聲入郡樓
高月峯出三更曙 長谷風生六月秋
地平白岀鄞低底 天側黃河眼下流
布穀鳥啼村雨齊 刺桐花發石溪邊

3-ㄴ
片雲白浮而過峯頭 落霞丹影而開洞口
遊客隨落照而杖忙 閑禽向暮林而飛倦
鸚鵡能言語而問後期 猿鳥好聲音而告前景
殘流短溪如言遊興未了 風琴長松如奏觀光無限
西山落日翳松柏而招昏 東嶺初月掛梧桐而開明
夕煙靄而岩穴生暝 神槳飽而岩憲半開
雲霞春滿千家邑 山海秋高萬里臺
花畔香風留蝶去 松間明月逐人來
臥天地之衾枕 飽江山而默念
蓋虛多之山川 名之者其誰也
天皇地皇人皇氏 肇判之日名之也
觀水勢而號主之 隨山形而名之
小白山前后左右之名勝地 豈有虛名假號之稱者也
山北山南無限景 臺中臺下有期人
望鄉心逐峯雲起 懷國情多川柳新

至若
朝日昇於陽谷 曙色先於西峯

山鳥啼於平明 村鷄唱於爽

4-ㄱ

晨雲白石寒香暎 細雨青山濕不妨

萬里江天觀起鷹 一家花柳亂鳴鶯

日暮千峯蒼蒼乎似染 陽斜萬落澶澶乎如新

冥生寒樹夕煙未歇 昏泥踈林霞雲韜光

暮雲從誰攸月峯 落霞隨鳥下煙衢

狒樂江山幾逸士 多憂天地一狂夫

山間之朝暮 變化者然也

至於

正二三月以貴新 二十四風以敵發

風前如笑紅花面 雨後多情綠草心

春返先天雲外地 花開古木畫中山

人得衰年憐髮老 春將暮日悶花殘

三春已暮 萬和方暢

至夫

四五六月而肇屆 綠陰芳草勝花時

殘紅餞春新綠滿地 梅雨知時丙火蒸炎

春如過客攸何處 花似美人待路傍

暮雲峯出青山外 朝雨紬來白峀中

三庚已書 夏炎漸老

至如

七八九月橫白露 霜菜紅於二月花

■4-ㄴ

玉律鳴寒金風駈暑　露蟲吟草淸蟬歌樹

孤城落木天邊下　萬里浮雲江上來

仙人閣在銀河上　玉女簫從碧落來

九秋已過天時陰凝

至矣

十至臘月極寒江　歲律崢嶸氣慄烈

萬丈靈峯便是梨花世界　千疊水城無非琉璃仙境

岸容待臘將舒柳　冬至陽生春又來

靑春已共浮雲去　白月誰同逝水還

鶴駕孤風無計日　鳳棲桐月不知年

寺石東浮三絳色　山峰西押一張天

白峀一川喧霹靂　晴天雙釰削芙蓉

山河不逐年華改　天地空悲老髮添

朝以往暮以故四時之景不同　而樂亦無窮者非此歟夫

崇山峻嶺峭峰高臺高臺列左右而氣淑

深谷大洞孤村層岩在前後而名佳

幽遐之間琛奇之觀　竹杖芒鞋並收兼牲畜

一大觀而開胷襟　可以消世事塵念

口不可而能言　筆不可而書記

■5-ㄱ

吾壯遊其莫過　此豈非樂地歟

繼吟曰

羽化登仙從大觀　無邊景物入吾歡

桐攀月印將軍捧　拾抱風琴玉女引

佛谷一千年洞疑　鳳山萬年八歲崗巒
此非方丈蓬萊是　為主煙霞永保安

賦否窓
余乃
盖世上之罷懶　猶山中之樗標
業無一於士農　才乏六於書數
年七十而已老　發三千而盡白
厭世上之多煩　好山中之無事
冠鄒魯之圓冠　領中菊之方領
謌北風之衛詩　咏南山之周雅
折苑中之香葵　採山下至芳薇
懷西京而徘徊　望故鄉而迎佇
湛無為之行跡　道不言之造化
聽流水而無心　登高山而有意
拜玉節於漢京　揮金藁於洛都

5-ㄴ

四千年之華國　三千里之義方
此江山而不老　知日月之長在
天必為之盛衰　世事援而人非
天性變於片金　人事絕於分錢
道將竹其命也　道將廢其命也
慕先王之旧朝　懷列程之遺塵
日皥皥而顯行　雲濛濛而弊之
看秋日而蕭條　見浮雲而無光
嗟人心其到此　況天道其寧論
尤榮返賤無愧　貪富還貧可笑

人孰能乎無過　貴知非而則改
德昔迷而今悟　道前昧而後覺
冬何索而春敷　知夏茂而秋落
驥不驟而术腹　鳳不貪而忘食
豈無義而要名　寧僻處而守眞
食莫偷而為飽　衣不苟而為溫
以保真乎高舉　以自清乎正直
風來響而合川　月照影而交桐

6-ㄱ

天心慶其大來　人事機其端始
覺齒筭之日高　愁病根之日深
真世上之棄物　為山中之病人
看鷺鳥之犀飛　聽鵰鵠之亂啼
鶯雙飛方不來　鳳一去方安在
撲蜉蝣於燈火　用千戈於尺土
綠水流而無心　青山立而不語
水汪汪而瀉惡　風悽悽而吹悲
杜鵑血於空山　飢鳥啼於夜樹
漢江水而嗚咽　浴城月而淒涼
遊子可以漉淚　志士可以抒心
三角月希而微　九重春以無色
龍在天以畹畹　屃踞山以矯矯
鶯出谷而遷喬　鳥入山而挃木
禽鳥知其所止　況為人乎不如
何處是其所止　飽小白之佳名
山萬疊而洞深　石千層而村僻
甘雨細於碧柳　紫霞開於紅桃

容自稀於白峀　鳥空啼於靑山
幾逸士之伴樂　一枉夫之多憂
新夙颯於野外　古俗存於山中
問其洞則坐石　知其村則農岩
農天下之太本　坐人間之太平
智者可以遯跡　愚者從之隱身
當窓白於山月　隔樹紅於巖花
厭西流於淸江　羞北面於蒼岩
風雲散於新天　日月頹於古國
飛鸞鳳於堂前　奏笙簧於醉後
鳥上下而鳴閑　石左右而置安
卜煙霞方千尋　開草堂方三間
一間半方淸風　一間半方明月
映紫霞於棟宇　擁白雲於墻垣
吟風月之畵堂　書煙霞之粧壁
淸溪流而過堂　靑山立而守門
千層壁而繞屑　三丈石而倚軒
報客鳶舞軒檻　留客鳥啼房櫳

敎子孫而不倦　學前程而不厭
一家不得文章　百口空位飽暖
靑山綠水今得　淸風明月主人
吾敀處其白山　敀則應敀國望
吟花句而撫菊　醉松酒而臥槐
許我棲者碧山　伴吾遊者白雲
取同居者木石　取同友者麋鹿

為山村之田夫　勸農課於量僕
山鳥鳴於草堂　見吾人而不飛
有山對於谷中　往往來而隨我
車馬客而莫到　惟恐驚於鳥對
朝看花於東皐　暮聽鳥於西苑
磐桓松竹磎遙　優遊菊圃梅坍
悲前事於對酒　畏後生於論文
生涯付於琴書　蹤跡寄於盃酒
清姸月而詩思　凝似雲而心情
兩無情於花水　送春風於電火
心鐵石於平生　脫風波於片時

7-ㄴ

須歛跡於山林　非高蹈也誰知
我種竹乎拗上　竹乎竹乎貞節
日出影而秋蹤　風來響而蕭瑟
樂天翫於東庭　于瞻賞於邊軒
竹乎竹乎愛之　守貞節而傲霜
虐雪不變其色　饕風莫奪其操
甫栽松方庭畔　松方松方堅心
秀葉荀於冬嶺　未花容於春節
豈十日之萃木　寧四時之脫翠
鳥忌風而返去　鳶隨月而相親
落落枝之長春　當當節而不變
移梅盆於窓前　花雪中而可觀
踈影浮於白雲　暗香動於黃昏
美人笑於玉骨　寒士愛於氷腮
幾落來於胡笛　能先春於吾堂

須養菊方離邊　菊方菊方可愛
心雖白於木氣　色尚黃於土精
添寒露之逸性　真淩霜之高節

8-ㄱ

恥斗錄於彭澤　笑迹臣於龍山
待九月而芳華　層普史於朝露
操可花方隱逸　菊方菊方心寒
慕松竹之貞色　效梅菊之寒趣
吾坐石而曰安　誰立石而訟德
何浮石於古寺　有舉石而紅顏
子房為之黃石　太白遊於采石
隨月鳶鳴白石　有哺鳥啼黑石
石何為以取焉　外磅礴而內堅
開東憲之明月　對姮娥之和面
仰青天而問之　來幾時之玉鏡
臥北憲之清風　作羲皇之上人
有聲喧而解憂　無形嘆而莢快
倚南窓而看霞　近仙響於此間
開真紅於洞天　暎絳色於軒屏
推西窓而聽鳥　嚶嚶喈喈多情
飛苑林而歌邊　來樹庭而鳶邊
應山風而儀鳳　隨松月而嶋舞

8-ㄴ

窓何為而題焉　閉則昏而開明
欻其昏則昏之　欻其明則明之
如手足之用舍　任昏明以開閉

石字得其窓字　曰余號其石窓
昏則昏於山中　明則明於世上
昏山中則無事　明世上則多煩
有大石其小石　石者性其堅固
埋千年而不朽　置萬年而不變
其山中則虛多　其野外則稀疎
雨霜思而不長　風霜高而無縮
其小者則恒小　其大者則恒大
雖曰為之模罷　戒吾心以石窓

繼吟曰
石憲半開大古風　古風餘在白山中
山中故曰棲岩穴　岩穴老翁坐石窓

228

(사)안동내방가사전승보존회, 『내방가사경창대회모음집』(1~4), 1997~2000.

고려대학교 고전문학·한문학연구회 편, 『19세기 시가문학의 탐구』, 집문당.

고미숙, 『18세기에서 20세기 초 한국시가사의 구도』, 소명, 1998.

권영철, 『규방가사』(1), 한국정신문화연구원, 1979.

_____, 『규방가사연구』, 이우출판사, 1980.

권정은, 「여성화자 가사에 나타난 여성상 연구」, 서울대 석사논문, 2000.

길진숙, 「〈명도자탄가〉의 내면의시과 자탄적 술회」, 『규방가사의 작품세계와 미학』,
     역락, 2002.

김문기, 『서민가사연구』, 형설출판사, 1983.

김수경, 「창작과 전승 양상으로 살펴 본 〈쌍벽가〉」, 『규방가사의 작품세계와 미학』,
     역락, 2002.

김종식, 「덴동어미화전가 연구: 주제의 양면성을 중심으로」, 경남대학교 교육대학
     원, 1994.

_____, 「덴동어미화전가 연구」, 경남대학교 교육대학원, 1993.

김학성, 「가사의 장르성격 재론」, 『한국시가문학연구』, 신구문화사, 1982.

나정순 외, 『규방가사의 작품세계와 미학』, 역락, 2002.

노태조, 「금행일기에 대하여」, 『어문연구』 제12집, 어문연구회 1983.

도재훈, 「〈덴동어미화전가〉의 문체론적 연구」, 경성대학교 교육대학원, 2009.

류탁일, 「'덴동어미'의 비극적 일생」, 『권영철 박사 화갑기념논문집』, 1988.

류해춘, 「〈화전가(경북대본)〉의 구조와 의미」, 『어문학』 51집, 한국어문회, 1990.

문석호, 「덴동어미화전가」의 서사적 특성과 현실인식 연구」, 제주대학교 교육대학
    원, 2007.

박연호, 『가사문학 장르론』, 도서출판 다운샘, 2003.

박은경, 「여성가사의 갈등 해소와 그 의미」, 경북대 석사논문, 1998.

박정애, 『덴동어미전』, 한겨레출판, 2012.

박헌호, 「30년대 전통지향적 소설의미적 특징 연구」, 〈제44회 전국 국어국문학
    학술대회 발표: 다문화 시대의 국어국문학 연구〉, 국어국문학회, 2001.

박혜숙 외, 「한국여성의 자기서사 (1)」, 『여성문학연구』 제7호, 2002.

박혜숙, 「주해 데동어미화전가」, 『국문학연구』, 2011.

_____, 『덴동어미화전가』, 돌베개, 2011.

백순철, 「규방가사의 작품세계와 사회적 성격」, 고려대 박사논문, 2000.

봉화문화원, 『민요와 규방가사』, 1995.

서영숙 「개화기 규방가사의 한 연구」, 『어문연구』 14, 어문연구회, 1985.

_____, 『한국여성가사연구』, 국학자료원, 1996.

서원섭 『가사문학연구』, 형설출판사, 1978.

손대헌, 「화전가의 구조와 유형」, 경북대 석사학위논문, 1999.

송성자, 『가족관계와 가족치료』, 홍익재, 1995.

신은경, 「조선조 여성 텍스트에 대한 페미니즘적 조명 사고 (1): 내방가사를 중심으
    로」, 『석정 이승욱 선생 회갑기념 논총』, 원일사, 1991.

신태수, 「조선후기 개가 긍정 문학의 대두와 화전가」, 『영남어문학』 제16집, 1989.

안동대학교박물관, 『안동 정상동 일선 문씨와 이응태묘 발굴조사 보고서』, 2000.

양지혜, 「계녀가류 규방가사의 형성에 관한 연구」, 이화여대 석사논문, 여성사회연
    구회편, 『여성과 한국사회』, 1998.

엄은영 「강원지역 가사의 연구: 작품배경과 작자의식을 중심으로」, 동국대 석사
    논문, 1998.

영천시, 『규방가사집』, 1988.

유정선, 「〈금행일기〉에 나타난 기행체험의 의미」, 『규방가사의 작품세계와 미학』, 역락, 2002.

유주연, 「〈덴동어미화전가〉의 교육적 의의와 지도 방안 연구」, 부경대학교 교육대학원, 2006.

이 환, 『근대성, 아시아적 가치, 세계화』, 문학과지성사, 1999.

_____, 『근대성, 아시아적 가치, 세계화』, 문학과지성사, 1999.

이대준, 『안동의 가사』, 안동문화원, 1995.

이동영, 『조선조 영남시가의 연구』, 부산대출판부, 1998.

이동찬, 『가사문학의 현실인식과 서사적 향상』, 세종출판사, 2002.

이상규, 『경북방언사전』, 태학사, 2002.

_____, 『한글고문서연구』, 도서출판 경진, 2012.

이원주, 「가사의 독자」, 『조선후기의 언어와 문학』, 한국어문학회, 1979.

이재수, 『내방가사연구』, 형설출판사, 1976.

이정옥, 「내방가사에 대한 미학적 연구」, 경북대 석사논문, 1981.

_____, 「내방가사에 나타난 여성의 여행경험과 사회화」, 『경주문화논총』 제3집, 경주문화원 부설 향토문화연구소, 2000.

_____, 「내방가사 향유자의 문명인식과 표출양상」, 『현상과 인식』 제26권 4호 통권 88호, 한국인문사회과학회, 2002.

_____, 「내방가사 향유자의 생애경험」, 〈제46회 전국 국어국문학 학술대회 발표: 국어국문학 업적 평가의 제문제〉, 국어국문학회, 2003.

_____, 「내방가사의 '청자호명'의 기능과 사회적 의미: 영남의 내방가사를 중심으로」, 『어문학』 78호, 한국어문학회, 2002.

_____, 「내방가사의 전승과정과 향유층의 의식연구」, 계명대 박사논문, 1992.

_____, 「현재성의 내방가사」, 『국제고려학』 7호, 국제고려학회, 2001.

_____, 「내방가사의 언술구조와 향유층 의식의 표출 양상」, 『어문학』 60집, 한국어문학회, 1998.

_____, 「내방가사의 작가의식과 그 표출양상」, 『문학과언어』 6, 문학과 언어연구회, 1985.

───, 『내방가사의 향유자 연구』, 박이정, 1999.

───, 「여성의 전통지향성과 현실 경험의 문제」, 『여성문학연구』 제8호, 한국여성문학 학회, 2002.

이형대, 「〈북새곡〉의 표현방식과 작품세계」, 『19세기 시가문학의 탐구』, 고려대학교 고전문학 한문학연구회편, 집문당, 1995.

임기중, 『한국가사학사』, 이회, 2003.

임재욱, 「가사 형태와 향유방식 변화와 관련양상 연구」, 서울대 석사논문, 1997.

장성진, 「개화가사의 서술구조와 현실인식」, 경북대 박사논문, 1991.

전미경, 「개화기 규방가사에 나타난 '여성'의 일상에 대한 여성의 시각: 계몽시각과 '다름'을 중심으로」, 『가족과 문화』 14-1, 한국가족학회, 2002.

정재호, 「가사문학에 나타난 근대적 성격」, 『정신문화연구』 겨울호, 한국정신문화연구원, 1982.

정혜원, 『한국 고전시가의 내면미학』, 신수문화사, 2001.

조(한)혜정, 『성찰적 근대성과 페미니즘』, 도서출판 또 하나의 문화, 2000.

조세형, 「가사 장르의 담론 특성 연구」, 서울대 박사논문, 1998.

조애영, 『은촌내방가사집』, 금강출판사, 1971.

최강현, 『기행가사자료선집』 (1), 국학자료원, 1996.

최미화, 『여성 100년』, 홍일포럼, 2000.

최봉영, 『조선시대 유교문화』, 사계절, 1997.

최태호, 「내방가사 연구」, 경북대 석사논문, 1968.

최혜실, 「신여성의 고백과 근대성」, 『여성문학연구』 제2호, 한국여성문학학회, 태학사, 1999.

───, 『신여성들은 무엇을 꿈꾸었는가』, 생각의 나무, 1999.

한국고전여성문학회편, 『고전문학과 여성화자 그 글쓰기의 전략』, 월인, 2003.

한국여성연구소 여성사연구실, 『우리 여성의 역사』, 청년사, 2000.

허경진, 『평민열전』, 웅진북스, 2002.

홍재휴, 「가사문학론」, 『국문학연구』 8, 효성여대 국문과, 1984.

───, 『북행가연구』, 효성여대 한국전통문화연구소, 1990.

▌ 찾아보기 ▐

234

§ㅁ§

마고 선여　(소601)

마고선여　(화757)

마노라　(화385)

마당 바우　(소63)

마로라　(화468)

마上客　(화693)

마슈　(소207)

마실　(화617)

마의역　(화771)

마죽　(화256)

마철영　(소7)

만가츈　(소583)

만경됴화　(화739)

만경창파　(화320)

만고풍싱　(화469)

만드람니　(소109)

만里江山 무흔츈　(화712)

만슈산의　(소446)

만장봉　(소175)

만장峯　(소22)

만장폭포　(소159)

만화방창 丹山츈　(화729)

만화방창　(화4)

말문이　(소248)

말방　(소129)

말이강　(소142), (소22)

말장　(화310)

맘심자　(화657)

망당산　(소193)

망월봉　(소521)

머로　(소93)

머루　(소348)

머역나물　(소354)

머역바우　(소354)

머울골　(소348)

멍덜 쥐다리　(소93)

멍덜　(소93)

며역춰　(소119)

명기리　(소385)

명사십니　(화766)

명사十里 희당츈　(화715)

명송이　(화601)

모슈딕　(소115)

모시　(소371)

모시골　(소371)

모기나무　(소74)

모믜곳　(소100)

목노방　(화211)

목단화　(소102), (화777)

목동이요 거향화츈　(화717)

묘향산　(소12), (소8)

무궁화　(소104), (화753)

무도리　(소418)라

무렴잔치　(화573)

무르실　(소364)

무릉　(소388)

무명초　(소478)

무쇠 두멍　(화164)

무슈늬　(소353)

무슈치　(소353)

무여박다　(화418)

무이산천　(소278)

──────── § ㅅ § ────────

244

원 본

昭和十三年八十月　日

小伯八大觀録

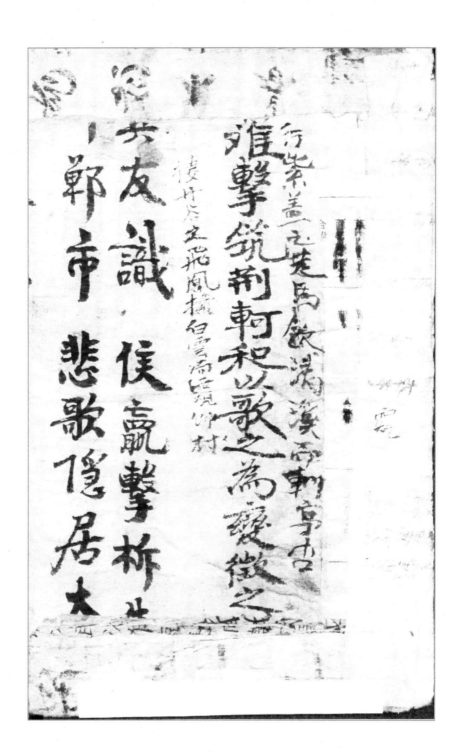

難擊筑荊軻和以歌之為變徵之

芳友識　侯嬴擊桥

郭市　悲歌隱居大

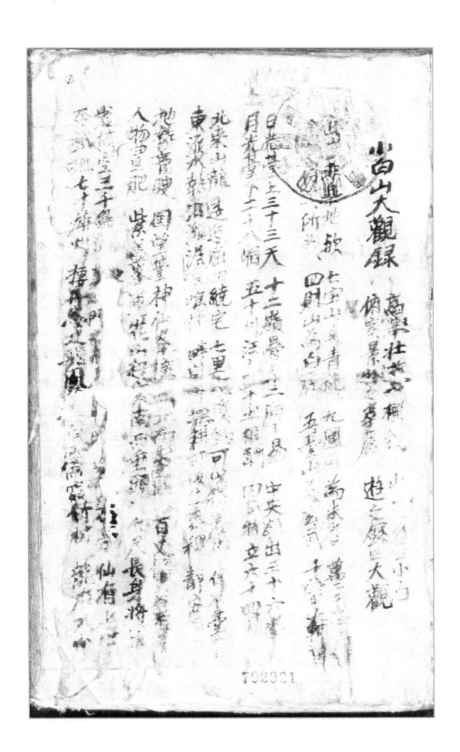

苗山大觀錄

上仙岩下仙岩　六百斗落大墟　振玉笋　将相望天闕　兩端世

大黎山小龍山　九萬海野金谷　佩瓊鏘之玉山御陽戴而霊童

青鸞山下壽髫客　入判道講々　登築　太乙臨扵高山三島

鳳岩前白鶴仙　三相德議玉女磋僂　兄弟遊扵青卯八門

侍扵北壁　春陽遠佐、花心大峽教香　霽月橋过九曲溪戚夷山

開扵南天　夏日慢移箯精甘泉水患　光風堂下七里灘桐江水

分明　賔谷礼樂梯之豈非聖之　道峯飛嶺高真千萬丈之山法

祐佛　宋淳絲調漾無斋賢弁　宝濮卧龍泼回三十里之水城

有斐君子竹巖　牛歐岩有西南四明堂之大㽞侭餘輔国寺之遺

立封天夫松峴　鵝运山有善政　楊蓮蔭之清㽞㽞有月天慶々佳

蹟　百丈岩有文岩　榴田梁佳野禾秊克滋九庸廣倉下

最　三層堂有筆堂　大山顧月小川烟殿悦物三盐鶴名士々

玉笥峯高丹陽七百長湖夜闊不驚 後坪百畝八家同井道田
錦繡山而永春廿四長林花景不改 前野千傾十一貢稅德田
崑崙獨秀壽民壇之南崑 內味谷外味谷草魚果 壯元峯
岐北年精老人峯之北岐 上沙門下沙門紫霞爲屁銳 童子山
而呼榜舞魚龍於東湖 蓬島閣前璇月爲堂 平章浦外三槐亭
而讀書儀鳳凰於南木 錦仙亭千閭風落山 大師洞口流石異
行人過客會席 石泉瀑沛疑是銀河落九天 黃山菊花傲霜節
生佛老僧昌樂 桃花流水不辨山源何處尋 黔岡松林宜風琴
效八隱 嵩來七十里山容青秀 玉樓洞口千萬綠錦衣公子嗅友
癸七炅 花揃四五枝嶺狀紅芾 三桐村中一二家葛巾野翁[illegible]
人皆知禮 百子咸拜 金潭村前紅黃[illegible]數 桃花杏花[illegible]紅
僧豈至恭千佛合掌 玉淵岩下白水亂流 黃鳥飛白鳥飛

白鹿川里

嗜之辞谷　煙霞出而勝栗　日月山而大明

掛花落律花兆　紅粧滿流花川　豐

柯木依檀木依葱龍佳列木洞　榮

基多穀大民小民咸能　君明臣忠人～奉化　鳳岩龍岩友藟祐

川田抱大科小科連檐　時和咸豐家之順興　臥石立石如笑停

岩青岩　德峴聰仰民心安～洪迳邑　齊雲樓頭金鶏唱曉

石岸峯岩　道薄泟泳人稟熙～長善　政煙峯前玉兔望月川

二于山而潛出人多儲術　敞臥沙影堂白鷗翻～枕上眠

九盖村而幽居友其諒方　關望春福洞青鳥往～窓前來

春深登皐學里舒嘯而來　雨露虹橋青山如沐　烏堤春

夏熱湧泉洞解渴而飲　烟晴月田白當更新　瀉橋夜

風遊客歡迎　戒不遠書齋獅洞　鹿章峴廬過難章非香

月老仙頻降　慎莫近虎狼山　烏頂鶯出尼鳥不敢啼

飛去飛來島嶺一千年之大路

相親相近鴨洞三十里之長谷　忠臣閣下視鳥夜之啼　花紅　魚游

草綠盡千疊之屛山　草庵鍾聲花半列落磎　果樣谷之山宗

鳥泳世帶十里之東水　松里春曲月中葵仙座　葛薪田青之麻

逃人寒士恒食　迎素月於明田　朝遊耕於雲田　雲滿白洞

微身殘氓所眠　送夕陽於昏里　暮歸讀於月峯　霧深墨洞

一峯目而東望日繞峯月縱峯巓下拱揖　一回頭而西望水

又擧目而南望八孔山東臺山眼前羅列　又回頭而北望

笠山雲帳茅簷天末而環織　已焉夕陽在山千家橘色浮山

京臺金臺峯澹雲外而希微　風影倒浸萬里波群入郡

樓高月峯出三更曉地平白雲卸低底布穀鳥啼村而齊齊　卵

長谷風生六月秋天倒黃河眼下流刺桐花散百溪曲

庶雲白浮而過峯頭　遊客隨着照而杖忙　鸚鵡能言語而問後期

落霞丹影而開洞口　閑禽向暮林而飛倦　猿猱好群童而各前景

殘流短溪如言遊與來了　西山落日翳松栢而拈香　夕烟

風琴長松如奏觀光無限　東嶺初月掛梧桐而開明　神奈

雷霆巖穴生嗔　雲霞春滿千家邑　花畔香風留蝶去　臥天

飽而石窓半開　山海秋高萬里塵　松間明月逐人來　飽江

地之衾枕　盖塵多之山川　天皇地皇人皇氏　觀水勢而獅之

山而默念　名之者其誰也　擘判之日名之也　隨山形而名之

小白山前後左右之名勝地　山北山南無限景　望鄉心逐

山岳有處名假猴之補者也　臺中堂下有期人　懷國情多

峯雲起　至若　朝日昇於陽谷　山鳥啼於平明　辰雲白

川神新　曙也先行西峯　村鷄唱於昧爽　細雨青

石寒相暎

萬里江天翹起鷹

山濕不妨　一家花柳乱鳴鶯

日暮千峯蒼蒼平似染　具

陽斜萬落壇壇平如新　具

生寒樹夕烟末斂

暮雲從誰放月峯

沈踈林霞雲輪光　落霞随鳥下烟衢

狐樂江山幾逰士

多慶天地一狂夫

山間之朝暮
変化者然也　至於正二三月以貢新

二十四風以凱發

風前如笑紅花面

雨後多情緑草心

三春巳暮
萬和方暢　至夫

春逐先天雲外地

入得豪年惘髮老

花開古木畫中山
春将暮春日問花殘

四五六月雨摩屇

残紅巳盡春新緑滿地

緑陰芳草勝花時
梅雨知時丙火蒸炎

春如過客故何處

花似美人待路傍

暮雲峯出青山外

三庚巳畫
夏炎漸老　至如

朝雨紬來白串中

七八九月横白露

霜葉紅於二月花

玉律鳴寒金風驗暑

露蟲吟草清蟬歇樹　孤城落木天遍下　仙人閣在銀河上

萬里浮雲江上來　玉女簫從碧落來

九秋已過天時陰凝 **至炙**

十至臘月極寒冱　萬丈雲峯便是梨花世界

歲律崢嶸氣慄烈　千聲冰城無非琉璃仙境

寺君東浮三絕色　青春已共浮雲去　鶴駕桃風無計日

企峰兩押一張天　白日難同逝水還　鳳棲桐月不知年

青天連劍削芙蓉　**白雲**一川喧霹靂　山河不逐年華改

崇山峻嶺峭峰高墨列左右而氣淑　天地空悲老鬢添

朝以往暮以敗晦之景不同　深谷大洞孤樹層岩在前後而各佳

而暮朝亦無窮者非此數夫

幽遐之間環奇之觀　一大觀而開宵襟

竹枝芒鞋並收魚蕢　口不可而能言者

可以消世事塵念

筆不可而盡記此

壯遊其莫過繼吟

豈非樂地歟

羽化登仙縱大觀

無邊景物入吾歡

桐擎月印將軍捧

松抱風琴玉女彈

佛谷一千年洞壑

峽非方丈蓬萊是

鳳山萬八歲崗巒

為主煙霞永保安

賦石窟　　余乃

蓋世上之羅橫

猶山中之樗櫟

才之六柞書數

厭世上之多類

好山中之無事

冠鄒魯之圓冠

頭中華之方顱

調北扈之衛詩

折花中之香藥

懷西京而祿佃

望故鄉而延佇

詠南山之周雅

採山不之芳薇

聽流水而無心

登高山而有意

髮三千而盡白

年七十而已老

湛無為之作跡

道不言之造化

拜手稽首　漢陽

揮金藻於洛都

四千年之華國　此江山而不老　天必為之盛衰
三千里之義方　知日月之長在　世事懷而人非

天性变於尼金　道將行其命也　慕先王之旧朝
人事絕於分錢　道將廢其命也　懷列程之遺慶

日暉之而顯行　看秋日而蕭條　嗟人心其到此
雲濃之而斂之　見浮雲而無光　況天道具寧論

虎榮返賤無悅　人雖能平無過　德昔迷而今悟
貧富還貧可笑　貴知非而則改　道前昧而後覺

冬何索而春敷　膜不躁而求腹　嘗無義而要名
知夏茂而秋落　鳳不貪而忌食　寧僻處而守真

食莫偷而為飽　以保真乎高舉　鳳来響而合川
本不苟而為溫　以自清乎正直　月照影而交桐

4

天心度其大來
人事機其端始

覺遊第之日高
慈病根之日深
真世上之棄物
為山中之病人

看鶬鳥之屋花
聽鸝鶬之乱啼
鳳一去芳安在
撲蜉蝣於燈火
用干戈於尺土

青山立而不語
綠水流而無心
水汪汪而瀰惡
風懷之而咬想
杜鵑血於空山
飢鳥啼於夜樹

漢江水而嗚咽
洛城月而凄凉
遊子可以灑涙
忠士可以附心
三角月帝而微
九重春以無色

龍在天以宛之
虎踞山以矯之
鶯出谷而遷喬
鳥入林而擇木
禽鳥知其所止
況為人乎不如

何慶是其所止
飽小白之佳名
山萬疊遇而洞深
石千層而村僻
甘雨細於碧柳
紫霞閒於紅桃

客自稀於白岫
鳥空啼於青山
問其洞則坐石
知其村則農巖
當窻白於山月
隔樹紅於巖花
飛鷺鷥於堂前
羨天笙簧於醉後
一間半芳清風
一間半芳明月
清溪流而過堂
青山立而守門

新風颯於野外
古俗存於山中
幾逸士之佇眛
一狂夫之多憂
農天下之大本
坐人間之太平
智者可以遁迹
愚者從之隱身
風西流於清江
著北面於蒼巖
風雲散於新天
日月領於古國
卜烟霞芳千尋
鳥上下而鳴閒
石左右而登安
開草堂芳三間
吟風月之畫堂
映紫霞於棟宇
書烟霞之粉壁
擁白雲於牆埲
千層壁而繞屏
報客鳥舞軒檻
三丈石而倚軒
留客鳥啼房櫳

教子孫而不倦

學前聖而不厭

吾故廛其白山　欽則應敵固望

眇同居者未石　耶同友者麋鹿

有山數於谷中　從之來而隨我

籃桓松磴竹逕　優遊菊圃梅坍

清姬月而詩思　淡似雲而心情

一家不得之章　青山綠水令得

百口空為飽暖　清風明月主人

吟花句而撫躅　許我棲身碧山

醉松酒而卧梘　伴吾遊者白雲

尚山村之田夫　山鳥鳴於草堂

勤農課於畫傍　見吾人而不飛

惟恐驚馬於鳥數　朝看花於東皐

車馬客而莫到　暮聽鳥於西苑

悲前事於對酒　生涯付於琴書

畏後生於論文　踪跡寄於盃酒

兩無情於花木　心識石於平生

送春風於電火　脫風波於片晴

須斂跡於山林　非高蹈也誰知

我種竹於坤上　風來響而蕭瑟

于瞻賞於遙軒　竹乎竹乎貞節

桌天觀於東庭　守貞節而傲霜

竹乎竹乎貞節　震雷不變其色　饕風莫奪其操

甫栽松芳庭畔　秀葉苟於冬嶺　未花容於春節

松芳松芳圓心　豈十日之華木　寧四時之脫翠

鳥忌風而返去　落三枝之長春　當二節而不變

鴬隨月而相親　垂梅盈檻前　花雪中而可觀

蹊影浮於白雲　美人笑於玉骨

暗香動於黃昏　寒士愛於冰腮　能先春於吾堂　幾蒸來於胡笳

須養菊芳鍾邊　心雖白於素氣　添寒露之逸性

菊芳菊芳可愛　色尚黃於土精　真凌霜之高節

恥丰歸於彭澤　待九月而芳華　操可化芳隱逸
笑迹且於龍山　房晉史於朝露　菊芳猶芳心寒

慕松竹之貞心　吾坐石而口安
效梅菊之寒趣　籬立石而談德　何浮石於古寺
　　　　　　　　　　　　　有巖石而紅顏

子房為之黃石　隨月嵩鳴白石　石何為以取馬
太白遊於采石　友嘯烏啼黑石　外磅礴而內堅

開東窓之明月　仰青天而問之　臥北窓之清風
劉姮娥之和面　來幾時之玉鏡　作羲皇之上人

有詳喧而解憂　侯南窓而著霞　開真紅於洞天
無形帶而爽快　近仙鄉於此間　映絳色於軒屏

推西窓而穗島　飛花林而顙峀　應山風而儀鳳
嚶之嗜之多情　東樹定而鳴關　隨松月而舊舞

窗何為而題焉　歡其昏則昏之　任皆明以開閉

閉則昏而開明　明則明於世上

石字得其石窗字　昏則昏於山中　明世上則多煩

曰余雖其石窗　埋千年而不朽

石者性其堅固　置萬年而不變　其山中則虛　其野外則稀疎

有大石具小石

其不春則恒小　離曰為之欄櫳

其大者則恒大　戒吾心以居窗

雨露恩而不長

風霜高而無縮

　繼吟曰

石窗半開大去氣

古風歸拂吞中　山中成日棲山石穴

蒼穴巷翁坐石窗

뎌봄의 슬픈걸구면 어늬
이나 말슴드러보오

꼰 용산이 요층에 른
온 텬하의로 미라

북오로 흐른 용증
마혼 열셰되여 ㅁ

동으로 나려혀셔
곱곱산이 외의셰라

마혼 열셰되여 ㅁ

셔빅픔산 ㄴ나산 ㅁ
효싱여 삼각산 ㄴ

산동명 ㅁ
화성명등 삼도봉 ㅁ

서령 크게 높나라 와서 천지빈셩 ......

小白山이되에 ......

正峰은 궁자라오 ...... 間 ......

반의 방을 자류하 ......

우리에 사이옷 잇서 ......

유산이 유초하되 ......

老的산도 四 숙지라 ......

호변을 나머 ......

유산가세 ......

아니가든 못호리라 ......

二三에 人의 ...... 잇서 ......

旣山 大川 차자 잔다 ......

밤하 노쓴 지真 이잇셜
고목은 음노용 더뭐한 슈랑츈갓 쳔졔 어듸라 임이국 슈웬은 쳔노어요
막뚝은 셜고부러 흑의게 눈가 노뇌에 이덕코고 쳥게 어 보며 암젼슈셩은 뒤꼬유
유산각외엣다 르다 무셔시고 맛불노듕가 죠눈 가아보셰
차분노상 떡나끈은 노웅면 회쳥자 우득 앙회 빤우눈싼교듕매
불러차려호 각산하 슈지 회뉴시 안넛가 쥬어쳥 부곤지 쏘아니
션쓰흔산 쳥멷산노 청듕듕교 이길도 쥬연듕싼올나가니 이런산이 아넌녀가
이룬도각의 으러라 쥬연듕싼올나가니 이런산이 아넌녀가
윤때고봉상작우요 격명밧혼넌 억산노혀요 一꿘교쓴만 안싼든
죠뭥유교자잇지요 산분노쳔노쳥융이요 갓다러바구싀 삼눈지나
녹나르삼 고뎡날을두냐 멸누르려 며옴밧우요 동스둣싸고부쳥시다
봇쳐밧우분맹호다 변졍드뎌 돗틀에아냐

용궁우대별배슈요   쉬려ᄅ ᄋ운 ᄆ가슈요 롱ᄉ죠 졍봉칠자릐바우

성젼셰여독기바우 줄불ᄅ 반울나바우 둥어ᄆ뎡봉 ᄑ ᄀ바ᄼ

팡단치난북바우요   티뎡안자 화녕여ᄊ 쳐리가왓짜 ᄂᄃ들리요

둥긔뎌궁둥ᄅ바우요   ᄋᆺ둑녕ᄉ에 셴둘리요 삼졍사경 졀ᄇ여ᄒ

금셩에유금게방우   둘ᄅ궁부여두ᄇ방우 반닉ᆯ얼닉ᄀ분ᄇ여ᄀ

옥출금광ᄋᆫ돈바우ᄅ 두회도군샤 ᄆ바ᄇ요 사ᄇ엉의반ᄃ바ᄊ방우ᄅ

반ᄇ쟝과ᄆ바ᄀ호   돌게 ᄒ야죠여ᄅ독ᄇ바ᄉ 셩약ᄋᄃ라사모바우ᄅ

들강ᄉ운ᄃ젼ᄂ바우   둘ᄅᄃ바ᄒ요 졘ᄋᄖ비ᄀ 화녕의반듯셰ᄀᄂ바우

ᄆ리가둥ᄋ여갓바우   과쳐잡ᄀ상ᄋᆫᄎᆫ바ᄀ 쳥뎡ᄋ은그ᄇ반두고

쳐디가길ᄃᆨᄉ ᆫ졍바우ᄅ 둘기쟐ᄅ백여바ᄀ요 ᄉᆫ호ᄃ넘ᄀ바리여ᄇ

논갓챵물부셩ᄒᆫᄃ 반졍쟝과바ᄊ두ᄋ 방시에대별나무ᄋ요

무규혼ᄂ부대실ᄉ가   발듯ᄊ ᄒ여ᄒᆞ죠ᄏᄌ ᄃ   오ᄉᆞ여려옷ᄂᄒ요라

앞으롯다샹사나무 휘어친 ᄀᆞᆸ나무ᄂᆞᆫ요 자서쟝체노나무요

압반삼뇸칩ᄂᆞ무 울타불타ᄶᅩᆨ이냐 쩡쩡울전ᄂᆞ무라

남오롯쎤노붓나무ᄂᆞᆫ요 동허샹에부ᄉᆡᆼᄂᆞ무요 이ᄀᆞ져져가져노가져요

북오로젼노남붓이라 남오로젼어오동ᄃᆞ무라 어ᄉᆞᄆᆞ졔나부씨ᄂᆞ무요

감원감ᄉᆞ놈버나무 멀리발나봇쏙나무 쩡ᄶᅡ져져다장ᄉᆞ나무요

노쌍반쳥터무나라 구붓ᄂᆞᆫ용목이ᄲᅦ 영력젼다점ᄂᆞ무라

영력젼ᄌᆞ덕가나무 꼭고러졀ᄌᆞ노드젼요 쫀붓ᄂᆞᆫ쳥강나무ᄀᆞ

벙ᄉᆞ젼ᄌᆞ쑥소뎌라 오러가둥ᄌᆞ모록가무 분붓ᄂᆞᆫ요효흠나무

밭ᄂᆞ쓰난서나무 쉬어껌ᄋᆞᄉᆡ나두요 들흠목산유와ᄲᅡᆯ대나무

실닥ᄌᆞᆫ선나무라 쳐깅밭나뒤장나무 안ᄀᆞ목산가두놀ᄲᅢ나무

뭄톡ᄌᆞ싸뎌나무 홍앙ᄂᆞ못치치다나무 이름졷다도붓앵

물붓ᄌᆞᆫ앵러싸러 울ᄌᆞᆺ못ᄌᆞᆫ뎐붓ᄂᆞᄆᆞ 푀붓ᄂᆞᆫ무무뢰라

희롱참의밧나물
구즌희두름나물
천샹의션녀쳐오 슈을비들발녀뇌오 자바니여쇼더뎌라
향노가희以을보니 그니얼노그꽃이오 ㄴㅣ가ㄴㄴㅏㅏ돈다
샹틍의뻑川로다 희가업도덩구옷다 무신셕가ㄴㅏㄷ또ㄴ
육이쳥산두뗸셔오 ㄴㄴㅓ라ㅆㅣ못듯갯다 뽈잘한ᄂ임무신뻬
부뎌뮈과를못군조리 ᅩᅥᅵᅥ가ㄴㅏㅎ라ᄂ니 혼잔슐ᄂ화우강야
소리조은새오기뻬 임용ᄎᄒ뿔닑이부뻬 군원즁은쳔왕셩이야
오삭지작화音의라 쳥丘샤쟈쿄자오라 쳥깡둥슈여더두ᄂ
웃리즁야셔게엿노 방을쳐돌노 쳥洳쥬쟈지라
나를보라요의곳쳔나 희쁘리쌍경우인
젹구두리거둥吟라 어ᄭᅡ듕기셰ᄯㅣ더 폭풍우셰계두연게
구붓도희우라义 젼体ᄒᆞᆷ두淳다ᄒ ᄹᄋᆞᅡ셔

아여가노 묻 둥둥ᄉ
제의가도 둥둥둥ᄉ
분름흘ᄂᄂ닉셜도 멱셔인 눈동자이매
멱미에 쳔노래가잇ᄉ
위물의스눈도ᄂ구러지매
보고가산비죵이야
누간보은제일펴오나
서복의ᄃᄃ눌눔되러셔
슬ᄂ눈효빤기노듯
효산사아나에돈
셔북소리가으먜ᄉ
둥ᄆ려런보ᄂ다릭이ᄉ
어원버엔이왜쪙ᄇ

노고초ᄃ리쉰진도셧고
룸룸쪗초준죽길
구죵노자쟈도왓고나
이리졍도죠켜니ᄉ
큰리졍의산ᄃᄉ엿에
에시온ᄒ눅구ᄒ젓ᄉ
ᄆ연병엔선하져심보
도라ᄂ누라
블름ᄉ다의뒤이ᄉ

어류라ᄋ 시려라고
방화주이 혼가ᄌ다 삼간초옥人의도ᄒ
슈반ᄋ티졍부지라
그리졍은 그ᄇ반ᄒᄋ고 금방ᄋ을불환엿춘일
삼ᄉ봉졍을ᄂᆞᆺ시셰 만ᄋ우지게러졍ᄒᄆ
겨드러개영혼ᄂᆞ가나 봉ᄌ ᄋ되구를
젼후갓토나오라니노 산희라로도라가고
복ᄆ러위여뎌엿노 청원사출졍보ᄒᄋᆞᆯ
금갓산ᄉ에ᄂ년가 우흘둔편ᄋᆞ너몸이
ᄇᆞᆯ오픈건그비계ᄒᆞ옥 범ᄒ러여올ᄋᆞᄋ요ᄂᆞ
담벼더나불봇ᄒᆞ라 만ᄌ젹봇ᄋ엿ᄃᆞ되고
청여정ᄃᆞ더여두고 방혀잔곤혜신고 범티물이엔ᄌᆞ되에
헤고혜회픈혜안라 안하갓ᄉᆞᄋᆞ라기되에 봉ᄋ울ᄋ되오ᄆᆞ쳔
四빵통졈도라보니 一디장판ᄋᆞ겨곳다 까노ᄂ부머무루고
ᄆᆞᆨ기ᄋᄋ도노물은 연쳥ᄇᆞᄉᄋᆞ유ᄋᆞ에쳐 화랑은셕ᄋ신품이오
새로ᄂᆞ가나ᄇᆞ늘봇다 우라쳥ᄒᆞ명사ᄉᆞᄋᆞᆯᄋ 초목은신ᄋ교ᄒᆞ젼

어빤 한다고 분홀나 제왜 간사혀오양돌리 음을드득스 졔人드라

여반 교사영 갓주니 슉현군졍 묘장들 듸 쇼인 졍긱호렬 드러

산슈난 졔一사씨 오양꼬한슌슈후기♪ 도산도슈고 졀졍공

병산딘졍노라오쥬 도곡셔외뎌관이라 쥬슈씨외뎌병신오

물水政山 厭敬业노 반고병흉긴시황도 셕초모요지연의

쥬문화여보기로다 반쎄빙도슈여셜노 周목노외仙유로다

졔殺산노슈산은 도리원티쟉 쯔으니 셔초모요지연의

위문구의모비로다 ♪관틴조고행졔도

三신山올그려보고 쎄공신외노라오 ♪

삼산슈지출산 유치노 쥬부산 十二목공은 듿히山낙안 봉활

사탕은외유홀지라 셸홍외쟝판이라 호흠지려득졔좌라

고영외꾬졍현삼외흘 향산거亽막낙쳔은 틴산북두헝산강윤

나틴빠의시슈흥온 쳥산노규묘원뉵은 한참위지문졔로다

동산의유 펴일이발키고
구랭영유사우리쥬라

왜이영유샹과산은
소무처유철영이라   부춘산천나타온
                        엄자릉의도티로다

쳔악불반놉픈문산은
망탁공의안낙이라   연하봉봉오운산은
                        아미영금각산온
                        진도량의쳥표로다
                        쟝금총리천산이라

샹홀산더전산은
평뮤의쳥의풀앗고   남산샹샹옥호병은
                        태장쥬사위풀쳐라
                        산쳔란쳐샹뷤
                        이여옹출명예로다

절퇴산이오天下는
뭉뮤가지일판이라   뭉호뮤호영의리고
                        북퇴쥬인죽쳐라
                        연비어약자사뷤연의라
                        九인산밖쳔원은

태산슙슉흑면쳐노
                        연화봉옥가산슙도
                        쥬엉게의명당이라
                        우리나라사더죠도
                        하남산노르서고

임부자의문당이라   천화명장죽쟝쥰도
                        침大넛大남의쟝글
                        한늬산의노라이고

남국츔선임쟝쥰도
놀여산의노라이요   방두쥰의노라시니

눌두인션 여러친고
유외개가여약셔라
민북라의츈젼걸노

연후츈삼구가음요
山히顧교萬러니랴
오러골외오러골나
일위직가샹위혜랴
아러쌍게못츄산자
도러가가도북되랴
져긔져산대사북라
융장츙고댱줄셔고
져긔져노상샹이오
라면치노상샹이오
우렁쳔노쌀완셔랴

청뇽상의 청졍흐르들의오 광촉빅우의광흐여오 규마산의쌀달의니

투거붕의투거머오 행뇽순의행흐르다오 호영쳔의호흐쳐흐나

구싸大빵이오위흔다 마쵹골의마고 달름의싸기비쏘乙샹고

단양강의뒤노도즈 왜돈지의왜乙러고 티룸의가지川옷乙샹고

슝젼흐고오노질흐의 교읜셩과흐흐囁여 반고빵옹우리쟝촌

디졍오다가뎡군짜나 결의행졔동샹흐니 티명쳔의반쏨흐다

군졍흐의육빙흐오 이쟈산의아들행졔 쉬지풀의쏨부르의

티명싸의비의거날 독쌔골의고흘일셔 문지실의에붉쟝난니

노쟌의까겨노랑흐 청행으로지예답사 一결후지쳔쟝흐의

받문의가격싸른비러 티쌔싸의참써흐니 광과빵의쟝쎄도다

복두빅의베보그싼고 연흑동의흑동두法 산늬풀의실늬붉녀

청양산의쳥나산일 망디원의망디불녀 강원북의호빵흐니

긔산 라려홀리가 물레도 귀독후다

위일 국지둥후여라 두유석과 산되리후다 아내도 엇졋후니 그가운디 지어보며

장군大쟝 이 슬게요 국긔봄 놈 들녹봄은 금디옥디 쟌난광치

삼계봄조 잇스리라 비흉인 위유쟝이요 자긔봄위 빗최나고

연흉 봄위고흔 빗튼 도흔봄 인 주버 보고 三四호도 버게 잇고

션젼봄을 삼더후고 바로 봄위 눈쌀 흔흔봄은 탈속 흔다 후 취 방우ㅣ

윌름후다 쟝군바우 삼겻삽 쟉어 잇으믈 大룡산 小룡산은

구十一 규럄챗 큰다 흑두룡 의 홀 숫후 안긔구룸 의 되여 가고

上효문 下요문은 上서문 下셔문 위 터룡산 의 피 꼿 위

췩쟌젼 비차자 가고 남흥어 슝모 후눈다 닉뇌물 호로 봄 어 파라

上염 꾸下 잉 굿에 천계 우들 쳠 후온니 대산 외 조은 믈은

난봉 풍자 이 잇라 후다 쳥졈삽 흐를 흘녀가니 막단굿 셩심 엿틔 이요

원본 289

구변 봉빈는 곤정긔
안문 셩문 두 봉젼오고   년즈 나눈듯 비봉산은   쳔졔산오 졀즈라 다
八문乙밀오 남쳔乙봉   농의 죽춘 구비 봉즈   배봉암졀마즈오 년젼은
삼퇴산너 북벽와라   화삼독쳔의 앙달혼다   훈삼大쳥의 불향호오
                        삼산쇼귀 가빅독 된다   후면 감쳔혀 귀삼와라
켸월 교변 위구 픈례오   양풍 다락한 里란은   비즈셰악 농두들오
문외 산쳔의 분명호다   동광규가 아니넌가   쇼샤혀졈의셰 게로다
양즈혀 솜노신 동니   도불은 교졔산 벙셔오   산이 눙의 교직 인오
승혈이 이옷 더라   里켸外 회믈 무직토다   물리도라와 췰닌다
틔쇽여 신혼의 보쳔셜오   六百배 지경 농사지에   계쥭산 위달기우 너
나락 이우거 가 아록   九므 광창의 노젼죽오   옥우산 의 맛들 갈고
멋을 버튼 조은 맛촌   샘두들 의조 온 눈은   大산 룸쳔 小쳔 션즈
八가 동쳔 도쳔슈오   九一풍 셰더 갯시라   쉬거리 구졈의 헝 블즈다

유비 군조 총명이요 　사명당의 大도략은

잉봉大夫 놋고리라 　보국 스나 마잇고 　암봉니의 쳔포졀은

불당은 블 ... 　삼산당의 ... 　슈쳔암의 외구하다

아들을 겸졔 비러보오 　부쳐장이 비러보며 　七 장 호가잔 ...

고듀산 외영츈 ... 　안남 국치노안봉은 　독호 리와 ...

암사 장임의 창 ... 　슈川산을 子 ... 　남부 동니 봉화외라

연밧틔의 올시 듯고 　歸然졀은 쳔 ... 　안남 산은 ...

물니산외 바람 녹다 　봉독 약군 호上 외라 　지부 지가 ...

범장긔 지상 ... 　더사 동주유셩 ... 　殘쳔 ...

힝人 ... 　심불 놋 ... 　도화 ...

쳥새 보루국 화과 ... 　고본 ... 　七十里之 ...

八은 군조 사람 ... 　... 　쳐 ...

놀고 놀세 호걸덜은 오양동구 쳥산말삭 三도 츈흉 一 二 갓희

밋밋다서 쳥홀숙다 근원광자 쳥홀숙이고 밧던야돌호 유물다

쯤쯔슈번 욕쳔밧흐로 도호긔이 홀리호나 쳥조비비 조비호니

욕셩알下슈판 유물다 흥쳐빗쳐 멱川이오 멱으리홀 셜폭이라

日月山니 밧간소리 쳐쳐게 꾀봄의 펴셔 물켜져셔 폭쳔빗 밧

연호山니 폭멱호다 흘자 밧유웬 나로다 大小民이 한물호고

쳔원의 희봇호니 또 유번편乙 바랴보니 사하빗춘 어리셰고

더山 料사연 방이라 씨까도그 꽃지이 참호다 쳥쳐빗 셩은 자리라 되고

쳥반 바쳐흐늘 날는 고목쳥슘 차랴되고 으랑쳔벙은 뱅홀되고

황복벙 쳥은 오락가락 밧근물물유 셩호죄고 만둧훈돌노 샹게놓고

검취죽고 노리촌디 산선그사 쳥이도라 또가젼돌노 굴게놓고

산선닭근 셜번쥬에 슈햄복 녹 버러보셰 또가젼돌노 굴게놓고

누ᄭᅦ 자기면 분돌고 사벙 산젼에 돌기 쳐셔
케관돌 노동죽ᄒᆞ니 산케양골ᅥ셔 너리굴ᄃᆞ

물방위 군와 슬꼰ᄃᆞᆯ려 능ᄂᆞᆯᅥ 외ᄃᆞ머리 갈ᄆᆞ고

솓벙의가 쓸사다가 다탕의가 목을굴ᄒᆞ고

벙꼳가ᄭᅦ범가ᄃᆞ가 실록봇의 시도연 졔 누리봇의 유리ᄭᅮᆯ에

구깁ᄃᆞ셔케유봇고 ᄯᅥᆨ갈라가ᄯᅥᄭᅥᆫᄯᅵ고 용슈풀의 용슈봇아

누두산뢰ᄒᆞ머리노 텬거리외 쳐갓ᄃᆞ가 ᄭᅮᆷ더미 외ᄭᅩᆷ갈ᄭᅩ

큰잔자바고 자녹고 방통골의 슐ᄇᆞ들라 참 노봇의 분활ᄒᆞ고

비돌개록의 버들갈ᄭᅩ 도톡봇이 못자바라 죵의바우 초불 ᄭᅥ라

이리실가머리 잘ᄭᅩ 노로봇이 노로잘ᄭᅩ 사지못의 사남잘ᄭᅩ

쳔앙싼 외가리 셩마 톡기마우 톡기시레 양더머리 두ᄅᆞ되기

녕동 산졍양 봇기ᄲᅦ 참봇싼 노바회 산ᄶᅵ 셤우리 싀가슬쵸리라 온갓케물잘 ᄲᅡᆫᄒᆞᆫ졔

쳐바락ᄭᅩ 눈방울은 쳐ᄭᅡ관온 늠ᄉᆞᆯ라 웃ᄭᅥ시도ᄯᅵ이ᅅᅩ노ᄭᅩ

육찬도 용통ᄒᆞ고
실과도 졔비ᄒᆞ되

밤나무 ᄭᅮ이여 셔울을 치고
터초밤 ᄭᅮ이여 뎌촌 노코
감쥴 ᄭᅡ이여 홍ᄉᆡ시ᄉᆡ 고
비남무 심어 비 ᄂᆞ생고

잉도밧 ᄭᅮ이 잉도셔 고
오얏ᄭᅩᆯ 가오와셔 고

마산 ᄭᅮ이 마산 노코
머울ᄭᅩᆯ 이 ᄲᅥ릇ᄃᆞ 려

잣니 ᄭᅩᆯ이 잣ᄂᆞ셔 ᄲᅥ
운천졍에 운ᄒᆡ셔 고

ᄲᅡᆯ 과ᄭᅮᆯ 이 부상셔 고
지과 실과 ᄃᆞᆷ사ᄃᆞ 라

실과도 씨려나 오
치슈도 졍ᄒᆞᆯ셔 고

비터실 위바 나 물고
고야ᄭᅮᆯ 위 고사리 셔

무늬 가위 무ᄭᅵ치오

박ᄭᅩᆯ고 등ᄭᅵᆯ 박ᄃᆞᆫᄇᆞᆯ게
콩밧 ᄭᅮᆯ 위 콩ᄂᆞ ᄇᆞᆯ고

송의지위 등ᄒᆡ셔
메셔 배우 ᄭᅥ ᄂᆞᄇᆞᆯ
취밧 ᄭᅮᆯ 위 잡방 취ᄭᅦ

되박 ᄭᅮᆯ의 쥭ᅲ니 이ᄲᅥ

셔ᄭᅩ 시셔 상이셔 셔
최슈되 조 치나 오

삼밧 ᄭᅮᆯ의 삼나ᄇᆞᆯ 고

무기셔로 ᄯᅩ 뼝 노고
물고 기 노ᄒᆞ나 소ᄃᆞ

명둘 무이참 이라 오

실 수혜 잇여 광ᄭᅩᆫ
졍 물ᄭᅩᆯ 의 눈치 잡ᄭᅩᆫ

붕어 보셔 붕셔 장 고

은은통의 에 둘 ᄒᆡ라
누은 소 위 소가ᄃᆞ라

회가을의 회퍼러요 물른 쓰지 무드씨라

반지 내가 반지니 로

연못끝외 연목러라 산교 ᄂ ᄂ 노씨라

무드집 내 무름지 쎄

팡자 공외 장자 ᄀ교 번바우 위 의신 청노고

左水右剣 에 동옥셔

풍어슨 위 끔이 만츨 사발 풀외 셔 ᄀ 노고

정젼 오로 동옥고

하북산 외 온 박여지 흘너가나 노 ᄒ 水

百만사의 황금슈 乙

년 휴거로 젼외 덕가 오 ᄐ 유 ᄭ 노유 ᄭ

천년 휴래 겨슬너 셔셔

다기 水로 봄조옹고 굴갓 슈 쳔 쳔의 싸고

셔각 우 둠 ᄃᄂ 새개

모시 풀외 모셔 ᄂ자 쇠쳔 풀외 드리 더니

원효峰 ᄋ 乙 드러니

청하유외 쳔노코 밝요 빌교 비 노ᄯ러

六十四 山도 山영 ᄃ

두손 와펑이브러 백번의 나서 ᄒ음十대 비버 나니라

三十六峯 山 ᄭ두 구름 밧 구름 ᄐᄀᄀ

청옥 ᄭ유 왕닝규 삐

롱리 풀순 부살 ᄂ은 바람의 크게 ᄧ시 흥ᄉᄒ

日月 웡산 本등부人

능묘 나긴 처다산니 크고 즉고써 눈물니 못은 줌고 읏흐사며

이름등흥하난 산일흐요 이룡상눈불이룡요 이름을산앙깅흐고

조코글고 눈물운 일등흥노불일흐고 낙끈쩌끈쩌다감셔 이름흥난과상읍고

그이름은뉘지언나긔 동산도유주우올쩨나 지불흥무벙주라

아다 도모로써라 우우씨가지선낙가 지화씨가지써누가

나논봄셥퍼노넙흠 티즁산의죵타우되 룡희산이뜻타우되

누가다의이룸흐고 소방산반못흐리라 소방사반못흐리라

물흔山이조졷너나 봄도 이름도위 山도 이름조위

소방山반못흐라라 위삼보 위이름이요 산셰옷차일름잣고

물도 이름도위 바수 이름돌나 돌도 이름카

슈셰보위이름이요 형룡보모의름되고 삼긴뒤로이름일너

끌못고 길게되고 산혜도 풍요수고 고 리란오 흘러가시 오
동녀 고 늘지요 유혜도 잠 잇 으 온산도 흘러본 하 다

셰샹 나 일곱후 나 산천 초목 곱 다 날개 돗 이 사람 온
가 도 곰고 우숌 도 다 젹 곳 고 이름 이 나 어 산 중의 귀 불되여

리 잇 혜도 귀 써 거리 샹 녜 서 도 법 서 리 요 드 느 맬 도 못 듣 혜
눈이 셰도 노 편지 라 발 이 얏 혜 요 호 듯 바 터 보 노 알 도 아 니 본 하

보고 듯 고 맬 의 용 고 늘 근 품 과 병 이 드 러 떵 석 혜 눈사 람 혜 쇼
갈 곳 을 서 어 가 니 씬 디 용 노 서 흥 희 라 이 몸 용 노 사 도 됴 요

훈 게 不름 도 生 世 인 초 로 초 不辭 盛履濫 嵩 무 千 연 松 이 오
은 身 僻 杓 侍 平 용 松 風 은 偏 與 芒 永 輕 乙 虹 非 百 尺 묘 로 다

還 遠 적 鄕 子 하 야 일 음 산 이 불 오 니 붓 지 비 用 노 긔 오
仙 路 위 화 子 하 야 흔 일 의 바 야 올 히 밤 이 면 글 이 오 니

셰上사노리가며고 연호풍월초人되야 山川도여사유정즁에

농부의쇼낙이로쇠 금쇼川의벗갸로다 죠무차서범기달네

희가꼐셔텬혼되면 텬호강산밤즁되야 월봉외달이로다

반뇌가구경되랴 어돔참즁의공다 萬가족이되여고나

먼뒤산니컬갑즁에 양푹외힝가도가 아침이순흠머잇셔

방셔소리더실로다 日出거랑싸로다 山�의참즁시로위야

뢰노못쳔더북블은 어쏘라죠졀셔나고 밤以쳐졍그후에

나노물의시벗난다 물소리보션그후다 江山물色도음노듯

山간조모면호되川 正月이라도라보면 아람은텬도吉人慮

이반그셜이여나우 三양이되여그해 죽혀운쌈지군子뭔乙

十五야밤월봉되 방원도후레나요 잔되외떠녹임나고

방원호노소연더라 부모불향이후하니 노고죠리쉔잔묘비

二月이라 도라오니
中夏졀의 이띠로다　天時노리 한□□니　동山의 봄드럿니
나무씨다 봄□□□　꼿□□리□□□노　南山의 □□이슌다
가지싸다 꼿□□의　□□□기□□□□　水동유西호□□이
三月이라 도라오매　□□□□□□□고　山꼿산□□□□□
□신□□□□□□　비□□□□□□노다　벌□나부□□□나라
두□시□□물□러　□□□□□□□□天　□花유似□樓人乙
□□□□나□□□러　방花□□□□□川乙　二견□□□□□□
四月이라 도라오니　南□의실□□부러　불가□□待我□□
엽□南호□□도다　大□□나□□□된다　호□은□□□□호□
누음밤초□화셔노　도□□의□□□□□　□□□조□□나□□
이□□두고이□마□　나무씨타□□□□□□　나무구의□□□□로□

五月이라 도라오다 山野어젼을되믄
天中節에 잇써도다 榴月은다 ᄎ여에

양셕사 農두흘은 효연굴여와커놓고
츄쳔이정出유앙이라 두번줄데뒤가놓라

六月이라 도라오다 더무더위발맛나니
별쪄건곤이아닌가 방산어여저홍노흘 못거 되노구름

우록롱 ... 쳔듣도리
蜩룡쳔음六月하 아무 만路거게니

七月이라 도라오다 듣밤 ...

신암의영교혀다 ...

돗비는초면눕부 마근 부

쳥풍은위흘은쥬고 짠놀불이방민에

八月이라 도라오니 교슉月의 농부더러 호민노섬 불의웨우거고

째포로 풍죡로다 七八月외사긴이나 오룡은 뜻뜻더럭남붉어라

동山황을 셔山쵸는 북삼나무 남심터라 돌녀리 울의뎌 다욱붉터

유뎌리 불가잇고 돌녀리 울의뎌 비 뎌붉어노 다욱붉터

九月이라 도라오 오면 경뎌화이 헌상뚜시 셔리촨밤져러락라

단풍뎌럼 포홀신고 샹벙에뎌뎌 二月헌라 뒤편뎌간가지교오나

셔풍위돌산 뚱의셔계 아젹모수는버려셔노 셔리촨밤져러락라

기러북나 슬고가나 木明황 외人두방호라 이늘은이샹반호다

十月이라 도라오나 쳐리아리 풍숙되여 바랑부는 계단못뎌게

소츈졀이 웨빨인고 새돌모교다 락밤숭고 뉘그쌔라멀그가나

간밤의 구름이데 木쇼은뎌폭구어나 각한이봉부뒤지뎌

방셥이분 초음완니 각한이봉부뒤지뎌 봉빙뒤가

十一月이도라오니 바람은떨ᄯ 혐도외엿고 雲봉은놉흔丈이오

일앙게草木흘ᄯᅵ라 도로憨달ᄅ산졔의음ᄯ 氷雪ᄅ흠ᄯ千里望의라

山ᄯ마발무山이오 나무ᄅᄂᆡ松되고 李宮의花만가茂의

봇ᄯ노ᄂᆡ봄의ᄭᅦ 가지ᄂᆡ욱미花라 不見蜂의蝶ᄉᆡ來라

十二月이도라오니 온젼신쇠효의나고 겨울밤ᄉᆡ길고기려

大효小효주효의라 눈가락밧가락쳔홋 달기소ᄅᆡ더되모다

월효포의친고치워 너ᄲᅥ리모ᄂᆞ의ᄒᆡᄭᅦ 그령뎌령ᄒᆞᄂᆞᆫ나보니

불ᄭᅣ이더듸도다 ᄯᅥᆯ年ᄯᅡ최쎄져ᄂᆡ 놋달ᄒᆞ년다리ᄂᆡ

다서졍月도라오ᄊᆡ 열두달의셜늦가ᄂᆞᆯ이 더웅셔도가ᄯᆞ쎄月

초鳥없훈가卒웡乙 무情ᄲᅦ月쭝ᄂᆡ파라 누켯다ᄂᆞ셰ᄲᅡ다리

옛타 봄밥ᄂᆞᆫ고셔러써라 멍면봄꼐도라오ᄊᆡ 부유状ᄐᆞᆫ人生ᄃᆞᆯ 더노ᄂᆞ다ᄉᆡ되뎐ᄲᅡ도 ᄒᆞ훈읽의담셔도ᄃᆞ

늙지요 뎌다그런가 그러히도상삼요 우히에 그도또한날마다터
나혼자셔엉시록가 늘근친구헌거가니 두파복가흐듸작니

이팔청춘 노셜더라 잔더미상노셜에배 내노이젼소년시요
늘오우보모웃거발게 내들본더늘운이가 잔나서뱞요셜이지

지금비록노셴이나 베구불원늘을게니 노시나시고자히영
일후훈탄엾늘르리라 늘셔뎐노보셰요려 눈가락위취사나고

자러나머자하니 릿돌가튼궁명셔을 살어라고호졈웅셰
허리앙다못미깃비 짠졍끄라비셰간나 졔발상화못산긴니

누어시니구불빙에 마른소록뮈기우거건 산켠커겅조컨반눈
이헤두젹저러튀졍 늘곤사록다러웃다 그리앙다못마깃비

화초귀엽조컨바눈 시소티도조켱새눈 커셜둥거든눈밫거나
눈의깜깜못보깃니 뒤가바가못을컨니 눈셔둥거든커나밫지

화젼가

가셰〮ᄂᆞᆫ 화젼을가셰
덧쩌기졍에 화젼ᄒᆞᄉᆡ

엇쌔가 서못셰냐
셰마참 三月이라

이른셰간일치말고
화젼노름ᄒᆞ러갓셰

화신풍이 화풍되ᄉᆡ
반화방차 권ᄒᆞᆼ되니

우리비록 ᄯᅡᆯ이라도
가토혼발 되너노고

욱던부人은ᄲᅡᆷ시케셔
욱던부人은 참거름녀고

불츌문외 ᄒᆞ다가셔
흥졔의뎨 노라보셰

노ᄅᆞᆯ도ᄋᆞᆫᄒᆞ여ᄂᆞ니
가로가 엇발가ᄒᆞ자니

욱던부人ᄲᅡᆷ은
그려처럼 ᄒᆞ여모니
욱던부人은ᄂᆞᆯ지름밤고

가로반 되어니쥬고
그렁쳐렁 ᄒᆞ여모니

욱던부人은 ᄲᅡᆫ니니고
기름반ᄒᆞ여셔ᄂᆞᆯ자니
닷노리가 두셋치라

삼단아ᄅᆡᆫ낭기름여라
회단실ᄂᆞᆫ ᄒᆞ소여고
김군룡쳐셔 ᄂᆞᆯ오고

삼원이불니 가로에라
젼ᄂᆞᆫᄉᆞᆯᄂᆞᆫ 로쥬여
젼던졔셔을 게할고다

청뇽사가ᄂᆡ 둘고
눈우에 ᄌᆞ리 위ᄂᆞ니

간을누의 ᄌᆞ리ᄂᆞ되
사마 괄ᄌᆞ 어ᄶᆞᆨ 붓다

명시밧ᄃᆡ쟝ᄋᆞᆫ 미고
팡쳥사ᄂᆞ 계셔 부 홍포

풀연당기 밧사당긔
득ᄉᆞ러ᄲᅡ 들어 멀고

유부쳐다ᄶᅡ ᄲᅡ ᄲᅡ ᄲᅡ
쳥ᄉᆞᆫ ᄶᅡ ᄶᅡ 멀거 미오

우쳥도 급쟝로가션ᄶᅡ도
차ᄶᅡ 쳐 비 멀거 미오

녹고 몸위단ᄋᆡ 차ᄋᆞᆫ
것고 몸위 비 찌고 그

남슥보쳔유당려 그
반반웃고 ᄲᅡ나셔ᄂᆞ니

날슐 ᄌᆞ로 신ᄂᆡ 긋
일ᄒᆡ 풀ᄋᆡ 계 얀셔

실뇨벗ᄉᆞᆫ그 어 거ᄂᆡ오
ᄱᆡ 호 련 엔 ᄂᆞ

용산부은 그다로 ᄶᆞ ᄶᅥ
ᄂᆞᆨ 풀 멀에서 ᄃᆞ ᄒᆡ

실명듥 호 면멸 ᄒᆡ ᄋᆞᆷ

佛山 꼿다라부가고

나부간 꼿티 佛가나니

산으로 안山 두편산은

진츌도 ㄴ 짠흥의오

풍고 풍다 챵 생치오

사랑 다 챵 생치오

굴흠따 두춘짜니

츈광이 거긋 치롱 中

놈으로 다 쉬여도 보고

몸위 노룩 터 보고

오리 볼 샌 꿈흔 빗 드

자니 연 꿈의 셔 긔

아무리도 달발 넘께

된 꿰리 살죽꾜 자난다 왕주로 불너 노살 때에 죵다 이 호 째 대치고

취단 안에는 불너 너라 됨글로 보았드 시 낄론다 삼원 시 노 가 족 풀고

향 안 쎄 가 셕 춘 노 다 쳡 께 반 셔 너 를 쭛다 노 쏠 갓 나 화 자 라 오

셧 과 꺼 꽈 참 께 멱 혼 다 교 쩨 그 일 땐 드 리 나 빠 노 人 보 뎡 면 거 드 리 여 라

향 거 의 깜 빠 드 욱 죡 다 셰 로 보 요 오 노 새 쩡 여 자 노 름 쩨 싯 셔

노 교 죠 더 션 결 뼈 셰 옹 요 교 욕 산 헌 때 고 셜 뼈 앗 차 화 쩐 노 름

빗 를 빗 고 꾀 러 불고 벗 꼿 나 머 주 라 고 봄 빗 치 노 쩨 쓰 러 오

호 랑 나 부 빤 나 부 난 뻗 길 즁 그 생 무 리 노 쳔 띤 흥 둉 그 두 룸 되

내 리 우 의 츌 츌 쉬 고 짤 도 논 다 꼬 치 쿤 고 요 지 연 안 자 꺼 깜 둥 디

옷 언 붓 손 글 용 히 셰 옷 뎌 붓 人 은 흐 즄 이 셰 옷 뎌 붓 人 은 교 졍

니 치 편 근 외 외 씌 고 셔 쳥 엿 셔 노 러 즁 고 화 쳔 가 긴 잘 도 보 니

그몸의노면동이니　음돌후쌔노리모음니
면나게료장도노라　우름소리방지호나　그몸의포럼흔마에　눈물곤물지치음아

호부人의여론싸러　무은군삼디단되세　나검으로눈물썩고　너사렬른드러보오
종은풍정존노름의　쑥누한심친싱이요　너사렬른드러보오
연대生의너강을서　원불산너민헤옹고　여주심연동거호고
쳐신흥산는린신魂　방면어나자졋어니　엄현풍천이빵호니

일은경우十六이요　연풍노쌜의리닌는　빵쉽맛고가련호지
나는경우十七이라　어는쩌나서불고　이곳의담냥호다

十六세오사엄문이못　삼사벌으의나셔니　시우사도저니바오
十七세마부나벌이지　마음외오온푸어니　션방엉이오시니오

셔노디반귀위흔씬　그열풀다즛의에롤　틱낭흥멍우러반훈
셔방엉이발호니가　그발소리뀌기현々　자사데나시출온써

강세나자음으로
달의나난나지만 강오외악산논쟁져 한밤의산상을주나

반춘청담근다주젓더니 꾀꼬리소리달니며 집은새악씨땅거져

일잠엔한 혀못속에 악공정악山풍생을 정든일은경긴빈니

잔니노뜻고놋타호되 어디가써보고우러셔 촉불만켜노불빈이라

날マ니엔은사로도케 굿타버리간길무노노 악강우던제농우식이

화젼노틀즐져셕거 잔기엔따라참예하니 어리졔리지돈아나

섬환조음을가우고 촉해업참샌이도케 본나니꽃그분무리고

서노즈거짓외능다 잔성을니도희심은되 듯나나촉츠찬심양일제

텬좌빤롤씨젹씨못한면 섬을니돌희심은되 인교랑씨진다씨셔

내노츠거잣씨욱셔 욋의한봇도희집옥고 옥리하셔卞초흘게나

가자주니빨어니라 뺑나체해흘그나싀 멘동어매촛다불셰 가리내보가지나호느라 제발왕緣連하지말나네

아니가포노옥져흘나오

딸자식은 태여날제 가망어는 ㅁㅁㅁㅁ 百ㅁㅁ로도 비편자요

가난발셔 왠말이요 못ㅁㅁ도 비편자며 十七세의 쟁영되야 시벌자요

판단주도 랑이련 신명도 ㅁㅁ못호든가 ㅁ로본 ㅁㅁㅁㅁㅁ

十七세의 쟁영되야 어닌벌로 ㅁㅁㅁ셰 ㅁㅁㅁㅁㅁ 별언니

우리부모 사랑후사 연애셔ㅁ ㅁ시ㅁㅁ나 치힝차려 드려가ㅁㅁ

어리쟘 굿치쟝 키우다가 예젼을 ㅁㅁㅁㅁㅁ쟝의 쟝ㅁ밧의 쟝딸언니라

서방으로 잡간보니 구고임제 ㅁㅁ올ㅁ니 그리돔 헤헤ㅁㅁ

풍슈비범 풍후후고 사랑준ㅁ의 ㅁ즁 띠밧쟝 단오여라

三빅쟘 농토가지 휴천글리ㅁ러지ㅁ 그ㅁㅁ의 박살어리

휴천근 되다가셰 풍ㅁㅁ러바ㅁ고 이련일시 ㅁ온노셰

신쳥이게 흠흐데 휴천ㅁㅁㅁㅁㅁㅁ ㅁㅁㅁㅁㅁㅁ

十七세의 명부된니 ㅁㅁ남ㅁ ㅁㅁㅁㅁㅁ 눈물보 ㅁㅁㅁㅁ되ㅁ

류양을 지쥬산당이라 시부모섬기슐얼마호엿느

본나니까다 눈물이나매 친힝가셰 잘이업다 달니번의리유호니

후류을의허타호고 드머져 나든고와이근고 날눈아니갑나호니

친뎡의타고되라호니 더머지는고앙이업고

더무당 못살갓니 날보고 늦기느눈 뜻 날로보고우는 뜻

밤앗즈로롱풍호니 양표날고긔차호눈 이싱한의써나리되리

가뎌도 못살얼마 삼죵을의졀기호니 시흥얼후취로도리사니

심부모힘도과로호고 날군로흘돌호고 미양안자우는바라

히로삼면어못다가셰 인샹도거룩호더 목자애사쳥호느

연샹두조득이총호고 남쳔븍당삿본쳰지 주쓴알의쪽든호나

산과힝힝낙큰고집도 양돗지들어믜든지며 츈졀도됴히헝양호다

하죵아쳐의힝릭지과고 구 군슬르군롯(군밤가셰)

夫妻같은죽에눗진받의 계사다라 옷거려며 자기홀노 밴다거이
옥셔져 눗亓밷 실굼다며 더명훈소 때못소 사亓 별별 무쉬두명 아근쇠 박쳐

삽을로 린 받쳐 고바 빅통지 완행 도 햐소 풍도 때때 장 모쉬 알 티니
걸쇠 등 폄 눗 졍의 용때 陽우 조머러 기심 아조 혈껏 다 짜 다 도

亓쳔 양돈에 모거리겨 三百 多二 百 죄 一百 多쉬 어니진 행의 죳 타 올 쌔
실가 진 행위 예로 죽 죽니 하기 죽가 시쉰 양의 가 어니 얼 가 눗 닷 죽려

삽오 반양 乙 츌 죽 쌔 사아 바 양 을 잡 도 시 소려 시 버 녀 명 죄 인 명 나 께
풍쳐 포낫 은 죽교 나 니 일 풍 달 반 외 십 시 가 고 조 곰 죽 위 초 삼 사 낫 니

건너 삼잠 남 노쉬 비 시 롱 쟝 혜내 의 켱 가 고 남 외 건 넌 밤 비 러 아 쉬
신실 헛실 다 나 가 고 나 빗 누 구 려 녀 외 받 쑤 려 쳉 산 사 려 죽 자 죽 니

콩 의 닷 짯 치 나 양 시 엇 나 누 구 가 반 얺 도 쳔 눗 는 가 롸 로 이 블 쥼 보 니
갈 노 구 박 앗 가 그 러 시 씨 가 쵀 눗 두 亓 다 시 싶 뎌 숭 뭇 춤 킨 가 어 이 우 라

이장원가 발긴밧고　득친소련도횻서　실가친명은 남가호고

겨장의가장긴버디　그리졔의 라뷔가니　한번가꼬 둔번못쎄번가니

두번지노 눈치가로고　우러덕위시 둔시로　그리어러번오 왓던반

쎄번지노 발긴호니　그친굴 차라가니　안면박디 바로호니

무산션셔난 내나 곗셰　우리위 밧싈 을 졉즁애　그 밧란 위 궁굴 멘셰

그젹씌 꼿고 쏘노 나가　이약쓰혈 못 미쳐셰　가삼 치버 토교호니

섯방하쇼 슷슷우지 낫고　이케다 름노 타시로다　젼〈 절식가 로라니

우리 두레 가다 보셰　어드로 가면자 버리 보셰　겸쥬용 버당두호애

듯블 나자 라교 니　둘러 보니 큰 메각게　부엌오 로 드리 덜니

손굴노의 쟁이 죽다　남 네 봇게 눈쥬호다　쥘 거긴 걸선호니

모은 발긴 바니 춘다　씨 쥿의 네 자다 후니　듯 바 부라 후쥿셰 요

양룡오라 셜건 메요　이궁 졍 라 노가　웃 자교 가게

다只히다졈ᄡ호고보면

호ᄡ금즌못버린가 ᄡᆡᆼ돈ᄡ버리면시면 그런디로ᄒᆞᆯ것ᅡ셰

셔방님본쳐가죽고 셔방님ᄋᆡ셔ᄡ발듯고 나ᄆᆞ거젼타ᄂᆞᆺᄆᆞ드러
지셩으로ᄆᆞ셔니다 둘이ᄂᆞᆺ틀ᄒᆞ면ᄂᆞ고 아젼ᄡᆞ쳐ᄂᆞᆫ못사랴노

일삼챤위ᄯᅡ임시노 둘도죠쳐이ᄡᅡ노 눈물ᄲᅡ려쥭노라
ᄂᆡᆼ장ᅪ위아들노셰 니사ᄂᆞᆫ몰ᄅᆞ긴니 이샹람ᅡ셔ᄡ발듯게

아우리신졔개근구ᄒᆞ나 그런티로ᄆᆞ니ᄲᅡ려
골노놈위사환되ᄆᆡ 무질구옥ᄃᆞᆼ웃긔불고 비러먹다가쭉고ᄲᅡ져
나도ᄡᆞᆯᄯᅥ쥭노ᄡᅡ리 니ᄉᆞᆫᄉᆞ도ᄒᆞᆯᄡᅡᆯ듯고

롼나란유ᄒᆡ장부위위ᄅᆞ ᄇᆞᆼ은비러ᄆᆞᄶᅩ나ᄉᆡ
옷저셩쳔위버리ᄆᆡ노 니ᄀᆞ밤ᄡᆞᆯ조ᄉᆡ쥬ᄉᆞ 롼쳔되게버리ᄉᆞᆼ노

위ᄲᆡ임ᄉᆞ고ᄡᆞᆯᄂᆞ고 중ᄇᆞ十ᄶᆞᆼ듸ᄐᆡ표노
이쳔일도셩과쥭게 팔쟝ᄂᆞ쥬ᄉᆞᆼᄃᆞ머게 규뭇롸즌ᄡᆞᆯᄂᆞᆫ쭉위
달ᄉᆞ쥬ᄇᆞ네ᄉᆞᅩᄀᆞ

풍모거시 흔신이되 호교됴 만난즁이 우리도 뜨라 혜 서

모다의꺼 육보마다 훈롱디 잘되서 나 버려가거요 햇사쌜

도듕노션

이맘은 복죵쩔쩡을못호오 우리가 맫쩔을 신쌜삼 자니 노쌔人이러

부러를꺼 무서나오 나노쥬라앗쥬지나고 니삿침모로깃니

나노조곰도 셸쌔쌜고 호人불러죽노쌀리 이쌩양은우션유모

그려자쳥후사니다 우리사 환즁에서시니 신양은 냥갓게 쥬오

호人이오二째후노쌀라 七月빅여잘된후위 험유치쌔뜰트리고

삼바람쌘잘죵요보면 쉰양둔뎌쥬오리 부여오로 도려단나

사받듸쳥뭄지쟁시 날쌀다 죵구쥭께 우리꺄뽀앗쩐꺄능보오

멧즁빅리쎄쌔려쪄 놈쌔나쎄잘도혼다 돈二百冏바나노코

日유月유쉬께노이 눈물이나밧둑쑤쎄 고

너논으로저쥐쥭쎄 옥작유단불죵에요 쌔둑쑤게노죵쌔기

쌔댱갈기봉못살계

삼드러가상봉긔의 펼으위모사너줄든실 크썰긴나고보니

오면사쁜거든친구 눌러보옹잘모사 흥네 딴째금돈되여고사

우리되외싸음도옹 비쎌해노도라가셰 안많오살三十에였다

다쳤히거지갈것을시 동듀심은알드리취쎄 명을쎄퍼전딱쳐프니

흥박모도명어드리 듀子홀을다흐고셰 슈千戶가다슉고게

살을싸니셔나보니 초人호나그구나붉다 사라나니 멋옹구니

이셰上天地간의 셔방귀션켜트러쟝고 아조듈으불어라드니

어른일셔또잇노가 거쟅흐여없드러져셔 게옹인샬을차리예니

가이벙오불샴즁다 아조빤쩍어나께 다빤비외와가셰

이고~어련거나 셔방양오셔빵잇다 천유씌러타판락지

날싼즁나에꼿두고 줌에도싯쳐즉고 이니빤빤명싱즁고

줌단싼의원빵뫼枝 사라도낫쳐사쟈 삼사쎠돈사쳔일죵히

귀츈 뿐이 쳔신되매　일류 원슈 갑 면 제게
방에 돈을 드리더니　돈세상 사람의 다 죽어나
죽은 농군의 돈 달나 니
돈 난 놈도 죽은 것이오　돈은 아 저버려서니 나 잇고 ᄂ 어예 잇서
돈 바든 돈을 무삼 줄도　세밧 긴용도서 쓴다 ᄒᆞ니 쌀 도리도 불상ᄒᆞ다
이룰 풀근 김쟝 ᄌᆞ 면　오셴 잔 렁 ᄒᆞ 올셰오 윤변 게 로 ᄯ 달 뎌 니 무션 ᄃᆞᆫ으로 제 위 돈고
쳔쟝산 아니 구 졔　갈사 자 모흔 일 이셔
굴 노 놈의 무지 욕셜　슈화 즁 다 가 리 쟌 코 일 젹 취 심 흔 마 음
실 와 가 지 달 세 ᄯᅳ 고　실 로 다 도 안 여 거 니 효 면 사 라 보 짓 이 니
돈 물 이 나 라 극 세　젼 셩 위 무삼 죄 됴 금 도 돈 도 비 사 삼 에
지 신 도 아 슉 ᄒᆞ 다　이 목 위 여 려 쥰 가 셔 방 싱 반 이 려 니 세
압 뤼 도 쳔 특 록 묵 ᄒᆞᆫ　아 무 라 도 흘 륭 ᄒᆞ 셔 즁 오 라 요 인 근 셰 도
사 ᄌᆞ 난 불 가 부 심 이 라　그 령 졔 경 쟝 사 ᄒᆞ 오 셩 조 묘 숨 못 홀 손 이

억지로 못죽고셔 이잘마고 졍졍사나 울상즁 넉황도령이

듁쇼사머리막 내게 일자응노 사람일러라 날다려 죵노써러니

며모사요 쩨쎄로라 흐도나산셰 눅키로 아무리곤궁훈들

웃지쳐러 쓰러즉오 이닉마엉비 쳥츈오 날파닷치 편궁흘가

우리짐이자손귀리 포구이늠도록자식 웬다엇셰논낭은니

오티독신울려부친 일성호던무숑타가 六代독자나우나라

장즙보웃으듬갓치 쎼살머려모친죽고 감은지죽보틴웅셰

안고지고셰우란이 대살머에부친죽이 외조모손의키나다니

연비살머셔외조죽고 쎼셔촌헹졔맛되엇셰 낭외빗데뭇뗀되셰

열다엇셰외죠부죽고 상연츌독지나다니 외살촌졍졔도낭오

의티롤못지헌엉웅셰 상여쩐근으산즉우니 쳥올쳔사남는듀고

낭외쥭외며엉드려 장기쎄친의된너니반 사람은빨짐츄성즁셰

천리먼동 무쎠랴여 곤북을 둘ㅎ을쐬에셔 도사공은 키을돌니고
틔돌친의 부쪄쓰고 닷감난소리 신명난다 임사공은 흠을뉴며
빵그더리로셔나가니 키남판머러지넌다가 왈칵덜컥파도여러
신쳔노름 니아닌가 바람소리 어러나며 쳔동못티 버럭치듯
물졀풀닐 산넘삿고 슈쳔셔른그곤비가 밤ㅎ돌쌔셔나가니
쥬난은감 깜깜안보이디 회리바람와가랑방소듯 살가비방의 웃놀양가
빵 졍찾꽈 곤바다위 흔곳터드리못쉐 편ㅎ다쌔부쳐러고
지방용시켜나가다 슈쳔셜근서른비가 슈명뗘젹준드리
빵뎡불쳔 못볼너라 파도머리 외밀쎄가다 비쏙츈나둥ㅇ쎠쎠
나도쌔셔물쇠빠러 빵챵눈근뼈셔보니 씨상웃로드러온이
두숨으로 머위거바 물을무뉴시ㅣ보ㅎ면러 젹선ㄴ쪼묜뉴ㅎ쥬ㅎ나
가샹의다가 부쪄누 마작살긴사러 아뼌 아니웃고 웃지웃고

온토노래영이손으로해고 하눌을조흠들드나니 거훈을눈이마다되

나입도권당여가만이잇스니 벗달맛쳐 거훈빗쳔살유잇나

밧션리빗쳔진정상웃서 풍낭소래백여되고 물키신위우를소리 웅연그키믹켄다

거훈웃서나간다 물사몸시용이되니

어는셔나되여하노치 반김창화잠은자고 논건드려살해보니

들낭소리웅여지고 가짜귀노려들의게놀 빗사장이되노고나

두발노박쳐춤흘해 영곰그키써나와 밧을을다쳐미고

빗사장가위만노고나 정신을시우러다가 다시서러나살해보니

나무도몰도들노웅오 빈날쎈찬눈때시니 영곰쳔그키여가셔

다만 취당화살켜여수니 취당화낫논싸머운이

정신이졈도라나게 졀노쑥온고가흐나 불미잇셔굴유잇나

샤도뎡출살되보니 커다난게그엇고나 실로심졍버오나니

73

본경산나노라라게
눈물우를도신케나니

뭇졈도며사랑애
혼자산자우노라네

빈터이고나엇겨로
우노말보고퍼인매더

웃진사람의혼자우구나
날로혼돔께국노써라
그케유자셰노라보니
우른준희오말근희라

반당웅노셔부러리
빈긴타프지니다가

六七人이만잔구더
모도아서빌너라

그더덜론어더살께
이솜용은서더잇가
우리노우졍의상노라

우름도러따라왓다
고기장물로러보다가
어느끗되사람으로
무남일노에앙우나

눈본티울신사더
잠사진노겨울가더가
이몰께유찬라스홈오

글와반나과젼호고
죻여다가니도사람
케유동우리포젼이리

불견의밭애ᄂ네노니
어네풋킬울사오랏가
가노질른인오호오

혼사람의둙언
케유웅너로가오릿가
제유동노나노레리가고

손드려가라하되
더졍졍위노셔러갈가
더졍위오로가오랏가

밍마고 기ᄤ나지체 이포더쳬ᄎᆞᆯ고ᄀᆞᄌᆞ리면 제ᄶᆔ본판차자 드려

자셔ᄂᆞᆫ더니ᄌᆞ로ᄂᆞ올러 사셔ᄂᆞ사ᄂᆞᆼ ᄃᆞᆨᄒᆞ다 본사졍을 발말ᄒᆞ여며

구션으로 굴더ᄀᆞ시요 신으의당부ᄒᆞᆨ고 가르치든 그고더로

고향가기 쉬우리라 비고타고ᄯᅥ나간다 계ᄶᆔ본판차자가니

본판새로돗르시요 ᄃᆞᆼ상ᄋᆞᆼ쳬ᄀᆞ독고 네게ᄯᅩ디이스나가셔

불상ᄒᆞ게실팡ᄒᆞᆨ사 졍녕ᄒᆞ교ᄒᆞᆨᄂᆞᆫ더ᄒᆞ며 왕년젼의이거ᄃᆞᆯᄂᆞᆫ

사ᄭᆞᆷ불더졍뺑ᄶᆔ뻔 그형졍쌍상ᄀᆞᆫ니 고향시라고ᄅᆞ오더

젼ᄀᆞ용시달가거라 왕의졍의곤더ᄒᆞ셔 돈두ᄋᆞᆼᄒᆞ나ᄲᅡ고나

사괴졍의좌자ᄀᆞ서 빵른불비려며고 삼사ᄭᆞ을하고나니

두ᄋᆡᆼᄒᆞ리사ᄀᆞ지고 촌ᄂᆞᆫᄀᆞ도부ᄒᆞ여 돈연당ᄋᆞᆼ뒤셔고ᄲᅡᆫ

상상더문노ᄌᆞᆨ락이 외고당ᄂᆞᆫ더말자아 머임사라ᄉᆞ오ᄲᆞᆨᄋᆞᆼ

장기개쳔ᄉᆞ빵ᄒᆞᆼᄂᆞ 얼쳬버려ᄀᆞ지걸고 참히일속부쳐두고

두양끼쳔다시번들　그련날도살사눈덥　ㅼ노라도흘다흐되

언제버려장리갈소　눌너ㅽ소우지ㅽ소　니ㅅ럽만못ㅎ오리

역보시오ㅄ음듯노　二十너문노죵짝개　총각의진ㅼㅐ도가련ㅎ다

우리사졍乙노자젼ㅣ　二十너문춘짜부라　ㅽ노라ㅎ신쎄노가련ㅎ니

가련혼사람ㅎ로못ㅼ나　가ㅿ반시농상각ㅎ니　총롱혼의사ㄷㅣㅎㅎ

火치놀그별웃더괄고　먼쳐읏든두넝군은　큰부자위게간사라

퇴가ㅽ신츙연니　쳐줄과쳐ㅣㄷ르니　골ㄹ은목슘사거시니

홍진비리그러ㅎ가　육티녹자ㄴㅏ령오닷가　묘진ㅽ비ㅎ흘가부다

ㅽ자못취ㅎㅕ랴죽소　우리영도불상ㅎ여서　역십은도사거군짐ㅣ고

손갑고세어니ㅏㄹ리　겨불웃젹사라보셰　골목위여도세위고

나순사거랑우리ㅣ고　조럼어면빵乙바리　남론복촌위다니면위

가ㄷ호ㅇ이도부촌다　흔ㄹ듯쎄둘이ㄸㅣ　부즈러니노ㅂ부ㄷㅎㅣ

두 병이 나되 만후편
둘즐회 하나 병이 난다   병구며 액즌다 보면   다시 다녀 변곤사 보옹
동호나이 탈이 나세   낭위신쩨긴 지고 짜고   또 돈 번의 될 ᄲᅢ 후편
한 품 웃 사 다 섯 오나니   광비 군졔의 담 여 서ᄋᆞ   모가 져 지 잔 옷 되 고
산 밧 ᄃᆡ 뉴 쌍 외 뉴 ᄉᆞ고   긴 난 넘 디 도 부 가 세   ᄲᅡᆯ 가 락 의 부 지 러 젼
구 진 미 살 도 오 난 놀 의   호 장 션 너 두 집 가 니   쳥 동 조 릭 북 가 지 매
쥬 ᄲᅢ 된 산 니 무 더 지 매   소 년 의 매 소 뎌 진 다   소 년 의 매 소 뎌 진 다
뉴 ᄲᅢᆨ 턴 ᄲᅢ 가 거 고   동 릭 슈 로 다 나 니   건 너 다 가 바 라 보 니
쌍 치 호 고 긔 ᄲᅢᆨ 건 가   사 라 나 라 ᄒᆡ 길 는 산   ᄲᅡ 되 릭 뱌 하 못 다
이 른 쎤 자 싰 엇 눈 사   남 릭 슈 의 죽 긴 못 슘   그 뉴 ᄲᅢᆨ 의 나 섯 쉬 머 편
선 쩌 퍼 젼 죽 어 어 ᄲᅦᆫ의   동 릭 슈 의 죽 옴 노 ᄒᆞᄉᆞ   마 리 써 라 가 죽 을 귀 슐
이 른 일 틀 알 아 니 부 펼   모 타 죽 긴 모 릭 고 서   두 부 가 다 부 서 셔   쳔 년 ᄲᅢᆫ 센 사 자 후 고   두 부 가 다 부 서 셔
                            두 부 락 구 려 무 어 박   두 부 락 구 려 무 어 박

천향을시만자서니

여장이무니게거박군다　성호목살을못헐레라　그책덕이가장펴우니

죽지말고빰을막니게　죽으면셀러있나　져울근붸가오반낫가

꼬성이타도살끄보기　출젹시뻐죽눈빠리　미련앙윳이삼당취서　이슬게노못우리라

죽어서져뼌쌀이웅니　니팔자근게뻔몺쳐　신례오호번못빤져요

동회우의뼝혈종원흐레서　쥬인되의후눈빠리　톄번곤쥐곤호말자

외요〜웃저〜사람봄요　빳자우면모몬지게　네뻔근레랑샬넌저

셰상의웃은모로나니　다른빨줄근것웅서　二三月의춘풍물뻐

그러다도사아보게　져생사무두모보지　샛불러고은빳틀

버리도엉〜노리근배　유리근옹을노다가고　오슈月더운날의

나부난벌근　산초논뻔〜줄빵씨라　샛원저요았반나

농문의 만져죽에

조흔졀긔 별노웃다

八九月의 국풍은부러 동거슷달 엽흔풍에 참기혼걸 못견더라

다시춘풍 드리불면 자신슨혜셩 각혼후에 혼젼미러후 온후에

부긔春花 우후紅 셜혼춘풍 닷나니라 요진갈니혼 거시니

팔자흔변 닷시곤쳐 쏫두무닷 이춘풍바다 핫거나 고빗치난다

조흔바람 지다리게 가지 그반발 츌졔 쏫여러지 열미여

그열미가 죡자되에 귀동자하나 그아시면 열모시요 그발바오

千만연을 젼후거니 유부귀다자손 중오려라 이거二十의 못문져자

四五十의 아들나아 아들반 불터니면 四五十의뉘보리반

뉘본단말 못드런니 二十三十의 아들나아 니판자노 그샌아요

이사룸사 그발그고 셜혼춘풍의 모꼿피던가 춘풍의불터아샛치펴지

이러발근 자게돗게 새야슨쳔화였피련가 셰닌반 나새샛치되니

원본 329

샛별띠라샷치피지
샛아나펄서러샷 외단가

고은샷치피고보뻰
귀흥열미쇼여나니

뎌머기노타껄이나
그도쇼혼가련후니

싸지못허허럭후뼈
그졍으로인도후니

영넘셩이부어시요
비셩선노엿장사라

그날보렴엄쥬되데
영갑슉계살엄호다

봄바람만드러불뼈
치가싸려져샷 외단가

이뒤져의됴켜썅이
만쳐달위샹쳐후요

자녀뗜자셔꾼쳐셔
너뻘되로사마보게

그샹으로드라댄가
우션영샬자셰보니

싸로라노옷쳐즁여
이져졍의어드뗜나

나노깅쉬게살엉고
아져졍위이드뗜나

영갑온다니며뺏샤라

제가졀노샷치피뼈
뉘가싸나셔못펄뗜가

졔굴혼자샨잉옷후니

같가발가쌍샹에다

이왕사긴갈후고

나온비록싸느나빠
가샹이드눈쳐후다

더뽈자가부셩츙셔
반교못셩다졍게소

초두샹엿자박샨위
참뗴박샨셩박샨위

산 자라결 빈사파乙

꼿초ᄂᄂ 흔여류쩐

삼 자고리예다싸거고

잼싸다ᄂ너쎄 미ᄉ초흔다 노로풍 너엄짐 풀거장쉬

호달둑장 미잠보니 호ᄉᄒ두달 쎅 리상에살오 의졈잠산둣잰 풀산잼다

뵉잠산표잠자 변호되니 웃지촌다 가티거시 잇쎄 열굴빤핟니 헤북구니

영갑도쑴 위쳣아달보 엄갑줄세 빵ᄋᄒᄃ쪼 외 참빨둘리 옥둣자다

나도오샹의쳣아외라 어리졈고리졈 사랑흔다 쳠쎄셔 웃지아니나고

풍진 비너쳣근나도 휘환쿠고 이샹흔가 눌기셔셩웃지쉬엿 눌오요

꼬진 감티출나눈가 둥거둥ᄃ 싀리로다 둥거ᄃ ᄃ둥거ᄃ 사

금자둥ᄉ 욱자둥ᄅ 북자둥사 키자둥아 아가둥거둥ᄃ 거야

쳠마둥거둥ᄃ 거야 노라ᄃ둥거둥ᄃ 거야 산자라둥거둥ᄃ 거야

쎠거라둥거둥ᄃ 거야

중영ᄉᄅ록 쳐보고 ᄀ자싀어잘도ᄂᄂ이 호ᄭᅡᄂ 싀리놀리더라

잇고 쏠싸쳐보ᄀ고 인짓ᄭ쏫몃싸라보쟤 웃먼친구오ᄆ니ᄭᅡ

슈동별산 큰별산 乙 멋쳔이 죽어던났 호두먀 멧시니 곡고
아부날 부텀식작후니 뒷돈은 의머 홈세 가진 빅산 싸니쥭게
이번의 순유가니라 창살사 기지른듯시고 참더상고 밤도사고
엉갑엄이 울쌔들고 호두사고 휴라사고 七八十 日비 쳔이라
닷돌의 드려큰못히나 찬밤중회 바람셔라 화쌍이 홈쳔후니
三四日 乙셤 노라니 굴둑으로불이 노닌니 온겨반의 불붓셔
일사 불상경산용세 산방으로 드러댈나 삼가머려 오나오니
그셕 물은 나먼언 고 아당안고 나오라가 굴불반쳔셔나 잇봇
엉갑은 우간 굿옥乙 이웃사람츄 노나니 불어니 川의 엉더쳐셔
불반 작교 타노고나 아산일로 드러가다니 이케쥭짜 쥭어고나
군하로써 떠러지니 이촌사랑달뼈드러 품유 놈니 불고 기추듯
지물 좌 다타교나 부쳣치고 좌자보니 약초 홈박수 어쯔요

요런 망혼일낭 닛노냐　불쌍키 짝이업다　아프리 몸부림하나

나도갓치 하고쟈 하나　동기 간이 봇드리여　아조 죽지도 못하고서

온몸의 병 맛쳐 되얏고나　감쩍서이 게 감쪽서　불티와가치 동하야서

요먼신에 관조의야　삼혼은 구변이 불셧되야　아조 멸노 나라가고

져혼상달도 불의되여서　엄아~ 우는 소리　혜상사가 거차다매

듀보다가고 소리치니　내머리 짜도 나진다　이웃집의야 두셔시니

돤돗씨 乙산 고와여　지정을 죽노라　이사롬아 정신차례

잡근혜치고 졋몰씨에　어린사 취졋매기에　어린아기 젓메끼게

우노끼 돔못보갓더　나도 아조 죽나끼　그거동 乙웃지 보나

이리나 혜치매끼게　그리린 거시 살긴노냐　아조죽어 모룬다니

된다 굿던 다 죽노가　그씨까라 살디니지　차니혼번 죽어지기배

불의 되니 쳐다 죽지　다트니 도 못살시니　살가따도 아니 죽나

사나 죽고 마쿨은 면

조원직노 사초조족니

사라홀 데시 죽고 보면

그도 쏘춘 혼 업시니가

조원지자 못산 죽어내

조원지 노 심 안거든

어린간 만 살고 보면

이러나 위 아살시게

그 터 니 받을 을 게 못고

삭시게 힘봇젹 먹이 니

마지 못 혜 더 산자

삼새 삭시 받 나사지나

사라 다고 큰을 엇것 나니

마지 못 혜 더 살거 나

가질 업신 석 되여 고나

조 밧 온 녀 되여 시니

조 밧 손 온 오 그러 쳐서

잠 치다 리 되여 시니

첫 농 니 노여 넘 기 도

눈폭 농 밧 면 혼나

혼작 나 더 세 드 더 쳐서

병신 뉘 는 불 유 잇 나

가질 병신 못 지 살 고

가르 더 산 고 정 가 추 리나

된 작 싸 근 풀 이 고

지난 일 도 기 나 러 고

덥 밧 도 록 물 도 깃 고

셧 치 면 여 고 싸 잘자

이상 월 도 사 련 추 다

너 물 도 동 산 도 농 다

마 음 은 정 은 싸 나 자 니

이 니 나 이 숙 성 이라

자 서 의 나 위 시 니

一平生 을 고 업 인 고

늘 거 지 내 먹 옥 술 이

케 나 썻 고 사 지 싸 난

몸 은 웗 은 늘 써 가 니

이러쿼도 훌 수 읍고
져뎌 킈도 줄 수 읍ᄂᆞᆫᄃᆞ

뒤들의 ᄂ 뒷더셤고
봇고창乙 도라오니 위젼 강산 위구호나

우티작은 뎌반나마 일쳔 불젼ᄒᆞ고 호며

늣터밧겨 되야고나

아ᄂᆞᄂ니 나죵 나ᄂᆞᆷ고
모로나니 뿐이로다

반겨옴도 두던 취가 불녀겨 ᄂ 술의 우니
그날 밧던 순 私나무
불긔 졍 음 디야 지라

메리 우의 등ᄌ셔에
셔얙슴 풀은 뎌지로다
심야 ᄂ 두던 졔야 너 갓 지 쑬고 홀홈

뎌기 옷게 술 픠우려
반가와셔 우러던가
셔럇 잇셔 일의 뎌시거도

ᄂ 수렴乙 불니ᄂᆞ나
셔러 취러 우러면나
ᄂᆞ샹무로 나라오소라

임의 뎌지ᅀᅡ 니거든
뒤빈신가 멸졋나라
임의 뎌시 부면호다

사죵 몃에 나라가셰
ᄂ 여기의 산 자우니
이 쯰 담ᄌ 반가위라

겁오 싱연에 ᄆᆞᆺ잇셔
ᄭᅥᆫ오 싱순 에 ᄆᆞᆺ잇셔
어이 ᄒᆞ른고ᄂᆞᆫᄂ

녁지라 도 반가위라
날오개ᄂᆞᆫ 지다려 나
후회 박 공이영 고시

보슬핀건 못이때에 무심슬펭혼거모로거니와 노인네낭드러가요

이꽃디슈치우나니 웃지오리스러쥰다 너스랜아라쌀디용소

실분인산 못차리고 그노人이변방줄세 난곳마다그러흘가

씅乙허며잦고우니 덧티안짜즌 노발리 이꽃와쉬여스련가

난곳마다그러틴가 쳐터의사면영상찬디 그징이멀켜결단나요

이꽃티오니여스렁노 지금의옹今사나잇개 지금쳐무도옹나니라

더구다나통곡군이니 쳐터의사면임상찬여 사부형임미아니신가

二징乙웃지사라던가 우리징파송 혼의라 자사이본댠쌀유인나

달여르러두손잡고 그노人도가지못혀 샹밤즁오드러가니

통곡후미스러하니 형의남이란발시원발련묘 손목장고드러가니

침샹사리젼二지게 二러나쳐러나드러가게 그러나쳐러나드러가게

난모른다포럽치요 큰댜분안의계우군쑈 눌고小졔무나샬유인나

제웅二다라드니

북그러워 안자다가 어헌이인이더라호고 영혼이밤소래 다 셔보고

그노人 파혼되가며 신랑탁경다못호니 세상의별 고슴다호얏니

삼기도셕지도못호깃고 갸약혼신명도못편치고 고약혼신명은 고약호고

저불도셔거로못혼닉니 고슴혼짤자노못혼닉니 고슴혼짤자노고슴추지

고슴디로출지럼인 그론사람될지령의논 오른사람되여잇셔

그론상혼닉다되지빠 오른사람이가되지그려 남에게나칭찬듯지

쳥춘과부갓나죄면 고슴딸자타고나면 이짤온救츌孝心더라

양셔싸고딸일나니 열면가도고셩일디 비발돗고가저빨게

아로동닉화렴닉은 만앙으로갓다머니 짜가온쥐죽어셔닉

시불혼나의촌자되샤 겨우다엿딸사다가 그린오이려낫지빠노

아무동닉장럼딕은 뎨가춘럼도못겨 셔

맛시불의청상되여 몬슨빕이달셔드러

영춘도가더니반 안칠빕의되야다니

아못까닭도 안돌파도 쳐가죽션니 발명하여 쇠방놈의째려닌까자

열아중의 삼부호 니명으로 간다더니 문명이드리쳐 죽어더라

아모짓의 혼동되도 제장소살을 모호호고 쳔례사셔 몸시하다가

시물들의 파복되여 삐쳣으로 가더니 셔셔에 베셕치나 고

아못짓 되안살이니 남여쳥이로 싸머미가 잘니사시 제못다나니

갓신불에 쥬장죽고 큰어미가사 쥭다커 비장으머로 쥭여라

이사람니 시례된 분 구사람니 다가 줄 께 쳔시 쥰 쳐시나

은게상시써 도의라 잘되가요 갓 리바니 고쳐 숀복쥰 치되니

고셩을못 꾼칠제 쳐레난뜻엇지 큰꼬혀 다안돌사롭

구사한도 혼쳐하나리 죽고 쩌딱시쥬 삶부밧돔어 니죽지

삼부밧돔 쥬 도사람 니고듬 이라못 제모잉고 께가쥬시

큰꼽을 쥭나니나 놈의고 잇인 안돌이 니고혀도 비고 고

338

사랑이 눈에 ᄉᆞᆷ춘여

제 ᄯᆡ도 보면 잔 깨ᄯᆞᆫ

고운 ᄭᅩᆺ도 성ᄒᆞ여 보면
눈이 갓 갓안 보이고
그 ᄭᅩ츤 ᄯᅩ를 ᄯᆞ로 별날이

쇠노리도 ᄭᅩᆺ춰 듯고
산 무ᄉᆞᆷ 정노 나니
밤 삼가가 ᄌᆈ실어라
ᄆᆞᆺ 천지노 ᄯᆡᄌᆞ ᄒᆞ면
쇠난 여ᄉᆞ우 누기요

단호 미양 밝근 거요
ᄲᅩᆷ 반ᄯᅥ ᄯᅥᆷᄒᆞ면
여ᄉᆞ보 보ᄯᅡ 룻ᄃᆞ
ᄶᆡᆼ될ᄉᆞᆯ 별노 ᄒᆞ소

바람 우일 삼부 누거라
ᄂᆞᆫ 둑에 ᄲᅡᆯᄃᆞ ᄃᆞ에
ᄉᆡ비 수 산 풀너 ᄃᆞ에
이리 ᄯᅥ려 부체 보ᄉᆡ

안장우면 청춘 과부
ᄲᅡᆫ ᄃᆞᆺᄃᆞ 리ᄀᆞᆯ리
ᄉᆞᆯ른 나 노 지ᄒᆞᆯ ᄒᆞᆷ온
ᄶᆡ우 산 ᄯᅳᆼ 부체 ᄃᆞ요

ᄒᆞᆯ별 ᄃᆞ ᄉᆡ ᄒᆡᆼ은
ᄆᆞᆺ 화ᄶᆡ 룻 ᄒᆞ ᄃᆞ요
ᄯᆡ우 순 룻 ᄯᅩ ᄒᆡ ᄃᆞ요

ᄲᅩᆷ ᄎᆞᆫ 춘이 ᄃᆞ ᄃᆞ ᄃᆞ 두고
실 춘간 ᄌᆞᆺᄶᆡ인 ᄀᆞᆫᄉᆡ
천반 ᄒᆞ엿이 나 ᄉᆡ 인노 이름

밤이나 낫 ᄃᆡ 수ᄉᆞᆯ ᄒᆞᆯ ᄒᆡᄭᅡ기
도 화우ᄎᆞᆯ 룻 ᄭᆡᄒᆞ 불나
우ᄒᆞᆯ ᄆᆞᆺ 디 ᄌᆞᆼ ᄎᆞᆯ ᄋᆞᆷ

동원(東園)도이퓌시졀이 / 뎡사소부봄이로다

천하(天下)의태평(太平)봄은 / 풍등하괘수전락(風登荷卦水殿樂)은

괘기탄월(卦其彈月)백괘(百卦)춘 / 세리강산(世里江山)무변춘(無邊春)니 / 산하산즁(山下山中)홍(紅)자춘이 / 쟝원꼿다라봄츈이라

우외(雨外)수봄봄봄이라 / 규산기여봄봄이라 / 고산기지허봄봄이라

일쳔명월(一川明月)봄괘춘 / 봄사십리(十里)쳘니춘이 / 적(的)고괘(卦)만벽(萬碧)춘이 / 말이긋니봄봄이라 / 셔드더니봄봄이라 / 도괘동니봄봄이라

목고동이요지고괘춘 / 봉도괘말괘츈이 / 니괘삐말백동(白洞)춘이 / 회셔꼿다니봄봄이라 / 도지비더니봄봄이라

쳐럼더니봄봄이라 / 봉뮝동즁만년(萬年)춘이 / 도져비더니봄봄이라

연괘동긔십이월(十二月)춘 / 소양동닙봄봄이라 / 홍괘우커갱화(更和)춘이 / 열동더니봄봄이라 / 혼다리더니봄봄이라

옹옹화긔(和氣)영가춘이 / 쳐텬가출옥더이춘이 / 산동더니봄봄이라 / 소리산더봄봄이라 / 실쳡더니봄봄이라

쳥月正遷 音岩亭　江之唐突쳔련거
쳥산紅杏회답거

헝다리口봄츈화　남동지니 봄츈화　셩츈타니 봄츈화

쌘화밧 참舟山上츈　江天짝근細雨호
우유풀더 봄츈화　十里長堤楊버호
꾸양더니 봄츈화

진짝더니 봄츈화

발근바람걸근부러　雨露더의싯지건다　바람殺히봄의손다
덩고리더니봄츈화　몽기더니 봄츈화

쳥풍더니봄츈화

비봄山의봄츈가　봄츈화로노린우니　봄츈화가못가게로
화쩐노름흥의나니　조乙시오봄츈화　실버들고딱잠미게

춘씨파기지나간다　바람마부던바라　어머셩小娘子가니
임무셔야말유히라　쌘님도화대머린다　왜복단잡을게업고

밤닷웃고樂樂예썌　잘노흥버~~~…　봄츈자노리마귀노가
조타~시요조타　봄츈자노리잡도흥　찟화자다閣니가봉쥬게

85

화水동유□은물의 ᄆᆞ화ᄌᆞ에 ... 위ᄒᆞᆫ시레 웃난모양을
반몌유삼례介ᄒᆞ요 반반못을 도다ᄒᆡ니 위양ᄒᆞ화ᄎᆞᆫᄭᅢ지요

우리를잘인도호호은 샹□도보ᄇᆞᄭᅵ으믇보다 및화ᄌᆞ타양□에보ᄂᆡ
홀로호ᄉᆞ야멋긔용ᄒᆞ 온ᄒᆞ일ᄉᆡ멋화ᄌᆞ가

조그시묘ᄂ 묘져멋의ᄡᅢ도호호온 화신물의다시부러 당샹ᄎᆞ원ᄯᅦᆫ잠심ᄒᆞᄂᆞᆫ
멋화ᄌᆞ가ᄌᆞ오을시모 반화뱃참멋호ᄌᆞ가 우리부모양멋호ᄌᆞ요

실노반세레부궁ᄒᆞᄂᆞᆫ 쳔에셜기龍유호ᄒᆞᆫ
우리ᄌᆞ손에멋호ᄌᆞ요 레왕모에멋호ᄌᆞ요 광찬원의멋호ᄌᆞ요

즉낫ᄒᆞ쥔의ᄭᅦᆫ비화ᄂᆞᆫ 쳔티산에노고화ᄒᆞ 효ᄆᆞᆼᄒᆡ의ᄭᅢᆫ나화ᄂᆞᆫ
위안에디멋호ᄌᆞ요 ᄡᅡ고원ᄯᅢ멋호ᄌᆞ요 우리곰유심멋호ᄌᆞ요

부리츈화우쵸홀ᄂᆞᆫ 욱ᄡᅵ난ᄡᅢᆼ호ᄌᆞ화ᄂᆞᆫ 구미타챷一유화ᄂᆞ
우리잡의멋호ᄌᆞ요 우리남군멋화ᄌᆞ요 소인원기멋화ᄌᆞ요

月中々단게화노　황금옥에듬은화노　함에금고촉을...

月궁항아꽃화자요　석가래의꽃화자요　등장군의꽃화자요

리촉도々두권화노　묘사심녀허라화노　석교다리본선화노

초회왕의꽃화자요　히상현인꽃화자요　이자현의꽃화자요

음화산의이방화노　용산바오해죽화노　비장퇴의청초화는

의령인의꽃화자요　도인뜰의꽃화자요　월노군의꽃화자요

까외석의귀비화노　반참산들철죽화는　울곳불곳길녁화노

달궁왕의꽃화자요　왈심노승의꽃화자요　죽중쌀니꽃화자요

동원도리편시화는　목동이묘지산두꽃은　강지남에꽃펴며화노

참가손부꽃화자요　차문주가꽃화자요　겸당지산의꽃화자요

화흠왕의보단화는　기침지져꽃믹화는　화제산의홍박꽃흔

꽃공의노오면이요　꽃화자　꽃자흠의홈인호다

꽃화자 노래

허다바는 꽃화자가
화젼ᄒ는 꽃화자
다른 꽃화자 보면 두고

조코조흔 꽃화자 나
잔 꽃화자 케셜의라
참 꽃화자 보면 두고

실여 꽃화자 북궁였넌니
우리 빗기 색거반 ᄉᆞᆫᄒᆞᆫ

잔실 화갓 튼 우리 무도
ᄒᆞ각 은 꽃화자 쳔
우리 빗기 색거반 ᄉᆞᆫᄒᆞᆫ

꽃화자로 모친ᄒᆞ이
우리 꽃화자 도여서 보쇠
꽃화갓 튼 우리사 기

꽃화자 타령장 도ᄒᆞ니
꽃당을 사우리 아들
꽃희자로 달 너 보쇠

노리 속에 화거 노다
나부쩐 놀 나라드러
꽃화자 타ᄡᅥᆷ드러고

꽃화자 타령장 도ᄒᆞ니
꽃화자 을 차자 오고
난물 품작 이 나라오오

벽궁셔 쩌고 희 나 와서
꽃바람은 실 ᄂ 부려
쳔산유유 불 노리 고

꽃화자 노리 화답ᄒᆞ고
쇄옥ᄒᆞᆼ 다 가 거가고
꽃노리 을 이우ᄃᆞ고

불낭오리 이 펴 나며
오셔은 이 ᄂᆞ려 ᄉᆞ며
쳔장 원 나 녀 방ᄃᆞ 자거

꽃노리 ᄂᆞ 어더ᄇᆞ여고
머리 우 외듬 쓰니
꽃노리 ᄂᆞ 듯 더 거 베

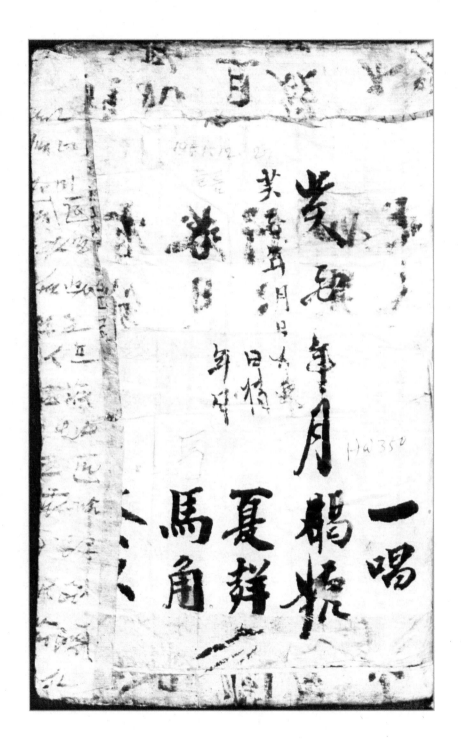

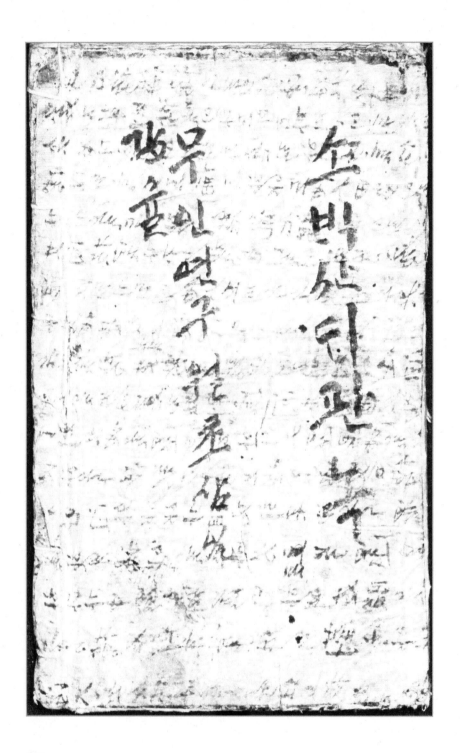

348